QUI A TUÉ ROSE ?

DE LA MÊME AUTRICE

Ne la quitte pas du regard, L'Archipel, 2021 ; Archipoche, 2022.

CLAIRE ALLAN

QUI A TUÉ ROSE ?

traduit de l'anglais
par Nicolas Porret-Blanc

ARCHIPOCHE

Ce livre a été publié sous le titre
Her Name Was Rose
par HarperCollins, Londres, 2018.

Notre catalogue est consultable sur :
www.archipoche.com

Éditions Archipoche
92, avenue de France
75013 Paris

ISBN 979-1-0392-0366-1

À mes parents,
Peter et Karen Davidson,
pour tout ce que vous êtes,
tout ce que vous faites pour moi
et tout ce que vous m'avez appris.

1

Ç'aurait dû être moi. C'est moi qui aurais dû être projetée en l'air par l'impact de la voiture. « Comme une poupée de chiffon », avait-on pu lire dans les journaux.

J'avais tout vu. Or elle n'avait rien d'une poupée de chiffon. Une poupée de chiffon, c'est doux, voire malléable. Et l'impact n'avait rien eu de doux. Rien n'était venu l'amortir. Il n'y avait pas eu de course gracieuse dans les airs. Pas la moindre douceur.

Quelqu'un a crié « Attention ! », puis on a entendu le craquement du métal contre la chair, contre les muscles, contre les os, suivi par le crissement des pneus sur l'asphalte et par les hurlements des badauds – les mots, décousus, s'entrechoquaient. Mon cœur cognait dans ma poitrine. Les pleurs d'un bébé. Au moins le bébé pleurait-il. Au moins le bébé était-il sauf. Le vrombissement du moteur en surrégime, tandis que la voiture s'éloignait à vive allure. Le bruit de pas se précipitant sur la chaussée. Quand ils arrivaient au niveau de la scène, les véhicules pilaient dans un crissement de freins.

Mais c'est surtout le silence – au milieu de tout ce bruit – qui était le plus choquant. Pas un cri. Pas un sanglot. Pas même un dernier souffle. Juste ce silence immobile. Et j'aurais pu jurer qu'elle me regardait. Me fixait d'un œil accusateur. Plein de reproches.

Je ne parvenais pas à détourner le regard. Je suis restée plantée là tandis qu'autour de moi les gens affluaient pour lui venir en aide, ne comprenant pas, ou refusant de l'admettre, qu'ils ne pouvaient plus rien pour elle. On a pris le bébé pour le réconforter. Appelé une ambulance. Scruté dans la direction qu'avait prise la voiture en fuyant. Était-elle noire ? Bleu marine ? Ou bien gris foncé ? Sale, en tout cas. Vitres teintées. Immatriculée, peut-être, en République d'Irlande. Difficile à dire, tant les lettres et numéros étaient masqués par la boue. Aucune photo du véhicule n'avait été prise – mais un type était en train de filmer cette femme qui se vidait de son sang sur la chaussée. Il essaierait de vendre sa vidéo aux journaux, à moins qu'il ne la publie sur Facebook. Car elle ne manquerait pas d'attirer les « likes ». Une fillette, huit ans environ, hurlait. Ses cris perçants couvraient tout le reste. Sa mère l'a prise dans ses bras pour l'empêcher de regarder la scène. Mais c'était trop tard. Le mal était fait. Tout autour on s'activait pour faire le nécessaire. Quant à moi, je restais plantée là – à soutenir son regard.

Car ç'aurait dû être moi. C'est moi qui aurais dû être étendue sur la chaussée, l'asphalte se teintant de rouge écarlate tout autour de moi.

Je suis restée immobile quelques minutes – peut-être moins. Difficile à dire. Tout s'est passé à la fois très vite et très lentement, et les choses se bousculent dans mon esprit au point que je ne suis plus sûre de la chronologie des événements, ni de qui a subi quoi.

Je suis sortie de ma paralysie quand j'ai vu quelqu'un la couvrir en posant un duffle-coat marron sur son visage. Je me souviens de l'avoir trouvé affreux. Inapproprié. Ce manteau n'était pas de la première jeunesse. Elle méritait mieux. Mais grâce à lui, elle ne pouvait plus me fixer du regard, et une dame d'un certain âge, aux cheveux d'un blond cuivré artificiel, m'a délicatement prise par la main pour m'éloigner du trottoir.

— Ça va ? m'a-t-elle demandé. Vous avez tout vu, n'est-ce pas ?

— J'étais juste derrière elle, ai-je bredouillé tout en essayant de me frayer un chemin à travers la foule.

J'étais convaincue que, si j'y parvenais, le manteau se soulèverait comme par magie et que la femme aurait disparu. Quelqu'un serait alors apparu pour annoncer de vive voix que tout ça n'avait été qu'un leurre sophistiqué. Et alors, la gentille jeune femme qui, quelques minutes plus tôt chantonnait « Ah ! vous dirai-je, maman » au bébé gazouillant dans sa poussette, tandis que nous descendions ensemble dans l'ascenseur – cette même jeune femme réapparaîtrait et saluerait l'assistance.

Mais le duffle-coat n'a pas bougé d'un pouce et j'ai bientôt entendu au loin le hurlement des sirènes.

Inutile de vous presser, ai-je pensé, elle n'ira pas bien loin.

— Je vais aller vous chercher un thé bien sucré, m'a dit la dame aux cheveux cuivrés en me guidant jusqu'aux bancs situés à proximité de la scène d'horreur toujours en cours.

Cela n'avait pourtant aucun sens, de boire un thé tandis que le corps sans vie de cette femme gisait à quelques mètres de là.

— Merci, mais ça va aller, ai-je répondu.

— Vous êtes encore sous le choc, a continué la blonde.

Je lui ai lancé un regard absent.

Je n'étais pas simplement sous le choc. Je me sentais coupable. J'avais l'impression que l'univers s'était planté de façon magistrale, et que la Faucheuse risquait fort de recevoir sa lettre de licenciement après ce quiproquo. Un tel raté était impardonnable.

J'ai regardé autour de moi, la sidération laissant place à l'angoisse. Il y avait tant de monde. Tant de visages. Et le chauffeur ? L'avais-je vu ? L'avais-je seulement aperçu ? Se pouvait-il que ce soit *lui* ? À moins qu'il ne se soit arrangé pour que quelqu'un d'autre fasse le sale boulot à sa place, tandis que lui restait tapi quelque part, en simple spectateur. Ça lui aurait davantage ressemblé, de se tenir à l'écart pour profiter du spectacle, et d'admirer son œuvre de destruction. Sauf qu'il s'était planté. Elle était sortie avant moi. Je lui avais cédé le passage. Et j'avais fait capoter son plan.

Avec un sourire, je lui avais dit « Après vous ! » quand les portes de l'ascenseur s'étaient ouvertes. Elle m'avait souri en retour, sans imaginer vers quoi elle se dirigeait.

On m'a apporté un gobelet rempli d'un thé très clair. Une voix que je ne reconnaissais pas m'a dit qu'on y avait mis quatre sucres. Blonde Cuivrée est venue s'asseoir à côté de moi et, d'un signe de tête, m'a invitée à prendre une gorgée.

Il en était hors de question. Si j'acceptais, je savais que j'en percevrais le goût sur ma langue. La chaleur du liquide coulant dans ma gorge. Le parfum des feuilles de thé. Tout pour me rappeler que j'étais toujours vivante.

— Laissez-moi prendre vos sacs, a suggéré Blonde cuivrée.

Je me suis alors avisée que je cramponnais mon sac d'une main, tandis que de l'autre je tenais le sachet qui m'avait été donné chez Boots lorsque j'étais allée récupérer mes médicaments. Des anxiolytiques. Ils ne me seraient pas inutiles. Je serrais les mains très fort. Je l'ai regardée dans les yeux pour la première fois.

— Je n'y arrive pas, lui ai-je dit. Mes mains ne m'obéissent plus.

— Vous êtes encore sous le choc, mon petit. Laissez-moi faire, m'a-t-elle répondu d'une voix douce en s'approchant de moi pour desserrer, délicatement, mes poings fermés, avant de poser mes sacs sur le banc, à côté d'elle.

Puis elle s'est saisie du gobelet, l'a placé dans ma main droite et m'a aidée à l'approcher de ma bouche.

Le thé était si épouvantablement sucré que j'en ai eu la nausée. Tandis que je m'efforçais d'en boire quelques gorgées, j'ai senti la panique monter en moi. L'ambulance était arrivée. Ainsi que la police. J'entendais les pleurs d'une femme. De nombreuses voix chuchotaient. Des badauds pointaient du doigt dans la direction qu'avait suivie la voiture en prenant la fuite. Comme si leurs doigts pointés avaient pu faire réapparaître le véhicule. Des klaxons retentissaient, ceux qui les activaient n'ayant pas pris la mesure de la catastrophe qui les ferait arriver en retard à leurs réunions, à leurs rendez-vous, ou à leurs cafés entre amis. Les visages se brouillaient. Familiers sans l'être. Comment auraient-ils pu l'être.

J'ai senti ma poitrine se comprimer, comme si tout l'air était expulsé de mes poumons, puis cette sensation d'oppression s'est diffusée dans tout mon corps : mon estomac s'est noué et j'ai été prise d'un léger vertige.

Peut-être était-il en train de me regarder me décomposer, savourant le spectacle.

Le brouhaha devenait insupportable. Des parents couvraient les yeux de leurs enfants. Des employés s'attardaient devant les portes automatiques de leurs boutiques, mains sur les lèvres. J'aurais juré pouvoir percevoir le bruissement de leurs cheveux sur leurs cols de chemises tandis qu'ils secouaient la tête, refusant d'admettre la réalité de ce qu'ils avaient sous les yeux. J'ai entendu quelqu'un respirer profondément, bruyamment. Était-ce moi ? Des ombres se mouvaient autour de moi, obsédantes. J'étais prise de nausée.

— Je dois y aller, ai-je marmonné, presque inaudible tant ma voix semblait déformée et lointaine, et m'adressant autant à Blonde Cuivrée qu'à moi-même.

J'ai posé mon thé et repris mes sacs.

— Vous êtes obligée de rester, mon petit, m'a-t-elle dit sur un ton que j'ai jugé un peu trop ferme.

Je commençais à la prendre en grippe. Ou plutôt, j'avais envie de hurler. Je n'étais obligée à rien, si ce n'est à respirer – or je le faisais avec de plus en plus de difficulté.

Faute de mieux, je lui ai lancé un regard noir, incapable de trouver les mots.

— Vous êtes témoin, non ? Les policiers voudront sûrement vous parler.

Ces propos n'ont fait qu'exacerber mon angoisse. Allaient-ils découvrir que ç'aurait dû être moi ? M'en ferait-on le reproche ? Ferais-je la une de la presse locale ? (« Une habitante de la ville échappe de peu au pire ».) Et le cas échéant, qu'allaient-ils découvrir d'autre à mon sujet ? Il était hors de question que je prenne ce risque.

Je me suis consolée en me disant que je n'avais plus aucune révélation à leur faire.

Non, je ne parlerais pas à la police. C'était au-dessus de mes forces. J'avais trop eu affaire à la police par le passé.

2

Accident avec délit de fuite, avaient-ils conclu. Tel était le discours officiel. Probablement le fait d'un jeune chauffard au volant d'une voiture volée. *Chauffard*. Le mot me paraissait bien faible. Les propos des policiers ne m'avaient guère réconfortée. Après avoir réussi à me défaire de Blonde Cuivrée, j'ai vérifié mes serrures à trois reprises avant d'aller me coucher, puis fermé les rideaux de chacune des fenêtres de mon appartement. Durant les quarante-huit heures qui ont suivi, je ne suis pas sortie de chez moi et je n'ai pas répondu au téléphone. Mon patron est la seule personne à qui j'ai parlé, pour lui dire que j'étais malade et que je ne viendrais pas travailler. J'avais raccroché sans même attendre sa réponse, puis je m'étais à nouveau traînée jusqu'à mon lit et j'avais repris un anxiolytique.

Je me suis efforcée de mettre de l'ordre dans mes pensées et dans mes angoisses en suivant les préconisations de ma thérapeute. Plusieurs années s'étaient écoulées depuis que Ben avait proféré ses menaces – cinq ans, pour être exacte. De l'eau avait coulé sous les ponts, et il avait continué sa route. Il avait déménagé en Angleterre, aux dires de mon frère Simon. Simon que je soupçonnais secrètement de prendre pour argent comptant tout ce que Ben lui avait raconté quant aux raisons de notre rupture.

Simon, surtout, qui ne croyait pas un instant que son ancien ami puisse être en train d'attendre patiemment son heure pour anéantir mon existence une deuxième fois et, ainsi, assouvir sa soif perverse de vengeance.

— Vous le laissez gagner chaque jour, me disait ma psy. Vous lui accordez un pouvoir qu'il ne mérite pas.

Mais elle ne le connaissait pas. Pas comme moi en tout cas. J'ai passé ces deux journées pelotonnée dans mon lit à dormir – ou, du moins, à essayer de dormir – et à consulter frénétiquement Facebook pour glaner le maximum d'informations sur cette femme qui avait eu le malheur de mourir à ma place.

C'était parfaitement injuste. Elle avait tout pour elle, tandis que moi, eh bien disons que si je disparaissais de la surface de la terre sur-le-champ, personne ne le remarquerait vraiment. Sauf Andrew peut-être, qui ne tarderait pas à me demander des comptes.

Je devais assister à l'enterrement. Quelque chose me poussait à le faire. Il fallait que je voie cette souffrance et que je m'en imprègne – pour soulager ma conscience, peut-être, ou alors pour me torturer encore davantage ? Et vérifier si elle était vraiment aussi aimée qu'il y paraissait.

J'avais besoin d'une preuve supplémentaire de l'invraisemblable bourde commise par les dieux.

Ça virait à l'obsession. Rien de très étonnant somme toute. La presse ne parlait que du drame, et j'avais assisté en direct à la mort de cette femme. Ses yeux étaient restés ouverts – et je les voyais à chaque fois que je fermais les miens.

Ses obsèques ont été célébrées à l'église St. Mary's de Creggan, qui dominait l'essentiel de Derry : de ses collines escarpées jusqu'aux rives de la Foyle, par-delà lesquelles la ville reprenait de la hauteur du côté du quartier de Waterside. Cette église était intimement liée à l'histoire de Derry, puisqu'elle avait accueilli les funérailles des victimes du Bloody Sunday. Ce jour-là, treize cercueils avaient été alignés côte à côte dans la nef. Lors des obsèques de Rose Grahame, un seul cercueil reposait devant l'autel. En l'apercevant tandis que j'entrais furtivement par une entrée latérale, ma gorge s'est nouée. Je me suis assise à bonne distance des places réservées à la famille et aux amis. Hors de leur vue.

Au cours de la cérémonie, les intervenants se sont longuement attardés sur la vie heureuse qu'avait eue la défunte, entièrement dévouée à sa famille et à sa carrière. J'avais regardé ses proches – les vrais, vêtus de couleurs vives (comme l'aurait souhaité Rose) – suivre le cercueil jusqu'à l'autel en se soutenant les uns les autres. Je me demandais quelle aurait été leur réaction s'ils avaient su ce que je savais.

Je laissais l'écho des sanglots qui ponctuaient régulièrement la cérémonie s'immiscer au plus profond de mon être.

J'ai repéré son mari, Cian. En le voyant s'avancer vers l'autel, dévasté, j'ai dû prendre sur moi pour ne pas fondre en larmes. Son visage était l'incarnation même du chagrin. Il ne ressemblait plus du tout aux photos de lui que j'avais vues sur Facebook. Ses yeux étaient presque aussi morts que ceux de Rose, et chaque pas semblait lui demander un effort surhumain. C'était probablement le cas. À l'évidence, son amour pour elle était incommensurable. Sa souffrance le serait tout autant.

Il s'est levé, s'est éclairci la voix puis a prononcé le nom de la défunte, avant de s'interrompre aussitôt, la tête baissée et les épaules agitées de soubresauts. J'ai senti mon cœur se serrer. Je priais pour que quelqu'un le rejoigne et se tienne à ses côtés. Et le prenne par la main pour lui apporter du réconfort. Mais personne ne s'est manifesté. Toute l'assistance semblait retenir son souffle en attendant ce qui allait se produire. Comme au spectacle.

Après avoir inspiré profondément, il s'est redressé pour prendre la parole. « Rose était bien plus qu'un fait divers. Bien plus que la victime d'un tragique accident. Elle était tout pour moi. Toute ma vie. Et bien davantage encore. Dans la mesure où je suis écrivain, vous avez pu penser que les mots me viendraient aisément. Après tout, les mots sont mon outil de travail quotidien – je les façonne, je les assemble pour leur faire dire ce que j'ai besoin d'exprimer. Mais aujourd'hui, les mots me font défaut. Il n'existe pas de mots pour décrire avec exactitude ce que je ressens alors que je me tiens devant vous et que je regarde ce cercueil où repose le présent le plus précieux que la vie m'ait offert. Quand une personne meurt dans la fleur de l'âge, il est d'usage de dire qu'elle avait encore beaucoup à offrir. Tel était le cas de Rose. Elle donnait chaque jour. Nous avions tant de rêves et de projets. »

Après avoir marqué un temps d'hésitation, il a baissé successivement les yeux sur le pupitre puis en direction du cercueil, et s'est à nouveau adressé à l'assistance : « Nous tentions d'avoir un deuxième enfant. Nous voulions donner à Jack un petit frère ou une petite sœur. Maintenant que je sais que cela n'arrivera jamais, je me demande comment la vie peut être aussi cruelle ».

Nouvelle interruption, comme s'il cherchait ses mots. Mais au lieu de reprendre la parole, il s'est contenté de secouer la tête avant de regagner péniblement sa place, et il s'est assis en enfouissant son visage dans ses mains. Ses sanglots poignants se réverbéraient en écho sur les parois de pierre de l'église.

Rien de tout cela n'avait de sens. La situation était parfaitement injuste. J'ai essayé de me persuader que

Rose avait simplement fait l'objet d'une extraordinaire malchance, et tenté de trouver quelque réconfort à me dire que ce jour-là le destin avait, pour une fois, décidé de m'être favorable, fût-ce de manière détournée. Si je m'accrochais à cette idée, c'est que j'avais besoin de penser en termes de destin et de malchance plutôt que d'envisager quelque chose de plus sinistre. Il fallait à tout prix me convaincre que les fantômes du passé n'étaient pas revenus me hanter.

Je m'efforçais de croire que la vie s'employait à me donner une deuxième chance – la première m'ayant été volée cinq ans auparavant. Mon raisonnement était un peu tordu. George Bailey, dans *La vie est belle*, avait pu compter sur son ange gardien Clarence pour bénéficier d'une deuxième chance. Moi, j'avais droit à la mort violente de Rose Grahame.

J'avais également droit aux sanglots d'un cortège funéraire bariolé. Ainsi qu'à ce sentiment de culpabilité qui ne me lâchait plus.

Si au moins j'avais découvert que cette Rose Grahame était une horrible personne… En la voyant chantonner pour son bébé, et au sourire qu'elle m'avait adressé pour me remercier de la laisser sortir en premier de l'ascenseur, j'avais déjà pu me rendre compte qu'il n'en était rien.

Dans un accès d'égocentrisme, je me suis demandé si mes propres obsèques réuniraient une foule aussi fournie. Il y avait de grandes chances que non. A priori mes parents seraient présents. Ainsi que mes frères et leurs compagnes. Mais pas mes deux nièces. Elles étaient trop jeunes pour comprendre. Un ou deux cousins ainsi qu'une poignée de collègues y assisteraient, par obligation. Il y aurait également quelques voisins curieux. Des oncles et des tantes. Peut-être aussi mes amis – même si j'avais perdu de vue un certain nombre d'entre eux.

Maud ferait peut-être le déplacement depuis les États-Unis, mais cela dépendrait de l'état de son compte en banque et du coût du billet d'avion. Ils afficheraient tous une tristesse de circonstance mais reprendraient vite le cours normal de leurs existences – des vies bien remplies, comme celle que semblait avoir vécue Rose Grahame. Le genre de vie qui permet à ceux qui la mènent de recoller les morceaux et de rebondir après une tragédie, quand bien même ils auraient parfois l'impression d'avancer contre vents et marées. Le genre d'existence qui offre un boulot épanouissant, une vie sociale trépidante, des enfants et des hobbys.

Tout l'inverse de ma vie d'ermite.

Cinq ans, une éternité quand on vit seule.

Évidemment, ma présence à ses obsèques ne faisait qu'empirer les choses. C'était prévisible. En revanche, je n'avais pas imaginé pouvoir ressentir de la jalousie à son égard. Car j'étais jalouse de l'impact provoqué par sa mort.

Après avoir quitté mon banc à pas de loup et m'être frayé un passage à travers la foule massée à l'entrée de l'église, j'ai contourné le troupeau de photographes envoyés par la presse locale, à l'affût d'une image de la famille dévastée. Je marchais aussi vite que possible pour quitter l'enceinte de l'église. Une fois dans ma voiture, je me suis allumé une cigarette et j'ai sorti mon téléphone de mon sac pour me connecter à Facebook.

Depuis l'accident, j'étais devenue totalement accro aux réseaux sociaux. De retour chez moi, je me suis réfugiée sous ma couette et j'ai tenté de m'endormir pour ne plus penser à ce que je venais de voir – et faire. Peine perdue.

Je n'ai pas fermé l'œil de la nuit. Le matin suivant, je me suis fait un café et j'ai allumé mon ordinateur. Sans surprise, les sites Internet des journaux locaux ne parlaient que de l'accident. Ils faisaient état d'une victime – une femme d'une trentaine d'années accompagnée d'un bébé au moment du drame.

Accident avec délit de fuite.

Véhicule de couleur foncée.

La police lançait un appel à témoins.

La famille n'avait pas encore été mise au courant.

La victime était « connue localement » sous le nom de Rosie Grahame.

Non, elle s'appelait Rose Grahame. Pas Rosie.

Elle avait trente-quatre ans.

Elle était réceptionniste dans un centre dentaire très fréquenté. Celui du Dr Scott, sur Shipquay Street.

L'enfant dans le landau était son fils – Jack, vingt mois.

Elle était mariée.

Son mari était apparemment un écrivain local, Cian Grahame, lauréat en 2015 du prestigieux Simpson Literary Award pour son troisième roman, *Des ténèbres jaillit la lumière.*

Les mises à jour s'enchaînaient. Facebook s'affolait. Des internautes donnaient des détails. D'autres présentaient leurs condoléances, ou relayaient des rumeurs. Certains suggéraient qu'une cagnotte soit mise en place pour financer les obsèques et venir en aide au petit Jack, même si, au dire de tous, le succès de Cian Grahame mettait clairement son fils à l'abri du besoin.

Des photos ont été mises en ligne. On y voyait une Rose Grahame souriante, blonde, et arborant un de ces chignons faussement négligés qui requièrent en réalité une préparation minutieuse. Lunettes de soleil relevées sur le haut du crâne, elle embrassait la joue grassouillette d'un bébé au visage angélique. À ses côtés se tenait son mari, tout sourire lui aussi : grand, brun, et séduisant – forcément. Petite barbe de trois jours du genre sexy – pas en mode «je suis un gros flemmard qui a autre chose à faire que de se raser». Il souriait en regardant sa femme et leur fils.

C'était ni plus ni moins qu'une épouvantable tragédie.

Quelqu'un avait ajouté un commentaire au profil de Rose Grahame: «Rose, tu vas me manquer, ma belle. Toi et ton beau sourire. Repose en paix.» Comme si Rose Grahame allait pouvoir lire ce message par le simple fait de sa présence sur Facebook. Est-ce qu'il y a le wifi au paradis?

Car, bien sûr, j'avais consulté son profil. Je voulais en savoir davantage sur elle que les bribes d'informations fournies par la presse; davantage que le sourire qu'elle m'avait adressé quand je l'avais laissée passer devant moi; davantage que le regard vide avec lequel elle m'avait fixée tandis qu'elle gisait morte sur l'asphalte et que son visage se vidait littéralement de ses couleurs.

Je m'attendais à ce que son profil soit verrouillé. Ils sont nombreux à avoir des paramètres de confidentialité dignes de Fort Knox. À l'évidence, ce n'était pas un sujet d'inquiétude pour Rose. Peut-être voulait-elle faire savoir au monde entier qu'elle nageait dans le bonheur.

Je me suis donc retrouvée à scruter son «mur» pendant des heures, inspectant tous ses albums photos. C'est à croire qu'elle ne se départait jamais de son sourire, et qu'elle avait toujours des amis pour lui tenir compagnie.

Sur une photo de son mariage, on la voyait qui enlaçait Cian. Robe simple à la ligne fluide. Couronne de roses. Magnifique cérémonie en extérieur. Le tout semblait directement sorti de la brochure d'un organisateur de mariages pour hipsters.

Sur un autre cliché, elle exhibait son ventre proéminent, devant lequel elle joignait les deux mains pour former un cœur. Sur un autre, on la voyait rouleau en main et tache de peinture de rigueur sur le bout du nez alors qu'elle repeignait les murs de ce qui serait bientôt la chambre du bébé.

Il y avait aussi ses soirées entre copines, où elle apparaissait radieuse et étincelante, tout comme ses amies. Et d'autres moments où elle souriait fièrement à côté de son mari qui brandissait son dernier livre.

Puis, bien sûr, il y avait eu l'arrivée du bébé. Elle avait certes les traits un peu tirés, mais rayonnait de bonheur en berçant le minuscule nouveau-né, et elle annonçait au monde entier que c'était «sa merveille des merveilles».

On la voyait lui donner le bain ou le biberon, jouer avec lui, le promener dans sa poussette, ou l'aider à écrabouiller son gâteau d'anniversaire de ses petites mains potelées. Il y avait une quantité infinie de photos respirant le bonheur. Et quantité de publications sur les thèmes de l'amour, du bonheur, et de la chance qui était la sienne d'avoir un mari aussi formidable et un enfant aussi beau.

Le déferlement de réactions était phénoménal: à chaque fois que je rafraîchissais la page apparaissaient de nouveaux commentaires. Ils étaient rédigés par ses amis. Des membres de sa famille. Par des collègues, d'anciens camarades d'école, des cousins, des connaissances, voire des petits-cousins au troisième degré.

Jusqu'à ce soir-là, peu après 23 heures: alors que je m'apprêtais à me déconnecter pour tenter une énième fois de m'endormir, à coups de somnifères, un nouveau post était arrivé, rédigé par Cian en personne.

Ma Rose chérie,

Je n'arrive pas à croire que je ne te serrerai plus jamais contre moi. Et que plus jamais tu ne passeras le pas de cette porte. Tu étais, et tu le resteras, l'amour de ma vie. Tu étais toute ma vie. Ma muse. Merci pour toutes ces années de bonheur, et pour l'héroïsme dont tu as fait preuve dans tes derniers instants pour sauver notre petit Jack. Mon amour, je suis anéanti, mais je ferai tout mon possible pour tenir bon. Pour toi, et pour Jack.

Comme hypnotisée, j'ai lu et relu son message jusqu'à en avoir mal aux yeux et ne plus pouvoir distinguer les lettres. Cette déclaration d'amour, qui exprimait l'essentiel avec la plus grande simplicité, m'a à nouveau fait me demander comment les dieux avaient pu merder de façon aussi magistrale.

Pauvre Cian, ai-je pensé. Pauvre Jack. Sans oublier tous ces amis, parents, collègues et petits-cousins au vingtième degré, plongés dans un chagrin immense. J'avais beau me sentir à la limite du voyeurisme, je ne pouvais me résoudre à détourner le regard.

C'est pourquoi, une fois sortie de l'église, clope en main, l'habitacle de ma Mini totalement enfumé, je suis retournée aussitôt sur Facebook pour charger de nouveau la page de Rose. Les messages n'en finissaient pas d'arriver, que ce soit des posts envoyés directement sur son mur ou bien des commentaires qui la mentionnaient.

« *Je n'arrive pas à croire qu'aujourd'hui on enterre cette merveilleuse personne.* »

« *Je porterai les vêtements les plus colorés que je puisse trouver en souvenir de la plus étincelante des étoiles du firmament.* »

« *Rose*, avait écrit Cian. *Aide-moi à surmonter cette épreuve, ma chérie. Je ne m'en sens pas la force.* »

Mes yeux se sont portés vers les portes de l'église, devant lesquelles stationnaient de petits groupes de personnes, tête baissée, qui parlaient à voix basse. Certains tiraient sur leur cigarette. Comment faisons-nous pour surmonter tout ça ? ai-je pensé. Toutes ces tragédies que la vie nous inflige. Toutes ces embûches semées sur notre route. Même si, en l'occurrence, ces mots n'étaient sûrement pas les plus heureux. Encore mon humour noir, probablement. Ces dernières années j'en avais eu bien besoin. Mais je me demandais parfois si je n'en abusais pas, au risque de passer pour quelqu'un d'insensible.

J'ai noté que Cian avait changé sa photo de profil. Il l'avait remplacée par un portrait en noir et blanc de Rose, où elle apparaissait tête rejetée en arrière et riant aux éclats. Ses rides d'expression ne faisant qu'ajouter à sa beauté, elle irradiait de bonheur et de vitalité.

Jetant un œil à l'horloge sur mon tableau de bord, je me suis demandé si je devais attendre que le cortège funèbre sorte de l'église et parcoure la courte distance qui le séparait du cimetière municipal, où un dernier hommage serait rendu à la défunte. Rien ne m'empêchait de les suivre, en gardant mes distances. Assister à son inhumation me permettrait peut-être de tourner la page.

Après avoir longuement tiré sur ma cigarette, j'ai repris mon téléphone pour inspecter Facebook une dernière fois. Une nouvelle notification attirant mon attention, j'ai cliqué dessus. M'ont alors sauté en pleine figure le nom et le visage de celui qui m'envoyait un message. Tout s'est brouillé autour de moi. J'avais conscience de ne plus respirer, et d'avoir laissé tomber ma cigarette. Seule la crainte de mettre le feu à la voiture m'a poussée à agir. Je me suis penchée pour la ramasser, j'ai ouvert la portière et jeté la cigarette dans la rue, tout en respirant à pleins poumons. Un filet de sueur froide coulait dans ma nuque. Il y avait maintenant cinq ans que je ne l'avais pas revu. Et maintenant ? Au moment même où j'étais hantée par l'idée qu'il puisse s'apprêter à tenir sa promesse de s'en prendre à nouveau à moi, le voilà qui réapparaissait dans ma vie.

Une demande d'ajout sur Facebook, de la part de Ben Cullen.

Prise de panique, j'ai regardé autour de moi. L'assistance commençait à sortir de l'église. Se pouvait-il qu'il se trouve parmi ces gens ? M'observait-il depuis mon arrivée ? J'ai mis le contact, démarré en trombe, et roulé machinalement jusqu'au parking de mon lieu de travail, où je suis restée assise dans ma voiture en essayant de maîtriser mes tremblements.

Je n'avais qu'une idée en tête : rentrer chez moi, et m'enfouir sous ma couette. J'ai décidé d'envoyer un court e-mail à mon amie Maud. Il me suffisait d'écrire « Ben Cullen m'a envoyé une demande d'ajout sur Facebook », et elle comprendrait le reste.

En revanche, s'il y en a un qui risquait fort de ne pas comprendre, c'était Andrew, mon chef au centre d'appels sinistre où je passais mes journées. Il ne comprendrait ni ma panique, ni mon besoin de rentrer me réfugier dans mon appartement verrouillé à double tour et plongé dans la pénombre, tous rideaux fermés. Pour lui, j'étais chez le dentiste. Il m'avait clairement fait comprendre que mon absence serait déduite de ma paie, et il y avait déjà une heure et demie que j'avais quitté le bureau. J'étais étonnée qu'il ne m'ait pas déjà appelée pour me demander ce que je trafiquais. Quand bien même l'aurais-je appelé pour tenter de lui expliquer la peur qui me rongeait littéralement de l'intérieur, non seulement il ne m'aurait pas crue, mais il m'aurait aboyé dessus. Je marchais déjà sur des œufs avec lui. Mes deux jours d'absence après la mort de Rose avaient été la goutte qui risquait de faire déborder le vase.

Mais j'avais mal à la tête. Avisant deux policiers en uniforme sur le bord de la route, j'ai songé un instant à m'arrêter pour leur dire que Ben Cullen m'avait envoyé une demande d'ajout sur Facebook, et leur confier mon intuition qu'il pouvait être mêlé à tout ça. En formulant intérieurement cette hypothèse, je me rendais bien compte qu'un regard extérieur la jugerait fort peu plausible. Mais pas moi ; car je savais ce dont il était capable.

Il fallait que je quitte cet endroit. J'aurais voulu rentrer directement chez moi, mais je ne pouvais pas me permettre de perdre mon travail. D'ailleurs, ne serais-je pas davantage en sécurité au bureau ? Ils avaient beau être bien peu engageants, les locaux étaient correctement sécurisés. Après m'être assurée que toutes les portières de ma voiture étaient verrouillées, j'ai choisi de continuer ma route, sans répondre à la notification Facebook sur mon téléphone.

3

Rose, 2007
Rose Maguire: pense que c'est peut-être le début de quelque chose ! :)

Dès l'instant où je l'ai vu, j'ai senti une connexion entre nous. Rien à voir avec un coup de foudre ou un coup de tonnerre, mais plutôt une forme de sérénité qui m'avait attirée vers cette silhouette brune et songeuse installée à une table de la bibliothèque, stylo en main, penchée sur le carnet relié de cuir qui recueillait ses notes.

Un gobelet rempli de café à portée de main, il était plongé dans une intense concentration, et au moment où je m'apprêtais à rendre un livre que j'avais emprunté, j'ai su qu'il allait compter dans ma vie. Peut-être étais-je un peu trop influencée par mes lectures de romans sentimentaux, mais j'en avais le pressentiment. J'étais convaincue que c'était écrit. Incapable de détacher mes yeux de lui, je me demandais ce qui le poussait à écrire aussi frénétiquement dans son carnet. J'ai dû le fixer un peu trop longtemps, ou avec trop d'insistance, car quand il a relevé la tête nos regards se sont croisés et il m'a fixée en retour, l'air d'abord curieux, voire sérieux, puis il m'a souri et j'ai alors eu l'impression de le voir sous son vrai visage.

Mâchoire puissante, yeux pétillants, une chevelure un tantinet en bataille qui avait juste ce qu'il fallait de négligé. Si les studios Disney s'avisaient de dessiner un prince des temps modernes, du style de ceux qui traînent dans les bibliothèques, l'air concentré et vêtu d'une chemise à carreaux, alors ils feraient bien de s'inspirer du type qui était assis en face de moi.

J'aurais sûrement dû détourner le regard quand il m'a surprise en train de le fixer. D'ordinaire, c'est précisément ce que j'aurais fait. Mais il y avait quelque chose chez lui qui m'en empêchait. Je n'ai même pas rougi. Ou alors à peine – bien que j'aie eu l'impression de m'empourprer insensiblement.

Tournant la tête sur le côté, je lui ai rendu son sourire, d'une manière qui pouvait passer pour aguicheuse. Dès que la bibliothécaire a eu scanné mes livres, je me suis avancée vers lui. Si on m'avait dit que je ferais une rencontre ici, à la Bibliothèque centrale, proche du boulot. Ce lieu purement fonctionnel et dénué du moindre charme avait des airs de salle d'attente d'un cabinet médical. Pourtant, quand il s'est levé à mon approche, j'ai senti en moi comme un soubresaut. J'ai aussitôt rougi, naturellement, en me demandant s'il avait pu lire dans mon jeu. Avait-il senti l'imperceptible accélération de ma respiration à l'instant même où mes yeux s'étaient posés sur lui ?

— Vous partez ? lui ai-je demandé.

— Mon café a refroidi, m'a-t-il répondu en désignant le gobelet posé sur la table. Je pensais faire un tour dehors pour aller m'en chercher un autre. Ça vous dirait de vous joindre à moi ? On pourrait aller chez Java. Ils font de super cappuccinos. Vous avez l'air d'être le genre de fille à aimer le cappuccino.

— C'est exact. Oui, ça me dit bien.

— Nickel, a-t-il répondu en souriant avant de me tendre la main. Je m'appelle Cian.

— Et moi, Rose.

Je n'avais pas imaginé que mon week-end débuterait ainsi. Je comptais plutôt me pelotonner sur mon canapé, un plaid sur les genoux et une tasse de thé à la main, et me plonger dans les livres que je venais d'emprunter. Les derniers week-ends ayant été intenses, celui-ci serait dédié au repos. J'entendais prendre du temps pour moi.

Il n'en a rien été. Mon week-end a au contraire débuté par une discussion à bâtons rompus autour d'un café, deux heures durant, au cours de laquelle nous avons parlé de tout et de rien. Il était écrivain, et il était en train de travailler à son premier livre. J'ai un peu rougi en lui répondant que je travaillais dans un cabinet dentaire – beaucoup moins glamour – mais il m'a dit en souriant que les gens auraient toujours besoin d'une belle dentition.

Quand je lui ai demandé si je pouvais lire des passages de ce qu'il avait déjà écrit, il a baissé la tête, l'air gêné. Son travail n'étant pas encore abouti, il préférait attendre avant de le montrer à quiconque, le temps de le peaufiner. J'étais cependant convaincue que ce serait bon : il émanait de lui une telle intensité qu'elle devait forcément transparaître dans son écriture.

Nous sommes sortis du café, non sans avoir au préalable échangé nos numéros de téléphone, et il m'a envoyé un texto plus tard dans la soirée pour me proposer de le retrouver le lendemain pour un pique-nique au St. Columb's Park, sur la rive opposée du fleuve. On annonçait un temps radieux et il se sentait toujours plus inspiré en extérieur.

Grisée par cette perspective, je me suis levée tôt le lendemain matin pour faire un saut au centre commercial Foyleside. Je comptais m'acheter quelque chose qui soit compatible avec un pique-nique tout en étant sexy. Après m'être douchée puis lissé les cheveux comme jamais, je me suis fait un maquillage « look naturel » et j'ai préparé une salade de pâtes en guise de contribution au pique-nique. J'apporterais aussi une bouteille de vin que j'avais au frais.

Le pique-nique s'est avéré à la hauteur de mes espérances. Nous avons parcouru les sentiers boisés du parc, puis longé la rive suffisamment loin pour nous écarter du terrain de jeux bruyant. Il m'a pris par la main. Nous avons discuté, assis à l'ombre intermittente des arbres, puis il m'a lu quelques-uns de ses poèmes préférés. Et bien que la poésie n'ait jamais été mon truc, j'ai vite été complètement conquise. Il mettait une telle émotion dans les mots, et rendait parfaitement clairs des vers qui m'avaient toujours paru abscons. Et loin de se moquer de moi quand je lui posais une question, il se contentait de répondre, tout simplement.

Il m'a questionnée en retour. Sur ma vie, mon travail, mes amis. Sur ma famille. Sur la musique que j'aimais, les films que j'allais voir. Même si, m'a-t-il confié, il ne serait jamais un grand fan de Nora Ephron[1], il comprenait l'intérêt qu'on pouvait lui trouver. Après avoir bu un verre de vin et mangé – il a trouvé mes pâtes succulentes –, et quand le soleil nous eut rendus tous les deux un peu somnolents, nous nous sommes allongés l'un à côté de l'autre sur la couverture. Bercés par la rumeur des familles qui jouaient aux alentours et par les bavardages d'adolescents, nous avons commencé à nous sentir désinhibés par la chaleur du soleil. Il m'a pris la main en me disant qu'il n'avait pas passé un si bon après-midi depuis longtemps. Je me suis tournée vers lui, et j'ai lu sur son visage une expression que je ne parvenais pas à déchiffrer. Alors que je cherchais

1. Romancière, scénariste et réalisatrice américaine de comédies romantiques. *(Toutes les notes sont du traducteur.)*

mes mots, ne sachant que dire, il m'a prise de court et s'est appuyé sur un coude pour se pencher vers moi, puis il a déposé sur mes lèvres un baiser si doux que je me suis sentie emportée très loin.

Je sais que cela paraîtra agaçant, mais tout m'a semblé parfait. Tellement parfait qu'il m'a raccompagnée à mon appartement, et nous nous sommes à nouveau embrassés. Nous avons parlé, nous avons ri, nous assoupissant par intermittence, enlacés, jusqu'à ce que nous ne puissions plus lutter contre le sommeil et qu'il me suive dans ma chambre. Nous avons alors dormi lovés l'un contre l'autre jusqu'au matin.

Nous n'avons ressenti aucune gêne ni embarras au réveil. Ça ne nous a même pas paru bizarre d'avoir passé la nuit ensemble sans, vous savez… sans avoir fait l'amour. Ce n'est pas l'envie qui me manquait ; mais il a dit que nous devions prendre notre temps. Faisons durer l'étape des baisers, avait-il ajouté. Un baiser est une promesse. Je me sentais aimée. Chérie. Excitée.

Nous avons passé le dimanche à regarder de vieux films ; l'un choisi par moi, l'autre par lui. Et encore, quand je dis regarder des films, nous avons passé le plus clair du temps à nous embrasser. Ç'a été un déchirement de le laisser rentrer chez lui ce soir-là – alors nous avons poursuivi notre discussion par SMS, puis par téléphone, le tout aboutissant à un statut « Heureuse » sur mon Facebook juste avant que je ne parte au travail. Il me tardait déjà de le revoir.

4

Emily

J'ai eu la peur au ventre durant tout le trajet jusqu'à mon bureau, situé dans un immeuble austère en béton en bordure de la route principale qui menait de Derry à Donegal. Toutes les fenêtres étaient teintées, au cas où l'un des employés aurait eu l'idée saugrenue de jeter un œil dehors pour contempler le monde tel qu'il était, avec toutes ses couleurs et dans toute sa beauté. Je voulais y arriver le plus vite possible, afin de me plonger dans mes tâches quotidiennes et ne plus avoir à penser à tout le reste. Rose, Ben – ça commençait à faire beaucoup.

En y repensant, j'avais passé les cinq dernières années de ma vie dans un *open space*, à tapoter sur mon clavier d'ordinateur pour accomplir un travail routinier qui, certes, me convenait bien, mais n'offrait aucune perspective d'évolution. De toute façon, je n'aurais pas pu aspirer à mieux, dans l'état où j'étais après que Ben m'avait quittée. Tout ce qu'il me fallait, c'était un travail plan-plan, où je puisse me contenter de faire le boulot avant de rentrer chez moi à 17 heures, sans avoir à y penser jusqu'au lendemain matin. C'était ennuyeux. D'un ennui mortel, même. Mais parfaitement indolore.

Je songeais à Rose Grahame. Son travail lui plaisait-il ? Le trouvait-elle épanouissant ou bien ne lui servait-il que d'échappatoire ? Je ne l'imaginais pourtant pas vouloir fuir quoi que ce soit. Son enterrement s'était déroulé sous le signe de la couleur ; j'étais persuadée qu'il en avait été de même de sa vie.

— Alors, ça va ? m'a demandé Andrew à mon arrivée au bureau, avant même que j'aie eu le temps d'enlever mon manteau.

— Oui, oui, tout va bien, ai-je menti.

À cet instant précis, Maud me manquait beaucoup. Si seulement elle avait encore été là. J'aurais pu l'emmener dans la cuisine, et pleurer sur son épaule tandis qu'elle m'aurait réconfortée comme elle seule savait le faire.

— Tu t'es absentée longtemps. Dis-moi, il a fallu qu'on te pose de nouveaux plombages ? Tu t'es fait arracher une dent ? Ou alors tu es carrément allée te faire faire des implants en Hongrie ?

Andrew avait au moins huit ou neuf ans de moins que moi. Il avait beau avoir dans les vingt-cinq ans, il semblait toujours n'avoir besoin de se raser qu'une fois par semaine, et encore, avec une lame émoussée, histoire de se sentir un peu plus viril. Plutôt petit et fluet, il avait une prédilection pour les vêtements portés près du corps, ce qui n'avait rien de flatteur pour son physique de gringalet et lui donnait une allure de gamin qui voulait jouer à l'adulte.

— Non, rien de tout ça, ai-je répondu en évitant de croiser son regard avant de traverser la pièce pour rejoindre mon poste.

Je priais pour qu'il ne me suive pas. Ayant déjà bien du mal à tenir le choc, je n'avais vraiment pas besoin de l'avoir sur le dos.

Mon poste était situé dans un coin particulièrement déprimant, dépourvu du moindre accès à la lumière naturelle. La direction imposant une stricte règle du « bureau net », la moindre personnalisation de nos postes de travail était prohibée. Si le but de cette mesure était d'augmenter notre productivité, elle avait aussi pour conséquence de rendre notre lieu de travail d'un froid clinique. Comme un élevage de poules en batterie. Une fois mon ordinateur allumé, un bouton s'est mis à clignoter sur mon clavier, me signalant que j'avais un appel entrant. Je me suis demandé combien de temps durerait cette communication.

Rose devait déjà être enterrée. Une partie de moi avait envie de retourner sur Internet pour débusquer des photos des funérailles, en découvrir encore davantage sur sa vie, et vérifier si je pouvais repérer Ben dans l'assistance. Mais j'étais encore bien plus terrifiée à l'idée d'aller voir, et qu'il y soit. Sans compter que sa demande d'ajout sur Facebook était toujours en attente. J'ai senti poindre une douleur derrière mon œil gauche, annonciatrice d'une migraine à venir.

J'ai été, j'en conviens, moins patiente qu'à l'accoutumée avec le type à l'autre bout du fil, qui ne comprenait rien à mes directives, même les plus élémentaires. En pleine panique, il marmonnait dans sa barbe, furibond, incapable de trouver comment éteindre sa box. Il ne savait d'ailleurs même pas de quel boîtier il s'agissait.

Dans ces moments-là, j'étais prise d'une colère mêlée de frustration. J'en voulais beaucoup à ces gens si terre à terre. Comment pouvaient-ils se mettre dans des états pareils pour leur connexion Internet alors même qu'une femme était morte ? Fauchée en pleine rue. Anéantie.

Tout le monde avait repris le cours de sa vie, alors que la police n'avait pas trouvé qui était le meurtrier. Que ce dernier rôdait toujours, allant jusqu'à demander d'anciennes petites copines en amies sur Facebook. Je me suis dit que je virais parano. Certes. Mais tandis que le type continuait de s'emmêler les pinceaux en me décrivant les boutons allumés ou éteints sur sa box, qu'il avait fini par identifier, je ne pouvais pas m'empêcher de penser au meurtrier de Rose.

Au moment où il fonçait sur Rose, ai-je songé, avait-il eu le temps de voir les autres personnes présentes à proximité ? M'avait-il vue, bouche bée, les yeux remplis d'effroi ?

J'ai soudain été sortie de mes pensées en entendant le client brailler dans le combiné. Lui formulant des excuses, je lui ai demandé de répéter.

— Alors comme ça, vous êtes toujours là ? a-t-il dit sur un ton plein de mépris. Je pensais que vous étiez partie faire une sieste, ou même en vacances.

— Je suis absolument confuse, monsieur.

En me confondant en excuses, j'entendais apaiser la situation.

Vu que ces appels étaient enregistrés, je voulais absolument éviter de me retrouver convoquée pour une session de formation complémentaire en fin de mois.

— Je suis à nouveau toute ouïe, ai-je continué. Trouvons une solution à votre problème.

Dix minutes plus tard, une fois le type calmé, j'ai enfin pu raccrocher. Après avoir pris un moment pour me masser les tempes, j'ai tenté de me concentrer à nouveau sur ce pour quoi j'étais payée.

Trente secondes. Ça ne me prendrait pas davantage pour me connecter et faire une recherche d'images. Je pourrais ensuite me concentrer et me remettre au travail. Pour de bon.

Alors j'ai saisi mon portable, j'ai rafraîchi l'application Internet, et je suis aussitôt tombée sur une photo de la famille en pleurs, toute de couleurs criardes vêtue, recueillie devant la tombe. Jack, le pouce dans la bouche, était porté par une dame âgée habillée d'un manteau rose vif et qui semblait lutter contre la tentation de se jeter dans la tombe. Cian, livide, était immortalisé en train de déposer une rose couleur crème dans la cavité où reposait désormais sa femme. Elle était partie pour toujours. C'en était fini. Mais en observant le visage défait des membres du cortège, j'ai compris que pour eux ce n'était que le début.

Je venais de ranger mon portable pour prendre un nouvel appel quand j'ai aperçu Andrew se diriger vers mon poste sans âme. Même s'il s'efforçait de prendre son air sévère de chef, je voyais à la lueur caractéristique qui éclairait ses yeux qu'il s'apprêtait à m'annoncer une nouvelle qui le ferait se sentir important. Il est venu se poster près de moi – un peu trop près à mon goût – en attendant la fin de mon appel, et alors que j'allais prendre le suivant, il m'a enlevé mes écouteurs et s'est planté juste devant moi de telle sorte que je ne puisse pas détourner les yeux.

— Je peux te parler une minute ? a-t-il dit, la tête penchée sur le côté.

— De la pluie ou du beau temps, ou bien as-tu un thème particulier en tête ? ai-je répondu en tentant cette piteuse plaisanterie.

Comme je le craignais, il n'y a pas du tout été sensible, et il m'a fixée des yeux comme si j'avais été une énigme qu'il ne parvenait pas à déchiffrer. Une sorte de Rubik's Cube humain.

— Suis-moi dans mon bureau, a-t-il dit en haussant un sourcil avant de tourner les talons.

Un mauvais pressentiment s'est emparé de moi. Il n'était jamais rien arrivé de bon dans le bureau d'Andrew. Dans un petit coin de ma tête, je caressais pourtant l'illusoire espoir que, l'envie lui ayant pris de mettre un terme à la longue tradition dans cette entreprise de démoraliser et d'humilier le personnel, il s'apprêtait à me proposer soit une augmentation, soit une promotion, voire les deux en même temps.

— Ferme la porte derrière toi, m'a-t-il dit en prenant place derrière son bureau.

Il pensait probablement avoir l'air impressionnant – mais il se trompait. Avec sa petite taille et son allure chétive, il ne m'intimidait pas du tout. C'est à se demander si sa mère n'avait pas encore besoin de lui raccourcir ses pantalons.

— Assieds-toi.

J'ai obtempéré, ajusté ma jupe en respirant un grand coup, puis levé les yeux vers lui.

— Alors, ce dentiste ? a-t-il repris.

J'ai haussé les épaules, ne sachant trop ce qu'il voulait me faire dire.

— Tu avais rendez-vous chez le dentiste ce matin, c'est ça ?

J'ai fait oui de la tête.

— Je te l'avais dit, j'avais pris un congé sans solde.

— Ton dentiste est-il quelqu'un de particulièrement pieux ? m'a-t-il interrogé, délibérément sarcastique.

— Je ne peux pas dire que nous ayons parlé théologie, ai-je répliqué sur un ton léger, sans me laisser démonter.

— Eh bien, comme il semblerait que tu te sois rendue à l'église ce matin, je me demandais si ton dentiste faisait aussi des extras en tant que prêtre. Le confessionnal et l'extraction de dents seraient donc ses deux spécialités ?

Une onde de terreur m'a aussitôt parcouru l'estomac. Je me suis efforcée de réfléchir à toute vitesse.

— Qui ? Quoi ? Je ne comprends pas..., ai-je bafouillé en sentant la chaleur me monter au visage et mes joues s'empourprer.

Il a tourné son ordinateur vers moi. J'ai alors vu mon image pixélisée, prise au moment où je sortais de l'église à pas feutrés, avant le reste de l'assistance. J'avais l'air fuyant de quelqu'un qui essaie de se faire discret. À l'évidence, c'était raté.

— Il fallait que je me rende à cet enterrement, ai-je bredouillé, tout en sachant que l'entreprise n'autorisait les absences exceptionnelles que pour des motifs exclusivement familiaux. C'est pour cette raison que j'ai pris un congé sans solde. Ce n'est pas très grave, si ?

C'était clairement la chose à ne pas dire.

— Bien sûr que c'est grave. Nous avons des objectifs à atteindre, et toi, tu t'absentes en prétextant un rendez-vous médical, au lieu de quoi tu assistes en loucedé à l'enterrement dont tout le monde parle en ce moment. Connaissais-tu seulement cette femme ?

— Ce n'est pas ça, ai-je protesté, les joues de plus en plus cramoisies à mesure que je sentais le sang affluer vers mon visage. J'ai tout vu. J'étais là quand l'accident a eu lieu. J'ai été témoin de la scène. Il fallait que j'y aille. Pour tourner la page et ne plus y penser.

Les mots sortaient tout seuls de ma bouche, et mes mains tremblaient – peut-être pas assez pour qu'Andrew le remarque, mais je les sentais s'agiter toutes seules tandis que je m'efforçais de prendre de grandes respirations entre mes phrases courtes et saccadées. Je priais pour ne pas céder à la panique.

Andrew a secoué la tête. Il a soupiré. J'avais envie de lui hurler dessus.

— Emily, tu sais que nous ne pouvons pas nous permettre de garder des éléments improductifs ici. Nous avons déjà discuté de cela. Ainsi que de tes absences. Et aussi de ton attitude ici, sans parler de ton intégration au sein de l'équipe. Tu as reçu suffisamment d'avertissements, je ne peux plus te donner de chance supplémentaire. Et mentir à ton supérieur ? Cela constitue une faute grave.

Je l'ai regardé droit dans les yeux.

— Mais il fallait que j'y aille. Tu ne comprends pas ?

Il a de nouveau fait non de la tête. J'avais envie de l'empoigner, de secouer son corps malingre et de gifler sa tête d'abruti.

— Ah oui ? Et tu ne m'en as pas parlé plus tôt ? À qui voudrais-tu faire croire ça ? a-t-il raillé en partant d'un petit rire sarcastique qui a eu pour effet de décupler le vertige dont j'étais prise.

Incapable de me maîtriser, je me suis sentie vaciller.

— De toute manière, Emily, tu sais que ça ne change rien. Tu ne me laisses pas d'autre choix que de prononcer ton licenciement avec effet immédiat. Tu as suffisamment été mise en garde. Plus que tu ne le méritais, pour être honnête. Je suis désolé d'avoir dû en arriver là, mais toi seule es responsable de cette situation.

Il s'est carré dans son fauteuil, sans le moindre égard pour ma détresse grandissante. J'aurais voulu lui répondre, mais ma langue était comme pétrifiée. « Toi seule es responsable. » Sa phrase ne cessait de résonner dans ma tête.

Responsable.

Ainsi, je ne pouvais m'en prendre qu'à moi-même. Une fois de plus. N'était-ce pas déjà ce que Ben m'avait dit ? Que j'attirais les ennuis ? Aujourd'hui comme hier, c'était toujours ma faute.

Je percevais une rumeur confuse. Il était toujours en train de parler. Il m'a semblé l'entendre me demander de prendre mes affaires et de quitter les lieux sur-le-champ. Les RH me contacteraient. Il comptait sur moi pour ne pas faire de scandale.

— Ne rends pas les choses plus difficiles qu'elles ne le sont déjà, a-t-il ajouté la tête penchée sur le côté.

Ce simulacre de compassion m'a encore plus donné envie de pleurer que s'il avait été véritablement sincère.

Mes ongles se sont enfoncés dans mes paumes – la légère douleur qui en a résulté ayant au moins pour mérite de me raccrocher à la réalité de mon environnement immédiat : cette pièce qui devenait de plus en plus étouffante. Je me suis adjurée intérieurement de me lever, et de me remémorer les techniques de respiration que j'avais apprises à l'hôpital. Je priais pour que ma langue retrouve sa mobilité. J'aurais voulu lui dire d'aller se faire voir et tourner les talons sans plus tarder en claquant la porte derrière moi. Mais j'avais les jambes en coton.

Tu es seule responsable.

Je suis parvenue à me lever, en m'appuyant sur le dossier de la chaise. J'entendais vaguement Andrew me parler, sans comprendre un traître mot de ce qu'il disait. Seule m'importait l'humiliation qui bouillonnait dans mes veines.

Virée. À trente-quatre ans. Avec sur le dos le loyer d'un appartement qui ne me plaisait pas plus que ça, et des crédits à la consommation que j'avais déjà du mal à rembourser.

Seule responsable de ce qui m'arrivait.

Et Rose, peut-être un peu aussi. Pour avoir pris ma place. Pour être sortie de l'ascenseur avant moi, et s'être fait écraser par cette foutue Toyota Avensis.

Mais c'est moi qui lui avais cédé le passage, n'est-ce pas ? J'avais d'abord souri à son adorable bébé bouclé, puis, émue par les chansons qu'elle lui fredonnait autant que par la bouille radieuse du bambin, j'avais lancé : « Les mères et les enfants d'abord », et je l'avais laissée me précéder.

J'étais donc seule responsable.

J'aurais pu rester pour parler à la police, ce qui m'aurait permis de prouver à Andrew que j'avais bien été sur place au moment de l'accident. Mais j'avais préféré fuir. Exactement ce que je voulais faire maintenant. Ou alors m'évanouir. Ou bien vomir. J'aurais voulu réagir comme n'importe qui réagirait en pareilles circonstances, face au choc.

Maigre consolation, ai-je pensé tandis que je vidais dans mon sac le contenu de mon tiroir de bureau, en évitant soigneusement de croiser le regard de quiconque était présent dans la pièce, la sinistre politique de l'entreprise en matière de « bureau net » signifiait que je n'avais pas grand-chose à emporter. Un sachet de soupe instantané périmé depuis des lustres. Un mug affublé du logo à moitié effacé de l'entreprise. Une tablette de paracétamol. Une boîte de buspirone (mon anxiolytique, que j'utilisais rarement au travail mais que je conservais ici par sécurité, mes crises de panique ayant pour fâcheuse habitude de survenir sans prévenir). Deux ou trois cartes de visite défraîchies. Quarante-sept pence. Trois trombones, deux sachets de sel ainsi qu'un sachet de poivre à moitié vide ayant essaimé la moitié de son contenu dans mon tiroir. Un bouton ayant appartenu à un vêtement égaré depuis longtemps. Deux stylos.

Vraiment pas grand-chose, en somme. J'ai pris deux cachets dans la boîte de buspirone, que j'ai avalés avec une gorgée d'eau. Ils m'abrutiraient un peu, et feraient redescendre la pression par la même occasion. Il aurait mieux valu que je m'abstienne de conduire, cela dit. Ç'aurait été plus raisonnable. Inutile de vous rappeler ce qui se produit quand on s'avise de conduire dangereusement.

Autant aller boire un coup, ai-je songé, histoire de finir la journée en beauté en célébrant le fait que, décidément, j'étais seule responsable de ce qui m'arrivait.

5

La fumée de cigarette dans les pubs me manquait. Le mélange réconfortant du tabac froid et des effluves d'alcool promettait un peu de réconfort à chacun des sens. Maintenant, une fois que j'avais payé mon verre, je me retrouvais obligée de l'emmener dehors et, tout en tirant sur ma cigarette, de piétiner en le tenant contre moi sans desserrer les bras, dans l'espoir de garder un peu de chaleur.

Ma boisson du jour serait la vodka. Je n'en avais pas bu depuis une éternité – mais aux grands maux les grands remèdes. En l'occurrence, une série de shots de 35 ml pour tout oublier, et vite.

Jim, le barman, avait paru surpris en me voyant délaisser un radieux soleil hivernal pour venir m'enfermer dans la pénombre douillette du Jack's Bar, à quelques encablures de mon appartement de Northland Road.

— Ils t'ont lâchée plus tôt aujourd'hui ? m'a-t-il demandé tandis que je m'installais au comptoir.

Je lui ai lancé un regard interrogateur.

— Il n'est pas un peu tôt pour débaucher ? On t'a accordé du temps libre pour bonne conduite, hein ? La chouchoute du prof a eu droit à sa récompense ?

L'ironie des mots m'a fait pouffer de rire malgré moi.

— Oui, quelque chose comme ça, ai-je répondu. Sers-moi une double vodka avec un Coca Light.

Il a haussé un sourcil sans piper mot, se contentant de prendre un verre pour le remplir avec son bouchon doseur, duquel se déversait, sous mes yeux attentifs, le liquide cristallin et anesthésiant.

— Tu commences fort, m'a-t-il dit en ajoutant les glaçons avant de décapsuler une petite bouteille de Coca Light.

Comme il s'était abstenu d'ajouter le Coca à la vodka, j'ai supposé qu'il savait aussi bien que moi que le soda n'était qu'un alibi. J'en verserais juste une goutte, histoire de colorer ma vodka sans toutefois trop la diluer.

— Il faut ce qu'il faut, ai-je répondu en levant mon verre avant de l'avaler cul sec.

J'ai senti la chaleur âpre de l'alcool couler dans ma gorge puis se loger dans mon estomac, où elle atténuerait mon angoisse.

— Tu n'avais pas décidé d'arrêter de picoler pendant quelque temps ? m'a demandé Jim tandis que je poussais mon verre vide vers lui en lui faisant signe de me resservir.

— Si, j'ai tenu pendant quelques semaines.

Il savait aussi bien que moi que ma résolution ne datait que d'une semaine tout au plus, mais il ne m'a pas corrigée.

— Tu es certaine d'en vouloir une autre ? Il est encore tôt et la dernière fois que tu es venue tu m'avais dit que…

— Oublie ce que je t'ai dit, l'ai-je interrompu en prenant sur moi pour garder un ton léger alors qu'en réalité je voulais juste qu'il me resserve. Écoute, Jim, contente-toi de me servir un nouveau shot – et ce ne sera peut-être pas le dernier –, sinon je peux tout aussi bien aller voir la concurrence. Cela dit, pour être honnête, j'aime bien venir ici. C'est calme, et d'habitude tu n'es pas aussi chiant.

Jim a haussé les épaules et m'a versé mon shot. Afin d'apaiser ses scrupules, j'ai ajouté davantage qu'une giclée de Coca Light dans mon verre, et j'ai tourné la tête vers le jardin, avant de m'y diriger munie de mon verre et de mes cigarettes. J'entendais m'imbiber de nicotine autant que d'alcool.

Bien sûr, je savais pertinemment que je n'aurais pas dû boire. Surtout avec les deux doses d'anxiolytique que j'avais déjà dans le sang. D'autant que la boîte mentionnait en gros la mise en garde suivante: « Absorption d'alcool fortement déconseillée pendant le traitement. » Mais l'autre option ne me disait rien du tout, à savoir: regagner mon appartement en plein après-midi, calculer le nombre de semaines de loyer que je pouvais encore payer avant d'être officiellement sur la paille. Sur la paille, et SDF. Avec qui plus est un léger problème avec l'alcool, une dépendance aux médicaments, et un type à mes trousses qui voulait ma peau. Sans compter une grosse dose de culpabilité concernant la mort de Rose Grahame.

Plantée dans le jardin, grelottant de froid à côté d'un pot de fleurs garni de mégots et d'une guirlande électrique qui ne clignotait plus, j'ai pour la première fois été submergée par une vague de pensées négatives à l'encontre de Rose et de sa vie parfaite. Pourquoi sa bonne étoile n'avait-elle pas agi ce jour-là ? Pourquoi n'avait-elle pas eu la présence d'esprit de regarder des deux côtés avant de traverser ? Elle poussait son bébé dans un landau, bon sang. Si elle avait pris la peine de regarder, aujourd'hui je ne serais pas traumatisée par l'angle anormal qu'avaient pris son cou et sa jambe gauche au moment où elle était tombée. Je ne serais pas hantée par son regard vitreux. Je ne me serais pas sentie obligée d'assister à l'enterrement, ni de mentir à Andrew. Et donc en cet instant précis, je ne serais pas au chômage, l'esprit légèrement embrumé après avoir descendu mes dernières gorgées de vodka et de Coca Light.

J'en prendrais une dernière pour la route, avant de rentrer chez moi. Après avoir écrasé ma cigarette et l'avoir abandonnée sur la pile de mégots entassés dans le pot de fleurs – le tout ayant des airs de Mikado dystopique –, j'ai regagné le comptoir. J'ai fait glisser mon verre en direction de Jim. Il a de nouveau secoué la tête mais m'a quand même servi mon double shot.

— Je vais te faire préparer un sandwich, pour éponger tout ça, m'a-t-il proposé.

Mais cette fois c'est moi qui ai fait non de la tête.

— J'ai un dîner ce soir, ai-je menti. Ça ira. (Deuxième mensonge.)

Il s'est éloigné, se sachant vaincu. Après avoir versé la fin de mon Coca Light dans la vodka, j'ai pris mon portable pour me connecter à Facebook. Mon attention s'est portée sur la fenêtre d'accueil qui me demandait : « Quoi de neuf ? » Même si je n'avais rien partagé sur la plateforme depuis plus de cinq ans, je ne pouvais pas me résoudre à supprimer mon compte. Bien sûr, je n'avais pas toujours été aussi réticente à poster mes états d'âme. Avant, je partageais tout et n'importe quoi. J'exposais ma vie à la vue de tous ceux qui s'y intéressaient, et même à celle de quelques-uns qui ne s'y intéressaient pas vraiment. Ça, c'était quand tout allait pour le mieux – du moins le pensais-je alors, idiote que j'étais.

Mes clés sont tombées par terre avec fracas au moment où je donnais un coup de pied dans le tas de lettres qui gênaient l'ouverture de la porte, pour entrer dans mon appartement. Qui avait bien pu déplacer l'interrupteur du plafonnier de quelques centimètres vers la gauche, me suis-je interrogée ? J'avais tenu parole. J'étais partie après mon troisième verre. (Qu'il se soit agi de doubles shots ne comptait pas.) Mais tandis que je titubais en cherchant, à tâtons, l'interrupteur migrateur, mon estomac en vrac m'a fait comprendre que j'avais un peu abusé. J'ai dû m'asseoir un instant pour que la pièce s'arrête de tourner autour de moi. Je commençais à avoir mal à la tête. Sachant qu'il me fallait boire de l'eau et prendre des antalgiques, je suis allée chercher dans la cuisine une tablette de tramadol dont j'ai avalé deux comprimés avec un verre d'eau du robinet. Je n'avais plus besoin d'antidouleurs aussi puissants ; on me les avait prescrits il y a plusieurs mois pour soigner un mal de dos. J'aurais probablement dû redonner la fin de la boîte au pharmacien, mais j'aimais bien l'état dans lequel me mettaient ces pilules. Non seulement elles viendraient à bout de ma migraine, mais elles me plongeraient dans un état cotonneux – le genre d'état, avec un peu de chance, qui me procurerait des rêves de dénouements heureux et de choses agréables. Et qui m'aiderait à échapper à la réalité ainsi qu'à la tête de Ben Cullen, qui continuait de me narguer parmi mes notifications. Peut-être même rêverais-je d'un charmant mari à la barbe de trois jours prénommé Cian, d'un bébé joufflu portant le nom de Jack, et d'une vie qui me donnerait à nouveau des motifs de m'exposer sur Facebook. La vie d'une personne dont tout le monde pleurerait la mort. Portant la main à mon front, j'ai envoyé valser mes chaussures et, une fois allongée sur le canapé sous un plaid bleu, je me suis laissée doucement sombrer dans un sommeil brumeux.

J'ai été réveillée en sursaut à 2 h 37. Mes yeux endormis essayaient de faire le point sur les ombres qui dansaient à travers la chambre, projetées par les phares d'une voiture. Dans un demi-sommeil encore alcoolisé, et abrutie par le tramadol, j'ai eu la certitude de la voir, qui se tenait devant moi. Sa nuque brisée formant toujours le même angle contre nature, elle avait le regard éteint et les mains ensanglantées. Mais elle souriait – car sa vie était parfaite. Car même morte, sa vie était toujours meilleure que la mienne. Mon cœur s'est figé. Je me suis caché la tête sous la couverture et j'ai tenté de contrôler ma respiration, tandis que mon cœur cognait dans ma poitrine. Il fallait que je chasse de mon esprit le bruit qu'avait fait la voiture en la percutant, ainsi que la clameur et les hurlements de ceux qui avaient assisté à la scène. J'entendais pour la première fois mes propres hurlements se mêler à la cacophonie. Avais-je crié ce jour-là ? Impossible de m'en souvenir.

J'ai été à nouveau réveillée, aux premières lueurs du jour, par les sonneries répétées de mon téléphone qui m'alertaient sur le faible niveau de charge de la batterie. J'avais cinq messages en absence et six nouveaux SMS.

Je me suis frotté les yeux, me barbouillant le visage au passage du peu de mascara qui me restait de la veille, et me suis efforcée de me concentrer sur l'écran. À une exception près, tous les appels en absence provenaient de mon amie Maud. L'autre était d'Andrew. En voyant son nom, j'ai fait un doigt d'honneur en direction de mon portable. Puis j'ai fait défiler les messages. Cinq SMS, de plus en plus inquiets, envoyés par Maud.

Ben Cullen ? SÉRIEUX ?

J'ai appelé à ton boulot. Tu n'y es pas ? Kieran me dit que tu t'es fait virer. C'est quoi ce bordel ?

J'ai essayé de t'appeler. Tu ne réponds pas.

Emily, rappelle-moi. Je suis super inquiète.

DÉCROCHE !

Le SMS d'Andrew était plus bref: *Les RH te recevront lundi matin à 10 heures.*

J'ai balancé mes jambes hors du lit et je me suis levée, le cœur au bord des lèvres. Après avoir péniblement gagné la salle de bains, je me suis passé de l'eau froide sur le visage et fait une queue-de-cheval grossière. En me regardant dans le miroir, j'ai constaté que j'avais un délicieux teint gris, et les yeux cernés de noir. Après avoir bu de l'eau directement au robinet et m'être brossé les dents, je suis retournée dans ma chambre pour me débarrasser de mes vêtements de la veille. J'ai enfilé un bas de survêtement, un T-shirt et des chaussettes dépareillées, puis je suis allée dans la cuisine où je me suis préparé des toasts (en ayant pris soin au préalable de découper les bords moisis du pain) et un mug de thé. Après quoi je suis retournée m'installer au salon, en tailleur sur le canapé, pour appeler Maud.

Elle a décroché au bout de deux sonneries, la voix tout endormie. Réalisant qu'il n'était que 3 heures du matin à New York, je me suis aussitôt excusée de la réveiller.

— Putain, Emily, j'étais super flippée. D'abord Ben ? Puis tu es injoignable ? Et ensuite le licenciement ? Qu'est-ce qui se passe, enfin ?

Je peux dire, sans la moindre hésitation aucune, que Maud est ma seule véritable amie. C'est elle qui occupait les fonctions d'Andrew au centre d'appels avant qu'il ne lui succède. Elle m'avait prise sous son aile quand j'avais débuté chez CallSolutions. J'aime à croire qu'elle avait décelé en moi quelque chose de perfectible ou d'aimable. Quoi qu'il en soit, elle m'avait aidée à reprendre pied.

C'est grâce à elle que j'avais (avec beaucoup de mal) appris à intégrer les multiples procédures internes de l'entreprise. Il y a dix-sept mois, elle avait annoncé son départ pour les États-Unis, où elle allait superviser l'ouverture d'un nouveau centre d'appels pour notre multinationale. Cette date avait marqué pour moi le début d'une lente et inexorable dérive, qui pour finir aboutirait au jour où j'en serais réduite à manger des toasts au pain rassis en me demandant à quel moment tout était parti en vrille.

— Je suis allée à l'enterrement de Rose, alors que j'avais dit à Andrew que j'avais un rendez-vous chez le dentiste. Il m'a virée.

J'ai entendu un soupir à l'autre bout du fil.

— Putain, Emily, tu crois vraiment que c'était une bonne idée, d'aller à cet enterrement ? Et de raconter des bobards à ton chef ?

Éludant sa question sur le fait que j'aurais dû ou non me rendre à l'enterrement, je lui ai répondu que j'avais menti à Andrew parce qu'il n'aurait jamais compris pourquoi je ressentais le besoin d'y aller. Si Maud ne le comprenait pas, il n'y avait aucune raison que lui le comprenne.

Nouveau soupir, cette fois plus profond. Avant que je ne l'avoue à Andrew, Maud avait été la seule personne à savoir que j'avais été témoin de l'accident. Elle m'avait conseillé de consulter un psy, ou au moins d'aller voir mon généraliste en cas de baisse de moral ou d'anxiété. Pour être exacte, elle m'avait fait promettre de voir mon médecin *et* de consulter un psy.

— Il aurait compris, si tu lui avais parlé. Tu le sais. N'importe qui aurait compris. Tu as subi un traumatisme majeur, a-t-elle poursuivi, interrompant le flot de mes pensées.

J'ai secoué la tête.

— Non, je ne voulais pas qu'il soit au courant. Je veux que personne ne le sache. Sinon on me forcera à revivre la scène, ou bien à parler à la police…

— Et Ben, en quoi est-il mêlé à tout ça ?

— Il m'a envoyé une demande d'ajout sur Facebook, je t'ai dit.

— L'as-tu acceptée ?

— Non, bien sûr que non, me suis-je écriée, sans toutefois préciser que sa demande était toujours en attente sur mon compte.

— Alors ignore-le, et fais comme si de rien n'était.

Elle avait l'air si sûre d'elle que je me suis demandé si ce n'était pas moi qui dramatisais. À moins que je ne sois tout simplement en train de devenir folle.

— Et si jamais il voulait revenir dans ma vie ? ai-je demandé, en omettant de préciser que j'avais des raisons de craindre que ce ne soit déjà le cas, et qu'il avait peut-être un lien avec la mort de Rose.

Je savais déjà ce qu'elle allait me dire. Elle ferait tout pour rationaliser au énième degré. Or il n'y avait jamais rien eu de très rationnel chez Ben Cullen. Et c'était en grosse partie à cause de lui que je refusais d'aller voir la police. Ils avaient, par le passé, pris fait et cause pour lui, au point de prendre tout ce qu'il disait pour argent comptant. Tout le monde avait pris le parti de Ben. Sans exception. Je refusais de devoir à nouveau passer pour une menteuse.

— Tu veux que je parle à Andrew ? m'a demandé Maud, coupant court à mes cogitations. Je pourrai peut-être le persuader de te donner une dernière chance. Même s'il l'a déjà fait plus d'une fois.

Le ton de sa voix avait beau être doux, je sentais néanmoins dans sa dernière phrase une nuance de reproche.

Certes, il avait déjà fait preuve d'indulgence à mon égard, mais de toute façon, un patron normalement constitué – comme Maud en son temps – aurait facilement passé l'éponge sur une si petite entorse au règlement.

— Ah non, ça ira. Je vais chercher un nouveau boulot. Je vais m'en sortir. Il était temps que je change, de toute manière. Ce n'est plus pareil depuis que tu es partie, ai-je dit avec une assurance surjouée.

— Hum, fit Maud. Eh bien, disons que c'est le coup de pied aux fesses dont tu avais besoin ? Et je le dis avec toute l'affection que j'ai pour toi. Tu peux accomplir de grandes choses dans ta vie, Emily. Il est temps que tu te bouges, et que tu sortes de ta zone de confort. Ton boulot chez CallSolutions n'avait rien de stimulant. C'était peinard – exactement ce qu'il te fallait à un moment donné, mais la facilité n'a rien de gratifiant, n'est-ce pas ?

J'ai réprimé un éclat de rire. Mon boulot chez CallSolutions n'avait jamais rien eu de peinard. Je m'y ennuyais mortellement deux jours sur trois, et on me rappelait sans cesse que je n'étais pas intégrée : j'étais celle qui n'était invitée ni aux pots du vendredi soir, ni aux virées du samedi soir. Mais Maud avait raison : ce boulot ne me demandait aucun effort. Il avait constitué un refuge quand j'en avais besoin. Aujourd'hui, même s'il me fallait encore compter sur mes pilules pour décrocher le soir et parvenir à m'endormir, j'avais besoin d'autre chose.

— Qu'est-ce que je pourrais bien faire ? ai-je demandé.

J'ai entendu Maud bâiller.

— Je ne sais pas, ma chérie. Tu as l'embarras du choix. Jette un œil aux annonces en ligne, histoire de tâter le terrain, puis elle a ajouté, en se retenant de pouffer : Oh, je vais finir en enfer à cause de ce que je vais dire, mais je suppose qu'un poste d'assistante dentaire vient de se libérer, non ?

J'ai ri à mon tour et, au moment de lui dire au revoir, je me suis excusée de l'avoir réveillée et inquiétée.

— Ne t'excuse pas, Emily. Et surtout, essaie de ne pas trop t'inquiéter à propos de Ben. C'est de l'histoire ancienne. Les choses ont pris des proportions un peu excessives à l'époque. Peut-être qu'il veut juste te dire qu'il est désolé ? Pour le moment, essaie de ne pas trop cogiter. Saisis ta chance. Vois ça comme un nouveau départ.

J'ai mis fin à l'appel et je suis partie m'asseoir sur le canapé, mon thé froid à mes pieds. C'était à se demander si d'étranges forces karmiques n'étaient pas intervenues en ma faveur. Peut-être était-il écrit que je devrais assister à la mort de Rose pour m'obliger à prendre un travail épanouissant, et où je serais entourée de collègues sympathiques, prévenants et serviables. Peut-être Maud avait-elle raison – elle avait le don pour m'apaiser. Ben voulait peut-être juste me dire qu'il était désolé. Que ses excuses arrivent au même moment que la mort de Rose n'était peut-être que le fruit d'une coïncidence bizarre. Je m'en suis voulu d'être aussi paranoïaque. Mieux valait passer en revue les options qui s'offraient à moi.

Après tout, qu'est-ce qui m'empêchait de postuler à l'ancien travail de Rose ? En fait, étant donné que Derry comptait parmi les trois principaux points noirs du Royaume-Uni en matière de chômage, j'aurais même été assez avisée de le faire. J'avais de l'expérience en service à la clientèle. J'avais passé, des années plus tôt, des certifications en gestion administrative. Je savais me montrer aimable au téléphone ; même quand j'avais affaire à des interlocuteurs détestables. Absolument aucun doute là-dessus.

Et même si l'idée de prendre la place d'une femme morte – ne fût-ce que partiellement – était un peu morbide, ce n'est pas comme si elle était aujourd'hui en mesure de protester.

6

Le cabinet dentaire du Dr Scott occupait des locaux rutilants sur Shipquay Street, l'une des artères principales de la ville.

La vieille façade géorgienne avait été modernisée au moyen de panneaux de verre, et l'intérieur était intégralement décoré dans des tons blancs épurés, des canapés confortables au bureau de la réception en passant par les arums disposés dans des vases translucides sur chaque table. Avec son sol marbré de blanc et sa musique d'ambiance feutrée, l'endroit ressemblait davantage à un hall d'hôtel qu'à la salle d'attente d'un dentiste. À l'exception, bien sûr, de cette odeur caractéristique des cabinets dentaires : un parfum semblable à un désinfectant mentholé, auquel se mêlait l'odeur de l'angoisse.

J'étais allée chez le coiffeur le matin même. J'avais demandé au coiffeur de me faire quelques mèches blondes pour égayer ma chevelure brun terne. Dépensant l'argent que je n'avais plus, j'avais fait l'acquisition d'un beau tailleur – jupe cintrée, blazer et chemisier en soie – et mis des chaussures à talons classiques en cuir verni beige. J'avais particulièrement soigné mon maquillage. Grâce aux innombrables photos que j'avais vues de Rose Grahame et de ses collègues, je savais qu'elles apportaient toutes beaucoup d'attention à leur apparence. Paupières fardées, sourcils épilés, pomponnées, et cela va sans dire, dentition d'un blanc immaculé : on les imaginait davantage passer leurs journées à faire les boutiques à Milan, plutôt qu'affairées dans un cabinet dentaire où elles devaient répondre au téléphone, prendre les rendez-vous, et passer des heures devant les gosiers grands ouverts des patients.

Si je voulais me fondre dans le décor – et je tenais à ce que ce soit le cas –, il fallait que j'aie la tête de l'emploi. Il fallait que je devienne Rose. Une Rose 2.0. Et j'allais m'y employer. Même si trois semaines s'étaient écoulées depuis ses obsèques, je n'avais toujours pas vaincu mon addiction à son compte Facebook. Des gens continuaient à y poster des publications – bien qu'elle soit désormais inhumée et que la presse soit passée à autre chose. À l'exception des appels à témoins lancés épisodiquement pour retrouver le chauffeur de la voiture, la mort tragique de Rose Grahame était passée aux oubliettes de l'actualité. Sauf pour ses proches, qui n'en finissaient pas de partager des photos et d'exprimer leur désarroi. Ils continuaient d'écrire pour dire combien elle leur manquait.

Cian publiait des posts presque chaque jour : des images ou des citations inspirées par l'amour, autant de messages qui auraient arraché des larmes à une pierre. Il semblait parfois si désemparé que c'était à se demander s'il avait autour de lui des gens pour le réconforter. Il avait parfois l'air en colère : pas contre Rose, bien sûr, mais contre l'injustice de la situation. À d'autres moments, sous ses mots transparaissait une certaine fatigue, comme s'il avait été las de se réveiller chaque matin et de comprendre qu'elle était partie, et ne reviendrait jamais.

J'ai lu chaque mot, sans exception. Facebook était devenu ma fenêtre sur le monde extérieur, un monde, me semblait-il, que j'étais sur le point de réintégrer.

Si l'invitation de Ben était toujours présente sur ma messagerie Facebook, elle ne m'angoissait plus autant qu'avant. Il ne s'était pas manifesté après cela et j'étais rassurée par le fait que tout portait à croire qu'il vivait en Angleterre. Je gardais en tête ce que ma psy ne cessait de me répéter: je devais m'en tenir aux faits, et ne pas dramatiser chaque problème.

Et donc, je me suis concentrée sur ce qui ne pouvait pas être mis en doute, et je me suis jetée corps et âme dans la psyché d'un type bien. Un type comme Cian, qui ne craignait pas de montrer sa vulnérabilité et son chagrin. Ses posts lui valaient quantité de réponses, «likes» et mots de réconfort. J'espérais qu'il les entendrait, et que ces marques de soutien l'aideraient. En attendant d'être reçue pour mon entretien, je me suis demandé dans quel état d'esprit se trouvaient les employées du cabinet dentaire. Étaient-elles, elles aussi, enlisées dans un chagrin qui persistait jour après jour? Pourtant, à voir le sourire étincelant sur le visage des deux jeunes femmes à l'accueil – sourire qui avait sûrement dû coûter une fortune –, on aurait pu avoir l'illusion que la notion de tristesse ne les avait pas ne serait-ce qu'effleurées.

Mais lorsqu'on m'a conduite dans la petite cuisine du personnel, où l'on m'a proposé un café le temps d'être reçue par Owen Scott, j'ai pu me rendre compte de l'atmosphère de deuil qui régnait ici. Sur une table basse adossée à un énième mur blanc reposait une photographie encadrée de Rose, devant laquelle on avait placé une bougie allumée ainsi qu'un petit bouquet de fleurs. La réceptionniste qui m'avait conduite à la cuisine a dû me voir marquer un temps d'arrêt devant la photo.

— C'était Rose, m'a-t-elle dit. Elle est morte il y a quelques semaines. Elle va être difficile à remplacer.

La réceptionniste renifla discrètement. Je lui donnais dans les quarante, quarante-cinq ans. Cheveux auburn attachés en queue-de-cheval, maquillage irréprochable, chemisier et pantalon blancs qui mettaient en valeur son teint hâlé par un autobronzant parfaitement appliqué. Son regard s'est troublé. Je cherchais les mots justes, mais j'ai perdu mes moyens au moment où mes yeux se sont à nouveau posés sur le portrait de Rose, ici, sur son lieu de travail, où elle était encore si présente alors que son absence se faisait si douloureusement sentir.

— J'ai lu ce qu'il lui était arrivé, ai-je balbutié. C'est affreux.

J'ai néanmoins choisi de ne pas lui révéler que j'avais assisté au moment où la vie lui avait été arrachée, en pleine rue.

J'ai vu une larme rouler sur ses joues et tracer un sillon sur son fond de teint. Elle a sorti un mouchoir de sa poche et s'est tamponné les yeux.

— Je suis vraiment désolée. Je vous réserve un piètre accueil. On se doutait que ce serait une journée difficile aujourd'hui, avec les entretiens d'embauche pour pourvoir son poste. On aurait voulu attendre un peu, mais avec tout le travail qu'on a ici, on ne peut pas se le permettre. Vous devez me prendre pour une sacrée garce, de vous avoir dit qu'elle serait difficile à remplacer.

J'ai secoué la tête. Je ne le pensais pas, sachant très bien que Rose Grahame était quasiment une sainte.

— Ne vous inquiétez pas, lui ai-je dit en lui tapotant le bras. Ça doit être très dur.

Elle a acquiescé.

— Je m'appelle Donna. Je suis confuse, je ne me suis même pas présentée. Merci de vous montrer compréhensive.

J'ai accusé le coup. Donna. Probablement Donna O'Connor, qui avait écrit sur le mur Facebook de Rose pour dire que plus rien ne serait jamais plus pareil sans son sourire. J'aurais été bien en peine de la reconnaître, dans la mesure où presque tous les amis de Rose avaient remplacé leur photo de profil par celle de leur copine décédée, par un acte de solidarité assez morbide.

— Vous étiez proches ? ai-je demandé.

Donna a ri, puis ravalé quelques larmes.

— On ne peut plus proches. Je l'avais surnommée « ma meilleure cop' du bureau ». C'était la personne vers qui je pouvais toujours me tourner quand j'avais eu une mauvaise journée, ou quand j'étais crevée, ou quand les enfants m'avaient tenue réveillée toute la nuit et que j'étais à cran.

— Ça doit vraiment être très difficile, ai-je dit d'une voix qui se voulait apaisante, tout en observant cette femme à la mise parfaite se décomposer devant moi. Je ne saurais imaginer ce que vous êtes en train de vivre, ai-je menti, car c'était précisément ce que je venais de faire au cours des trois dernières semaines.

— Merci, a-t-elle murmuré avant de prendre une longue respiration saccadée pour se ressaisir. On ne pense jamais qu'une chose pareille puisse arriver. On sait que ça se produit, mais on n'imagine pas que ça puisse arriver à quelqu'un de proche. C'est injuste. Tellement injuste.

Ai-je vraiment l'esprit mal tourné si je dis qu'en voyant cette femme en proie au chagrin, la première chose qui m'a traversé l'esprit a été qu'elle avait besoin d'une amie, et que je pourrais être cette amie ? Si j'étais embauchée ici, je pourrais travailler avec quelqu'un qui s'est déjà confié à moi et que j'ai vu sous son jour le plus vulnérable. Nous pourrions sympathiser. Je pourrais devenir sa nouvelle « meilleure cop' du bureau ».

Peut-être même serais-je celle vers qui elle se tournerait après une mauvaise journée. Ou avec qui elle irait prendre un verre après le travail – sans excès, promis ! – ou faire des selfies pour alimenter ce triste compte Facebook que j'avais négligé. J'ai senti poindre au creux de mon estomac des fourmillements d'excitation. Mais j'ai refréné mon enthousiasme. Rien n'était encore acquis. Il me restait à convaincre celui qui prenait les décisions.

Je n'avais vu Owen Scott sur aucune des photos de groupes postées sur le compte Facebook de Rose. C'était le genre de type dont le charme ne saute pas immédiatement aux yeux. J'ai jaugé l'homme d'un coup d'œil : légèrement grisonnant, visage taillé à la serpe, fossette au menton, et les traits marqués par un semblant d'irritation. Visiblement peu à l'aise, il a pris place derrière le bureau en désordre dans ce qui devait être le secrétariat du cabinet. Il a juré à voix basse en fouillant dans la paperasse avant de trouver ce qu'il cherchait, ce qui a eu pour effet d'entamer sérieusement la confiance que j'avais eue cinq minutes auparavant.

Serrant les poings sous la table en me frottant la paume des mains pour les rendre moins moites, j'essayais de contrôler ma respiration. Tout se passerait bien, tentais-je de me persuader. Je pouvais y arriver.

Mon regard s'étant arrêté sur le sommet de son crâne, j'examinais les tons poivre et sel qui parsemaient sa chevelure, qui aurait mérité une visite chez le coiffeur. Il s'est passé les doigts – dépourvus d'alliance, ai-je relevé – dans les cheveux, puis s'est redressé sur son siège avant de me fixer en prenant une grande respiration.

— J'aurais dû mieux me préparer, a-t-il dit, les traits tirés. Les choses sont un peu compliquées ici ces derniers temps.

J'ai hoché la tête.

— J'ai parlé avec Donna. Elle m'a dit pour Rose. Je suis vraiment navrée.

Ses yeux gris empreints de tristesse, il a acquiescé.

— Le bon fonctionnement du cabinet reposait en grande partie sur Rose, dit-il. On s'est tous un peu laissé déborder depuis…

— C'est parfaitement compréhensible, ai-je approuvé. Ça a dû être un sacré choc.

Il a de nouveau acquiescé d'un signe de tête, sans répondre. C'était inutile. Son visage était éloquent.

Il a inspiré profondément une deuxième fois, s'est éclairci la voix, puis s'est pincé l'arête du nez.

— Alors, Emily d'Arcy, a-t-il commencé.

J'ai fait oui de la tête.

— J'ai, bien sûr, passé en revue votre CV. Voilà un petit moment que vous n'avez pas travaillé en contact direct avec la clientèle, mais vous avez l'air d'avoir toutes les qualifications nécessaires. Ce cabinet recevant une patientèle très nombreuse, nous devons pouvoir compter sur des collaborateurs qui ne rechignent pas à la tâche, et qui sachent, en temps voulu, faire face à la pression. Nous recherchons aussi quelqu'un qui ait de solides compétences organisationnelles. Selon vous, pourquoi devrions-nous vous recruter ?

J'avais soigneusement préparé mes réponses.

— Je suis quelqu'un de travailleur et d'appliqué. Certes, j'ai consacré ces dernières années à un service de téléassistance, mais je suis convaincue que si on est capable de gérer des clients parfois difficiles au téléphone, à partir de réponses préétablies et en étant chronométré, on peut gérer n'importe quelle situation. Je pense également pouvoir dire que mon âge est un atout dans les circonstances qui sont les vôtres. Il implique une certaine maturité, ainsi qu'un sens accru du travail en équipe.

Il a approuvé d'un hochement de tête, baissé les yeux sur la feuille posée devant lui, puis les a relevés vers moi avant de soupirer. Je serrais puis relâchais les poings discrètement pour faire retomber la tension qui commençait à m'envahir.

— Et votre dernier emploi ? Pourquoi l'avez-vous quitté ?

Je me suis efforcée de rester parfaitement impassible. Ce n'était pas le moment de lever les yeux au ciel ou de grimacer de façon inopportune.

— Il me tardait d'être à nouveau en contact avec la clientèle. Et de me rendre vraiment utile. J'avais le sentiment que mon travail chez CallSolutions ne me stimulait plus assez. J'ai donc décidé de faire le grand saut. C'est vrai, on sait ce qu'on quitte, mais pas ce qu'on prend, n'est-ce pas ? Mais je me suis dit que j'avais le choix entre continuer là où j'étais, sans la moindre motivation, ou bien me forcer à agir pour aller vers un changement radical, en espérant que cela paie. Et donc j'ai démissionné. C'était un risque à prendre, mais dans la vie, il faut parfois tenter le destin.

J'avais conscience d'être manipulatrice, voire affreusement manipulatrice. Mais comme je ne suis pas totalement stupide, j'avais anticipé cette question. J'avais donc décidé de miser sur le drame récent, en espérant qu'Owen Scott serait sensible à mon laïus sur le thème : « La vie est trop courte. » Je ne jouais pas vraiment réglo, mais ça partait d'une bonne intention.

C'était presque imperceptible, mais j'ai décelé quelque chose dans le regard d'Owen après qu'il a eu écouté ma réponse. Ses traits se sont adoucis, lui donnant un air moins las et le rendant un peu plus séduisant à mes yeux.

— Vous savez, ai-je poursuivi, je me doute que vous traversez tous ici une période très difficile, et que ce ne doit pas être aisé d'avoir à recruter quelqu'un pour prendre le poste qu'occupait jusqu'ici une personne pour qui vous aviez tous à l'évidence énormément d'estime. Je n'ose imaginer dans quel état d'esprit vous vous trouvez tous en ce moment. Mais si vous me donnez ma chance, je vous promets que vous ne le regretterez pas.

À ma grande surprise, je pensais réellement ce que je disais. Et plus grande encore a été celle de sentir ma gorge se serrer et les larmes me monter aux yeux. Je n'avais pas pleuré depuis le jour de la mort de Rose Grahame. Je ne m'en sentais pas légitime, même si ce que j'avais vu avait été traumatisant et qu'il m'arrivait encore de me réveiller la nuit en pensant à ses yeux braqués sur moi.

Mais là, assise en face d'Owen, tandis que je décelais cet infime changement dans son comportement, cette douceur nouvelle dans son regard, il m'est soudain apparu comme une évidence que je désirais, plus que tout, changer de vie. Je ne m'étais pas contentée de réciter un discours préparé pour décrocher un travail dans lequel Rose avait été heureuse ; j'avais compris que ce travail pourrait, moi aussi, me rendre heureuse. J'ai fourni un effort surhumain pour retenir mes larmes. J'ai inspiré lentement, puis, luttant pour ne pas trembler, relâché mon souffle.

Owen me dévisageait. Je n'aurais su dire avec exactitude s'il avait dit quelque chose après mon débordement émotionnel, ou si, comme moi, il se demandait comment enchaîner.

— Je suis désolée, ai-je balbutié en tendant le bras pour prendre mon sac.

— Pourquoi ? m'a-t-il demandé, déconcerté.

— Je suis désolée d'avoir un peu cédé à l'émotion, ai-je menti. Ce n'était pas très professionnel de ma part.

Mais, en réalité, j'aurais voulu dire que j'étais désolée d'être assise en face de lui, à la place de Rose. Désolée que ce soit elle qui soit morte, et non moi.

— Nous avons tous ici un peu les nerfs à vif ces derniers temps, a-t-il répondu d'une voix douce en esquissant un sourire bienveillant. Il nous a été rappelé que la vie est courte. Et que tout le monde a droit à une deuxième chance.

Deuxième Chance. J'avais failli écrire un blog portant ce nom. Un blog secret que j'avais eu l'idée de commencer quand tout était parti en vrille. Il aurait été privé, et anonyme. Comme une sorte de thérapie. Personne n'en aurait jamais appris l'existence. Pas même Maud, qui aurait trouvé que c'était une idée totalement folle. Elle se serait inquiétée. Et je ne voulais plus l'inquiéter.

C'est peut-être finalement ce qui m'avait convaincue de ne pas le faire. Ça, et le fait que tout finit par se savoir. On partage trop, vous savez. Tous autant que nous sommes. Même ceux d'entre nous qui affirment le contraire. Notre comportement nous trahit. Ce qu'on « like » – ou pas. Les comptes que nous suivons. Les vêtements que nous portons sur nos photos. Les citations que l'on poste – ou pas. La musique que l'on partage. Ce qu'on écrit quand on est fatigué. Quand on est sous le coup d'une émotion. Ou quand on est pompette.

Toute une vie que l'on expose à la vue des autres. Toute une vie que l'on s'invente. On en arrive bizarrement, en désespoir de cause, à prendre notre existence virtuelle sur Facebook pour notre vie réelle. Car ce fut aussi mon cas.

Mon existence virtuelle, où tout était parfait et sublimé, j'avais eu beaucoup de mal à en faire le deuil quand tout s'était effondré. Car je connaissais des gens – dont j'avais sans doute tout fait pour attiser la jalousie – qui auraient pris un malin plaisir à assister à ma dégringolade.

M'est alors revenue à l'esprit l'expression fatale. *Toi seule es responsable.*

J'avais été trop transparente. J'avais trop cru aux vertus du partage. J'avais cru que le monde était pavé de bonnes intentions. Que les gens avaient tous les mêmes principes que moi. J'avais cru au pouvoir de l'amour. J'avais cru pouvoir l'amener à m'aimer autant que moi je l'aimais. J'avais cru pouvoir le changer. Pas le changer, non: le réparer. L'apaiser. J'avais cru pouvoir l'apaiser par mon amour.

Si j'avais tant accepté, c'est qu'au fond, en mon âme et conscience, j'avais cru que Ben Cullen était une bonne personne. Un être abîmé par la vie. Cet être meurtri, j'avais cru pouvoir en adoucir les aspérités. Je pensais que mon amour l'aiderait à redevenir celui qu'il était vraiment, au-delà de ses dehors bourrus et rugueux.

Au-delà de ses emportements. Des emportements qui me valaient tantôt ses vociférations, tantôt une gifle sur la joue gauche, ou qui l'amenaient à me pincer si fort que ma peau en devenait livide, jusqu'à ce qu'il desserre l'étau de ses doigts et qu'un bleu apparaisse. Toujours sur le haut des bras ou des cuisses. Stigmates invisibles infligés par un homme incompris. Car lui aussi souffrait; j'en étais convaincue. Même quand sa colère passait au degré supérieur – et qu'il en oubliait de s'assurer que les bleus étaient aisément dissimulables, ou qu'il haussait un peu trop la voix en société. Nous ne sortions pourtant pas beaucoup, privilégiant le plus souvent les «petites soirées en amoureux à la maison». C'est en tout cas ce que prétendaient mes posts sur Facebook.

Mais je l'aimais. Je l'aimais vraiment. Je l'adorais, même. Je désirais profondément que les choses rentrent dans l'ordre. J'aurais tant voulu améliorer les choses. Pour lui comme pour nous. Je croyais sincèrement pouvoir y parvenir.

Et un soir, j'avais reçu sur Facebook un message de la part d'un inconnu. Un inconnu qui était en possession d'une photo de l'homme que j'aimais d'un amour inconditionnel et passionné, autant qu'aveugle et désespéré. Sur la photo, cet homme embrassait voluptueusement une autre femme, et relevait sa jupe. Au cas où j'aurais pu avoir un doute sur son identité, une deuxième photo, le montrant le visage déformé par la jouissance tandis que l'objet de ses attentions était agenouillé devant lui, dissipait toute ambiguïté.

Je reconnaissais la chemise qu'il portait. Je la lui avais offerte pour Noël. Le dernier Noël que nous passerions ensemble. Mais le premier que nous avions fêté après nos fiançailles.

Il m'avait trahie. Mon âme sœur. L'homme que j'avais essayé d'aider. L'homme que j'avais laissé passer sa colère sur moi dans l'espoir qu'il en soit un jour définitivement délivré. Il m'avait trahie et humiliée – et je savais pourtant que la pire des humiliations, quand la nouvelle se répandrait, était encore à venir. Les gens commenceraient alors à jaser. À publier sur mon Facebook des messages « de soutien », des citations inspirantes, ou des chansons. Je supprimerais l'album Pinterest illustrant mon mariage idéal, ainsi que les sublimes photos Instagram aux filtres avantageux où on nous voyait marchant sur la plage. Je réaliserais, ou admettrais, que tout ça n'avait été qu'une mascarade, et que c'était pourtant par ma faute qu'elle avait vu le jour, à cause de mon obstination à vouloir y croire. C'était ma faute si je l'avais laissé faire ce qu'il m'avait fait. Car j'avais cru que nous pourrions être heureux. J'étais seule responsable de ce qui m'était arrivé. C'était la stricte vérité.

Et bien entendu, j'aimerais pouvoir dire que ces moments – ce soir-là ainsi que les jours qui suivirent, quand je dus faire table rase de ma vie réelle ainsi que de mon existence virtuelle – furent les moments qui me virent sombrer au plus profond. Tant s'en fallait, bien entendu.

Le pire était encore à venir.

7

J'ai été surprise autant qu'abasourdie d'apprendre que le dentiste avait retenu ma candidature. D'accord, le salaire était bien plus bas que ce que je touchais au centre d'appels (où j'étais déjà pourtant particulièrement mal payée) mais il m'offrait le nouveau départ auquel j'aspirais tant.

J'ai envoyé un bref e-mail à Maud pour la remercier de m'avoir suggéré de postuler ainsi que pour sa recommandation. Et aussi d'avoir convaincu Andrew de me fournir de bonnes références, ce qui lui avait probablement valu une bonne heure au confessionnal après tous les mensonges qu'il avait dû inventer. Enfin, ce n'était pas vraiment des mensonges. J'étais une bonne employée. Du moins, je pourrais en redevenir une.

Maud avait été légèrement horrifiée d'apprendre que j'avais donné son nom comme référence.

— Je plaisantais quand je te disais que tu devrais postuler pour ce boulot, m'a-t-elle dit sur un ton solennel.

— Peut-être, mais tu avais raison. Ils ont un poste vacant là-bas, et moi j'ai besoin d'un boulot. Pourquoi ne pas tenter ma chance ?

Elle avait marqué une pause, et j'avais entendu un léger bourdonnement sur la ligne.

— Tu ne trouves pas ça un peu bizarre ? avait-elle repris. Quand même, tu as vu cette femme mourir, et maintenant tu postules chez son ancien employeur ? Et pour son propre poste ?

– Hum, avais-je répondu avec un haussement d'épaules. Peut-être, si je l'avais connue. Mais ce n'est pas le cas. Après tout, oui, j'ai été témoin de l'accident, et ç'a été horrible ; mais il ne faut pas non plus que ça m'empêche d'avancer. C'est peut-être une réelle opportunité qui s'offre à moi, et qui tombe à point nommé maintenant qu'Andrew m'a foutue dehors. Ce n'est pas comme si les offres d'emploi se trouvaient sous le sabot d'un cheval dans le coin, hein ? Nécessité fait loi.

J'avais ainsi réussi à persuader Maud non seulement de me fournir elle-même une lettre de recommandation, mais aussi de demander à Andrew d'en faire de même. C'était certes un peu gonflé, mais je savais qu'elle n'aurait aucun mal à le convaincre, car je soupçonnais depuis longtemps Andrew d'avoir le béguin pour elle. Il ferait tout ce qu'elle lui demanderait.

Tout sourire, j'ai tapé mon message sur mon ordinateur portable.

Ce sera un nouveau départ, lui ai-je écrit. Je sais que je n'ai pas toujours fait ce qu'il fallait par le passé, mais l'occasion m'est donnée aujourd'hui de corriger le tir. Si tu voyais cette équipe, Maud. Tu les adorerais. Ils sont vraiment sincères. Je pense que je me sentirai bien avec eux.

J'ai cliqué sur « Envoyer » et je me suis levée, toujours souriante, pour commencer à désencombrer et nettoyer l'appartement. Ce serait un nouveau départ, et pour en profiter au mieux il me fallait le meilleur endroit possible. J'ai ouvert les rideaux pour la première fois depuis des semaines, puis aspiré de fond en comble, même sous le canapé et le long des plinthes. Puis j'ai enlevé les draps du lit pour les laver à 90 °C, en évitant de me rappeler la dernière fois où je les avais changés. J'ai épousseté, récuré les moindres recoins. Débarrassé la table basse de tous les magazines et prospectus qui y étaient empilés pour les mettre en tas près de la porte d'entrée, en prévision de leur recyclage. Nettoyé les placards et le frigo.

J'ai dû jeter une grande quantité de nourriture périmée, et tout ce qui était moisi est parti directement à la poubelle. Ensuite, munie de mes cabas, je suis partie chez Marks & Spencer où j'ai acheté plein de fruits, de légumes et de produits allégés. Ainsi que des bouteilles d'eau. Tout un stock d'eau minérale. C'était plus que recommandé.

L'Emily d'avant avait disparu pour de bon. Ayant tiré les enseignements de ses erreurs passées, la nouvelle Emily serait une meilleure version que toutes les précédentes. Après avoir touché le fond de la piscine, j'avais donné un bon coup de pied et réussi à remonter à la surface. Les dernières semaines – que j'avais surnommées la Ben Bang – ne méritaient pas que je leur accorde davantage d'attention. Une fois rentrée chez moi, je me suis douchée, me suis préparé des bolognaises allégées à la courge butternut, que j'ai accompagnées d'un grand verre d'eau minérale. Après le dîner, assise sur mon canapé à la propreté désormais irréprochable, j'ai posé mon ordinateur portable sur mes genoux et je me suis connectée à Facebook.

J'ai regardé mon mur, que je négligeais depuis si longtemps, mon compte ne me servant plus qu'à espionner les autres. Mais ce soir-là, j'ai décidé de mettre à jour mon statut, et j'ai choisi pour ce faire une maxime qui comparait la vie à une grande aventure et qui nous encourageait à en profiter chaque jour. Puis j'ai cliqué sur mes notifications et me suis enfin résolue à rejeter, une bonne fois pour toutes, la demande d'ajout envoyée par Ben.

J'ai ensuite cliqué sur le profil de Rose. Un nouveau message de Cian était arrivé. Je n'ai pu résister à la tentation de le lire.

Rose,

Il y a maintenant un peu plus d'un mois que tu m'as quitté. Que tu nous as quittés. Je sais qu'on dit que le temps guérit toutes les blessures et qu'il ne s'en est pas encore écoulé beaucoup, mais en ce moment, chaque jour est un peu plus dur que la veille.

Jack te cherche. Il scrute autour de lui au réveil. Il appelle « Mama »; et quand c'est moi qu'il voit se pencher sur son berceau, je vois sa déception, un matin après l'autre. Et jour après jour, sa déception me détruit un peu plus, petit bout par petit bout. Il ne comprend pas où tu es partie. Comment le pourrait-il quand j'en suis moi-même incapable ?

Je ne peux accepter que cela soit vrai. J'ai imploré, supplié Dieu de te ramener parmi nous ; je sais, c'est stupide. Tu sais bien que je n'ai jamais cru en Dieu de toute façon. Mais je serais prêt à saisir la moindre chance… Rose, je ferais n'importe quoi. Je Lui promettrais n'importe quoi. Tout ce que j'ai : le succès, les prix. Tout. Je donnerais tout pour que tu nous reviennes.

Mais enfin, quel est ce Dieu qui a pu t'enlever à moi ? À Jack ? Quel Dieu pourrait laisser un enfant sans mère ? Certainement pas le Dieu auquel je voudrais croire. Un tel Dieu ne peut pas être bon. Qu'y a-t-il de bon à nous laisser sans toi ? Aucun « dessein », aucun « plan d'action » ne sauraient le justifier.

Mes bras sont vides – et pourtant si lourds. Ils souffrent de ton absence, et ne comprennent pas pourquoi ils ne peuvent plus t'enlacer. Ils ne servent plus à rien. Moi non plus je ne sers plus à rien. Ils se sentent inutiles. Tout comme moi.

Si j'avais su que nous aurions si peu de temps à vivre ensemble, j'aurais fait davantage d'efforts. J'aurais été un meilleur mari. Je t'aurais mieux protégée. Je ne t'aurais jamais quittée des yeux. Pas même cinq minutes. J'aurais mis en déroute quiconque, fût-il Dieu, aurait tenté de t'enlever à moi. Je me serais battu pour te garder sauve.

J'ai besoin de croire que tu es toujours parmi nous, mon amour. J'ai besoin de croire que mes bras t'enlaceront à nouveau.

Avec mon amour éternel,

Cian

J'ai essuyé une larme et regardé sa photo de profil, qui montrait toujours le visage radieux de feu son épouse. L'espace d'un instant, j'ai songé à lui envoyer un message, pour lui dire qu'elle était toujours là. Car c'est ce que je crois. Les gens ne nous quittent pas vraiment. Il subsiste leur aura. Une personne comme Rose, solaire et pleine de vie… Une telle énergie ne peut pas disparaître comme ça, définitivement. Elle va forcément quelque part.

J'aurais voulu lui dire de rester fort, pour cet adorable bébé aux yeux bleus et dont le visage s'était éclairé d'un immense sourire quand sa mère avait fredonné pour lui. Pour ce bébé qui s'était mis à hurler quand elle avait poussé la poussette de toutes ses forces pour qu'elle ne croise pas la trajectoire de la voiture qui fonçait sur eux, se laissant faucher à sa place.

Mais je ne l'avais pas fait. Après avoir refermé mon portable, j'ai pris dans mon sac un comprimé d'anxiolytique. Il m'aiderait à bien dormir, histoire d'être prête pour mon nouveau départ. J'espérais aussi que cela empêcherait Rose de revenir hanter mes rêves avec son teint livide et ses yeux désormais gris et vitreux.

Ma tenue était parfaitement ajustée. Je trouvais rassurant, par le sentiment d'appartenance qu'il conférait, le fait d'avoir à porter un uniforme. Avec mon badge argenté à mon nom, et associé à une paire de ballerines en cuir souple blanc, il me donnait une certaine allure. Je me trouvais classe. Impeccable. Professionnelle. Si contouring et eye-liner manquaient encore à mes techniques de maquillage, j'avais tout de même fait un effort particulier.

J'avais fière allure, et surtout, je me sentais bien. Donna et Owen m'ont tous les deux saluée à mon arrivée. Leur accueil et leurs sourires m'ont paru sincèrement chaleureux. Ils m'ont présentée aux autres employés, dont j'allais bien finir par mémoriser les noms. Cela dit, pour être honnête, j'avais déjà le sentiment d'en connaître un certain nombre grâce à leurs profils Facebook. Donna m'a conduite à la cuisine du personnel et m'a expliqué où se trouvait le principal : les sachets de thé, le café et les toilettes « femmes ». Puis elle m'a accompagnée dans une petite pièce à l'arrière du cabinet, qui faisait office de vestiaire. « Voici le tien », m'a-t-elle dit en pointant du doigt un des casiers, au milieu de la rangée supérieure. Tous les autres casiers ayant l'air d'être utilisés, je me suis demandé s'ils m'avaient attribué celui de Rose. J'ai failli demander puis, me ravisant, j'ai placé mon sac au fond du casier et je l'ai refermé, avant de glisser la clé dans ma poche.

— Owen, n'aime pas trop qu'on soit sur nos téléphones pendant le travail, mais ça ne pose pas de problème pendant les pauses et le déjeuner. Le fait est qu'on passe plus de temps à papoter que sur Twitter ou Facebook, m'a dit Donna.

— Vous déjeunez toujours ensemble le midi ?

Donna a acquiescé d'un signe de tête.

— En quelque sorte, même si nos horaires de pause déjeuner sont forcément échelonnés, dans la mesure où on ne peut pas toutes être indisponibles en même temps pendant une heure. Mais on arrive quand même à se voir pour bavarder. Chaque matin à 11 heures, on appelle la boulangerie pour commander nos sandwiches. Tu n'es pas obligée de participer, mais leurs sandwiches sont délicieux. Ils font des paninis, des wraps, et tout un tas de choses, notamment des salades et des soupes incroyables.

— Marché conclu, ai-je dit en souriant.

Je nous imaginais déjà en train de nous régaler en échangeant des potins entre filles, sous les yeux de Rose dont un portrait encadré avait été accroché sur un mur de cette cuisine cosy.

— Tu seras en observation avec Tori aujourd'hui, m'a annoncé Donna. Elle travaille à la réception depuis un an ; elle était l'adjointe de Rose. Elle te montrera comment on fonctionne. Tu passeras aussi un peu de temps dans les salles de soins avec les chirurgiens-dentistes, car on a parfois besoin d'appeler les réceptionnistes en renfort. Rien de sanguinolent à redouter de ce côté-là : tu auras juste à prendre des notes, en t'assurant que les dossiers sont correctement mis à jour. En revanche, il faudra t'habituer à bosser avec la fraise en bruit de fond. Mais Tori te chaperonnera au début, et t'expliquera tout dans les moindres détails. Que ce soit les procédures à suivre pour les urgences ou nos règles en matière de rendez-vous non honorés ou de prise de rendez-vous classique.

Comme elle n'avait pas arrêté de sourire tout en parlant, il était impossible de se sentir accablé. Tout semblait faisable ; même le fait de travailler avec pour bruit de fond celui de la fraise ou de la roulette.

— Ça me semble parfait, ai-je dit, rayonnante, sans même avoir à me forcer.

Owen s'est montré tout aussi chaleureux. Il m'a accueillie avec un grand sourire, m'a serré la main en me souhaitant la bienvenue dans la « maison des fous ». Puis il a veillé à ce que j'aie tous les identifiants nécessaires sur l'ordinateur de la réception, et il m'a expliqué comment classer les dossiers dans le bureau.

— C'est ton premier jour. Tout le monde a droit à un joker lors de son premier jour. Donc ne t'inquiète pas, tout va bien se passer. Prends exemple sur Tori, et n'hésite pas à poser des questions. En fait, tant qu'on ne te surprend pas à sniffer de l'oxyde d'azote entre deux rendez-vous, tu n'as aucun souci à te faire, a-t-il dit en riant.

J'ai ri moi aussi et je me suis aussitôt plongée dans mon nouveau travail. J'étais pleine d'allant et ultra-motivée.

Donna s'est arrangée pour que nous déjeunions ensemble, en me recommandant le sandwich « bacon-laitue-tomate » de la boulangerie, dont elle m'a vanté le petit plus : une délicieuse sauce chutney à la tomate faite maison. Quand nous avons été installées à la petite table de la cuisine, devant nos tasses de café fumantes, elle m'a dit que j'avais fait le bon choix :

— Je suis sûre que tu vas te sentir bien ici. Owen a du flair quand il s'agit de choisir ses collaborateurs.

Elle a souri puis marqué une pause avant de lever les yeux vers la photo encadrée.

— Est-ce que ça vous met mal à l'aise que quelqu'un ait pris la place de Rose ? ai-je demandé à voix basse.

Elle a baissé les yeux, posé son sandwich et pris une gorgée de café.

— Pas exactement. Disons que ça nous fait un peu bizarre. Je n'aurais jamais pensé qu'elle ne serait plus ici. Même quand elle était en congé de maternité après la naissance de Jack, elle nous appelait tout le temps.

Elle avait eu du mal à décrocher. Elle passait régulièrement nous voir pour papoter cinq minutes, et proposait son aide pour remplir les tableaux demandés par Owen ou pour rassurer un patient stressé. Elle avait un vrai don pour les tranquilliser. Nous avions toutes pris l'habitude de nous occuper de Jack pendant qu'elle nous donnait un coup de main, ce qui était loin de nous déplaire. Il faut dire que ce bébé est un amour.

Son sourire s'est effacé à l'évocation du petit Jack. Elle devait penser au pauvre petit orphelin qu'il était devenu ; ce bébé qui ne comprenait pas où était partie sa mère, comme l'avait écrit Cian. J'ai pris sa main dans la mienne.

— C'est une épreuve terrible…, ai-je dit.

— Elle aussi adorait travailler ici. Elle disait qu'on était sa famille. Tu sais, elle n'aurait pas eu besoin de travailler ; surtout une fois que les bouquins de Cian ont commencé à cartonner. Il aurait préféré qu'elle reste à la maison pour s'occuper de Jack, mais elle considérait que nous étions sa deuxième famille : elle aimait Cian, mais elle nous aimait aussi. Je lui ai souvent dit que j'aurais rêvé d'avoir un mari qui m'aurait suppliée de rester à la maison tandis que lui subviendrait à nos besoins…

Voyant ses yeux s'embuer, j'ai serré sa main un peu plus fort. Elle a reniflé, relevé la tête et s'est frotté les yeux, se barbouillant les paupières avec son eye-liner jusqu'ici impeccable.

— Enfin, la vie doit continuer, n'est-ce pas ? Surtout que tu es là maintenant, après une première demi-journée parfaitement réussie. Il ne s'agirait pas que tu aies l'impression de devoir lui ressembler comme deux gouttes d'eau. Tu dois rester comme tu es, et nous sommes ravies de t'avoir avec nous.

— Je comprends que ce soit dur pour vous. Quand on pense à ce qui lui est arrivé… Ça a dû être violent pour vous.

— En effet, a-t-elle répondu en reposant sa tasse de café avant de remballer son sandwich à moitié terminé puis de se lever. Et ça l'est toujours. Si tu veux bien m'excuser, il faut maintenant que j'aille jeter un œil à mon téléphone, au cas où l'école de mes gamins aurait cherché à me joindre. Il y en a toujours un qui a oublié ses affaires de sport, sa flûte à bec, entre autres catastrophes. Je fais de mon mieux pour penser à tout, mais je ne suis pas non plus Wonder Woman.

Avant de quitter la pièce, elle a lancé un dernier regard vers la photographie accrochée au mur.

« Tu es quelqu'un de bien. Ta présence ici, tu ne la dois qu'à toi-même », me suis-je murmuré en me forçant à terminer mon sandwich, dont le chutney épicé me laissait tout à coup un arrière-goût un peu amer.

Alors que je m'apprêtais à jeter l'emballage de mon sandwich, Donna est entrée de nouveau dans la pièce. Elle a pris une grande respiration :

— Écoute, en fait, avec ce qui est arrivé à Rose, pour nous tous, c'est… disons que c'est compliqué ; la douleur est toujours vive.

— Compliqué ? ai-je demandé en haussant un sourcil.

Elle s'est tournée vers la porte, puis à nouveau vers moi, et a ajouté :

— Enfin, non… « Compliqué » n'est peut-être pas le bon mot. Mais je ne comprends toujours pas comment une chose pareille a pu arriver. Parfois, je suis encore submergée par l'émotion.

J'avais d'autres questions à lui poser, mais au moment où j'ai ouvert la bouche, une des autres filles est entrée dans la cuisine et nous a demandé comment se passait notre journée. Le moment était passé, mais les mots de Donna allaient rester gravés dans ma mémoire.

Le soir même, après avoir changé de vêtements pour porter une tenue plus confortable, puis m'être démaquillée avec une lotion adéquate et pas avec une de mes sempiternelles lingettes pour bébé, j'ai souri une première fois en voyant s'afficher sur mon profil Facebook une demande d'ajout provenant de Donna, puis une deuxième fois lorsque Owen m'a envoyé un bref SMS me disant qu'il espérait que ma première journée n'avait pas été trop rébarbative.

Après lui avoir écrit quelques mots en retour, j'ai posé mon portable et je me suis calée dans le canapé pour repenser à tout ce qui s'était passé ces dernières années. Après Ben. Ma vie était scindée en deux: il y avait l'« avant » et l'« après » Ben. Tout compte fait, la phase « pendant » ne comptait même plus. Elle n'avait été qu'une mascarade.

Alors, cette nouvelle ère qui s'ouvrait au cabinet dentaire Scott serait-elle le signe d'un nouveau départ ? Je ne pouvais pas le savoir avec certitude. Toujours est-il que ce nouveau départ, je le voulais. Il me fallait une nouvelle chance. Des amis. Voire un amant. Une vie, en somme.

Or c'était exactement ce pour quoi je m'étais battue en vain durant ces dernières années. Les années qui avaient suivi ma disgrâce, au vu et au su de tous. J'avais été brisée. En mille morceaux. Et quelles que soient la patience et la minutie dont je pourrais faire preuve pour les recoller, ils ne retrouveraient jamais leur état originel.

Ici et là, des bouts dépasseraient. D'autres, noyés dans la colle, sembleraient laids, déformés, voire difformes. Même si tous les morceaux étaient bien présents, ils n'étaient plus tout à fait identiques. Moi non plus, je n'étais plus la même. Comment l'aurais-je été ? Le tout était devenu à la fois supérieur et inférieur à la somme de toutes les parties.

Peut-être avais-je tenté, durant ces années, de me briser à nouveau, pensant bêtement qu'en rendant la brisure plus nette, la réparation serait plus propre. Mais je n'avais fait qu'aggraver les choses. Les jointures s'étant distendues, je les avais colmatées avec ce que j'avais pu trouver. D'abord l'alcool, puis les médicaments, l'un comme l'autre ayant eu pour effet d'adoucir les arêtes brisées et, par conséquent, de rendre les fractures plus supportables.

Mais ils les avaient aussi aggravées. Ils m'avaient incitée à prendre de mauvaises décisions. Comme le fait d'exprimer ma souffrance haut et fort. Ou de montrer ma colère à Ben, sans mesurer que la vérité pouvait vite être déformée. Il avait raconté sa version de l'histoire – ses mensonges – à tous ceux qui avaient bien voulu l'écouter, et ils l'avaient cru car ils voyaient l'ivrogne que j'étais rapidement en train de devenir. Ils me pensaient instable.

Petit à petit, j'avais fini par ne plus pouvoir rester dans l'obscurité une minute sans avoir la boule au ventre, de peur de ne plus jamais revoir la lumière. Il est des choses qui ne peuvent être tenues pour acquises. Par manque de vigilance, on subit bien des revers.

J'avais pensé au suicide. Surtout la nuit, quand le simple fait d'exister devenait une souffrance. Quand même me frapper la tête contre les murs ne suffisait pas à faire taire mes angoisses. Quand il me manquait si cruellement que je ne cessais de me dire qu'il aurait suffi d'un rien pour que j'en finisse. Pour que je me brise si violemment que personne n'aurait pu me réparer.

Je l'avais même planifié. C'était durant l'horrible hiver 2010. La neige n'en finissait pas de tomber. Les températures polaires faisaient la une des journaux. La Foyle, fleuve au débit le plus rapide d'Europe, désormais quasiment figé, peinait à briser la glace qui entravait son cours.

J'avais pensé aller à la plage. J'aurais avalé des cachets avec de la vodka, et je me serais dirigée vers le rivage. Assise en tailleur sur le sable, j'aurais attendu que le froid devienne brûlant, et que le mélange d'alcool et de médicaments me fasse dormir ou m'emmène dans une contrée où j'aurais moins souffert.

Maud pense que je n'ai jamais vraiment eu l'intention de passer à l'acte. Selon elle, c'était surtout un appel au secours. Sinon, pourquoi aurais-je envoyé un e-mail à Ben pour lui dire que c'était mon tour de le quitter, et que je ne pouvais pas vivre sans lui ?

Si vous voulez mon avis, Maud avait surtout besoin de se persuader que ça n'avait été qu'un appel au secours. Car c'était trop dur de penser le contraire. Et mes parents ? Je pense qu'ils ne m'ont jamais pardonné. Pour eux, c'était une forme d'abandon. Comment aurais-je pu leur faire une chose pareille ? Comme si mon acte avait été dicté par ma volonté de les contrarier. Notre relation ne s'en est jamais remise. Moi non plus.

8

Rose, 2007
Rose Maguire : sort avec Cian Grahame

J'ai un grain de beauté, à environ cinq centimètres sous mon sein gauche, que Cian adore. Je ne me souviens même pas de l'avoir remarqué avant qu'il ne me dise qu'il le trouvait irrésistible. Tandis que nous étions allongés dans le lit, il avait dessiné un cercle tout autour avec son doigt, puis nous nous étions rapprochés l'un de l'autre pour nous embrasser, si tendrement que j'avais dû retenir mon souffle.

— La moindre de tes imperfections te rend encore plus parfaite, avait-il murmuré, faisant palpiter mon cœur.

J'étais en train de tomber amoureuse de lui. Véritablement amoureuse. Cela ne relevait pas simplement du désir sexuel, ni d'aucun de ces sentiments factices qui, surgissant au début d'une relation, font que deux personnes sont obnubilées l'une par l'autre. C'était autre chose. Il s'agissait de l'amour tel qu'il était décrit dans les livres que j'avais lus. Un amour qui vous rend invincible, et qui vous donne le sentiment d'avoir rencontré la deuxième moitié de vous-même alors même que vous vous pensiez entier.

J'étais malheureuse quand nous étions séparés ; même s'il m'envoyait des fleurs au travail, m'appelait lors de ma pause déjeuner, et m'adressait des SMS romantiques pour me dire qu'il avait hâte de me retrouver. Quand je rentrais à la maison, il me préparait à dîner, puis il me donnait à lire ce qu'il avait écrit dans la journée.

C'était très différent de ce que j'avais l'habitude de lire. Mais c'était bon. *Il* était bon. Il avait du talent à revendre. J'aurais voulu le faire connaître – ainsi que son écriture – à la planète entière, mais, par extrême pudeur, il refusait farouchement de montrer son travail. Il fallait attendre que ce soit abouti, disait-il. Je me sentais vraiment privilégiée d'avoir le droit de le lire.

Mais en plus de ça, Cian aimait que je lui tienne compagnie pendant qu'il écrivait, nuit et jour. J'étais sa muse, en quelque sorte. Voyez-vous ça : moi, une muse ! Je me sentais unique, exceptionnelle, même si j'avais parfois l'impression que le rôle de muse se bornait à rester le plus souvent muette et à lui apporter café ou biscuits quand il me le demandait.

Et bien sûr, j'étais toujours là quand il se mettait à douter. Or le doute a une fâcheuse tendance chez un écrivain à se manifester à 3 heures du matin, quand j'essaie de dormir. Mais je l'aimais assez pour ne pas lui en vouloir d'avoir à me réveiller pour le rassurer et le calmer avec un baiser. Je lui redisais à quel point son travail était bon. Je me sentais valorisée. Alors il me serrait dans ses bras plus fort encore, et me disait qu'il se demandait comment il avait pu écrire sans moi. Il avait le sentiment que tout commençait à se mettre en place dans sa vie, sur le plan personnel comme sur le plan professionnel. Il obtenait ce dont il avait toujours rêvé et entendait me le faire partager.

Un agent en vue avait manifesté son intention de représenter Cian pour le livre sur lequel il travaillait, si bien qu'il avait une énorme pression sur les épaules. Ce qui était loin d'être mon cas dans mon propre travail, qui consistait à aller m'occuper des dents des patients, puis de rentrer chez moi, sans avoir à penser boulot matin, midi et soir. Cian, lui, m'avait dit que son livre occupait constamment son esprit. Constamment. Alors j'avais ri, et je lui avais demandé si c'était également le cas quand nous faisions… enfin, vous voyez ce que je veux dire.

Il m'avait regardé intensément, et j'avais eu au creux de mon estomac ce frémissement familier qui me donnait envie de m'abandonner et de faire l'amour sauvagement avec lui, sur-le-champ.

— Je l'ai constamment à l'esprit, avait-il répété avant de m'embrasser avec une telle ferveur que j'en avais eu le souffle coupé.

Quand il lui arrivait d'être un peu ailleurs, je gardais en tête que cela faisait tout simplement partie du processus créatif, pour reprendre ses mots. Je savais qu'il y avait des hauts et des bas, et que lorsqu'il était inspiré, il devenait quasiment euphorique. Alors j'entretenais ces bons moments et je le soutenais comme il fallait quand il était dans un mauvais jour.

J'adorais quand il était dans ses bons jours. C'était dans ces moments-là qu'il embrassait le grain de beauté que j'avais sous le sein gauche, en me disant que mes imperfections me rendaient encore plus parfaite.

Peut-être était-ce la même chose pour lui ? Mon Dieu, j'étais en train de tomber follement amoureuse de lui, y compris de ses propres imperfections ; je pense que rien n'aurait pu m'arrêter.

9

Emily

Deux semaines après mon premier jour au cabinet dentaire, un homme a été arrêté dans le cadre de l'enquête liée à la mort de Rose Grahame. Un homme, ou plutôt un adolescent. Il avait dix-neuf ans. Un abonné des tribunaux d'instance, comme l'avait noté le procureur lors de sa première comparution. Jugé pour une multitude de chefs d'inculpation, dont «vol de voiture avec circonstances aggravantes», «délit de fuite» et «non-assistance à personne en danger», Kevin McDaid, au moment où il avait pris place sur le banc des accusés, portait une chemise blanche tirant sur le gris, une cravate noire – probablement la seule en sa possession, achetée pour les enterrements – ainsi qu'un costume bon marché. Les photos publiées dans la presse locale le montraient essayant de cacher son visage tandis qu'il quittait le tribunal, menotté, pour se diriger vers le fourgon cellulaire qui attendait devant. Placé en garde à vue. La liberté provisoire sous caution avait été refusée. Mais son avocat avait aussitôt indiqué qu'il ferait appel de cette décision auprès de la Haute Cour. Il y avait donc de fortes chances qu'il soit relâché dans les jours qui suivraient. C'était un jeune qui avait un penchant pour le vol de voitures, qu'il conduisait beaucoup trop vite avant de les abandonner. Il n'avait jamais commis d'infraction d'une telle gravité, plaidait son avocat.

— Dévasté par les remords, et ne parvenant plus à trouver le sommeil, mon client est retombé dans l'alcool et la drogue.

Il avait « simplement paniqué » après avoir percuté Rose et, dans son affolement, avait pris la fuite. Il savait que les gens présents sur place pourraient lui venir en aide. Il ne pensait pas l'avoir blessée. Du moins, pas aussi gravement. Pas au point de l'avoir tuée.

J'ai un peu honte de le dire, mais j'ai accueilli ces informations avec un énorme soulagement. Il avait avoué. C'était un accident. J'avais dramatisé en imaginant que cela puisse être quoi que ce soit d'autre. Maud avait raison. J'avais psychoté au sujet de Ben. Qu'il m'ait recontactée juste après la mort de Rose était pure coïncidence.

Kevin McDaid n'avait pas l'intention de « faire perdre du temps » à la cour, pour reprendre les termes de son avocat. Ce qui signifiait que son client plaiderait coupable pour tous les faits qui lui étaient reprochés. Cette décision aurait dû faciliter les choses, et peut-être même susciter de la part du public une certaine compassion pour Kevin McDaid. Ce dernier n'avait même pas pris la peine de se raser avant l'audition, à en juger par les photos publiées par la presse. Contrairement à Cian, sa barbe de trois jours était due à la paresse, et non à un effet de style.

Même s'il y avait indéniablement quelque chose de pathétique chez lui – sa démarche, les baskets éraflées qu'il avait aux pieds, son air terrorisé –, je ne ressentais pas la moindre pitié pour lui. J'étais pourtant bien placée pour savoir qu'il pouvait arriver à n'importe qui de déconner.

Il avait dix-neuf ans. Même en écopant d'une lourde peine, il serait libéré avant ses trente-cinq ans. Contrairement à Rose, il était donc assuré de pouvoir profiter d'une grande partie de sa vie.

L'annonce de l'arrestation et de l'audition avait porté un coup au moral des troupes au cabinet du Dr Scott. J'en ai conçu une certaine culpabilité d'avoir au contraire ressenti un soulagement que je n'avais pas connu depuis des semaines. En tout cas, je n'avais plus besoin de jouer les oreilles indiscrètes pour essayer de comprendre ce qui se tramait : tout le monde au travail ne parlait que de ça. Cela virait même à l'obsession – ce qui était somme toute assez compréhensible. Même Owen avait écourté un rendez-vous avec un patient pour regarder le sujet à la télévision. Il avait secoué la tête quand Kevin McDaid était apparu à l'écran.

— Est-ce qu'il vient chez nous ? avait demandé Tori, déclenchant des réactions horrifiées tout autour d'elle. Je crois qu'il est – ou était – un de nos patients. Est-ce qu'on a quelque chose sur lui ?

Donna était sortie du bureau pour aller vérifier dans les dossiers des patients, et elle était revenue quelques minutes plus tard, le teint livide.

— Il venait ici quand il était enfant. Mais on ne l'a pas reçu depuis longtemps. La dernière fois, il avait seize ans.

Owen avait quitté la pièce en claquant la porte si violemment derrière lui que le gobelet rempli de thé posé près de moi s'était renversé sur la table. Pendant le reste de la journée, il avait vaqué à ses occupations sans prononcer un mot, sauf pour nous demander ce dont il avait besoin. Quant à nous, nous avions marché sur des œufs autour de lui, l'esprit taraudé par la même question : comment l'inconscience d'un seul gamin de dix-neuf ans avait-elle pu chambouler la vie de tant de gens ?

Le jour où Kevin McDaid a comparu, j'ai été prise d'une envie irrépressible de me connecter à Facebook pour essayer de voir comment Cian avait accueilli la nouvelle. Était-il en colère comme Owen ? Avait-il une grandeur d'âme supérieure à la moyenne ? Avait-il réussi à éprouver de la compassion pour le meurtrier de Rose ? Avait-il le sentiment de pouvoir maintenant tourner la page ? Considérait-il comme une victoire la traduction en justice, quelle que fût la sentence, de celui qui avait ôté la vie à son épouse ?

J'ai pu constater qu'il n'avait pas écrit grand-chose. Aucune lettre adressée à Rose. Aucune diatribe contre la justice. Pas un mot haineux à l'encontre de Kevin McDaid. En tout et pour tout, quatre mots.

Des ténèbres jaillit la lumière.

C'était le titre de son plus grand succès à ce jour. En toute honnêteté, je ne l'avais pas lu. Je n'étais pas une grande lectrice, ma capacité de concentration me permettant tout au plus de maintenir mon attention sur de courts articles de presse. Ce qui ne m'a pas empêchée d'aller sur Amazon pour chercher le livre de Cian.

Le texte de présentation ne m'a guère éclairée. Rédigé dans un style fleuri, il m'a néanmoins permis d'établir qu'il s'agissait d'une histoire de rédemption ; celle d'un détective bourré de défauts et qui, comprenant qu'il était en train de perdre tout ce qui lui était cher, luttait pour reprendre sa vie en main.

D'un clic j'ai acheté le livre. Peut-être Cian et moi avions-nous plus en commun que je ne l'aurais imaginé, s'il était capable – et peu de gens l'étaient – de comprendre que même les personnes fragiles peuvent retrouver la lumière.

Quand j'ai cherché à en savoir un peu plus sur Rose et Cian auprès des filles au travail, en prenant bien garde à ne pas leur révéler par mégarde toutes les informations que j'avais rassemblées sur eux en passant des heures sur Internet, Tori m'a dit qu'ils formaient le couple le plus amoureux qu'elle ait jamais connu.

— Il venait chaque jour la chercher au travail. Il me disait qu'il ne pouvait pas attendre une minute de plus pour la voir. Quant à leur bébé, avec les gènes de ses deux parents, il a de quoi devenir mannequin. Et Rose était une mère formidable. Une vraie maman poule.

Je me demandais ce que ça faisait, d'avoir quelqu'un qui venait vous chercher au travail au simple motif qu'il ne pouvait pas attendre cinq minutes de plus pour vous retrouver. Si seulement j'avais pu avoir une telle personne dans ma vie…

Et donc en lisant les posts de Cian sur Facebook, qui montraient un homme qui redoutait plus que tout de perdre la raison, je repensais aux mots de Tori, et à ses yeux qui s'étaient voilés quand elle les avait prononcés. N'était-il pas injuste qu'un homme ayant tant d'amour à donner se retrouve avec ce trou béant dans sa vie ?

Il m'arrivait parfois, quand je fermais les yeux avant de m'endormir, de me laisser aller à visualiser son visage. Je l'imaginais me disant les mêmes mots d'amour. Il me regardait alors avec une telle intensité que j'en oubliais de respirer. Peut-être même allait-il jusqu'à me donner un baiser, et la rugosité de sa barbe naissante laissait sur mon menton et sur mes joues le souvenir d'avoir été passionnément embrassée. J'essayais cependant d'éviter d'avoir de telles pensées, car je ne les trouvais pas très saines.

Mais parfois, dans l'obscurité nocturne de ma chambre, il m'arrivait aussi de les trouver très, très agréables.

C'était un mardi matin anormalement calme mais pluvieux quand la porte du cabinet Scott s'est ouverte, faisant apparaître un homme qui se frayait un passage en marche arrière avec sa poussette.

Je m'occupais de patients à la réception, tandis qu'à mes côtés Tori répondait au téléphone. J'ai instinctivement levé les yeux à l'ouverture de la porte, car un courant d'air glacial s'était engouffré dans la pièce et m'avait fait frissonner. De grosses gouttes de pluies ruisselaient sur son manteau avant de tomber sur le tapis antidérapant. Il avait les cheveux plaqués par la pluie et le bas de son jean était trempé. Après avoir secoué la capote de la poussette à l'extérieur pour enlever l'excès d'eau, il s'est retourné, fermant la porte derrière lui.

Même trempé, je l'ai immédiatement reconnu. Et ce malgré son visage émacié et ses traits fatigués.

Cian Grahame. J'ai senti ma respiration s'accélérer et mes mains se contracter, tandis que mon cerveau me hurlait de ne pas l'accueillir par son nom. Il ne fallait surtout pas – alors que j'en mourais d'envie – que je me précipite sur lui pour le prendre dans mes bras et lui présenter mes condoléances. Ne surtout pas lui dire que j'avais trouvé extraordinairement émouvantes les lettres qu'il avait adressées à Rose. Ni que j'avais commencé de lire son livre, dont le lyrisme me transportait et qui me donnait le sentiment qu'il me connaissait et me parlait en personne à travers sa prose fluide. J'ai retenu mon souffle quand il s'est approché de moi. Jetant un œil par-dessus le pupitre de la réception, j'ai aperçu un bambin profondément endormi dans sa poussette, puis j'ai relevé la tête vers Cian en plongeant mes yeux dans les siens. Je me préparais intérieurement à l'accueillir de la manière la plus professionnelle qui soit. Il ne savait pas qui j'étais, et réciproquement – du moins, aux yeux de tous.

Je m'apprêtais à ouvrir la bouche quand j'ai entendu Tori :

— Cian, s'est-elle écriée, attirant l'attention des deux patients assis dans la salle d'attente.

Elle a sauté de sa chaise et contourné le pupitre pour le serrer dans ses bras. Il a beau avoir eu un mouvement de recul, elle ne l'a pas lâché pour autant. Alors il l'a laissée l'embrasser, les bras ballant le long de son corps, jusqu'à ce qu'elle s'écarte de lui et baisse les yeux sur la poussette, dont elle a tapoté la capote en gazouillant à l'attention du bébé.

— Oh, Cian, quelle bonne surprise de te voir ici ! Avec Jack qui plus est !

Arraché à son sommeil, Jack l'a regardée en clignant des yeux à travers le prisme des gouttelettes qui subsistaient sur la capote. Je l'ai vu se frotter les yeux de ses petites mains potelées tandis que Tori dégrafait la housse de pluie pour l'extraire de la poussette et le prendre sans ses bras. Il s'est aussitôt mis à pleurer, mais Tori, passant outre au fait que c'était elle qui venait de contrarier l'enfant, l'a rapproché de son visage pour poser un baiser sur son front, en lui disant « Allons, allons ». Cian a observé la scène sans intervenir. Il avait l'air éreinté. Là encore, j'ai pris sur moi pour ne pas lui tendre la main et lui proposer mon aide.

Alors que Tori continuait de bêtifier devant Jack, Cian a pris la parole, d'une voix à peine audible :

— Comme je sais que Rose avait l'intention d'ouvrir un dossier ici pour Jack, je suis venu faire ce qu'elle souhaitait. Vu que ses premières dents sont sorties, j'imagine que c'est le moment, non ? Je me suis dit que je pourrais l'amener pour un premier bilan. De toute façon, il vous connaît déjà tous.

À ce moment-là, il s'est tourné vers moi. Plissant les yeux, il me regardait de la tête aux pieds, essayant visiblement de me remettre.

— Bonjour, ai-je dit d'une voix affable. Je suis Emily. Toutes mes condoléances.

Je lui ai tendu la main, mais il a gardé les bras collés contre ses flancs. Tandis qu'il me fixait, l'air absent, j'ai senti une certaine gêne s'installer en moi.

— Vous avez commencé quand ici? m'a-t-il demandé en fronçant les sourcils.

— Il y a environ un mois, ai-je répondu.

— Donc vous avez pris sa place, c'est ça? en a-t-il déduit d'un air triste qui s'accompagnait néanmoins, ai-je noté, d'une certaine tension dans sa mâchoire. Owen n'a pas perdu de temps, hein?

Le rouge m'est monté au visage, et j'ai cligné des yeux. Je ne savais pas quoi dire.

— Je suis certaine que ça ne s'est pas passé comme ça. On m'a dit que Rose était irremplaçable, ai-je tenté.

— Manifestement non, a-t-il répliqué, désormais sans la moindre aménité.

J'en suis restée sans voix, comme figée devant lui. Puis je me suis tournée vers Tori en essayant d'attirer son attention. Mais elle était totalement focalisée sur Jack, qui avait arrêté de pleurer et regardait autour de lui. Il observait cet univers qui avait dû lui être si familier quelque temps plus tôt.

J'étais très mal à l'aise. La bouffée de chaleur que j'avais senti naître au creux de ma nuque s'était transformée en sueur froide. Je me sentais stupide. Gênée. Rejetée. Et aussi en colère, pour être honnête: à cause de sa réaction. Il a de nouveau posé les yeux sur moi, le regard dédaigneux. Il fallait impérativement que je réagisse, et rester professionnelle.

— Vous souhaitiez enregistrer votre fils ? ai-je bredouillé.

— Est-ce que Donna est là ? a-t-il répondu. Ou Owen ? Fera-t-il l'effort de venir parler au mari de l'une de ses employées favorites ?

Le ton qu'il avait employé était des plus méprisants.

— En ce moment ils sont tous les deux avec un patient, mais je suis certaine qu'ils seront ravis de vous voir. En attendant, je peux éventuellement vous aider à remplir le dossier d'inscription ?

J'avais esquissé un sourire, qu'il ne m'a pas rendu.

— Je sais encore remplir un formulaire, a-t-il dit tandis que j'en attachais un à un porte-bloc à pince, que je lui ai tendu, en même temps qu'un stylo orné du nom du cabinet.

Furieux, il a regagné la salle d'attente. Les deux personnes qui y patientaient déjà l'ont dévisagé, bouche bée. Ils avaient arrêté de faire semblant de consulter leurs téléphones et observaient désormais la scène qui se déroulait sous leurs yeux. Tori, qui chantait maintenant « Humpty Dumpty » au petit Jack, était perdue dans son monde enchanté. À l'évidence, elle n'avait jamais pensé à la tragédie qui s'ensuivait quand « ni les chevaux du roi, ni ses sujets » ne parvenaient « à remettre Humpty sur pied ».

À ma grande honte, j'ai senti les larmes me monter aux yeux et ma gorge se nouer. J'ai soudain pris conscience que j'avais les poings serrés, une vague d'angoisse menaçant de me submerger. Ce n'était pas le Cian que j'avais découvert dans ses posts Facebook. Ce n'était pas l'homme qui avait suscité mon immense compassion. Je le trouvais mesquin, cruel, et je me sentais à nouveau exclue. Pourquoi n'était-il pas fidèle à l'image qu'il voulait donner de lui-même ? Cela dit, Ben aussi avait fini par se révéler tel qu'il était vraiment, sans que j'aie jamais pu me douter de sa véritable personnalité.

J'ai éprouvé un vif soulagement en voyant s'ouvrir la porte de la salle de soins, laissant apparaître Donna qui raccompagnait un patient à la réception. À elle de gérer Cian maintenant, et de l'écouter déblatérer sur Owen qui avait eu l'audace de remplacer feu son épouse. Épouse qui, aurais-je eu envie de lui dire si j'avais été cruelle, n'était clairement pas en état de reprendre le boulot de toute manière. J'avais besoin de prendre l'air. J'ai cherché le regard de Donna quand, apercevant Jack dans les bras de Tori, elle s'est tournée vers la salle d'attente où était assis Cian, l'air furibond, tête baissée sur son formulaire. Puis je l'ai vue se retourner vers moi, cherchant manifestement à s'assurer qu'elle avait bien saisi la situation. J'ai hoché la tête.

— J'ai besoin de prendre ma pause, Donna, lui ai-je dit. Je ne me sens pas très bien, ai-je menti.

Sur quoi j'ai aussitôt regagné la cuisine du personnel, puis le vestiaire, avant qu'elle n'ait eu le temps de m'arrêter.

J'ai ouvert mon casier et fouillé dans mon sac pour trouver ma boîte d'anxiolytiques, et pris deux comprimés. J'ai avalé les pilules en les faisant descendre avec de l'eau dont j'avais rempli un verre à la fontaine réfrigérante. Puis je me suis assise sur une chaise, juste en dessous du portrait béat de Rose, et j'ai tenté de maîtriser les tremblements de mes mains.

Je pense que je n'avais pas imaginé tomber nez à nez avec lui. Je savais bien sûr qu'il existait vraiment mais dans mon esprit il avait acquis un statut différent. Il était pour moi le parfait héros romantique. L'homme qui adressait de magnifiques et poignantes lettres enflammées à sa défunte épouse. Pas ce type bourru au teint blafard qui me fusillait du regard et me prenait pour une grosse merde. Ce type qui m'en voulait tout simplement d'exister, et d'occuper la place qui fut celle de sa femme. Je savais qu'il souffrait. Je n'étais pas stupide. Et je sais que la douleur peut nous faire dire ou faire des choses que nous ne dirions ni ne ferions en temps normal. Mais je ne méritais pas qu'il me traite ainsi.

Finissant mon verre d'eau, j'ai un instant envisagé de sortir fumer une cigarette. Mais en repensant aux trombes d'eau qui balayaient la devanture vitrée du cabinet, je me suis abstenue. De plus, j'essayais vraiment de diminuer; les superbes filles cool du cabinet du Dr Scott ne fumaient pas. Deux d'entre elles vapotaient, bien sûr, mais c'était différent. Ça ne laissait pas d'odeur de tabac froid sur leurs vêtements. Et ça ne jaunissait pas leurs dents d'un blanc éclatant.

Au moment où je m'apprêtais à remettre mon sac dans mon casier pour retourner travailler, la porte de la cuisine s'est ouverte et j'ai vu Donna entrer, précédée de Cian qu'elle poussait gentiment dans la pièce.

— Emily, est-ce que tu pourrais préparer un thé à Cian ? Le temps qu'Owen et moi terminions avec le prochain patient.

« Non ! » aurais-je eu envie de hurler. Et aussi de leur demander s'ils ne pouvaient pas trouver quelqu'un d'autre, n'importe qui, pour le faire. Mais bien entendu, c'était impossible. Je ne pouvais pas me permettre de provoquer un esclandre. Ce n'était pas digne de quelqu'un arborant un corsage blanc, une coiffure impeccable, et un badge argenté à son nom. Alors j'ai souri, et dit oui. J'ai fait ce qui m'avait été demandé en évitant de croiser le regard de Cian. J'entendis Donna dire à Cian qu'Owen et elle ne seraient pas longs, que les filles étaient enchantées de revoir le petit Jack, et qu'une tasse de thé l'aiderait peut-être à reprendre ses esprits. Puis elle nous a laissés, non sans lui avoir à nouveau chuchoté quelques paroles réconfortantes. Quant à moi, j'aurais voulu que la bouilloire explose et me tue sur-le-champ, ce qui m'aurait ainsi évité d'avoir à reparler à Cian.

— Son portrait, dit-il, sans que je sache s'il s'adressait à moi, à la pièce, ou à personne en particulier.

Je lui tournais le dos tandis que je sortais une tasse dans laquelle je déposais un sachet de thé en attendant que l'eau bouille. Je devrais peut-être lui proposer des biscuits, ai-je songé. Alors j'ai pris la boîte dans le placard, dont j'ai ôté le couvercle.

— Je suis désolé pour tout à l'heure, l'ai-je entendu me dire dans mon dos.

Sentant que je me crispais, je suis allée chercher le lait dans le frigo.

— Je… enfin… même venir ici s'avère difficile, a-t-il continué. Je ne savais pas si c'était une bonne idée. De toute façon, maintenant, je ne sais plus faire la différence entre une bonne et une mauvaise idée. C'est Rose qui s'occupait de tout ça, vous savez. Le dentiste. Le médecin. La nourrice. L'éveil musical parents-enfants. Personne n'a envie de voir débarquer le veuf éploré avec son gosse ronchon.

Je me suis retournée pour lui faire face.

— Je me retrouve donc seul pour tout gérer, sans réellement savoir ce que je dois faire. Je pensais qu'en venant ici je me sentirais plus proche d'elle. Je me rends compte maintenant à quel point c'était stupide. Bon sang, c'est juste un endroit parmi des milliers d'autres où elle ne reviendra jamais, non ? Alors comprenez-moi, quand je vous ai vue, c'était comme si le monde continuait de tourner sans elle. Ils ont tous versé toutes les larmes de leur corps et mis leurs beaux habits, et même ici ils ont fermé le jour de l'enterrement, mais la vie continue, hein ? Même le type qui conduisait la voiture… Vous saviez que la Haute Cour l'a mis en liberté sous caution ? Le gars peut aller et venir comme si de rien n'était. Alors que moi, je suis dans une merde noire.

Malgré ses jurons, il parlait sans colère ; ses mots n'exprimaient que de la tristesse. Des larmes ont affleuré à ses yeux. Toute la rancœur que j'avais ressentie plus tôt s'est instantanément évanouie.

— Ça n'a pas dû être facile de venir ici, ai-je dit avec hésitation. Les gens ici aussi ont beaucoup de mal à s'en remettre, si cela peut vous apporter la moindre consolation ; ils parlent tout le temps d'elle, vous savez ? Elle leur manque.

Il a enfoui son visage dans ses mains, enfonçant ses doigts dans ses cheveux encore mouillés.

— Je ne suis pas venu ici pour me donner en spectacle. Si elle me voyait, Rose me truciderait.

— Je suis certaine qu'elle comprendrait, ai-je tenté. Lait, sucre ?

Il a levé les yeux vers moi tandis que je versais l'eau chaude dans sa tasse. Il avait l'air si malheureux que j'ai dû prendre sur moi pour ne pas poser la bouilloire et me précipiter vers lui pour le serrer contre moi. Il avait l'air d'avoir cruellement besoin qu'on le prenne dans ses bras, et d'être rassuré.

— Je suis vraiment désolé pour vous, ai-je dit.

— Merci, a-t-il répondu en reniflant. (Je lui ai tendu une feuille d'essuie-tout en guise de mouchoir.) Pas de lait, mais deux sucres s'il vous plaît. Ça me valait toujours des remontrances de la part de Rose. Eu égard à l'endroit où elle travaillait.

Il a affiché un sourire timide, ce qui m'a attendrie encore davantage. J'ai versé les deux cuillerées de sucre dans la tasse et remué.

— Même Owen met du sucre dans son thé, ai-je dit avec un sourire en lui tendant la tasse.

— Je le croyais pourtant assez doucereux comme ça, a dit Cian avant de prendre une gorgée de thé.

De nous deux, j'ai été la seule à rire de sa remarque. Quant à lui, après s'être caressé le menton, il a soupiré et pris une nouvelle gorgée de thé.

— Vous faites bien le thé.

— C'est un des rares talents que j'ai, ai-je balbutié en rougissant avant de lui passer la boîte de biscuits.

Tandis qu'il tendait le bras pour se servir, j'ai eu le temps d'observer non seulement l'éclat de son alliance mais aussi la puissance de ses mains. Après avoir reposé la boîte métallique sur la table, je me suis éloignée de quelques pas. Distance de sécurité oblige.

Nous sommes restés silencieux quelques instants. J'avais beau essayer de trouver à dire quelque chose qui ne me fasse pas passer pour une parfaite imbécile, mes efforts sont restés vains. Dès qu'une idée me venait, elle était liée à une information que je n'étais pas censée connaître, glanée au cours de mes soirées consacrées à la lecture des messages qu'il avait postés sur le profil Facebook de Rose.

— Vous avez un beau petit garçon, ai-je fini par lui dire.

Il a retrouvé le sourire.

— C'est grâce à lui que je tiens. Sans lui, je pense que j'aurais déjà abandonné. C'est un enfant adorable. Il est très affectueux, mais aussi très drôle. Toutes ces qualités, il les tient de Rose, bien sûr.

— Je suis certaine que c'est faux, ai-je protesté au vu de la tendresse évidente qu'il témoignait à son fils.

— C'est pourtant on ne peut plus vrai, a dit Cian. C'est comme s'il avait hérité de tout ce qu'elle avait de mieux: son caractère, sa jugeote, ses beaux yeux bleus.

Parfois quand je le regarde, il fait une grimace ou autre et j'ai l'impression que c'est elle qui se trouve devant moi. C'est à la fois merveilleux, et aussi un coup de poing dans le ventre.

— Ça doit être vraiment difficile, je suis désolée. Je n'ai pas les bons mots. C'est terrible.

— Oui, dit-il en secouant légèrement la tête. C'est terrible. Mais Jack est là. Il est le seul bienfait au milieu de cet enfer.

— Je suis sûre que vous êtes un père formidable. Il a de la chance de vous avoir.

— Merci, a répondu Cian, l'air néanmoins perdu dans ses pensées.

Il a remis dans la boîte le biscuit au chocolat qu'il avait choisi, et reposé sa tasse. Au moment où je pensais qu'il allait ajouter quelque chose, la porte s'est ouverte et Donna est entrée, suivie d'Owen qui portait le petit Jack. En voyant son père, l'enfant a poussé un cri de joie et s'est mis à gigoter, mains tendues en direction de Cian qui l'a pris dans ses bras avant de lui déposer un baiser sur le sommet du crâne.

— Cian, a dit Owen. On ne s'attendait pas à te voir aujourd'hui.

— Je me suis dit que je pourrais venir ici pour enregistrer Jack. Comme je sais que Rose en avait l'intention, ça me paraissait être une bonne idée.

— Je suis du même avis, a appuyé Donna. Et il va sans dire que nous sommes toujours ravis de voir ce petit bonhomme.

— Mais si ça vous perturbe, Jack et toi, de venir ici, peut-être qu'une meilleure solution serait d'aller voir un autre dentiste ? a suggéré Owen d'un ton sérieux.

Cian a repris le biscuit qu'il avait reposé dans la boîte quelques minutes plus tôt pour le donner à son fils.

— En ce moment, Owen, tout nous perturbe, à un niveau ou à un autre. Si on devait s'empêcher de faire les choses au seul motif qu'elles nous font penser à Rose, on ne ferait plus rien du tout. Pas même se réveiller. Elle est partout. C'est bien pour Jack d'être en contact avec des choses qui lui rappellent sa mère. Il est évident qu'il ne se souviendra pas d'elle ; il est bien trop jeune. Je ferai donc tout mon possible pour qu'elle reste dans sa mémoire le plus longtemps possible.

Sans parvenir à saisir précisément ce qui n'allait pas dans la façon dont Cian parlait à Owen, je sentais néanmoins que quelque chose clochait. Était-ce le ton qu'il adoptait ? L'expression de son visage ? La manière qu'il avait de ne quasiment pas cligner des yeux lors de leurs échanges ? J'ai soudain eu le sentiment d'être le témoin d'une scène à laquelle je n'aurais pas dû assister.

J'ai pris le premier prétexte pour m'éclipser et retourner à la réception, afin de poursuivre ma saisie de dossiers.

À peine cinq minutes plus tard, Cian et Jack sortaient de la cuisine pour regagner la salle d'attente, suivis par Donna qui disait au premier que tout le monde était encore sous le choc de la mort de Rose, et que sa visite les avait un peu pris au dépourvu.

— Tu fais partie de la famille ici, a-t-elle poursuivi tandis que Cian installait Jack dans sa poussette. Et ce petit bout de chou sera toujours notre mascotte.

Là-dessus, Donna s'est accroupie pour chatouiller Jack, qui s'est aussitôt mis à gazouiller de plaisir. Je repensais aux sourires radieux dont il avait gratifié sa mère quand elle chantonnait pour lui dans l'ascenseur. Ni l'un ni l'autre ne se doutait alors de ce qui les attendait.

Cian a remercié Donna et ils se sont rapidement fait la bise. Je m'efforçais de ne pas regarder, ni d'imaginer ce que je ressentirais si c'était moi qu'il avait tenue dans ses bras.

— Donc on se revoit pour le premier check-up du petit bonhomme ? Dans deux semaines ?

— Oui, a répondu Cian en hochant la tête.

Après avoir relevé le col de son manteau encore trempé, il a ouvert la porte et il est sorti sous une pluie battante. J'ai noté que Donna le suivait des yeux tandis qu'il sortait la poussette du cabinet en direction de la rue. Quand elle a tourné les talons pour revenir à la réception, j'ai baissé la tête et fait mine d'être entièrement concentrée sur mon travail.

— C'était chouette de le revoir, a dit Tori.

— Oui, a acquiescé Donna. Bon, les filles, pouvez-vous faire en sorte que Jack voie Sarah et non Owen le jour de son rendez-vous ?

— Tu es sûre ? a demandé Tori.

J'ai levé les yeux vers elles. Sarah, une dentiste de la vieille école âgée d'une cinquantaine d'années, travaillait à mi-temps chez nous, et ne prenait habituellement pas les enfants en bas âge.

— Oui, sûre et certaine, a insisté Donna.

Décidément, même si je n'arrivais pas à mettre le doigt dessus, je sentais tout de même que quelque chose clochait.

10

Comme par hasard, j'avais décidé de laisser ma voiture chez moi, puisqu'il ne pleuvait pas quand j'étais sortie ce matin-là et qu'il était souvent à la fois plus simple et plus rapide de marcher jusqu'à Shipquay Street plutôt que d'emprunter Northland Road aux heures de pointe. Résultat : j'étais trempée jusqu'aux os en arrivant chez moi en fin de journée. Il ne me restait plus qu'à me déshabiller pour prendre une longue douche bien chaude. Une fois réchauffée et après avoir enfilé mon pyjama, je me suis fait un turban avec une serviette de toilette. J'avais les yeux plongés dans mon thé au lait quand mon téléphone a bipé, signalant une notification. Dans l'espoir qu'il s'agirait d'un texto de Maud me demandant si j'avais besoin de papoter – car c'était précisément ce dont j'avais besoin – j'ai pris mon portable et déverrouillé l'écran.

Sans mentir, j'ai cru que mon cœur allait s'arrêter de battre quand j'ai découvert une demande d'ajout sur Facebook Messenger provenant de Cian Grahame.

J'avais les yeux rivés sur le nom qui s'affichait sur l'écran. L'icône qui apparaissait à côté de son nom était cette même photo de profil que j'avais scrutée pendant des heures au cours des deux derniers mois. C'était lui. Vraiment lui. La dernière personne au monde dont j'aurais pu penser qu'elle allait m'envoyer un message.

J'ai jeté mon portable sur le coussin à côté de moi comme s'il était soudain devenu incandescent. Cian Grahame me contactait sur Facebook. J'avais à la fois envie et pas envie de lire son message. J'étais partagée entre la curiosité et l'angoisse. Aussi intriguée que paniquée. Laissant involontairement échapper un « Putain ! » à voix basse, j'ai repris mon portable et cliqué sur « Accepter le message ». Ses mots se sont aussitôt affichés :

Emily,

Je voulais simplement vous remercier pour la gentillesse que vous m'avez témoignée lors de ma venue au cabinet avec Jack aujourd'hui, et aussi m'excuser de vous avoir si désagréablement parlé à mon arrivée. Je sais que vous comprenez ma détresse, et je vous sais gré de m'avoir écouté pendant que je donnais libre cours à ma colère dans la salle du personnel. Les gens ne savent pas toujours écouter. Vous, si. Et vous m'avez écouté sans préjugés. En m'offrant un regard extérieur, vous m'avez aussi encouragé à prendre un peu de recul sur ce qui m'arrive.

Par ailleurs, votre thé était délicieux. En guise de remerciement, je serais heureux de vous offrir un café ou un thé. Ce serait pour Jack et moi l'occasion de vous exprimer notre gratitude, et cela me permettrait de vous montrer que je ne suis pas toujours un connard qui rudoie les gens qu'il ne connaît pas.

Si ma première réaction avait été de sourire et d'être tout excitée à l'idée qu'il ait envie de me revoir et qu'il ait apprécié mon sens de l'écoute, une partie de moi avait aussi le sentiment que quelque chose ne tournait pas rond. Mais j'ai mis de côté cette impression, car je refusais qu'elle l'emporte sur ma joie.

Il ne fallait probablement pas chercher midi à quatorze heures : peut-être Cian avait-il tout simplement besoin de parler, d'où son envie de prendre un café avec quelqu'un qu'il pourrait écouter. Comme une façon de se raccrocher à la normalité dans un contexte d'une effroyable anormalité.

Il n'avait pas besoin de s'excuser. Ni de m'offrir un café. C'était la moindre des choses. Ce devait être tellement difficile.

J'ai cliqué sur « Envoyer », sans m'attendre à quoi que ce soit. Peut-être espérais-je tout de même, au fond de moi, qu'il me réponde. Qu'il me parle et se confie à moi – même si je n'avais absolument aucune légitimité à penser cela. Était-ce pure folie de ma part ? J'avais beau avoir l'esprit confus, j'étais incapable de me défaire de cette idée.

Sa réponse est arrivée au bout de quelques minutes à peine :

Je pense que désormais pour nous chaque journée sera difficile. J'essaie juste de mettre un pied devant l'autre, pas à pas. Je le dois à Jack. J'espère que vous accepterez de nous voir autour d'une tasse de café. C'est la moindre des choses que nous puissions faire. Et pour être honnête, cela me ferait du bien d'avoir l'occasion de parler à quelqu'un d'extérieur. Ça pourrait me changer les idées.

J'avais de la peine pour lui. Imaginez-le avec tous ces gens aux petits soins pour lui, les yeux braqués sur lui, et qui prétendaient compatir à sa douleur. Pourtant, la nuit venue, il se retrouvait seul chez lui, avec pour seule compagnie son fils et ses pensées.

J'ai aussitôt répondu.

Bien sûr. Dites-moi quand ça vous arrange. Est-ce que je peux faire quelque chose pour vous aider ?

Sa réponse a été quasiment immédiate, de même que sa demande d'ajout sur Facebook, qui est venue officialiser notre « amitié ».

Samedi vous conviendrait-il ? Dans l'après-midi ? À moins que je ne vous prenne un peu de court ?

Je lui ai répondu que ça m'allait, avec grand plaisir, et nous avons convenu de nous retrouver à 14 heures au Primrose Café.

En reposant mon téléphone, certaine que nous n'échangerions pas d'autres messages ce soir-là, j'ai eu le sentiment de devoir fournir un effort conscient pour que ma joie ne retombe pas. Tout allait bien. Il était parfaitement normal qu'il cherche à trouver une oreille attentive auprès de quelqu'un qui n'était pas directement concerné par la situation dans laquelle il se trouvait. N'est-ce pas ?

11

Je n'avais pas l'intention de me reconnecter ce soir-là. Je voulais rester dans ma petite bulle, après une journée qui m'avait mise à rude épreuve mais qui s'était finalement bien terminée. En fait, elle s'était même terminée sur quelque chose d'encore plus prometteur : une nouvelle amitié. Je suis allée dans la cuisine et j'ai farfouillé dans le placard sous l'évier pour extirper la bouteille de vodka que j'avais cachée là. Ayant banni les sodas de mon appartement dans le cadre de mes grandes résolutions, j'ai opté pour un shot de vodka – plutôt costaud – avec des glaçons. J'en ai avalé une gorgée avant de mettre mon CD de Foy Vance et de m'installer confortablement dans mon canapé. Je voulais profiter pleinement de ce moment ; le célébrer, même. J'ai savouré l'arôme âcre de la vodka, sentant la chaleur de l'alcool envahir d'abord ma gorge, puis mon estomac.

J'ai fermé les yeux et pris une nouvelle gorgée.

La tête me tournait légèrement, et je me sentais délicieusement grisée. J'ai pris mon téléphone et j'ai envoyé un WhatsApp à Maud.

Je l'ai rencontré, ai-je écrit.

Qui ça ?

Cian ! Si tu voyais comme il est triste, Maud. On aurait envie de le prendre dans ses bras.

Cian ? Le mari de la femme qui est morte ?

Oui. Il est passé au cabinet aujourd'hui. Il est SUUUPER beau. Et adorable. Mais aussi complètement désorienté.

Fais attention, quand même.

Bien sûr ! Je ne suis pas folle !

Tu sais que je m'inquiète pour toi.

Tu ne devrais pas. Je suis une grande fille, ai-je répliqué par écrans interposés.

Ma chérie, je suis au boulot. Je ne peux pas parler de ça maintenant. Mais je t'appelle plus tard. Je sais que tu es une grande fille. Mais tu sais comment ça se passe…

Oui, je savais. Je savais aussi que Maud aurait toujours l'impression d'avoir un certain ascendant sur moi, car c'était elle qui m'avait aidée à reprendre le dessus quand je m'étais retrouvée fracassée après ce qui m'était arrivé avec Ben. Mais c'était du passé. J'étais différente maintenant. Plus forte.

La prochaine fois qu'on se verrait, Maud s'apercevrait de mon assurance naissante et de mon mode de vie plus sain, elle verrait mes mèches blondes, mes dents ultra-blanches et ma nouvelle garde-robe: elle se rendrait alors compte de tout le chemin que j'avais parcouru. Elle se réjouirait pour moi et arrêterait de s'inquiéter.

Je me suis levée, en titubant davantage que je ne l'aurais pensé, j'ai pris mon verre ainsi que la bouteille de vodka, et j'ai regagné la cuisine pour vider dans l'évier le reste de l'alléchant liquide incolore. Puis j'ai bu un grand verre d'eau, accompagné de deux comprimés de paracétamol.

Au moment où je m'apprêtais à m'endormir, j'ai jeté un dernier œil à mon portable et découvert un SMS de Tori qui m'invitait à aller voir le *Derry Journal* sur Internet.

L'esprit un peu embrumé, j'ai fini par trouver le site Web, où on signalait que le corps sans vie d'un homme de dix-neuf ans avait été repêché dans les eaux de la Foyle. Si l'identité de la victime n'avait pas encore été confirmée, il se disait dans les environs qu'il s'agissait de Kevin McDaid, le jeune homme mis en cause dans la mort de Rose Grahame.

Je me suis connectée à Facebook, qui était déjà en ébullition. Il y avait, d'un côté, un véritable déferlement de haine contre McDaid. Et, de l'autre, nombre de messages poignants adressés à Rose, dont il était dit qu'elle pourrait désormais reposer en paix. Mais aussi des internautes qui demandaient que l'on respecte le deuil de la famille McDaid. Et des insultes, des images infâmes, et tous les sentiments possibles et imaginables martelés à coups de clics par des cyberguerriers déchaînés.

La police n'était, semble-t-il, pas à la recherche de qui que ce soit en lien avec le décès, ce qui signifiait en jargon policier que la piste du suicide était privilégiée. Kevin McDaid s'était suicidé. Ça ne me semblait pas très juste. Sa mort n'avait sûrement pas été aussi violente que celle de Rose. Ne dit-on pas que la noyade est une mort plutôt paisible ?

Il avait échappé à la justice. Il n'aurait pas à affronter le regard des proches de Rose, ni à leur fournir la moindre explication. Il n'aurait pas non plus à leur exprimer ses regrets. Ni à regarder le petit Jack dans les yeux en lui disant qu'il était désolé de l'avoir privé de sa mère.

Cela dit, il était mort. Parti pour de bon. Cian ne pourrait-il pas désormais aller de l'avant ? N'était-il pas temps pour lui de tourner la page ? Il devait tout de même être soulagé de savoir que le chauffard n'était plus libre d'aller et venir, et qu'il ne le serait plus jamais. Il ne se contenterait pas de passer quelques années nourri-logé dans une cellule confortable, avec sa Xbox pour lui tenir compagnie, sans avoir à se soucier de chercher un travail ou de payer les factures d'électricité, ni à penser à toutes ces choses qui peuvent préoccuper le commun des mortels. Il ne sortirait jamais de prison – à supposer qu'on l'y ait jamais envoyé – en se demandant comment repartir de zéro. Il ne bénéficierait jamais d'une deuxième chance.

Kevin McDaid ne ressentirait plus jamais rien. Il ne blesserait plus jamais personne. Il ne détruirait plus la vie de personne.

Je me suis hissée hors de mon lit et je suis retournée à la cuisine pour me resservir un grand verre d'eau, que j'ai bu d'un trait comme s'il avait pu, en vertu de quelque miracle, me dessaouler. Debout dans la cuisine en sous-vêtements, grelottant de froid, je relisais péniblement ce qui s'affichait sur mon téléphone, en essayant de comprendre. Untel assurait l'avoir vu sauter. Se jeter à l'eau.

Un autre écrivait que c'était bien fait pour lui.

Un autre encore prétendait que McDaid, quelques heures avant sa disparition, avait bu et pariait qu'il serait sorti de prison au bout de deux ans à peine.

Un profil anonyme – dont le nom était à l'évidence une pure invention – disait que la mère de McDaid avait reçu de lui un SMS qui l'avait fait paniquer, et qu'elle avait alors mobilisé des proches pour qu'ils partent à sa recherche. Il ajoutait que cette triste affaire commençait sérieusement à sentir mauvais.

Ça ne s'invente pas, avait commenté quelqu'un.

Sauf si tu t'appelles Cian Grahame. Lui serait capable d'inventer n'importe quoi, ironisait un autre en ajoutant un smiley rigolard.

Manifestement, le cauchemar qui affligeait deux familles était devenu un sujet de divertissement pour la populace. Je dus me retenir pour ne pas dire à ces gens qu'ils auraient moins fait les malins s'ils avaient été présents le jour de l'accident.

Deux choses dominaient le cours de mes pensées le lendemain matin. La mort de Kevin McDaid et, pour être honnête, l'impact que la mort de Kevin McDaid pourrait avoir sur mon rendez-vous avec Cian prévu ce samedi.

Je me demandais quel serait l'état d'esprit général au cabinet. Le sentiment d'un juste retour des choses ? Voire une jubilation moralement douteuse à l'annonce de la mort de McDaid ? Je ne dis pas que mes collègues étaient particulièrement cyniques, ou qu'ils étaient du genre à se réjouir d'un suicide, mais vu les circonstances, ç'aurait été compréhensible, non ? De fait, nous ferions tous mine de ne pas être animés par de tels sentiments, alors qu'au fond de nous-mêmes… Car après tout, ce n'était pas un type bien. Nous nous efforcerions de ne pas penser à la famille et aux amis qu'il laissait derrière lui. De toute façon, nous nous étions déjà probablement fait une idée négative à leur propos.

Mais je ne trouvai aucune jubilation – dissimulée ou non – en arrivant au cabinet ce matin-là. Tout le monde avait les traits tirés. Le masque qu'il avait bien fallu porter pour faire bonne figure auprès des patients commençait à se fissurer, laissant par endroits apparaître leurs vrais visages. En regardant de plus près, sans se contenter d'un coup d'œil rapide, on voyait que la fatigue se faisait sentir.

La porte du bureau d'Owen était fermée. J'entendais des voix s'élever derrière ; la conversation semblait animée. C'était Donna et Owen qui parlaient. Je mourais d'envie de me coller à la porte pour entendre ce qu'ils disaient, mais comme elle était visible de la salle d'attente, les patients m'auraient aussitôt prise pour une fouine.

Alors j'ai respiré un grand coup et me suis rendue dans la cuisine où j'ai été accueillie par le visage de Rose, qui me toisait. Qu'aurait-elle pensé de tout ça ? ai-je pensé. Sachant ce que je savais d'elle, elle était probablement du genre à pardonner à Kevin McDaid de l'avoir tuée, avant même d'avoir, de ses lèvres parfaites, exhalé son dernier souffle. Elle n'aurait pas voulu que ce cauchemar se double d'une deuxième tragédie, et que deux familles au lieu d'une seule se retrouvent endeuillées. Je me demandais aussi ce qu'elle aurait pensé des messages que m'avait envoyés Cian, et de son invitation à prendre un café. Aurait-elle eu à mon égard la même magnanimité que celle dont elle aurait sans aucun doute fait preuve à l'égard de Kevin McDaid ? Certaines choses sont plus faciles à pardonner que d'autres. J'ai dû à nouveau me répéter que je ne faisais rien de mal. Et Cian non plus. Il s'agissait juste de prendre un café. En tout bien tout honneur. Même si, dans mes rêveries, je me surprenais parfois à l'imaginer en train de brandir son nouveau livre d'une main, tandis que de l'autre il serrait la mienne. Tout sourire sur ma page Facebook.

J'ai rempli la bouilloire. J'avais un grand besoin de caféine, et très envie de manger l'énorme croissant que j'avais pris en chemin au Marks & Spencer de Foyleside en venant au cabinet. J'ai jeté un œil dans le frigo dans l'espoir d'y trouver du beurre pour le tartiner, car je comptais calmer mon estomac affamé avec un maximum de calories. Mais, manque de chance, il me faudrait me contenter d'un croissant nature. Et, de toute évidence, d'un café noir. Ça ne ressemblait pourtant pas à Donna d'oublier d'acheter du lait avant d'arriver au cabinet. Mais, encore une fois, les circonstances étaient exceptionnelles et pouvaient justifier un moment d'étourderie. J'ai donc choisi d'allonger mon café à l'eau froide et vérifié mon téléphone une dernière fois avant de devoir le ranger dans mon casier.

Un message public posté par Liz McDaid était largement partagé sur les réseaux, ainsi que la photo qui l'accompagnait et sur laquelle on voyait un Kevin McDaid en costume, sourire espiègle aux lèvres, brandir sa canette de bière devant l'objectif. Bien que truffé de fautes et rédigé dans un style SMS, son message était on ne peut plus clair.

C'est mon garçon. À l'heure qu'il est, vous devez tous être en train de parler de comment kil est mort. Dans cette ville, les gens causent trop, et yen a sûrement beaucoup qui ont été contents d'apprendre la mort de Kevin. Honte à vous ! C'était pas un ange, mais il avait que 19 ans, il avait toute la vie devant lui. Moi je sais qu'il voulait pas tuer cette femme, c'était juste un accident. Mais vous juger trop vite. C'était un bon garçon. Il avait ses problèmes mais c'était un bon garçon. Mon fils unique. Et n'écoutez pas ceux qui disent qu'il s'est suicidé. C'était pas son genre. Kevin m'aurait jamais fait ça. Il disait toujours qu'il serait toujours là pour moi. Lui et moi on fesait la paire. Jamais il m'aurait laissé toute seule. Et vous savé qu'il allait bientôt être papa. Il était tellmnt impatient.

Il faudrai regarder de plus près ce qui sait passé, et poser des questions à la police. Parce que mon garçon aurait jamais fait ça. Jamais il ce serai jeté dans la rivière. Il était pas du genre à fuir ces responsabilités.

Et n'essayez pas de venir à la maison pour le voir en faisant semblant ke vous étiez ses amis, alors ke vous lui auriez craché à la figure quand il était en vie. Vous étiez ou ces dernieres semaines ? Quand il avait besoin de vous ? Regardez ce que vous avez fait à mon garçon.

Seuls ses vrais amis ont le droit de venir à la veillé mortuère. N'essayé meme pas de venir à l'enterrement. RIP Kev. Mon bébé.

J'avais de la peine pour elle. Forcément. Liz McDaid était une mère qui venait de perdre son fils, et qui devait de surcroît assumer l'héritage de malheur qu'il laissait derrière lui. Mais enfin, elle était tout de même la mieux placée pour savoir qui il était vraiment, non ? Son casier judiciaire parlait de lui-même, sans compter qu'il avait avoué sa responsabilité dans la mort de Rose ! Il fallait vraiment que l'amour d'une mère soit inconditionnel, ai-je pensé. Je me suis aussitôt empêchée de penser à ma mère, et à notre relation rompue.

N'empêche, étant donné ce qu'avait fait son fils, je trouvais déplacé que Liz McDaid s'exprime aussi ouvertement sur les réseaux sociaux. Sans compter qu'elle semblait vouloir rejeter la faute sur d'autres. Je connaissais bien ce genre d'individus, toujours prompts à mettre les autres en cause au lieu de pointer du doigt là où le bât blesse. Certes, j'étais la première à déplorer le fait que l'enfant de McDaid ne connaîtrait jamais son papa. Mais enfin, qui aurait envie de passer son enfance à aller voir son père au parloir ?

Je me suis déconnectée de Facebook et au moment où j'ouvrais mon vestiaire, Donna est entrée dans la salle de repos. Elle avait l'air agitée, les joues et les yeux rouges, comme si elle venait de pleurer.

— Ça va ? ai-je demandé, sachant pertinemment que ma question était idiote et que sa réponse serait négative.

Elle s'est forcée à sourire. Je voyais bien que ça lui demandait un effort considérable d'activer tous les muscles de son visage pour qu'ils prennent la position adéquate.

— Ça va, a-t-elle répondu d'une toute petite voix. C'est tellement bizarre. Je ne sais pas très bien ce que je ressens. D'un côté ça ravive la douleur, et de l'autre, ça met un point final à ce drame. C'est fini maintenant, n'est-ce pas ? Il faut tourner la page, tout en gardant Rose dans notre cœur. Rien de tout ça ne nous la ramènera.

J'ai acquiescé et lui ai tapoté le bras, en essayant de trouver quelque chose à dire.

Notre échange a été interrompu par l'irruption de Tori qui, le nez sur son téléphone, a failli se cogner dans l'encadrement de la porte.

— Dites, vous avez vu le post de la mère de McDaid ?

Je n'ai pas répondu, de peur de trahir mon obsession en avouant que je l'avais non seulement vu mais lu en détail. Donna, quant à elle, a arraché le téléphone des mains de Tori et parcouru l'écran des yeux.

— Ça dit quoi ? ai-je demandé en feignant mon ignorance.

— Plein de choses : en gros, que McDaid était un brave type. (À ces mots, Tori a levé les yeux au ciel.) Et sa mère ne croit pas à la thèse du suicide. J'ai pourtant du mal à penser qu'il ait pu tomber du pont accidentellement, pas vous ? En plus, j'ai entendu dire qu'ils avaient retrouvé ses affaires, soigneusement pliées, sur le trottoir. Sans compter que sa mère a reçu un texto. Ce n'est pas le genre de message qu'on envoie par accident.

Donna a levé les yeux vers la photo de Rose.

— Ton amie a l'air très bien renseignée. Tu serais révoltée par le nombre de ragots qui circulent dans cette ville.

Donna avait parlé d'une voix dure, où l'on percevait de la colère. Je ne l'avais jamais vue aussi en colère. La pauvre Tori a semblé pétrifiée quand Donna lui a brusquement redonné son téléphone.

— C'est sordide de parler de tout ça. Le type est mort. Il a tué Rose, notre amie. Après quoi, il a eu la décence de se foutre en l'air, et si tu veux mon avis : bon débarras. Maintenant, je pense qu'il est temps de se rappeler qu'on est ici pour travailler ; on doit rester professionnelles – si tant est que tu saches encore ce que ça veut dire.

Tori avait l'air de s'être pris une gifle en pleine figure.

— Je disais ça sans arrière-pensée…, a-t-elle balbutié. Je… je n'ai pas…

— Tu n'as pas réfléchi. Voilà tout, a dit Donna. Maintenant, range ce téléphone et remets-toi au boulot.

Donna a claqué la porte de son vestiaire, tourné les talons, et elle est sortie. Tori avait les mains qui tremblaient quand elle a rangé son sac et son portable dans son casier.

— Vraiment, je disais ça comme ça, m'a-t-elle dit, la voix vacillante.

— Essaie de ne pas le prendre personnellement, ai-je dit pour la réconforter. Je pense que la nouvelle a mis tout le monde à cran. Ça risque de faire remonter tout un tas d'émotions, à propos de Rose, et de la façon dont elle est morte.

— Moi aussi je l'aimais beaucoup, m'a assuré Tori en quittant la pièce. Elle était aussi mon amie.

— Je n'en doute pas, ai-je dit sans parvenir à développer pour la rassurer, pour la simple raison que Donna avait dépassé les bornes.

Qu'elle ait eu ou non les nerfs à vif importait peu. Tori ne méritait pas ça. Cela dit, en mon for intérieur, et bien que je ne puisse pas m'en vanter, j'étais d'autant plus contente de ne pas avoir révélé que j'avais moi aussi lu le message.

12

2008
Rose Maguire : a dit oui !

Le diamant serti dans ma bague de fiançailles étincelait sous l'éclairage cru du cabinet. Je m'étais accordé un instant pour l'admirer et observer la manière dont il renvoyait vers moi les rais de lumière, avant d'enfiler mes gants en latex pour me mettre au travail.

Nous n'en avions pas tout de suite parlé à notre entourage. Pas parce que nous n'étions pas heureux – nous l'étions, formidablement – mais parce que Cian préférait que cela reste, pendant quelque temps, notre petit secret.

Je m'étais demandé s'il était gêné à cause de ma bague ; alors que moi, je ne l'étais pas du tout. Je savais néanmoins qu'il aurait voulu m'offrir mieux. Car le « diamant » de ma bague était en fait un ravissant zircon cubique qui, pour un œil non averti, faisait parfaitement illusion. Mais il est vrai que de nos jours, il n'était pas rare que les gens aient l'œil averti. Ils se demanderaient si l'anneau était en platine ou en or blanc alors qu'en vérité il s'agissait d'argent. Le bijou avait coûté à peine plus de cent livres mais il m'avait fait la promesse, à genoux devant moi, de la remplacer par la bague de mes rêves une fois que les choses iraient mieux.

Je ne voulais pas d'une autre bague, lui avais-je fait savoir. Je trouvais ça très romantique que celle-ci soit tout ce dont nous avions besoin pour exprimer notre amour l'un pour l'autre. Il n'en était que plus pur, n'est-ce pas ?

— Je t'offrirai une autre bague, avait-il insisté, déterminé. Tu mérites mieux.

Moi je pensais au contraire que tout ce dont j'avais besoin – et que je méritais – c'était être avec lui dans cette même pièce, et partager sa vie. Avoir notre appartement à tous les deux. Mener notre petite existence, en somme : j'irais au travail, tandis que lui écrirait. Je croyais tellement en lui que ça ne me dérangeait pas de payer les factures, et de faire bouillir la marmite. Nous formions une équipe.

Et Cian ? Non seulement ça le gênait que je sois soutien de famille, mais il semblait même parfois avoir beaucoup de mal à l'accepter.

— C'est moi qui devrais subvenir à tes besoins, me disait-il. Pas l'inverse.

— Ne dis pas de bêtises. On n'est plus dans les années 1950. On est tous les deux dans le même bateau. Et ce n'est pas comme si tu ne travaillais pas. Tu écris un livre, Cian. Et je suis convaincue qu'il aura beaucoup de succès.

Il avait souri, visiblement satisfait par ma réponse.

— Et le jour venu, je te promets que je te le revaudrai au centuple. Tu n'auras plus jamais à travailler de ta vie. Je prendrai soin de toi, et je t'offrirai tout ce dont tu as toujours rêvé.

— J'ai déjà tout ce dont j'ai toujours rêvé, avais-je rétorqué en l'embrassant sur le front. Toi, mon travail, mes amis, ma famille, cet anneau à mon doigt. C'est tout ce qui m'importe.

J'étais parfaitement sincère. Aussi bizarre que cela puisse paraître, nous n'avons jamais été aussi heureux qu'à cette période. Quand nous devions un peu nous serrer la ceinture. Et que notre monde, certes petit, était encore maîtrisable. C'était aussi le temps où je pensais encore qu'il était quelqu'un de bien.

13

Emily

Nous avons marché sur des œufs le restant de la journée, tandis que Donna, à en juger par la tête qu'elle faisait, les écrasait sans vergogne. J'aurais voulu la prendre à part pour lui parler et voir comment elle se sentait vraiment, mais je n'osais pas. On s'entendait plutôt bien jusqu'ici, toutes les deux. Je ne voulais pas la brusquer. Manifestement, elle n'avait pas une vie très facile. Elle m'avait dit qu'elle considérait son travail comme un moyen d'échapper au stress vécu dans sa vie personnelle. Je pouvais comprendre qu'elle soit fumasse que son refuge soit devenu tout l'inverse.

J'avais de la peine pour elle, ce qui n'était pas si fréquent. Il m'en fallait beaucoup pour avoir de la compassion, vu le bordel qu'était devenue ma vie. Mais à ce moment-là, sachant que mes craintes au sujet de Ben s'étaient révélées infondées, je me sentais l'esprit plus disponible pour compatir aux malheurs d'autrui. Quand je rentrais chez moi le soir, je n'avais à me préoccuper de personne, ni à ranger le chantier laissé par quelqu'un d'autre que moi-même. Elle, au contraire, avait trois adolescents à la maison, qui semblaient tous arrivés à cet âge épouvantable où les enfants prennent leur mère pour une esclave. Donna avait beau raconter ses histoires de famille sur un mode humoristique, je savais que derrière son grand sourire, elle était malheureuse comme les pierres. Je me suis promis de la laisser tranquille pour aujourd'hui, mais peut-être que dans le week-end je lui enverrais un texto pour lui proposer de déjeuner, de prendre un verre, ou tout simplement de papoter. Je me contenterais alors de l'écouter en hochant la tête, et je m'abstiendrais de lui dire que ses garçons étaient d'ingrats petits cons – bien que ce soit le cas – car elle seule était en droit de le dire.

J'ai été soulagée, ce n'est rien de le dire, quand est arrivé le moment de baisser le rideau du cabinet et de rentrer chez soi, chacun lançant aux autres un « Bonne soirée ! » avant de partir de son côté sans se retourner. Nous en avions tous eu assez : du travail, des tensions, d'être obnubilé par Rose, son accident mortel, et par le fait de ne pas savoir ce que nous devions penser de la mort de Kevin McDaid.

Je me suis préparé un plat de pâtes à la sauce tomate et je me suis installée devant mon ordinateur portable. Après avoir pris une grande respiration, j'ai cliqué sur l'icône Facebook pour me connecter à mon compte. Le post de Liz McDaid, partagé des centaines de fois, n'arrêtait pas de tourner. Certains internautes jugeaient tout à coup que son fils n'était pas un mauvais bougre, juste un peu caïd sur les bords. D'autres ajoutaient qu'il aurait mérité une deuxième chance. Il était si jeune. C'était un immense gâchis.

Je repensais au soir de l'accident. Au moment où sa voiture lui avait foncé dedans. Je tentais de me remémorer en détail ce que j'avais vu, entendu, et senti. Le visage de Rose. Avais-je vu celui de McDaid ? Je ne pense pas. En tout cas, il avait à peine ralenti. Il l'avait forcément vue. Le fait même que c'était une rue passante aurait dû suffire à le faire ralentir. Quand je fermais les yeux, j'entendais le son de la voix de Rose qui chantait. Ainsi que le bruit des portes de l'ascenseur qui se refermaient. La rumeur de la rue. Le trafic. Les conversations des passants. Un signal sonore indiquant aux piétons qu'ils pouvaient traverser le carrefour en toute sécurité. Une femme criait dans son téléphone : elle rentrerait tard et la personne à l'autre bout du fil n'avait qu'à se préparer son dîner toute seule. Les bruits de pas sur le trottoir. Le martèlement de talons. Un bébé – peut-être Jack – qui babillait. Le vrombissement de la voiture. Les crissements des pneus. Le choc sourd.

Car il y avait bien eu un vrombissement. Une accélération, donc. J'en étais certaine. S'agissait-il vraiment d'un accident ? Son pied avait-il dérapé ? Non. Il y avait eu ce vrombissement. Suffisamment puissant pour couvrir le « Mon dieu ! » que j'avais hurlé en assistant, impuissante, à ce qui se déroulait sous mes yeux.

Non. Kevin McDaid n'était pas blanc comme neige. Le seul fait qu'il était mort ne suffisait pas pour en faire un saint.

J'ai cliqué sur le Facebook de Rose. Ses amis, sans surprise, disaient qu'ils avaient pensé à elle toute la journée, et espéraient que McDaid pourrissait désormais en enfer, car c'est tout ce qu'il méritait. Cian n'ayant publié aucun message, j'en ai conclu qu'abasourdi par tout ça, il ne devait pas savoir quoi dire. Un écrivain à court de mots. Quoi de plus triste. Je souffrais pour lui et scrutais sa photo de profil en m'imaginant en train de le réconforter. Je le serrais contre moi. J'embrassais son front ; je passais mes doigts dans ses cheveux en bataille en lui disant qu'avec le temps tout irait mieux. Je me demandais qui le réconfortait. Il m'avait paru si seul à l'enterrement de Rose. Tandis que la famille de la défunte semblait soudée dans son malheur, lui était resté seul dans son coin, dévasté, près du cercueil de son épouse. À qui se confiait-il désormais ? Pouvait-il compter sur des amis pour lui apporter des repas qu'ils avaient préparés pour lui, et vérifier qu'il prenait soin de lui ? Y avait-il des femmes, en coulisse, qui attendaient le moment opportun pour l'approcher ? Elles ne pourraient cependant jamais comprendre ce qu'il avait traversé. Pas comme moi.

Alors j'ai décidé de lui envoyer un message, pour lui faire savoir que je comprendrais très bien qu'il souhaite annuler notre rendez-vous. Car je supposais que la journée avait été terriblement éprouvante. Nous pouvions reporter notre café à plus tard, à sa convenance. Peut-être me risquerais-je même à lui suggérer une nouvelle date ? Quel laps de temps était-il approprié de laisser s'écouler ? Quelques jours ? Une semaine ? Il n'y avait pas vraiment de règle en la matière.

À ma grande stupéfaction, il m'a répondu presque instantanément.

Il n'est pas nécessaire de reporter. Voyons-nous comme prévu. X

Je me suis efforcée de ne pas surinterpréter ce « X ».

Le lendemain matin, je me suis préparée pour aller au travail, y consacrant un peu plus de temps que d'habitude : j'ai lissé mes cheveux, soigné mon maquillage, et j'ai même appliqué un peu d'eye-liner sur mes paupières. Juste ce qu'il faut. Il ne s'agissait pas d'en faire trop. Seulement d'avoir l'air à peu près présentable. Et j'ai ajouté une touche de mon parfum préféré, le N° 5 de Chanel, qui me donnait toujours un petit peu d'assurance quand j'en avais besoin. Il ne fallait rien précipiter, juste continuer à faire ce que j'avais à faire, et tout irait bien.

Mais c'était sans compter sur un nouveau rebondissement dans l'affaire. À mon arrivée au travail, la nouvelle était déjà tombée : la police avait entamé une enquête sur les causes de la mort de Kevin McDaid, une autopsie ayant révélé la présence de blessures incompatibles avec une chute ou un saut depuis le pont.

« De nouveaux éléments sont apparus qui justifient une enquête approfondie sur les circonstances entourant la mort de Kevin McDaid », indiquait le porte-parole de la police. Et bien sûr, les internautes, comme un seul homme, en tiraient déjà des conclusions hâtives. Est-ce qu'on s'en était pris à celui qui avait tué Rose Grahame ? Avait-il eu, cette fois, affaire à plus dangereux que lui ?

Liz McDaid avait publié un nouveau message, dans lequel elle se répandait en injures contre le monde entier. Elle clamait haut et fort que la vérité finirait par sortir. Tant qu'elle ne saurait pas ce qui était arrivé à son fils, tant que justice ne serait pas rendue, elle ne serait jamais tranquille. La photo de Kevin McDaid était partout. Tout comme celle de Rose Grahame. Et pas seulement dans la presse locale. Car l'affaire commençait à intéresser les médias de tout le pays.

Je me demandais de quelle nature étaient ces blessures invalidant la théorie selon laquelle il avait sauté du pont. J'essayais de m'imaginer ce que ça faisait, de franchir le pas, de sauter dans le vide, puis de tomber en flèche. Avait-on l'impression de voler ? Cela procurait-il une sensation de liberté ? Ce n'était pas quelque chose que j'avais envisagé, même quand j'étais au plus bas. Trop public. Trop flippant. Plonger dans l'eau trouble du fleuve. Être emportée au loin par le courant, sans la moindre chance d'être sauvée, ni même retrouvée. Or son corps à lui avait été vite retrouvé. « Sur le *glarr* », avait dit quelqu'un, faisant allusion à la vase visqueuse comme du goudron que l'on trouvait sur les berges de la Foyle. Elle pouvait vous engloutir si vous étiez privé de vos mouvements. Si vous vous étiez brisé les membres en chutant. Or le pont était suffisamment haut pour que la chute occasionne des fractures au moment où le corps percutait la surface de l'eau. L'issue était assez aléatoire. Quand bien même vous auriez regretté votre geste et tenté de regagner la rive à la nage, vous pouviez être gagné par l'épuisement et, saisi par le froid, vous retrouver piégé par l'épaisse boue de la berge.

Un frisson d'horreur me parcourait l'échine quand je visualisais McDaid, transi de froid et perclus d'angoisse, essayant de se tirer d'affaire. Rose, au moins, n'avait eu que quelques secondes – et encore – pour envisager l'issue fatale qui l'attendait. C'était mieux ainsi. Mais Kevin McDaid ? Qui pouvait imaginer ce qu'il avait enduré ? La mort par noyade n'était peut-être pas si paisible en fin de compte. L'eau trouble. La vase. L'asphyxie. Tenter de se raccrocher en vain à quelque chose. Sombrer dans l'oubli, plonger dans les ténèbres. Ne plus savoir si l'on allait vers le haut ou vers le bas. Chercher désespérément une poche d'air. Le blanc des yeux qui tranchait avec le noir, le brun, et l'insondable bleu des flots.

Il me fallait chasser cette image de mon esprit. Tenter de retrouver mon calme. Garder à l'esprit que je n'étais pas dans cette situation. J'avais de l'air autour de moi. De l'air que je pouvais faire entrer dans mes poumons à ma guise. J'ai frémi de tout mon corps en inspirant tant et plus. Les mains tremblantes, j'ai fouillé dans mon sac. J'avais besoin d'une cigarette. Besoin de boire un verre. De prendre l'air. Je sentais ma nuque devenir moite, j'avais des picotements sur la peau, et le fond de teint que j'avais si consciencieusement appliqué commençait à couler sous l'effet de la transpiration.

J'étais toute tremblante dans la cuisine tandis qu'autour de moi les conversations enflammées de mes collègues au sujet de la nouvelle allaient crescendo. Pourquoi Donna n'intervenait-elle pas pour leur dire de rester professionnelles ? Qu'attendait-elle pour mettre les points sur les *i* et leur dire de se taire ? D'arrêter leurs commérages ? Le bruit devenant insupportable et, sentant mon estomac se soulever, j'ai traversé le vestiaire et emprunté la sortie de secours pour prendre un bol d'air dans le patio.

Je ne m'attendais pas à trouver Donna assise là, sur une des chaises réservées aux fumeurs et aux vapoteurs. Emmitouflée dans son manteau, elle avait les bras fermement croisés sur son ventre et regardait dans le vide, son téléphone à proximité, posé sur une table basse. Malgré mon entrée fracassante dans le patio, elle était restée immobile. Ses yeux n'ont pas croisé les miens. Elle avait le teint livide et les traits tirés. Peinée de la voir si mal en point, je me suis sentie obligée de surmonter mes propres angoisses et d'intervenir.

— Donna, ai-je dit. Tu vas bien ? J'ai entendu les infos ; c'est flippant, non ? Il y a de quoi être perturbé, rien de plus normal.

Peut-être qu'en m'employant à la réconforter, je parviendrais à me rassurer aussi.

Elle s'est tournée lentement vers moi, l'air hébété.

— Quoi ? a-t-elle dit en secouant la tête comme si elle cherchait à reprendre ses esprits.

— Les infos ? ai-je répété, mon cœur battant toujours un peu la chamade. Tu as l'air préoccupée. Je me disais que l'info qui vient de tomber – le rebondissement dans l'enquête sur McDaid… Tu étais toute chamboulée…

Je sentais bien que je ramais. Donna s'est contentée de cligner des yeux, puis elle a plissé le front, comme si j'étais devenue folle. Était-ce le cas ?

Tout doucement, comme s'il lui fallait puiser dans le peu de forces qui lui restait, elle a hoché négativement la tête.

— Non, non. C'est… un souci à la maison. Ça concerne les garçons. Un problème à l'école qui a pris des proportions inimaginables, et que je dois gérer…

Elle a porté la main à son front comme pour vérifier sa température, s'est pincé l'arête du nez et a de nouveau secoué la tête, avant de poursuivre :

— Il va falloir que j'y aille pour régler ça. Ce n'est pas comme si quelqu'un pouvait le faire à ma place.

Elle avait l'air épuisée. Et moins apprêtée que d'habitude.

— Vous devrez donc vous passer de moi lors de vos séances de commérages.

Son ton était cassant. Je me suis mordu les lèvres pour ne pas lui faire remarquer que ce n'était pas moi qui cancanais. Que ce n'était pas mon genre. Mais elle s'était déjà levée et rangeait son téléphone dans sa poche.

— Il faut que je passe voir Owen, pour lui expliquer.

— Je crois qu'il n'est pas encore arrivé, ai-je dit.

— Putain de merde, s'est-elle écriée, à ma grande stupéfaction car je ne l'avais encore jamais entendue jurer.

— Je pourrais aller lui parler à ta place, ai-je proposé. Je suis certaine qu'il comprendra, Donna. Vas-y directement.

Elle m'a regardée avec insistance, comme pour me jauger. J'en étais mal à l'aise.

— Oui, a-t-elle dit en hochant la tête. Tu as raison.

Puis elle est passée devant moi pour retourner à l'intérieur, tandis que j'essayais de reprendre mon calme. Oui, j'irais voir Owen. Je lui expliquerais la situation. Je lui montrerais que je savais gérer une crise, et faire preuve de solidarité envers l'équipe. Mais il me fallait d'abord reprendre mon souffle.

Owen se contenta de hocher la tête quand je lui ai dit que Donna était rentrée chez elle. Il avait l'air ailleurs. Peut-être était-il, tout autant que nous, sous le coup de ce que nous venions d'apprendre. Je lui ai indiqué que je donnerais un coup de main pour remplacer Donna. Il m'a remerciée puis s'est replongé dans son écran d'ordinateur. J'allais sortir quand il m'a rappelée.

Je me suis retournée et j'ai vu à quel point il avait l'air fatigué.

— Emily, a-t-il répété. J'aimerais avoir ton avis. Que penses-tu de tout ça ? Des déclarations de la famille de McDaid ?

— Je ne sais pas trop…

— Tout le monde ne parle que de ça. Tu as forcément une opinion. Penses-tu qu'il y ait quelque chose là-dessous ? Est-ce que ça aurait un lien avec Rose ?

— Je pense qu'il faut attendre de voir ce que la police aura à dire. Mais je suis vraiment désolée pour vous autres qui avez connu Rose : ça ne fait qu'ajouter à votre peine. Les choses étaient déjà bien assez difficiles comme ça, je le vois bien.

Il a hoché la tête doucement, tristement.

— Ça rend tout ça tellement sordide.

— Sordide ? ai-je demandé.

— Oui, sa mort. On voit à nouveau sa photo partout ce matin. Maintenant les gens parlent d'elle comme si c'était un personnage secondaire dans une série télé. Ils disent des choses sur Cian. Certains se mettent à penser que McDaid était un brave gars. Tu as vu le hashtag #JusticepourKevin ? C'est vraiment dégueulasse. Complètement minable. Comme lui.

Ne sachant que dire, je me suis contentée de prendre un air grave.

— C'est suffisamment difficile comme ça pour nous tous, les amis et la famille, de faire notre deuil, sans avoir en plus à le voir érigé en victime.

— J'aimerais trouver les mots justes qui puissent apaiser chacun d'entre vous.

— Tu ne le considères quand même pas comme une victime ? Quand on est capable de faire ce qu'il a fait, on ne peut pas être une victime, si ?

Il me fixait avec insistance, ses yeux plongés dans les miens de telle sorte que je n'avais pas la moindre possibilité de dissimuler ce qui me traversait l'esprit. Il me fallait très vite mettre de l'ordre dans mes pensées, et parvenir à les formuler sans aggraver ma situation. J'ai pris une grande respiration.

— En l'espèce, non, je ne pense pas qu'il soit une victime. Pas en ce qui concerne la mort de Rose. Mais des gens bien peuvent parfois commettre des erreurs, ou se retrouver en mauvaise posture. Va savoir à quoi il a bien pu se retrouver mêlé ?

— Quoi qu'il en soit, je ne suis pas près de m'apitoyer sur son sort, a dit Owen. Je voudrais juste que ça se calme. Nous voudrions tous revenir à un semblant de normalité, mais comment faire ? Même ici, les gens viennent, posent des questions. Rends-toi compte, j'ai déjà reçu des appels de la part de journalistes ce matin, me demandant mon point de vue, des infos privées, ou des photos de Rose qu'ils pourraient utiliser. C'est vraiment à gerber.

— Est-ce que tu veux que je m'occupe du standard aujourd'hui ? Je ferai en sorte de ne transférer aucun appel provenant de la presse. Je dirai que tu es en consultation.

Il a hoché lentement la tête, s'est passé la main dans les cheveux, et s'est levé.

— Je suis désolé de t'ennuyer avec mes états d'âme. Tu vas avoir une piètre opinion de moi.

— Pas de souci, je comprends parfaitement. Heureusement que c'est bientôt le week-end. Tu vas pouvoir t'échapper un peu. Et avec un peu de chance, les choses finiront bientôt par se tasser.

— Je l'espère, a-t-il répondu en se dirigeant vers son cabinet de consultation. Vraiment.

J'ai ôté ma tenue de travail, passé une jupe au genou noire et un pull en cachemire gris, et enfilé une paire de bottes cavalières. J'ai retouché mon maquillage, optant pour un style neutre et léger, et relevé mes cheveux en un chignon vaporeux. Puis j'ai consulté les rubriques nécrologiques sur le site Internet de la presse locale : je savais désormais exactement où me rendre.

Après avoir enfilé mon manteau, je me suis installée au volant, j'ai grillé deux cigarettes coup sur coup et parcouru les presque six kilomètres qui me séparaient de Creggan, le quartier populaire où vivait Liz McDaid. Je n'ai eu aucun mal à trouver son immeuble. Une fois garée, je me suis dirigée vers le bâtiment devant lequel étaient rassemblées une quinzaine de personnes, entourées d'un nuage de fumée de cigarettes. Ils patientaient debout, tête baissée et col de chemise relevé pour braver le froid. Je les voyais piétiner, les volutes de fumée se mêlant à la buée qui sortait de leur bouche. Les hommes étaient tous en chemise blanche : d'un blanc impeccable pour les uns, avec des traces de plis sur les pans qui dépassaient de leurs manteaux du dimanche, indiquant qu'elles sortaient tout juste de leur emballage ; ou blanc cassé pour les autres, signe qu'elles avaient été trop souvent lavées et provenaient probablement d'anciens uniformes scolaires. Leurs cravates noires, portées le nœud desserré, donnaient une allure très formelle à ces adolescents bien trop jeunes pour enterrer un des leurs. Ils parlaient à voix basse et écrasaient de leur talon les mégots de cigarettes qu'ils faisaient tomber par terre. En m'approchant, j'ai aperçu dans le jardinet attenant à la porte d'entrée deux femmes assises sur des chaises de cuisine. La gerbe de fleurs qui avait été déposée près du perron signalait le domicile d'une famille endeuillée. Une des deux femmes, visiblement enceinte, avait une main posée sur son ventre et, de l'autre, tenait une cigarette sur laquelle elle tirait frénétiquement, comme si elle était reliée à une bombonne d'oxygène. La deuxième regardait fixement en direction de la rue, une tasse et une soucoupe en équilibre instable sur son genou. En passant à côté d'elles, luttant contre le sentiment de gêne qui m'envahissait, je leur ai adressé un petit signe de la tête accompagné d'un demi-sourire qui se voulait bienveillant.

Malgré la rumeur des conversations et des chuchotements, l'atmosphère demeurait digne. Il n'y avait ni photographes de presse, ni caméras de télévision. Aucun badaud. Rien à voir avec les quelques jours qui avaient précédé les obsèques de Rose Grahame. Irais-je jusqu'à dire qu'il y régnait davantage de solennité ? À moins que les gens n'aient eu trop peur de s'approcher. Tandis que je patientais à l'entrée de l'étroit couloir, attendant mon tour pour être conduite dans la pièce où l'on venait rendre un dernier hommage à Kevin McDaid, une question me taraudait : étais-je devenue folle ? Ses proches comprendraient que je ne le connaissais pas ? Que j'étais là par pur voyeurisme, pour voir le visage de celui à cause de qui ma vie était partie en vrille ?

Les gens chuchotaient. Nombreux étaient les visages qui affichaient l'incrédulité. « Il était si jeune » était une phrase qui revenait dans la plupart des conversations, émaillées de rires mélancoliques à l'évocation des multiples frasques du défunt. L'autre thème récurrent était qu'« ils » avaient intérêt à rester à l'écart. Après avoir lentement progressé dans la file, j'ai fini par me retrouver nez à nez avec un jeune homme, entre dix-sept et vingt-cinq ans, qui serrait la main de tous ceux qui se présentaient à lui avec leurs mines de circonstance, et les invitaient ensuite à monter l'escalier pour se rendre dans la première chambre qu'ils trouveraient en haut des marches. Un frère, probablement. Je notais une ressemblance avec la photo de McDaid qui avait circulé toute la journée. J'ai hoché la tête et je lui ai tendu ma main, qu'il a serrée mollement de ses doigts moites, et je lui ai présenté mes condoléances. Puis j'ai rejoint la queue dans l'escalier.

La pièce où reposait Kevin McDaid était petite et froide. Une ampoule nue pendait du plafond. Sur une commode couverte d'un drap blanc avaient été posés deux chandeliers ouvragés, un crucifix en laiton, deux rosaires et une photographie encadrée de Kevin posant en uniforme scolaire. Il ne devait pas avoir plus de quatorze ans sur ce cliché : il n'avait pas encore les traits anguleux d'un jeune homme, et sa lèvre supérieure était à peine surlignée d'un léger duvet. Je gardais les yeux sur le portrait pour éviter de croiser ceux des personnes assises autour de la pièce, sur des chaises qui avaient été empruntées au centre de loisirs du quartier. Pour éviter, surtout, d'avoir à regarder Liz McDaid, effondrée, qui pleurait son fils, une main posée sur le torse du jeune homme et le front appuyé sur un pan du cercueil. Mais malgré tous mes efforts, ses sanglots de détresse ont attiré mon regard vers le coffre en bois foncé habillé d'un satin brillant. McDaid gisait les mains jointes, vêtu d'un costume impeccable

– celui, selon toute vraisemblance, qu'il avait porté au tribunal. S'il avait l'air paisible, en regardant plus attentivement on remarquait néanmoins qu'il avait des éraflures au cou et à l'une de ses joues. Il y avait quelque chose de très artificiel dans sa posture : l'employé des pompes funèbres ayant calé sa tête dans une position bien peu naturelle, il ressemblait à la marionnette d'un ventriloque.

Il était difficile d'imaginer que l'homme que j'avais devant moi – l'enfant, devrais-je dire – avait pu causer du tort à quelqu'un.

J'ai pris une grande respiration qui m'a fait trembler de la tête aux pieds et mis en éveil mon instinct de survie. Alors que je m'apprêtais à quitter la pièce, j'ai senti une main saisir la mienne. Je me suis retournée machinalement et retrouvée en face de Liz McDaid, le visage rougi et baigné de larmes, qui me regardait :

— Vous allez bien, mon petit ? Vous n'avez vraiment pas bonne mine.

Son inquiétude à mon égard était touchante. J'ai senti les larmes me monter aux yeux. J'ai tenté de les réprimer, mais en vain.

— Je sais, je sais… C'est affreux. Quel choc. Les gens ont beau dire, il n'a pas fait ça. Il ne s'est pas suicidé, m'a-t-elle dit, la voix éraillée par le chagrin et l'épuisement.

J'ai fait non de la tête, n'osant pas ouvrir la bouche.

Un homme s'est rapproché de nous pour poser sa main sur l'épaule de Liz.

— Allons, Liz. Ne te remets pas dans tous tes états. Cette pauvre petite est déjà toute chamboulée.

Elle a haussé les épaules.

— C'est mon petit qu'on va enterrer. J'ai quand même le droit de me mettre dans les états que je veux. C'est bien beau que vous soyez tous là à me regarder d'un air désolé, mais quand est-ce que vous allez vous battre avec moi pour obtenir la vérité ? Il avait des côtes cassées, je peux vous montrer, a-t-elle dit en se levant avec difficulté et en s'accrochant au cercueil.

Elle s'apprêtait à déboutonner la veste de Kevin quand l'homme l'a retenue, en lui disant que ce n'était pas la peine.

— Bien sûr que c'est la peine. Il avait des côtes cassées, et plein de bleus, comme si qu'on l'avait poussé contre le garde-corps. Des éraflures au niveau des chevilles et des mains… C'était pas volontaire, je vous dis.

La jeune femme que j'avais vue assise dehors avec sa tasse de thé venait d'entrer dans la pièce, le visage baigné de larmes.

— M'man, a-t-elle sangloté. Je t'en supplie… Il faut que tu laisses faire la police maintenant.

J'avais l'impression que la pièce rétrécissait et m'enserrait comme un étau. J'aurais voulu m'échapper mais il y avait tellement de monde que la porte était inaccessible. L'air était devenu irrespirable.

— La police ne bougera jamais le petit doigt pour les gens comme nous. Ils ne l'ont jamais fait. Ils se disent sûrement que ça en fait un de moins. Mais moi je vous le dis : ce n'était pas un suicide. Ah ça non. Et je veux que vous m'écoutiez…

La jeune femme, dont je supposais qu'elle était la sœur de Kevin, s'est précipitée pour retenir sa mère, ce qui m'a laissé le champ libre pour m'échapper. J'ai fourni un effort surhumain pour ne pas courir, afin d'éviter qu'on ne remarque que j'étais ici une intruse. Faisant profil bas, honteuse d'être venue, j'ai pris congé en hochant la tête aux uns et aux autres et déguerpi, ne ralentissant ma marche que pour laisser passer quelqu'un portant un plateau chargé de tasses. J'ai rejoint l'extérieur quasiment en apnée et, passant devant le groupe des fumeurs, traversé le jardin avant de franchir le portillon rouillé. Une fois dans la rue, j'ai inspiré à pleins poumons au point de tousser en recrachant l'air.

— Ça va, madame ? m'a demandé une voix grave.

J'ai levé les yeux et suis tombée nez à nez avec un policier en uniforme. Grand, rasé de près, il avait beau avoir l'air sincèrement inquiet, je ne m'en sentais pas moins nerveuse. Allait-il me démasquer, et deviner que je n'étais pas censée être ici ?

— Ça va, merci… C'est juste que je suis encore sous le choc. C'est tellement triste, tout ça, ai-je dit en évitant à tout prix de le regarder dans les yeux, car je savais pertinemment que le moindre mouvement pouvait me trahir.

— Alors il faut prendre soin de vous maintenant. Rentrez tranquillement chez vous et reposez-vous, m'a-t-il conseillé tandis que la policière à côté de lui opinait du chef.

Puis ils se sont éloignés. J'ai couru à ma voiture à toutes jambes et grillé à nouveau deux cigarettes avant de rentrer chez moi. Une fois arrivée, je me suis aussitôt débarrassée de mes vêtements, démaquillée grossièrement, et je suis restée vingt minutes sous la douche à pleurer toutes les larmes de mon corps.

14

La perspective de bientôt revoir Cian pour un café a grandement facilité mon retour au travail le lendemain. Je n'ai cependant pas eu le loisir de parler coiffure ou maquillage avec les filles ce jour-là: encore sous le choc des événements des derniers jours, elles n'étaient pas d'humeur à discuter de sujets aussi légers, et elles avaient mis en sourdine leurs conversations habituelles du vendredi portant sur les pots d'après-travail et leurs projets pour le week-end.

Je leur en voulais un peu de manifester si peu d'enthousiasme pour leurs traditionnelles activités de fin de semaine. Je n'avais certes pas souvent l'occasion de me joindre à leurs discussions. Et encore moins aujourd'hui, ayant pour une fois des projets de mon côté. Mais là, leur seule ambition se bornait à tenter de venir à bout de leur journée. Leur deuil semblait leur avoir ôté toute forme d'énergie, et leur vitalité se trouvait comme aspirée par le sol. N'étant plus que l'ombre d'elles-mêmes, elles enchaînaient péniblement les journées, au ralenti.

Je n'avais jamais été aussi heureuse de finir le travail et de prendre congé de mes collègues que ce soir-là. J'ai fait un saut en ville pour m'acheter des produits de beauté, une bouteille de prosecco et quelques bougies, histoire de noyer mes soucis dans l'ivresse et me détendre avant le grand jour.

Une fois rentrée chez moi, j'ai passé encore plus de temps que d'habitude sur le compte Facebook de Rose, épluchant tous ses albums photos en m'attardant particulièrement sur ceux où on la voyait en compagnie de Cian. J'espérais y trouver un aperçu des tenues qui le faisaient craquer. Non que j'aie eu la prétention de penser qu'il craquerait pour moi. Mais mieux valait être prête. Au cas où.

Cian avait proposé qu'on se retrouve dans l'après-midi pour prendre un thé au Primrose on the Quay, un café « tendance » sur les quais de la Foyle. L'endroit était très agréable, avec une décoration à la fois bohème et élégante, et doté de suffisamment de coins et recoins pour que l'on puisse avoir une conversation privée sans être entendu par des oreilles indiscrètes. Par ailleurs, leurs gâteaux étaient excellents. Mais je me contenterais aujourd'hui de piocher dans le mien du bout de ma cuillère, pour éviter de paraître trop gourmande. À en juger par sa silhouette, Rose Grahame ne devait même pas s'autoriser à poser les yeux sur un gâteau. Autant dire qu'elle n'en mangeait sûrement jamais, et encore moins recouvert d'une généreuse et orgasmique couche de crème chantilly.

En épluchant son Facebook, j'avais pu constater que le style vestimentaire de Rose était certes classique, mais avec ce côté chic que j'arrivais rarement à reproduire. J'ai exhumé une robe portefeuille noire du fond de ma garde-robe. Je ne l'avais portée qu'une seule fois, lors d'un Noël chez mes parents – et cette journée n'avait laissé à aucun de nous un souvenir impérissable. J'ai jugé qu'une fois associée à mes bottes cavalières, elle me donnait un air chic-décontracté tout à fait approprié pour un thé en compagnie d'un homme qui venait de perdre sa femme. J'ai mis un collier de grosses perles rouges puis passé un temps considérable à essayer de donner à mes cheveux ce mouvement négligé mais stylé que les autres filles – c'est-à-dire les filles comme Rose – semblaient obtenir le plus aisément du monde. (J'appris grâce à Google qu'il me faudrait pour cela faire l'acquisition d'un spray coiffant texturant.)

Niveau maquillage, j'ai opté pour un look naturel : une touche de rouge à lèvres Velvet Teddy de chez M·A·C et un soupçon de mascara. Un peu de blush. Après avoir enfilé mon vieux manteau d'hiver vert, je me suis examinée sous toutes les coutures devant le miroir. Je me trouvais belle, mais pas trop. Pas au point d'avoir l'air de vouloir draguer le jeune veuf. Pas au point que mes collègues, si jamais je tombais par hasard sur l'une d'entre elles, puissent légitimement me demander si j'avais rendez-vous dans un endroit branché.

En marchant le long du Quay – une promenade cheminant à proximité de la Foyle depuis la périphérie jusqu'au centre-ville –, je sentais l'air froid me pincer les joues et le nez. Au moins aurais-je bonne mine au moment où l'on se retrouverait en tête à tête. Il régnait dans le café un joyeux brouhaha où les cliquetis de couverts et de vaisselles se mêlaient aux discussions enflammées entre amis. Pendant ce temps-là, les serveurs préparaient leurs thés et cafés dans la bonne humeur, et distribuaient des assiettes chargées de gâteaux hypercaloriques. Je l'ai cherché du regard – et je n'ai eu aucun mal à les repérer. Assis près du mur du fond, il était accompagné de Jack, installé dans une chaise haute, qui faisait rouler une petite voiture en plastique sur la table en lançant de grands sourires à son père. Cian ébouriffait les cheveux de son fils avant de déposer un bisou tonitruant sur sa joue. Le garçonnet s'est esclaffé et a agrippé le visage de son père de ses petits doigts potelés, puis il a de nouveau consacré toute son attention à sa petite voiture. Dès l'instant où Jack a détourné les yeux, j'ai vu le visage de Cian se refermer momentanément. Ce devait être épuisant, ai-je pensé, de devoir constamment faire bonne figure devant le petit. De faire semblant d'être heureux.

Cian a promené son regard dans la pièce et, m'apercevant, m'a adressé un sourire qui m'a fait chaud au cœur. Il s'est levé, chemise légèrement froissée, manches relevées, bouton du haut défait. J'évitais de m'attarder sur la petite touffe de poils que je voyais dépasser de son col, et qui me faisait fondre.

— Emily, m'a-t-il à mi-voix. Je suis content que vous soyez venue, a-t-il ajouté avant de se pencher pour m'embrasser sur la joue.

J'ai savouré cet instant qui me donnait l'occasion de sentir contre ma peau sa barbe de trois jours. Ce contact humain, peau contre peau – aussi furtif fût-il – me faisait un bien fou.

— Nous le sommes tous les deux, a-t-il ajouté en désignant Jack, qui nous regardait l'un puis l'autre, bouche bée, en ayant l'air de se demander qui pouvait bien être cette dame qui parlait avec son père.

Je ne savais pas très bien quelle attitude adopter envers cet adorable bambin qui me fixait de ses yeux écarquillés. Je n'avais guère d'expérience avec les enfants. Supposant qu'un sourire ne pouvait pas faire de mal, j'ai fait risette à Jack en lui disant qu'il était un très beau petit garçon. Il m'a répondu par un gazouillis en poussant sa petite voiture dans ma direction, et j'ai à mon tour fait rouler le jouet sur la table en accompagnant mon geste des « vroum vroum » de rigueur. Il faut croire que cela lui a plu car il a gloussé très fort.

— Manifestement vous avez un fan, a dit Cian en m'invitant à m'asseoir sur la chaise en face de lui.

— Il est vraiment mignon.

— Je m'apprêtais à nous commander du thé. Est-ce que cela vous convient ?

J'ai acquiescé d'un signe de tête.

— Parfait, a-t-il dit en faisant un signe à un serveur pour attirer son attention.

Il a commandé un thé ainsi qu'un verre de lait et un biscuit pour Jack.

— J'aurais sûrement dû penser à apporter un paquet de raisins secs ou une banane. C'est ce qu'aurait fait Rose en pareilles circonstances, mais j'ai oublié. Ce n'est pas un petit biscuit qui lui fera du mal, a-t-il dit.

— Certainement pas, ai-je approuvé. Je pense même que ça devrait lui plaire.

Cian m'a de nouveau souri, puis il a pris une grande respiration en se redressant sur son siège.

— Je voulais à nouveau te remercier pour ton écoute l'autre jour, a-t-il dit. Au fait, on se tutoie, non ? (J'ai aussitôt acquiescé.) Tu as dû me prendre pour un parfait connard.

— Pas du tout. Et même si ç'avait été le cas, il me semble que tu es tout excusé étant donné les circonstances. Avec tout ce qui se passe.

J'ai vu son regard s'assombrir. Sûrement sous l'effet de la tristesse.

— Il est vrai que c'est plutôt rude, a-t-il convenu. Et il n'existe pas de manuel pour vous aider à affronter ce genre d'épreuves. Il y a beaucoup de gens bien intentionnés pour vous donner des conseils, mais personne n'est vraiment à même de comprendre ce que ça fait de se retrouver dans une situation pareille.

— Je ne pense pas, en effet. Et je me demande comment tu arrives à faire face, à dire vrai. Sans parler de ce qui est arrivé à Kevin McDaid…

Il a baissé les yeux vers la table, enfoui son visage dans ses mains. J'ai cru un instant qu'il allait éclater en sanglots, et je me suis sentie moi-même sur le point de craquer. À nouveau, il a inspiré profondément, puis il s'est passé les mains dans les cheveux avant de les poser sur la table.

— Au risque de passer à nouveau pour un gros connard, Emily, je me fiche pas mal de ce qui a pu arriver à Kevin McDaid, que ce soit ou non de son fait. Je m'en fous, de Kevin McDaid. « L'indifférence vaut mieux que la haine », dit-on. Eh bien moi, je dis qu'il a eu ce qu'il méritait, point barre.

Je l'admirais. J'admirais son indifférence. Je ne sais pas si, à sa place, j'aurais pu garder un tel sang-froid. J'avais tendance à réagir différemment quand on me faisait du mal. « Fonce dans le tas ou rentre chez toi », disait l'adage. Et pourtant, à chaque fois, je me promettais de me contenir. D'éviter les ennuis.

— Je ne veux pas consacrer la moindre minute de mon temps à penser à lui, a continué Cian. C'est suffisamment dur comme ça. Vingt-quatre heures sur vingt-quatre, je peine à faire les choses qui ne me demandaient pas le moindre effort, avant. Me réveiller. Sortir du lit. Putain, c'est devenu tellement difficile. Il y a des jours où j'ai l'impression que je n'y arriverai jamais.

Il parlait d'une voix sourde, pleine de colère. Il a serré les poings et frappé la table, faisant bondir les tasses sur leurs soucoupes. Le breuvage beige a éclaboussé la table. Jack a sursauté. Il a d'abord émis un petit rire puis s'est mis à pleurer sans retenue, la surprise laissant place à la peur.

— Désolé, mon chéri, a dit Cian.

Il s'est aussitôt levé pour sortir son fils de la chaise haute et le prendre dans ses bras.

— Je suis tellement, tellement désolé pour tout ce qui nous arrive.

J'ai alors compris qu'il pleurait.

Les gens commençaient à se retourner vers nous. Ils étaient encore peu nombreux, mais il y avait un danger que la nouvelle se propage comme une traînée de poudre dans tout le café. Ceux qui ne connaissaient pas Cian en tant qu'auteur à succès savaient forcément qu'il était le mari de cette femme tuée par un chauffard. Je me suis levée pour tenter de faire écran en me plaçant devant le père et son fils. Jack a fini par se calmer ; il s'est collé à son père et a mis son pouce dans sa bouche. Ses yeux se fermaient tout seuls tandis qu'il se lovait contre le torse de Cian, qui était toujours soulevé par les pleurs.

— Oh mon Dieu, a-t-il balbutié. On nous regarde. Les gens vont se mettre à parler, a-t-il ajouté, l'air abattu.

J'ai posé délicatement la main sur son bras.

— Vas-y. Ramène Jack à la voiture. Il est épuisé de toute façon. Moi, je m'occupe de la note.

— Mais je comptais t'inviter ! Et nous avons à peine touché à nos gâteaux. Je suis vraiment navré, Emily. Putain, je suis nul. Je foire tout en ce moment. Ce pauvre petit gars mérite beaucoup mieux qu'un père qui ne fait rien comme il faut.

Il avait bouché les oreilles de son fils au moment où il avait juré, en l'embrassant tendrement sur le haut de la tête. Il avait l'air totalement dévasté. Rien ne semblait pouvoir le consoler.

— Tu es tout sauf nul, ai-je dit instinctivement. Où es-tu garé ?

— Un peu plus haut, à côté de Smyths, le magasin de jouets, a-t-il répondu en désignant du doigt le chemin que j'avais moi-même emprunté à pied un peu plus tôt.

— Vas-y, prends Jack. Je vais régler la note. Je suis sûre qu'ils nous feront un *doggy bag*. Tu pourras m'offrir un thé chez toi et je te prêterai une oreille attentive le temps que tu te sentes mieux. Pour aujourd'hui en tout cas.

Il a acquiescé d'un signe de tête.

— Je pourrais protester et te dire que nous allons nous débrouiller, mais en vérité je n'en suis pas certain.

— Va à la voiture, ai-je insisté. Je te rejoins dans cinq minutes.

Après m'avoir indiqué la marque ainsi que la couleur de sa voiture, il a traversé le café avec le petit Jack désormais endormi, ignorant les quelques regards ébahis sur son passage, puis il est sorti. Quant à moi, j'ai fait ce que j'avais dit, comprenant à peine que je venais de réussir à m'inviter chez Cian Grahame.

15

Rose, 2009

Rose Maguire: se marie aujourd'hui ! J'ai hâte de devenir Mme Cian Grahame. Je t'aime de tout mon cœur, Cian, et il me tarde de commencer notre vie commune. Je me sens si chanceuse de t'avoir dans ma vie.
Xxxx #mariage #Heureuse

C'était peut-être une erreur de boire ces trois coupes de champagne la veille de mon mariage. Après un sommeil agité, je me suis réveillée avec un mal de tête et la bouche aussi sèche que le Sahara. Il fallait bien sûr que je me lève tôt. La coiffeuse et la maquilleuse arrivaient à 8h30, et la maison de mes parents avait commencé à s'animer à l'aube. Mes demoiselles d'honneur n'allaient pas tarder à arriver – ma mère avait prévu de préparer un solide petit-déjeuner pour tout ce petit monde. Mais je n'avais aucun appétit : mon estomac était totalement noué. Ma nervosité était compréhensible, non ?

En regardant par la fenêtre, j'ai constaté qu'il ne pleuvait pas. Je bénissais intérieurement le membre de ma famille qui avait proposé de sortir dans son jardin une statue de l'Enfant Jésus de Prague, dans l'espoir que les dieux du climat se montrent cléments. Je savais que Cian comptait vraiment sur le fait qu'une bonne partie de notre grand jour se déroule dans les jardins de l'hôtel, et que tout le monde puisse profiter du soleil en toute décontraction. Le beau temps semblant vouloir être de la partie, il serait désormais plus décontracté – et s'il l'était, je le serais aussi. Il avait un « tempérament d'artiste », pour reprendre ses mots : quand quelque chose le turlupinait, il avait un peu de mal à se contrôler.

Pour un homme, Cian m'avait surprise par ses idées très précises sur l'organisation de notre mariage. Il savait exactement ce qu'il voulait. J'avais de la chance, m'avaient dit plusieurs copines. La plupart des hommes s'en fichaient un peu et rechignaient même à aller faire les boutiques pour se trouver un costume. Cian était tout le contraire. Il avait pensé à tout, et dans les moindres détails. Il voulait que cette journée nous ressemble et symbolise tout ce que nous étions l'un pour l'autre. Selon lui, nous n'avions pas besoin de quelque chose d'énorme ou de tape-à-l'œil. Le plus important, c'était notre mariage, pas notre fête de mariage. Je ne pouvais qu'approuver – même si au fond de moi j'avais toujours rêvé d'une journée exceptionnelle, en présence du plus grand nombre d'amis que nous pourrions faire tenir dans un hôtel de taille moyenne ; journée qui se terminerait par une fête au cours de laquelle tout le monde danserait jusqu'au bout de la nuit.

Mais, bien sûr, Cian avait eu raison des souligner que notre budget n'était pas extensible. Certes, son livre se vendait plutôt bien – il avait recueilli de très bonnes critiques – mais ce « plutôt bien » ne se traduisait pas pour autant par de grosses rentrées d'argent. J'avais beau lui assurer que l'argent n'était pas ma principale préoccupation, je sentais bien que ça le gênait, et qu'il aurait voulu davantage contribuer aux besoins de notre ménage.

Je ne voudrais pas que nous commencions notre vie commune écrasés par les dettes, disait-il. J'aurais l'impression de ne pas être à la hauteur. Faisons quelque chose en petit comité, avec nos parents et amis proches.

Il en avait parlé avec une telle sincérité que j'avais rapidement été conquise par son idée de mariage tout simple et intimiste. Nous serions quarante au maximum, je porterais une robe sans chichi, des fleurs dans les cheveux. Je serais même pieds nus si le temps le permettait. Renonçant à la grosse fête d'après-dîner, nous nous éclipserions tôt dans la soirée et irions passer une semaine dans le sud de la France – cadeau de mariage de mes parents.

Les invités de Cian étaient très peu nombreux : quelques amis, son agent, et un cousin qui ferait office de garçon d'honneur. Ses parents, en mauvaise santé et domiciliés à Cork, s'étaient contentés d'envoyer un chèque de cinq cents livres, pour participer aux frais. Nous nous étions donc efforcés de limiter le nombre d'invités de mon côté, pour rééquilibrer un peu les choses. J'avais bien eu quelques grands-tantes et petits-cousins qui s'en étaient émus, mais ils comptaient bien peu à mes yeux, par rapport à Cian.

Ce serait agréable de ne pas se sentir obligé de faire la conversation à tous ces lointains parents et à des voisins qui n'avaient été invités qu'en raison de leur proximité géographique. Finalement, j'avais eu hâte d'arriver au jour J, même s'il n'aurait rien à voir avec ce que j'avais souhaité au départ. J'ai fermé les yeux et essayé d'imaginer la tête qu'il ferait à l'église en me voyant marcher vers l'autel.

Pleurerait-il ? Sourirait-il ? Est-ce qu'il m'adresserait un de ses regards ultra-intenses ?

La veille, il m'avait murmuré au téléphone, tard dans la soirée, que j'étais sienne, et que je le serais toujours. Nous serions unis envers et contre tout. Tant que je serais à ses côtés, il savait qu'il pourrait déplacer des montagnes.

— Donc c'est pour la vie, n'est-ce pas ? avait-il demandé.

J'avais alors perçu dans sa voix quelque chose d'inhabituel. Du doute ? De la peur ?

— Je me suis juré de ne jamais m'engager de la sorte si ce n'était pas pour toujours – pour le meilleur et pour le pire, et cetera, avait-il ajouté.

— Bien sûr, avais-je répondu.

Je m'étais dit que c'était normal de me sentir un peu nerveuse à la veille de cet engagement pour la vie, même si je le souhaitais plus que tout.

— Bonjour, ma chérie, dit ma mère en toquant à la porte de ma chambre avant de l'ouvrir. Tu es prête ?

En la voyant comme ça – avec ses bigoudis, sa chemise de nuit – tendre présence à la fois familière et aimante, je me suis sentie au bord des larmes. C'était venu sans crier gare, et avant que j'aie eu le temps de dire quelque chose, elle s'est assise près de moi et m'a prise dans ses bras.

— C'est un grand jour aujourd'hui, dit-elle en m'enlaçant et en déposant un baiser sur mon front. Tu seras heureuse, ma chérie. Mais tu sais que tu seras toujours chez toi ici. Tu seras toujours ma petite fille.

— Je t'aime, maman.

16

Emily

En voiture, le domicile de Cian était assez proche. Il s'agissait d'un pavillon individuel en brique rouge, établi sur son propre terrain en retrait d'une rue bordée d'arbres qui donnait sur Limavady Road, la voie parallèle au fleuve dans le quartier de Waterside. Large façade. Allée de gravier. Pelouse entretenue. Ses livres devaient bien se vendre. Il avait eu la vie que j'aurais rêvé de vivre. Ça rendait les choses encore plus tragiques.

Vue de l'extérieur, c'était la maison familiale idéale. Elle cadrait parfaitement avec la vie parfaite de Rose. J'ai ressenti au fond de moi une petite pointe de jalousie. Aussi me suis-je forcée à rester concentrée sur la tâche en cours. Cian est sorti en premier, il a fait le tour du véhicule pour ouvrir ma portière avant de se diriger vers la porte d'entrée. Mon *doggy bag* à la main, je l'ai suivi dans l'entrée, dont chaque mur était recouvert de photos de Rose, Cian et Jack. En promenant mon regard dans la pièce, je sentais sur moi celui de Rose. J'avais l'impression qu'elle avait constamment les yeux rivés sur moi. Quoi que je fasse, j'avais l'impression qu'elle m'observait. Au travail. Ici. Dans mes rêves. Sentant à nouveau mon cœur s'affoler, je me suis retournée pour voir où était Cian: il venait de sortir

Jack de la voiture et m'invitait maintenant à entrer dans la maison.

— Va dans la cuisine, m'a-t-il dit en désignant du doigt le fond de la maison. Je vais mettre le petit bout au lit.

C'est avec soulagement que je suis entrée dans la cuisine, pensant pouvoir ainsi échapper au regard de la disparue. Mais sa présence était palpable ici aussi. Elle était partout. C'était comme si son fantôme, ou son âme, flottait dans l'air.

— Qu'as-tu provoqué, Rose Grahame ? ai-je murmuré en inspectant le lieu où elle avait vécu.

17

J'ai rempli la bouilloire et fait chauffer l'eau. J'aurais bien pris les devants et préparé le thé, mais je n'ai pas osé fouiller dans les placards pour chercher tasses et sachets de thé. En attendant, j'ai ouvert la boîte en carton qui m'avait été donnée au Primrose et réorganisé les sandwiches et les pâtisseries qu'elle contenait. Ça avait l'air délicieux, mais je n'avais plus d'appétit. J'avais l'estomac noué par le stress. J'étais chez Rose.

D'une minute à l'autre, son mari allait revenir de la chambre de Jack et nous nous installerions, probablement autour de cet îlot central, pour discuter autour d'une tasse de thé. Je le réconforterais. J'irais même peut-être jusqu'à effleurer son bras. À cette seule pensée, j'ai senti un frisson sur ma peau, immédiatement suivi par un sentiment de culpabilité. Même si je ne devais surtout pas me laisser attirer par cet homme aussi beau que vulnérable, je savais confusément que j'étais déjà perdue, et que c'était précisément cette vulnérabilité qui me séduisait. J'étais déjà passée par là.

J'ai jeté un regard circulaire dans la cuisine. Pour un homme seul et en plein deuil, il entretenait remarquablement bien les lieux. Les plans de travail étaient totalement dégagés, à l'exception d'une bouilloire, d'une machine à café et d'un grille-pain. Le granit était rutilant. Le sol propre. Les murs, peints dans des tons gris clair, étaient dépourvus de la moindre tache de doigts gras de bambin. Je ne voyais ni panière à linge sale remplie à ras bord, ni vaisselle sale. Le grand frigo à l'américaine n'était affublé d'aucun dessin d'enfant. Un portrait de famille en noir et blanc était accroché au mur au-dessus d'un grand canapé moelleux recouvert de couvertures blanches et d'un plaid en tissu chenillé gris. La photographie faisait partie de celles que j'avais vues sur le compte Facebook de Rose : on y voyait Rose et Cian, en jeans et T-shirts blancs, pieds nus, assis serrés l'un contre l'autre, et le petit Jack, âgé d'environ six mois, calé entre les deux. Image même du bonheur, ils arboraient de larges sourires. Et là encore, Rose Grahame me dévisageait.

En dehors de la photo accrochée au mur, le seul indice de la présence d'un enfant dans la maison était un petit panier d'osier rempli de jouets en bois aux couleurs vives, posé dans un coin de la pièce. Je me demandais s'il arrivait à Cian de s'asseoir par terre pour jouer avec son fils. Ou bien Rose était-elle, au sein du couple, chargée des activités pratiques ? À moins qu'il ne se soit agi d'une tâche commune à l'un comme à l'autre.

J'ai entendu des bruits de pas dans l'escalier. Je me suis retournée et j'ai vu Cian qui entrait dans la pièce. Il avait un peu moins mauvaise mine. Il avait retroussé ses manches et le haut de son front était humide. J'en ai déduit qu'il avait dû se passer de l'eau sur le visage pour se rafraîchir. Histoire de reprendre ses esprits.

— Comme je ne savais pas où trouver les tasses et le thé, je me suis contentée de faire bouillir l'eau, lui ai-je dit tandis qu'il se dirigeait vers un placard pour prendre deux mugs.

— Merci, m'a-t-il répondu en remplissant la théière, avant de poursuivre, le dos tourné. Je me sens vraiment bête d'avoir pleuré comme ça, devant tout le monde. Que vas-tu penser de moi ?

Ce que je pensais de lui ? J'ai pris une grande respiration.

— Dans la mesure où tu viens de perdre ta femme dans les pires circonstances qui soient, je pense qu'il n'est pas anormal que tu craques de temps à autre. Tout le monde pourra le comprendre.

— Sauf ceux qui pensent que j'ai quelque chose à voir avec sa mort… (Il s'est retourné et a plongé ses yeux verts dans les miens, comme s'il pouvait me percer à jour.) J'ai lu les commentaires sur Facebook. On commence à jaser, à médire. J'ai même reçu des messages qui, tu sais… Certains disent que je l'ai tuée. Tu imagines ? Tu imagines ce que je ressens quand je lis ça ?

— Je n'ai aucun doute sur le fait que tous ceux qui te connaissent savent que tu es absolument hors de cause. Il est évident que tu aimais Rose d'un amour sincère.

— Je l'aime toujours, m'a-t-il corrigée d'une voix douce, tout en prenant les deux mugs pour les poser sur l'îlot central. Je ne cesserai jamais de l'aimer.

— Bien sûr, ai-je dit, ressentant à nouveau une pointe de jalousie.

Je m'en suis aussitôt voulu de ma réaction. Il était évident qu'il ne cesserait jamais de l'aimer, et qu'il l'aimait toujours. Qu'est-ce que j'avais cru ? Que moins de deux mois après sa mort il tomberait amoureux de moi ? J'ai dû me retenir pour ne pas rire de mon absurdité.

Il s'est frotté le menton en soupirant, puis il a pris une gorgée de thé.

— Et Owen ? Et les autres filles du cabinet ? Est-ce qu'eux aussi parlent dans mon dos ? J'ai vraiment eu l'impression qu'Owen m'en voulait d'être passé vous voir l'autre jour.

— Tout le monde semble beaucoup t'apprécier. Je pense qu'Owen a juste été déboussolé en te voyant. Les autres filles disent que la mort de Rose l'a beaucoup affecté. Le bon fonctionnement du cabinet reposait en grande partie sur elle. Bon, je ne sais pas comment il était avant… Mais il… enfin… pour tout le monde, elle laisse un grand vide. Ta venue à l'improviste a sûrement rendu son absence encore plus douloureuse.

— Elle s'investissait beaucoup dans son travail. Autant pour Owen que pour le reste de l'équipe. Et ils s'entendaient tous très bien. Toujours prêts à sortir ensemble, pour rigoler et prendre du bon temps, a-t-il ajouté. J'oublie parfois que la mort de Rose ne me donne pas le monopole de la douleur.

— Je pense tout de même que ta douleur est encore plus légitime que celle des autres, ai-je suggéré avant de prendre une petite gorgée.

Le thé, bouillant, m'a brûlé la gorge. Je sentais les larmes me monter aux yeux tandis que j'attendais que la sensation passe.

— Ça va ? m'a demandé Cian en me fixant à nouveau de son regard perçant.

— Je pourrais avoir un verre d'eau ? lui ai-je dit d'une voix rauque.

— Mince, est-ce que l'eau était trop chaude ? m'a-t-il demandé, se levant d'un bond pour aller prendre un verre dans le placard. Rose m'en faisait toujours le reproche. Elle me disait que tout le monde n'aimait pas s'ébouillanter le gosier comme je le faisais.

Il m'a tendu le verre d'eau et je l'ai bu à petites gorgées, en me forçant à ne pas le vider d'un trait. La douleur a commencé à s'estomper.

— Ça va, ai-je dit pour le rassurer.

Mais il avait l'air effondré.

— Tu vois, je fais tout de travers.

J'ai posé la main sur son avant-bras, senti sous mes doigts la chaleur de sa peau nue. J'ai dû lutter pour ne pas fermer les yeux, tant j'avais envie de profiter de l'intensité de ce moment qui éveillait en moi une émotion – peut-être du désir – qui vibrait jusqu'au plus profond de mon être.

— Mais non, ai-je dit avec douceur, c'est tout le contraire. Tu tiens bon ; tu t'occupes de Jack. Je vois bien comment tu es avec lui, et la façon dont il te regarde. C'est le plus important que tu puisses faire, et tu le fais très bien.

Je n'ai pas retiré ma main ; j'aimais la puissance qui se dégageait de lui. Puis il a posé sa main sur la mienne, la recouvrant intégralement. Comme j'aurais aimé sentir son corps étendu sur moi, et qu'il me possède.

— Merci, Emily, tu n'imagines pas à quel point tes mots me font du bien. Vraiment, a-t-il répondu.

Ses paroles m'ont brutalement ramenée à la réalité. Et dans cette réalité, il était tout à fait inapproprié que j'éprouve pour lui de tels sentiments. Pourtant, je n'ai pas pu m'empêcher de me demander s'il avait, lui aussi, ressenti le même frisson que moi.

Je me suis sentie légère et même, j'ose le dire, heureuse en rentrant chez moi le soir venu. J'étais fière, si tant est que ce soit le bon terme, que Cian se soit confié à moi. Installés dans sa cuisine, nous avions discuté en enchaînant les tasses de thé, pendant qu'à l'étage dormait le petit Jack. Il m'avait parlé de Rose, bien sûr. De son chagrin. Mais aussi de son amour pour son fils. Et il m'avait parlé de sa vie, de son travail d'écrivain. Il m'avait avoué sa crainte de ne jamais pouvoir écrire à nouveau.

N'est-ce pas étrange, avait-il noté, d'écrire sur les complexités de la vie et de la condition humaine, tout en ayant soi-même vécu une existence assez protégée ? Et quand survient une tragédie pareille, faisant affleurer au premier plan de la conscience l'ensemble des émotions que l'on ait jamais éprouvées – des émotions brutes, concrètes, et plus viscérales encore que tout ce que j'aurais jamais imaginé écrire –, voilà que je me sens paralysé ? Et dire que le sujet de mon dernier livre était un homme terrifié à l'idée de perdre tout ce qui lui était cher... Je me rends compte aujourd'hui que c'était de la merde. Rien que du blabla tiré par les cheveux. Je n'ai ni les mots pour décrire cet enfer, ni la capacité d'exprimer avec exactitude ce que je ressens. C'est au-dessus de mes forces. Puisque je suis incapable d'écrire sur la réalité de ce que je vis en ce moment, je pense que je préfère ne plus écrire du tout.

Cette éventualité avait eu l'air de le dévaster. J'aurais voulu lui dire que j'avais commencé à lire *Des ténèbres jaillit la lumière*, et que je m'étais sentie connectée à lui grâce à cette lecture. Mais ç'aurait peut-être été bizarre. Cela dit, une fois rentrée chez moi, je me suis à nouveau plongée dans le livre et j'ai laissé libre cours à mon imagination, et fantasmé une nouvelle vie. Dans cette vie, pas un jour ne passait sans que je ne sente sa main posée sur la mienne. Grâce à moi, il retrouvait le sourire, mais aussi la voix – l'envie d'écrire. Il tombait amoureux de moi. Il me demandait d'emménager dans sa luxueuse demeure, où des photos de moi, petit à petit, remplaçaient celles de Rose sur les murs de l'entrée. Un portrait de notre famille – Cian, Jack, moi, et peut-être notre propre bébé – était accroché au-dessus du canapé. Nous ferions bien sûr en sorte que Jack n'oublie jamais sa mère. Nous l'évoquerions toujours avec tendresse, et laisserions sa photo sur sa table de chevet. Elle resterait sa mère, pour toujours. Mais il serait désormais entouré d'une nouvelle famille. Moi aussi. Je me suis laissé bercer par ces chimères un court instant, puis, me souvenant à quel point il l'aimait, j'ai mis un terme à ma rêverie. Lui serait-il un jour possible d'en aimer une autre ? M'aimerait-il jamais ?

18

Le lundi matin est arrivé, et nous avons tous fait mine d'ignorer qu'au moment où nous nous mettions au travail avait lieu l'enterrement de Kevin McDaid, dans l'église même où, quelques mois plus tôt, s'étaient tenues les obsèques de Rose.

Il ne faisait aucun doute que les choses seraient bien différentes. L'événement n'attirerait aucun curieux en pleurs. Mais la presse serait sûrement présente, étant donné l'enquête en cours.

Pourtant, nous nous garderions bien d'y faire allusion et vaquerions à nos activités comme si de rien n'était. L'air était chargé d'une amabilité forcée. Donna gardait un sourire crispé sur le visage, et avait pris soin d'apporter des biscuits au chocolat de chez Marks & Spencer pour la pause du matin, en plus de l'habituelle bouteille de lait.

Elle avait toujours l'air aussi fatiguée. J'avais envie de me gifler car j'avais oublié de l'appeler dans le week-end, comme je m'étais promis de le faire, pour lui demander comment les choses se passaient avec ses garçons. Si je voulais m'intégrer durablement ici, il fallait que je noue de solides amitiés. Dans l'espoir un peu pathétique de me faire pardonner, je l'ai aidée à préparer le thé pour l'équipe et j'ai disposé les biscuits sur une assiette.

— Tu nous gâtes, ai-je dit d'un ton enjoué.

— On a tous besoin de se faire plaisir de temps en temps, a-t-elle répondu avant de mordre dans un biscuit. Par ailleurs, si je les laissais à la maison, ils ne feraient pas long feu. Les garçons se jetteraient dessus ni une, ni deux.

Elle a ri jaune, puis englouti la fin de son biscuit.

— Eh bien, tu m'en vois ravie – même si mes hanches ne seront peut-être pas du même avis, ai-je ri à mon tour.

Les blagues sur les régimes font toujours mouche. Surtout un lundi matin, avec des collègues féminines.

— Tes hanches sont parfaites, a dit Donna. Attends d'avoir mis au monde trois gaillards de quatre kilos chacun. Alors on pourra reparler de ta ligne.

Après avoir croqué dans un deuxième biscuit, elle a tapoté ses hanches taille 42 ; des hanches qui lui donnaient de jolies formes mais avec lesquelles elle n'était pas très à l'aise. J'allais lui dire qu'elle avait une magnifique silhouette à la Marilyn Monroe, mais au même moment Tori a déboulé, l'air catastrophée :

— Des policiers attendent dehors, nous a-t-elle annoncé. Ils veulent parler à Owen. Est-ce que vous savez où il est ?

J'ai fait non de la tête, puis je me suis tournée vers Donna, qui avait l'air d'avoir aperçu un fantôme ou entendu dire qu'il y en avait un qui rôdait aux alentours.

— Donna, ai-je demandé. Est-ce qu'Owen est arrivé ? Est-ce que tu l'as vu ?

Elle a secoué la tête, puis reposé son biscuit sur le plan de travail avant de se verser un verre d'eau qu'elle a aussitôt bu d'un trait. Tori se contentait de nous fixer des yeux Donna et moi, son regard passant successivement de l'une à l'autre.

— Je ne l'ai pas vu, ai-je dit pour rompre le silence.

— Il va avoir un peu de retard, a fini par préciser Donna. Il y a de la circulation. Mais il devrait être là d'une minute à l'autre. Les policiers ont dit ce qu'ils lui voulaient ?

Tori a secoué la tête.

— J'étais tellement perturbée que je n'ai pas pensé à demander. Je n'ai pas l'habitude de voir la police débarquer ici.

— Bon sang, s'est exclamée Donna. On avait bien besoin de ça, en plus du reste : des flics qui déboulent dans la salle d'attente. Ce n'est pas comme si les gens ne jasaient pas assez, après tout ce qui s'est passé.

— Et si je leur proposais de patienter ici en attendant l'arrivée d'Owen ? ai-je suggéré. Je pourrais leur offrir un thé.

Après avoir lancé à Tori un regard qui en disait long, Donna s'est tournée vers moi :

— Excellente idée, merci, a-t-elle répondu. Je vais faire le tour des salles de soins pour allumer les machines. Tori, de ton côté, il serait bien que tu retournes à la réception. Et donc, Emily, si ça ne te dérange pas, occupe-toi des policiers. Quant à moi, je vais appeler Owen pour lui dire de venir au plus vite.

Là-dessus, elle est sortie en trombe pour regagner le secrétariat, me laissant avec une Tori à nouveau toute chamboulée.

— J'ai encore merdé, c'est ça ?

— Ne le prends pas personnellement, ai-je tenté de la réconforter tandis que nous retournions à la réception, où attendaient deux officiers de police en uniforme.

Ils avaient sorti le grand jeu : képis, gilets pare-balles, menottes et armes de service bien en vue. On était loin de l'ambiance zen que nous essayions de promouvoir.

Je me suis lancée :

— Puis-je vous aider ?

Quand ils se sont tournés vers moi, j'ai su aussitôt que j'avais déjà vu le plus grand des deux. J'étais même tombée sur lui, quelques jours plus tôt, en quittant la veillée funéraire de Kevin McDaid. C'était à mon tour d'avoir la tête de quelqu'un qui avait vu un fantôme, et mes jambes se sont mises à flageoler. Prenant appui sur le comptoir de la réception, je me suis efforcée d'afficher un air aussi nonchalant que possible. Avec un peu de chance, il ne me reconnaîtrait pas : il faisait sombre quand nous nous étions croisés, très brièvement. De plus, emmitouflée dans mon manteau d'hiver, je n'avais pas du tout la même allure qu'aujourd'hui. Mais à le voir plisser les yeux en penchant la tête sur le côté, lèvres pincées, je me suis dit qu'en fait, si, il m'avait reconnue.

— Je suppose que vous n'êtes pas Owen Scott, m'a-t-il lancé avec un large sourire.

— Non, non, je suis une des réceptionnistes, ai-je répondu, jugeant préférable de ne donner mon nom que s'ils me le demandaient. Il aura un peu de retard, mais on m'a dit qu'il ne tarderait pas à arriver. Si vous voulez bien me suivre, je vais vous accompagner jusqu'à la salle du personnel. Nous pouvons vous offrir un thé ou un café en attendant son arrivée.

— En voilà une bonne idée, a acquiescé le plus grand des deux, tout en s'avançant pour me serrer la main. Je suis l'inspecteur John Bradley, et je vous présente mon collègue, le brigadier Stephen Johnson.

— Eh bien, messieurs, sachez que nous avons toute une sélection de biscuits au chocolat à vous proposer.

J'essayais de garder un ton léger et professionnel, en m'abstenant de fournir plus d'informations que le strict nécessaire. J'éviterais aussi de leur demander l'objet de leur visite : cela ne me regardait pas.

Il demeurait que le moindre contact avec la police me rendait nerveuse : non seulement parce que l'inspecteur Bradley pourrait très bien se demander ce que je fichais à la veillée funéraire de Kevin McDaid, mais aussi parce que ça me rappelait la période de ma vie où tout était parti en vrille. Ce moment où, alors que je faisais de mon mieux pour remonter la pente et aller de l'avant, l'homme que j'aimais semblait, lui, vouloir ma peau. Non, décidément, je ne devais donner mon nom à ces officiers de police qu'en dernier recours. Je n'avais aucune envie qu'ils fassent des recherches et ressortent mon dossier. Il était hors de question qu'ils en viennent à tirer des conclusions hâtives sans connaître le fin mot de cette histoire sordide.

Après les avoir conduits jusqu'à la cuisine, je leur ai préparé du thé en leur parlant de tout et de rien, et en faisant mine de ne pas voir leur échange de regards quand ils ont remarqué la photo de Rose accrochée au mur.

— Donc vous êtes nombreux à travailler ici ? m'a demandé l'inspecteur Bradley.

— Hum, alors, nous avons quatre dentistes, des assistants dentaires, ainsi qu'une équipe administrative, dont je fais partie. Donc quatorze ? Certains sont à temps partiel, cela dit.

— Et vous, vous êtes à temps partiel ?

— Non. Je n'ai pas cette chance, ai-je répondu. En fait, j'aime bien travailler ici. Les gens sont sympas.

— Et Rose Grahame ? a-t-il poursuivi en montrant la photo d'un signe de la tête. Travaillait-elle aussi à temps complet ?

— Oui. Enfin, plus ou moins. Je crois qu'il lui arrivait d'avoir des horaires aménagés ; pour pouvoir s'occuper de son bébé.

— Vous « croyez » ? s'est-il étonné en haussant un sourcil.

— Je ne travaillais pas ici à l'époque. J'ai commencé plus tard.

— Ah, donc c'est vous qui l'avez remplacée ? a-t-il suggéré, en soutenant mon regard un peu trop longtemps.

S'agissait-il d'une technique pour faire en sorte que j'en dévoile davantage sur moi-même ? Jouer avec les silences, les pauses, et attendre que je parle. Par chance, j'ai été sauvée par l'arrivée d'Owen.

— Ces messieurs souhaitent s'entretenir avec vous, au sujet de Rose, ai-je annoncé.

Mais Bradley a démenti d'un signe de tête.

— En fait, monsieur Scott, nous aurions quelques questions à vous poser en lien avec l'affaire Kevin McDaid. Auriez-vous vous quelques instants à nous accorder ?

— Bien sûr, a répondu Owen, tout en ayant l'air décontenancé. Cela dit, je ne suis pas sûr de pouvoir vous être d'une grande aide. Je ne le connaissais pas. Mais venez dans mon bureau, nous y serons mieux pour parler. Je ferai de mon mieux pour vous aider.

Il a quitté la pièce, suivi par les deux officiers de police. Bradley a marqué une courte pause pour me saluer d'un signe de tête, puis il est sorti à son tour. J'ai alors compris que j'avais retenu mon souffle pendant tout le temps où il avait été avec moi.

L'inspecteur Bradley et son collègue peu amène m'ont à nouveau saluée d'un signe de la tête avant de quitter le cabinet une trentaine de minutes plus tard. Tori et moi nous sommes tournées vers la porte du bureau d'Owen, pensant qu'il allait peut-être venir nous expliquer ce qui se passait. Mais la porte est restée fermée quelques minutes, et quand elle a fini par s'ouvrir, Owen a directement filé dans sa salle de soins, d'où il nous a appelées pour nous demander d'envoyer son premier patient et de l'excuser auprès de ceux qu'il avait fait attendre. Il nous a également donné pour instruction de reporter le rendez-vous des gens qui ne pouvaient pas attendre plus longtemps pour être vus aujourd'hui. Et sans en dire davantage, il a raccroché. Tori et moi nous sommes regardées, perplexes. Mais avec l'effervescence qui commençait à régner dans la salle d'attente, nous ne pouvions pas rester les bras croisés et nous lui avons aussitôt envoyé le premier patient, venu en urgence pour un problème de canal dentaire. À peine était-ce fait que notre téléphone sonnait à nouveau : Owen nous demandait cette fois-ci où était Donna.

J'avais cru qu'elle se trouvait déjà avec lui dans la salle de consultation, mais à l'évidence j'avais eu tort. Aussi me suis-je rendue dans la cuisine du personnel où je l'ai trouvée assise devant le portrait de Rose, en train de finir la tasse de thé – désormais plus que tiède – qu'elle s'était préparée en arrivant.

— Owen te cherche, ai-je dit.

— Les flics sont partis ?

— Oui, il y a environ cinq minutes. Owen a immédiatement commencé ses consultations. Il veut essayer de rattraper son retard.

— Il n'a pas dit ce qu'il se passait ?

J'ai fait non de la tête.

— Mais je suppose qu'il finira par nous le dire. Surtout si c'est grave. Quoi qu'il en soit, je pense que tu ferais bien d'y aller.

— Oui, a-t-elle dit en se levant lentement. Tu as raison. On ne peut jamais souffler ici, a-t-elle ajouté avec un sourire las.

— Si tu veux parler, n'hésite pas…, ai-je proposé tandis qu'elle quittait la pièce.

Pour toute réponse, elle m'a fait un petit signe de la main.

Quand est arrivée l'heure de la pause déjeuner, nous avions quasiment rattrapé notre retard. Owen ne nous a pas rejointes dans la salle du personnel. En fait, on ne l'a pas plus vu de toute la journée. Quand j'ai réussi à croiser Donna et que je lui ai demandé s'il lui avait parlé de la visite des policiers, elle a fait non de la tête.

— Il faut dire qu'avec tous les patients qu'on a enchaînés, on n'a guère eu le temps de parler. Et de toute façon, vu son humeur, je ne pense pas qu'il soit disposé à me dire quoi que ce soit. Il n'est vraiment pas à prendre avec des pincettes aujourd'hui, a-t-elle ajouté, avant de se masser les tempes.

— Tu as mal à la tête ?

Elle a acquiescé en opinant du chef.

— Je dors super mal en ce moment, à cause de tout ce qui se passe. J'aurais bien pris mon après-midi mais, avec tout le boulot qu'on a, ce ne serait vraiment pas sympa pour vous.

— On est pratiquement à jour sur le planning, tu sais. Je peux donner un coup de main à Owen en salle de consultation ; il n'y a rien de très compliqué cet après-midi. Toi, tu dois prendre soin de toi. Je sais que tu traverses une période compliquée, et je sais aussi tu aurais pu en parler à Rose, avant. Mais sache que je suis là si tu as besoin de moi. N'hésite pas. Tu peux me parler.

Elle a baissé la tête un court instant, et quand elle l'a relevée j'ai remarqué qu'elle refoulait des larmes d'un battement de paupières. J'ai pris sa main dans la mienne, en me félicitant d'être une si bonne amie.

— Tu as raison, je pense que je vais rentrer, a-t-elle répondu d'une voix sourde. Je vais essayer de dormir un peu avant que les garçons ne reviennent de l'école. Il faut que je me débarrasse de cette migraine.

— J'ai du paracétamol dans mon sac, si tu veux, lui ai-je proposé.

— Ah oui, merci beaucoup, a-t-elle répondu avec un sourire timide.

Je suis allée chercher mon sac à main.

Une fois que Donna a eu pris ses comprimés et récupéré ses affaires pour rentrer chez elle, j'ai dit à Tori de s'occuper de la réception et je me suis rendue dans la salle de soins d'Owen, en me demandant s'il serait disposé à m'en dire davantage sur le motif de la visite des policiers.

— Où est Donna ?

— Elle ne se sentait à nouveau pas très bien. Du coup je lui ai dit que je pourrais la remplacer, si tu en es d'accord.

Il a poussé un profond soupir, comme si l'idée même d'avoir à travailler à mes côtés lui semblait insupportable.

— Je suppose qu'on n'a pas le choix, dit-il d'un ton cassant qui m'a piquée au vif.

— Je suis désolée… mais elle n'avait vraiment pas l'air bien, avec ses soucis à la maison et sa migraine. Sans compter qu'elle a de gros problèmes de sommeil ces temps-ci.

— Comme nous tous, n'est-ce pas ? a-t-il rétorqué avant de se tourner vers moi en bredouillant qu'il était désolé, et qu'il nous fallait maintenant nous mettre au travail.

— Si tu as besoin de parler, ai-je dit en sortant le dossier du patient suivant avant de remettre un verre de bain de bouche près du fauteuil dentaire. Je suis là. Mais je peux tout aussi bien travailler en silence.

Je m'étais forcée à prendre un air détaché, comme si je me fichais éperdument qu'il décide ou non de me reparler un jour.

— Les flics pensent que la mort de McDaid n'est pas nette, m'a-t-il dit en s'installant sur son tabouret. Et par conséquent, ils se disent aussi que la mort de Rose ne l'est pas non plus.

— Comment ça ?

J'avais essayé de garder un ton de voix neutre mais je sentais déjà mon cœur battre la chamade, et mon front devenir moite.

— Ils ne m'ont pas dit grand-chose ; ils m'ont simplement posé des questions sur Rose, sur ses amis, sa famille, sur Cian. Ils voulaient aussi savoir si elle connaissait McDaid, et si elle avait souvent eu affaire à lui quand il faisait partie de nos patients. Ce genre de choses.

— Mon Dieu, ai-je réussi à balbutier tandis que mon cœur cognait dans ma poitrine.

— Je leur ai dit qu'à ma connaissance, personne n'aurait pu vouloir s'en prendre à Rose. Et c'est ce que je pense.

En revanche, il y avait bien quelqu'un qui voulait s'en prendre à moi.

— Mais ce qui est arrivé à Rose était un accident, non ? ai-je insisté alors que par flashs me revenait à l'esprit la résignation que j'avais cru lire sur son visage.

— D'après ce que j'ai compris – et je t'en supplie, Emily, n'en parle à personne car je suis encore en train d'essayer de trouver une logique à tout ça – ils pensent finalement que c'était peut-être tout sauf un accident... Mon Dieu, ça n'a pourtant aucun sens. Absolument aucun.

Tout sauf un accident.

Tout sauf un accident.

Tout sauf un accident.

Peut-être. Ils pensent. Simple conjecture. D'autres pistes à étudier. Il n'en savait pas plus. Il essayait lui-même de trouver un sens à tout ça. Mais des éléments de l'enquête semblaient suggérer qu'en se faisant écraser par Kevin McDaid, Rose n'avait peut-être pas simplement été la victime d'une virée en voiture volée qui aurait mal tourné.

Je me suis demandé ce que Liz McDaid penserait de tout ça. En exigeant des explications à cor et à cri, n'allait-elle pas soulever des lièvres qui la feraient détester l'enfant chéri qu'elle avait perdu ?

Je me suis aussi demandé ce qu'en penserait Cian. Bon sang, comment réagirait-il s'il apprenait qu'il y avait ne serait-ce qu'une chance sur mille que Rose Grahame ait été tuée délibérément.

Je le savais. Je le savais depuis le début. Il n'y avait rien d'accidentel dans cette histoire, à part le fait qu'on s'en était pris à la mauvaise personne.

Et si ç'avait vraiment dû être moi ?

Les jambes soudain en coton, j'ai entendu quelqu'un, au loin, appeler mon nom, et un voile noir s'est abattu sur moi.

À l'époque où tout partait à vau-l'eau, je ne comprenais pas d'où provenait la colère de Ben. Je ne comprenais pas non plus pourquoi il la pensait légitime. Après tout, il était en position de force ; il l'avait toujours été. Moi, je n'étais qu'une marionnette dont il tirait les ficelles. En les coupant, il avait provoqué ma chute – exactement comme il avait dû le prévoir. Et pourtant, il était toujours en colère.

Il ne supportait pas que mes sentiments ne disparaissent pas en un claquement de doigts.

Je n'ai été ni agressive, ni cruelle. Je ne lui ai fait aucun mal – pas comme lui m'en a fait. Je n'ai jamais levé la main sur lui. Ni cassé les vitres de sa voiture. Je ne suis pas entrée chez lui par effraction pour découper une jambe de chacun de ses pantalons ou glisser des crevettes congelées derrière ses radiateurs. Je ne suis pas partie à l'assaut des réseaux sociaux pour que le monde entier sache que c'était un connard infidèle. Je n'ai pas posté de photos compromettantes de lui. Je ne suis pas allée voir la police quand il me frappait. Quand il abusait de moi. En avait-il seulement conscience ou bien pensait-il que c'était un fantasme, un jeu consenti où il suffisait que je dise non pour qu'il démarre au quart de tour ? Même quand je voulais vraiment dire non. Mais comment aurait-il pu savoir s'il avait franchi la ligne rouge ? Car intérieurement, j'étais un peu en miettes. N'est-ce pas ce qu'on appelle le syndrome de Stockholm ? Quand la victime d'un kidnapping s'éprend de son ravisseur ? Il ne m'avait pourtant même pas kidnappée ; j'y étais allée de mon propre gré, librement, avec la conviction qu'il m'aimait et que moi aussi je l'aimais. Et qu'aucun homme ne m'aimerait autant que lui. Que *plus jamais* aucun homme ne m'aimerait. C'est en tout cas ce qu'il me disait.

Je supportais cette situation car il y avait aussi de bons moments. Des moments où j'avais l'impression d'être la femme la plus aimée au monde et où j'arrivais à me convaincre que c'était vrai, que la vie était ainsi. Personne n'était parfait. Aucun couple n'était parfait.

Alors quand il m'a tout repris, je n'ai pas su comment réagir. J'étais convaincue que Ben commettait une erreur. Alors je l'ai bombardé de textos. Je l'ai appelé. J'ai fait le pied de grue devant chez lui, sonné à sa porte, crié dans la fente de sa boîte aux lettres. Je l'ai supplié de me parler, jusqu'à ce qu'il menace d'appeler la police.

Un jour, j'ai attendu devant chez lui, j'ai sonné à sa porte, j'ai crié dans la fente de sa boîte aux lettres, et il a *effectivement* appelé la police. Il n'a même pas pris la peine de venir me parler. Il a raconté à la police que j'étais folle. Moi, folle ? Je suis entrée dans une telle rage quand les flics m'ont rapporté ses propos qu'en effet, ils ont dû me prendre pour une folle. J'ai tenté de tout leur expliquer, mais ils m'ont dit qu'ils n'étaient pas conseillers conjugaux. Que c'était une affaire privée entre lui et moi, et qu'il nous appartenait d'en discuter sans porter atteinte à la paix publique.

Il semblait leur échapper que Ben refusait de me parler. Quand il m'avait quittée, furieux que j'aie découvert son infidélité, il m'avait infligé une rupture brutale et sans appel. Il était resté fermé à toute discussion. Quelle que soit l'heure où je tentais de le joindre – matin, midi, soir ou au beau milieu de la nuit –, il refusait mes appels. Jusqu'au jour où sa ligne n'a plus fonctionné, et où j'ai compris qu'il avait changé de numéro. Alors je m'étais rendue à son travail, et je m'étais assise dans un coin. Le visage décomposé et sentant encore vaguement l'alcool, j'avais tenté de remettre un peu d'ordre dans mes cheveux en bataille, et je m'étais frotté les yeux, rougis par les pleurs. J'avais les mains moites et tremblantes. M'avisant que j'avais oublié de retoucher mon vernis écaillé, je m'étais mise à me gratter et à me ronger les ongles furieusement, puis j'avais tiré sur les manches de mon gilet pour dissimuler mes mains. J'étais bien décidée à l'attendre. Je l'avais attendu jusqu'à ce que je le voie arriver, accompagné d'une de ses collègues féminines. Et là, ni une, ni deux, avant même de comprendre ce que je faisais ou disais, je lui avais sauté dessus, agrippant sa veste de costume. Je l'avais supplié, imploré d'accepter de me parler. Je lui avais dit devant tout le monde – afin qu'il croie en ma sincérité – que je lui pardonnais tout. Tout le mal qu'il m'avait fait. Tous les mensonges. Toutes les fois où il était sorti de ses gonds. Toutes les fois où il m'avait trompée. Et même les fameuses photos. J'avais sangloté, utilisant mes manches de gilet en laine rugueuse pour me frotter le visage, qui s'était retrouvé barbouillé d'un mélange de maquillage – datant de la veille, voire de la semaine précédente –, de larmes, de morve, de bave, et Dieu sait quoi encore.

J'avais beau avoir conscience qu'on me regardait – tout le monde avait les yeux braqués sur moi –, je croyais dur comme fer que si je parvenais à le raisonner, tout finirait par rentrer dans l'ordre. Mais je n'avais vu sur son visage que de la colère. J'avais attendu qu'elle retombe, et que ses traits se détendent pour n'exprimer qu'une bienveillante inquiétude. Et, j'ose le dire, de l'amour. Quand sa main s'était posée sur mon bras, j'avais momentanément ressenti un immense soulagement. Il me touchait à nouveau. Le lien était rétabli. Il m'avait emmenée dans une salle de réunion, où j'avais en vain tenté de l'embrasser.

Mais il m'avait repoussée. Non seulement il m'avait repoussée, mais il s'était aussitôt essuyé les lèvres, son visage prenant une expression de dégoût qui s'était substituée à sa colère initiale.

— Putain, Emily, ressaisis-toi. Tu ne peux pas venir ici. Tu ne peux pas me faire ça. C'est fini, bordel. Il faut que tu l'acceptes, et que tu me foutes la paix maintenant.

J'avais hurlé, je m'étais jetée sur lui, je l'avais supplié. L'implorant de toutes mes forces, j'avais laissé libre cours à mes sanglots tandis qu'il susurrait ses mots assassins à mon oreille.

Tu n'allais sûrement pas être la dernière.

Tu croyais sincèrement que je me marierais avec toi ?

Je suis bien content d'être parti au bon moment.

Regarde ce que tu es devenue. Tu me dégoûtes.

Pauvre folle, tu es complètement cinglée.

Je recevais chacun de ses mots comme un coup de poing dans le ventre. Je n'en finissais pas de pleurer. Je sanglotais toujours quand, devant tous ses collègues, les flics m'avaient emmenée. Ils m'avaient poussée sans ménagement dans leur fourgon, et m'avaient conduite en cellule de dégrisement. J'avais à nouveau pleuré toutes les larmes de mon corps quand ma mère m'avait dit avoir honte pour moi.

Pour finir, il m'avait envoyé un texto pour me dire que non seulement il ne me pardonnerait jamais de l'avoir humilié de la sorte, mais qu'un jour il tiendrait sa revanche.

— Je pensais qu'on avait déjà parlé de tout ça, m'a dit Maud. (Je sentais au ton de sa voix qu'elle essayait de masquer son agacement.) Si tu y réfléchis rationnellement : pourquoi aurait-il fait une chose pareille ? Et pourquoi maintenant ?

Il était tout juste 14 heures à New York, et j'avais supplié son assistante d'aller la chercher en pleine réunion pour prendre mon appel, « en raison d'une urgence ». Elle était arrivée essoufflée et inquiète au téléphone, puis je l'avais entendue prendre une longue inspiration quand je lui avais dit que j'étais sûre, sûre et certaine que Kevin McDaid avait eu l'intention de me tuer. Et que j'avais raison depuis le début au sujet de Ben.

— Parce que maintenant plus rien ne l'en empêche. Il s'est écoulé suffisamment de temps pour que personne ne puisse imaginer que c'est lui…

— Mais il est passé à autre chose ! Comme nous tous. Ce qui s'est passé à l'époque fut certes épouvantable, mais ça appartient au passé, m'a-t-elle répondu.

— Mais Owen m'a dit que les flics pensaient que ce n'était peut-être pas forcément un accident, ai-je insisté tout en avalant une pilule supplémentaire, avec l'espoir qu'elle fasse retomber mon angoisse. (Je tapotais nerveusement le plan de travail du bout des doigts, ne concevant pas pourquoi Maud ne comprenait pas mon inquiétude.) Et personne, absolument personne n'aurait pu en vouloir à Rose. Tout le monde l'adorait, sans exception. Je n'ai pas entendu la moindre critique…

— Ça, tu n'en sais rien. Tu connais juste deux ou trois personnes ayant fait partie de son entourage, et tu es allée à son enterrement. Ça ne te permet en aucun cas de dire que tout le monde l'adorait ou qu'elle n'avait aucun ennemi. Ou que son mari n'en avait pas. Les flics sont peut-être totalement à côté de la plaque.

Je me suis sentie me raidir. Décidément, c'est elle qui était à côté de la plaque.

— Mais tu ne comprends pas, Maud ? j'ai toujours su que ça arriverait un jour, d'une manière ou d'une autre. Je suis sur mes gardes depuis que nous nous sommes séparés et qu'il m'a menacée. Tu ne sais pas ce dont il est capable. Pour lui, je ne suis qu'un boulet. Pire, un punching-ball. Vu sous cet angle-là, ça change tout, non ?

— Écoute, ma chérie, a repris Maud, exaspérée. Je sais que c'était un connard. Et il l'est toujours. Mais de là à faire un truc pareil… Non, il ne joue pas dans cette catégorie, a-t-elle conclu avant de marquer une pause.

J'avais l'impression que ma tête allait exploser. Maud savait pourtant tout de lui. Je lui avais dit à quel point il m'avait détruite, et que par sa faute j'avais perdu toute confiance en moi, et failli perdre la raison. Pourquoi refusait-elle d'admettre qu'il était justement tout à fait capable de revenir dans ma vie avec pour unique but celui de me faire du mal ? Je m'y attendais. À dire vrai, dans les premiers temps, je n'attendais même que ça. Je priais pour qu'il revienne et cherche à obtenir vengeance. Car il serait alors de nouveau près de moi. À ce stade, j'étais encore dans le déni de ce qu'il m'avait fait ; je ne voulais pas voir ce que, par sa faute, j'étais devenue. Plus tard, j'avais pris peur, et j'avais tenté de redevenir moi-même. J'avais consulté une psy, rejoint des groupes de parole.

Mais personne ne vous dicte quoi faire quand, subitement, le passé refait surface et vous submerge.

— Est-ce que tu prends toujours ton traitement ? m'a demandé Maud, interrompant le flot de mes pensées. Quand as-tu vu ton médecin, ou ton psy, pour la dernière fois ? Est-ce que tu participes toujours à tes séances de thérapie comportementale ?

Je me suis massé les tempes. Ce n'est pas parce que j'avais un peu disjoncté par le passé que j'étais folle.

— Je vais bien, Maud, ai-je répondu laconiquement. Oui, je prends mon traitement, je suis raisonnable. Je fais tout comme il faut…

— Si tu crains vraiment pour ta sécurité, alors contacte la police, a-t-elle suggéré du bout des lèvres.

Mais c'était bien la dernière chose que j'avais envie de faire. À peine ressortiraient-ils mon dossier qu'eux aussi, comme Maud, pousseraient un profond soupir et me diraient que tout était dans ma tête.

Et peut-être était-ce le cas… ou pas. Toujours est-il que j'étais terrorisée. Terrorisée, vulnérable, et lasse de l'être. J'avais juste besoin de me sentir comprise. Comprise par quelqu'un qui savait que lorsqu'on perdait l'objet de son amour, on n'était plus jamais le même. Quelqu'un comme moi.

Comme Cian.

19

Rose, 2011

Rose Maguire : s'est mise sur son trente-et-un. Ce soir, j'accompagne mon génie de mari au lancement de son formidable livre, *Invisible.* Cian, mon amour, tu t'es encore surpassé ; je suis si fière de toi. Je t'aime de tout mon cœur, tu es ma vie.
fièredemonmari
achetezlelivre !

Ongles (French manucure classique) : fait.
Spray autobronzant (discret) : fait.
Coiffure (chignon élégant) : fait.

Après avoir enfilé des bas soyeux, j'ai passé une ravissante robe au genou noire et à encolure échancrée qui révélait juste ce qu'il fallait de mon décolleté. Face au miroir, j'ai attaché mes boucles d'oreilles ornées de perles et je me suis passé un rang de perles autour du cou. J'avais, ma foi, une certaine allure. De l'élégance. Je me sentais véritablement adulte : stylée, et coquette.

J'avais le sentiment que Cian serait fière de moi, et qu'il serait heureux de m'avoir à son bras. Je me sentirais parfaitement à ma place pour évoluer à ses côtés dans les cercles littéraires : je ne serais plus seulement « Rose, l'assistante dentaire ». Non pas que j'aie honte de mon métier, loin de là. Cian avait eu beau me dire que je pouvais lâcher mon travail si je le souhaitais – la substantielle avance à six chiffres qu'il avait reçue pour *Invisible* nous ayant apporté une aisance financière inespérée –, je tenais à conserver mon emploi. À force de persuasion, j'étais parvenue à le convaincre que si je gardais mon poste, ce n'était pas parce que je ne croyais pas en lui, mais parce que j'aimais vraiment travailler et passer du temps avec mes collègues, et il avait fini par céder. Cela dit, m'avait-il mise en garde, je n'aurais peut-être pas grand-chose en commun avec ce qu'il appelait « la faune de l'édition ».

J'avais donc passé les quinze derniers jours plongée dans *The Bookseller* pour tenter de devenir incollable sur les personnes en vue et les sujets en vogue dans ce petit monde. Je m'étais préparée à répondre aux questions portant sur ma vie avec Cian (j'éviterais soigneusement de mentionner à quel point il était irritable quand il était en phase de relecture d'épreuves) et, bien sûr, j'avais relu son livre de la première à la dernière page pour être en mesure d'en parler avec un minimum d'assurance.

J'avais également passé un temps fou à essayer de le rassurer. Je lui répétais que son livre serait un succès, et que son éditeur et son agent ne l'auraient pas à ce point soutenu s'ils ne croyaient pas en lui à 100 %. Dans ses bons jours, il me prenait dans ses bras en me disant qu'il m'aimait, et me remerciait pour mon indéfectible soutien. Dans ses mauvais jours, il pouvait se montrer cassant, me disait que je ne comprenais pas, que je ne pourrais jamais comprendre. Comment une personne dont l'univers se bornait à des détartrages aurait-elle pu comprendre la difficulté de son travail et la pression qui pesait sur ses épaules ?

Ses mots m'avaient blessée au vif et, je n'ai pas honte de le dire, fait pleurer. Mais il s'était aussitôt confondu en excuses en m'expliquant qu'il était très stressé et qu'il ne pensait pas ce qu'il m'avait dit. Je l'avais alors pris dans mes bras, et lui avais assuré que ça allait, que je ne lui en voulais pas. Ayant retrouvé son calme, il m'avait dit que le niveau d'intensité auquel il travaillait désormais le stressait à un point qu'il n'aurait jamais imaginé. J'avais de la chance, avait-il ajouté, d'avoir un «boulot sans enjeux» que je pouvais «laisser derrière moi une fois la journée terminée».

Sur le fond, il avait probablement raison; mais je n'avais jamais vu les choses ainsi. Je faisais bien mon travail. Nous apportions de l'aide aux gens. Nous formions une équipe. D'accord, ce que je faisais ne me vaudrait jamais ni contrat mirifique, ni critiques dans de grands quotidiens, ni invitations à parler de mon travail lors de tables rondes où des messieurs en vestes en tweed se tortillaient les moustaches. Mais je respectais mon travail.

En essayant de chasser ces pensées de mon esprit, je m'étais parfumé le cou et les poignets avec son parfum préféré, puis j'avais glissé le flacon dans ma pochette avant de sortir de la chambre pour descendre le retrouver dans le salon.

Alors que j'entrais dans la pièce avec un «Tada!» empreint d'une certaine assurance, Cian, s'écartant de la fenêtre d'où il faisait le guet en attendant notre taxi, s'est tourné vers moi.

Je ne sais pas trop à quelle réaction je m'attendais. Un «ouah!» m'aurait fait plaisir. À dire vrai, un «Ça te va bien» m'aurait même suffi. Alors que je savais avoir fait mon maximum – je me trouvais même tirée à quatre épingles –, il m'a regardée de la tête aux pieds et son visage s'est figé.

— Cian? ai-je dit, avec la sensation de m'être pris un coup de poing dans l'estomac.

J'ai entendu une voiture avancer dans l'allée de gravier menant chez nous, puis klaxonner. Cian a lâché un juron :

— Putain, Rose, l'ai-je entendu dire entre ses dents. Tu crois vraiment que c'est le moment de déconner ?

— Comment ça ? ai-je bredouillé, le visage en feu.

À ma consternation, je sentais mes yeux se remplir de larmes.

— Qu'est-ce que c'est que cette robe ? On dirait que tu as les nichons à l'air.

Je me suis sentie devenir cramoisie. Une vague de honte m'a envahie tandis que sa déception irradiait vers moi. « Nichons »… Le mot était horrible et me faisait passer pour une clocharde alors que je me croyais élégante dans ma nouvelle robe.

— C'est une soirée de lancement de livre, pas un épisode de *Femmes de footballeurs*, a-t-il dit en traversant la pièce à toute vitesse.

Après m'avoir attrapée par le poignet, il m'a traînée sans ménagement jusqu'à notre chambre. Mes chaussures glissant sur le carrelage, j'ai fini pieds nus.

— C'est pas possible…, a-t-il soufflé. Le taxi est là, Rose. Comment peux-tu me faire ça ce soir ? Tu ne pouvais pas essayer d'assurer, pour une fois ?

« Pour une fois » : l'expression me faisait l'effet d'un uppercut. Est-ce que je n'assurais pas, en temps normal ? Avais-je l'air à ce point ridicule ? Je pensais que cette robe était décolletée juste ce qu'il fallait – comme il aimait. Il a ouvert ma penderie en grand, et sorti une à une toutes mes robes pendues à leur cintre, avant de les jeter sur le lit.

— Change-toi, a-t-il hurlé en mettant de côté les tenues qu'il jugeait inappropriées.

Le choix était pourtant limité : je n'avais pas beaucoup de tenues de soirée. J'ai hésité, et senti monter dans ma poitrine un sanglot que je n'ai pas pu réprimer.

— Oh, s'il te plaît, arrête, a-t-il maugréé en me lançant, exaspéré, une robe extra-longue à encolure bateau que je comptais donner à une friperie caritative car je trouvais qu'elle ne me rendait pas justice.

Elle avait des airs de burqa occidentale et je me demande bien ce qui m'avait poussée à l'acheter.

— Celle-là, je ne l'aime pas du tout, ai-je protesté tandis que ma petite robe noire chic tombait à mes pieds.

Il a aussitôt quitté la pièce en trombe. Une petite voix me soufflait de l'envoyer se faire voir, de remettre ma jolie petite robe noire et de monter dans le taxi en lui disant qu'il s'en remettrait, histoire de le remettre à sa place.

Mais cette soirée était très importante pour lui ; alors je ne voulais pas compliquer les choses. Il n'était pas question de gâcher ce moment. Je savais qu'il n'était plus lui-même dans ces moments-là. Ce n'était plus le Cian que j'aimais, et dont je savais qu'il m'aimait lui aussi. Je savais qu'il se confondrait en excuses et qu'il aurait honte d'avoir agi ainsi. Il serait mortifié en découvrant l'ecchymose qui commençait déjà à apparaître sur mon poignet.

J'ai enfilé la robe extra-longue et j'ai retouché mon maquillage dévasté par les larmes avec un peu de poudre compacte.

Ce n'était pas le moment de me lamenter sur mon sort.

C'était le moment de soutenir mon mari, qui faisait face à une pression immense.

Qui aime bien châtie bien, disait l'adage. Il était normal que je lui serve de défouloir.

Tout finirait par rentrer dans l'ordre. Les choses finiraient par se calmer, et je retrouverais mon Cian.

Mon merveilleux, mon adorable Cian. Celui qui m'aimait avec tendresse.

21

Emily

Avant d'aller me coucher, j'avais passé un temps infini à vérifier et revérifier que toutes les portes et fenêtres de mon appartement étaient fermées, et les rideaux tirés. J'étais même allée jusqu'à pousser la table du vestibule contre la porte d'entrée. J'avais pris soin d'enregistrer le numéro du commissariat sur mon téléphone portable, et je m'étais assurée que ce dernier avait sa batterie chargée et que la porte de ma chambre était fermée à clé. J'avais dormi avec un couteau caché sous mon lit, au cas où. Et je m'étais promis d'appeler mon ancienne référente de Women's Aid dès le lendemain matin.

J'avais même cliqué sur le profil Facebook de Ben, sans toutefois me faire beaucoup d'illusions. Il était peu probable qu'il trahisse sa culpabilité sur son « mur ». Mais c'était peine perdue : ses paramètres de sécurité étaient ultra-verrouillés.

Puis en googlant son nom, j'étais tombée sur un profil LinkedIn qui le disait employé dans une banque à Birmingham. Cela avait le mérite de me rassurer un peu, même s'il n'avait pas mis à jour ses informations depuis dix-huit mois.

Quand je me suis réveillée, il commençait tout juste à faire jour et je me sentais, momentanément, un peu moins angoissée. Ce qui ne m'a pas empêchée de laisser le couteau sous mon lit et de songer à faire installer un verrou supplémentaire à ma porte.

Mais pour l'heure, il fallait que je reprenne mes esprits. Je devais penser au présent et à l'avenir et cesser de faire une fixation sur le passé.

Cian et Jack avaient rendez-vous au cabinet le jour même. J'allais me concentrer là-dessus. La veille, j'avais déplacé quelques fichiers pour être certaine que Sarah ait besoin d'aide au moment de la mise à jour de leur dossier: je serais alors la personne toute trouvée pour lui prêter main-forte. Bien que je ne sois pas le genre de fille à surjouer ma féminité, j'avoue avoir porté un effort particulier à ma coiffure et à mon maquillage ce matin-là. J'avais mis un peu plus de fard sur mes paupières, du gloss sur mes lèvres. Mes cheveux étaient un peu plus bouffants que d'habitude – mais pas trop, pour ne pas éveiller les soupçons.

Owen, qui m'avait trouvé bonne mine, s'était excusé de s'être longuement épanché auprès de moi. Il était encore en train de digérer les événements récents, s'était-il justifié. Il m'avait demandé de ne parler à personne de l'enquête de police – du moins, pas avant qu'il en apprenne davantage.

Donna aussi avait meilleure mine; elle semblait un peu reposée. La veille, les garçons avaient été irréprochables: voyant qu'elle était stressée, ils avaient préparé le dîner et fait la vaisselle sans qu'elle ait eu à le leur demander. L'aîné lui avait même servi un verre de vin. Je lui ai dit que c'était normal d'avoir des hauts et des bas. C'était notre lot à tous.

Mais aujourd'hui serait un bon jour. J'allais tout faire pour être à la hauteur. Je comptais envoyer un message à Maud un peu plus tard pour lui dire que j'allais beaucoup mieux, et quand Cian Grahame arriverait au cabinet, il ne manquerait pas de voir en moi la femme professionnelle, élégante et fiable, en tout point digne d'être sa confidente. Car c'était là sûrement la dernière étape avant qu'il ne s'éprenne de moi – pour de bon.

Quand enfin il est arrivé, j'ai été prise d'un trac immense. Il a vraiment fallu que je me retienne pour ne pas sauter de ma chaise pour l'accueillir avec un sourire jusqu'aux oreilles. Il s'agissait de ne pas avoir l'air d'être trop en demande ; de ne pas *être* trop en demande. N'était-ce pas ce qui m'avait attiré tous mes ennuis par le passé ? Je suis donc restée sagement à mon bureau, et j'ai attendu. Je suis certaine que Cian a esquissé un sourire en me voyant.

— Emily, a-t-il dit en sortant Jack de sa poussette. Je suis content de te voir.

Jack a tourné la tête pour voir à qui parlait son père, et il m'a adressé un grand sourire quand je lui ai fait un signe de la main.

— Moi aussi je suis contente de te voir, ainsi que le petit bonhomme. Alors Jack, tu viens nous montrer tes jolies quenottes ?

Tout sourire, il a ouvert la bouche en criant « Ah ! » à tue-tête.

— Je vais t'emmener voir Sarah, lui ai-je dit d'un ton enjoué. Ça ne te dérange pas que j'assiste à la consultation ? Les autres filles sont toutes occupées aujourd'hui, mais vu qu'il s'agit d'un premier rendez-vous, je vais me contenter de remplir la fiche de ce jeune homme.

— Bien que sûr que ça ne me dérange pas, a dit Cian tandis que je lui tenais la porte ouverte le temps qu'il entre pour installer un Jack radieux dans le fauteuil de consultation.

Sitôt assis, le bambin a ouvert la bouche aussi grand qu'il le pouvait.

Sarah a ri et Cian a piqué un fard.

— J'ai l'impression qu'on s'est un peu trop entraînés, a-t-il dit en souriant. N'est-ce pas, Jack ?

Jack a fait oui de la tête et souri à Cian tandis que ce dernier prenait la main de son fils et que Sarah papotait avec lui. Pour une dentiste qui ne prenait habituellement pas de jeunes patients, je trouvais qu'elle s'y prenait plutôt bien avec le petit Jack, et les deux ont bientôt été pris de fous rires tandis que Sarah comptait les petites dents blanches de l'enfant.

Elle a énuméré une série de nombres et de lettres que je me suis empressée de noter dans le dossier ouvert devant moi. J'avais du mal à me concentrer, mais comme je ne voulais surtout pas me ridiculiser devant Cian, je me suis efforcée de rester attentive. Le check-up a vite été bouclé – trop vite à mon goût. Jack et Cian se sont tous les deux vu remettre un autocollant clamant haut et fort : « J'ai été très courageux chez le dentiste. » Cian a remis son manteau à Jack et ils se sont apprêtés à partir.

J'étais dépitée. Allais-je devoir me contenter d'un demi-sourire du père et d'un signe de la main de la part de Jack ? Après les avoir reconduits dans la salle d'attente, j'ai repris ma place à la réception en essayant de masquer ma déception.

Entendant Cian prononcer mon nom, j'ai levé la tête à l'instant même où Jack me sautait dans les bras.

— Il voulait te remercier d'avoir été une assistante épatante.

Jack a collé son museau baveux sur mon visage et j'ai éclaté de rire, ce qui a aussitôt fait glousser Jack.

— Ça fait tellement de bien de l'entendre rire, a dit Cian.

J'ai souri.

— Ton petit garçon a l'air très heureux ; et c'est à toi qu'il le doit.

— Malgré tout, hein ?

— Tu tiens bon ? me suis-je enquise.

Même si Owen m'avait demandé de ne pas parler de la visite des policiers, j'avais très envie de tout raconter à Cian. Si quelqu'un méritait d'être au courant, c'était bien lui, non ? Mais ce n'était pas le moment.

Cian a haussé les épaules.

— Comme ci, comme ça.

— Si tu as besoin de parler, n'hésite pas, ai-je dit en lui redonnant Jack, savourant ce contact éphémère avec la chaleur de son corps.

— Je t'enverrai un texto, a-t-il répondu en baissant la voix.

— Quand tu le souhaites, Cian. Vraiment.

— Avant qu'on ne vous laisse, a demandé Cian, je voulais savoir : est-ce qu'Owen est là ?

J'allais lui répondre par l'affirmative, et lui dire que j'allais vérifier s'il était disponible, mais Tori m'a coupé l'herbe sous le pied et s'est empressée de répondre qu'il était sorti déjeuner. Cian a de nouveau haussé les épaules et reposé Jack dans sa poussette. Puis il est sorti.

— Ça ne ressemble pas beaucoup à Owen de déjeuner à l'extérieur, me suis-je étonnée en vérifiant qui était le patient suivant de Sarah.

— En fait, il n'est pas sorti, a chuchoté Tori. Mais c'est ce qu'il m'a dit de dire. Il ne voulait pas avoir à discuter avec Cian.

— Je ne comprends vraiment pas ce qu'il se passe entre eux, ai-je dit.

Pour toute réponse, Tori a haussé les épaules, puis elle s'est plongée dans son écran d'ordinateur. À l'évidence, elle n'était pas non plus d'humeur à discuter avec moi.

— Qui est-ce qui passe avec Sarah maintenant ? ai-je demandé.

— Louise Flanagan. Mais elle n'est pas encore arrivée.

— Y a-t-il un patient arrivé en avance qu'on pourrait lui envoyer en attendant ?

Tori a secoué la tête.

— J'ai l'impression que tu vas avoir quelques minutes de battement. La chance. Est-ce qu'éventuellement tu pourrais rapporter ces dossiers dans le bureau ?

J'ai pris la liasse de classeurs et j'ai tourné les talons. Je dois avouer que je ne goûtais guère l'attitude de Tori à mon endroit, ni sa façon de me donner des ordres. Je me demandais ce qui pouvait bien la chagriner. Et tout à coup, j'ai compris : elle avait dû remarquer la façon dont Cian me regardait. Elle devait se douter de quelque chose. Peut-être même était-elle jalouse. Je me suis promis, dès lors, de faire très attention. Pour commencer, je ferais ce qu'on me dirait de faire et je jouerais les employées modèles.

Je ne m'attendais pas du tout à tomber sur Owen dans le bureau, plongé dans une pile de dossiers.

— Tori m'a demandé de rapporter ça, ai-je expliqué. Je ne serai pas longue.

Il a secoué la tête. J'ai noté qu'il avait les yeux rouges, et les traits tirés.

— Si je puis me permettre, Owen, tu as une petite mine.

— Ça va, a-t-il dit sèchement. J'essaie juste de trouver quelque chose.

— Est-ce que je peux t'aider ? ai-je proposé, en essayant de passer outre le fait que tout le monde semblait être de mauvais poil au cabinet aujourd'hui.

Il s'est levé, s'est saisi de deux dossiers dans la pile, et s'est apprêté à sortir. Ce n'est qu'une fois arrivé devant la porte qu'il a posé les yeux sur moi.

— Tu peux ranger ces papiers, m'a-t-il dit.

Et à cet instant précis, j'ai remarqué que le dossier qu'il avait entre les mains portait le nom de Kevin McDaid.

Après avoir mis de l'ordre dans les dossiers des patients, j'ai encore assisté à quelques consultations puis j'ai préparé le thé pour tous ceux qui en voulaient. Quand la fin de journée est arrivée, je commençais à être à court de propos aimables. Ils étaient tous d'humeur exécrable, et je sentais que la mienne aussi virait à l'aigre. Mon anxiété refaisant surface au fur et à mesure que le jour déclinait, j'avais hâte de rentrer chez moi et de m'enfermer à double tour. À l'abri du monde extérieur, j'attendrais que Cian se manifeste.

Tandis que je marchais en direction du parking de Foyle Street, j'ai entendu quelqu'un dire « Excusez-moi » derrière moi. Persuadée que cette personne ne pouvait pas s'adresser à moi, je ne me suis pas arrêtée, mais elle s'est à nouveau manifestée peu de temps après, encore plus proche. Le fait qu'il s'agissait d'une voix de femme ne me rassurait pas pour autant. J'ai accéléré mon allure, tête baissée, serrant mes clés dans mon poing, au cas où.

Entendant dans mon dos des bruits de pas qui accéléraient eux aussi, je me suis hâtée de plus belle. Comme mon cœur battait de plus en plus vite, j'ai fait un effort conscient pour continuer de respirer. Le quartier était animé et bien éclairé. Que pouvait-il m'arriver ? Certes, mais Rose avait trouvé la mort dans un quartier lui aussi animé et bien éclairé.

J'ai senti une main d'abord effleurer mon bras, puis tirer sur ma veste. Je me suis retournée, prête à hurler à cette personne de me laisser tranquille, quand j'ai découvert une femme d'une trentaine d'années, l'air agité, le visage encadré par un carré blond impeccable.

Son maquillage était minimaliste, mais sa peau parfaite. Elle portait un manteau de style militaire dont elle avait relevé le col pour se protéger du froid. Les joues légèrement rosies, le souffle court, elle s'est excusée de m'importuner de la sorte.

— Je suis désolée, a-t-elle dit. Je sais que vous devez être très occupée, mais j'aurais un grand service à vous demander ; je suis dans le pétrin.

J'ai regardé autour de moi, cherchant à m'assurer que personne ne nous observait ni ne rôdait à proximité. Elle semblait être seule. Je pensais que j'allais devoir lui prêter mon téléphone, ou qu'elle me demanderait un peu de monnaie afin de rentrer chez elle en bus. Mais elle n'avait pas franchement l'air d'être du genre à se retrouver dans ce type de situations.

— Vous travaillez au cabinet du Dr Scott, n'est-ce pas ?

— Oui, ai-je répondu sur un ton que j'aurais voulu plus posé. (Mon cœur battait toujours la chamade.) Mais nous sommes fermés à cette heure-ci. Si vous cherchez un dentiste, je crains que vous n'ayez à repasser demain matin.

Elle a secoué la tête.

— Non, non, ce n'est pas ça. Je cherche juste à m'entretenir avec quelqu'un travaillant au cabinet. Je m'appelle Ingrid Devlin, je suis journaliste au *Chronicle*.

Elle a sorti une carte de visite et me l'a tendue, mais j'ai fait non de la tête et dit que je n'avais rien à lui dire. J'ai tourné les talons et je suis repartie en direction du parking.

— S'il vous plaît, s'est-elle écriée derrière moi. On m'a envoyée ici pour que je trouve quelque chose. Si je rentre bredouille, c'est la porte assurée. (Sa voix s'était brisée sur les derniers mots. Je l'entendais à nouveau trottiner derrière moi.) Voilà, j'essaie de recueillir des témoignages pour écrire un papier sur Rose Grahame. Je voudrais que les gens me disent tout le bien qu'ils pensaient d'elle. Enfin, ce genre de choses. Mais personne ne veut me parler et je n'ai aucune piste.

Je me suis retournée et j'ai vu ses yeux suppliants. Elle s'est empressée d'essuyer ses larmes.

— Mon patron m'a dit que si je foirais cette mission, je pouvais commencer à me chercher un nouveau boulot. Autant dire que je suis vraiment désespérée.

Elle a baissé la tête, et j'ai remarqué que ses épaules se mettaient à trembler.

Elle avait l'air en pleine détresse. Le genre de détresse qui m'était on ne peut plus familière.

— Écoutez, je ne pense pas pouvoir vous être très utile. Je ne travaille pas au cabinet depuis longtemps.

Sentant qu'elle avait une ouverture, Ingrid m'a regardée avec insistance et, derrière ses larmes, j'ai perçu dans ses yeux une petite lueur d'espoir.

— La moindre info me sera d'une grande aide. Vous avez forcément entendu des gens parler d'elle, non ? Ça restera anonyme, vous savez. Enfin, moi je connaîtrai votre identité, mais dans mon article vous serez juste une source. Personne ne saura que c'est vous. De votre côté vous n'aurez aucun ennui ; en revanche, vous pourriez vraiment me sauver la vie.

Malgré moi, je lui ai demandé ce qu'elle voulait savoir.

— On pourrait peut-être aller s'asseoir quelque part pour discuter tranquillement ? a-t-elle suggéré, soudain ragaillardie. Et si on se posait là-bas ? me demanda-t-elle en m'indiquant d'un signe de la tête The River Inn, un pub situé sur Shipquay Street. Allez, je vous offre un verre. Je vous dois bien ça.

Après avoir jeté un œil autour de moi pour m'assurer qu'aucun collègue du cabinet ne se trouvait dans les parages, j'ai suivi Ingrid Devlin dans le bar. En deux temps, trois mouvements, elle nous a trouvé un box avec banquettes et commandé une bouteille de vin, avant même que j'aie eu le temps de lui dire qu'il était préférable que je m'en tienne à du thé.

Mais bien sûr, quand elle est arrivée, la bouteille avait l'air absolument irrésistible. Des gouttelettes de condensation coulaient le long du goulot et ruisselaient dans le seau à glace. Ingrid a saisi la bouteille et nous a servi deux verres généreux.

— Je ne sais pas pour vous, mais moi, après la journée que j'ai passée, j'ai bien besoin d'un petit remontant, a-t-elle dit tout en fouillant dans son sac à main pour en sortir son téléphone, un calepin et un stylo.

Après avoir activé le mode dictaphone de son téléphone, posé entre nous, elle a levé son verre en m'invitant à en faire de même.

— Santé, a-t-elle ajouté tandis que je faisais tinter mon verre contre le sien sans conviction. À ce moment de répit, et à la solidarité féminine.

J'ai bu une grande gorgée, histoire d'apaiser la tension qui s'était logée au creux de mon estomac. J'imaginais déjà la tête de Maud si elle nous avait vues. Rassure-moi, tu n'es pas en train de te fourrer dans un nouveau pétrin ? m'aurait-elle dit.

— Alors, dites-moi, a continué Ingrid, est-ce que les langues ont commencé à se délier au cabinet ? Avez-vous eu vent de rumeurs suggérant que Cian Grahame n'était peut-être pas tout à fait celui qu'on croit ?

J'ai failli m'étrangler en avalant mon vin de travers. J'ai reposé mon verre et regardé Ingrid droit dans les yeux. Cian ? Pourquoi m'interrogeait-elle à son sujet ?

— Je pensais que vous cherchiez des témoignages vantant les mérites de Rose ?

— Oui, bien sûr, a-t-elle répondu avec assurance. Mais vous n'êtes pas sans savoir qu'il circule aussi des rumeurs compromettantes sur son mari.

Des rumeurs compromettantes ? C'était ridicule.

— Je n'ai entendu aucune rumeur, compromettante ou non, ai-je dit froidement. Mais il y a une chose dont je suis certaine : au cabinet du Dr Scott, personne n'a rien à reprocher à Cian.

— Personne n'a jamais évoqué le fait qu'il lui arrivait de s'emporter ?

Cian, s'emporter ? Peut-être quand il était question de la mort de sa femme, et encore. Mais de toute façon, ça ne regardait pas cette Ingrid Devlin. C'est à cause de journalistes de son acabit que la profession avait une si piètre réputation.

— Je pense que je vais mettre un terme à cet… à ce… Bref, on va s'arrêter là.

— OK, je suis désolée. Je n'insiste pas. C'est juste que, comment dire, avec ce qu'on entend…

— C'est-à-dire ?

Ingrid Devlin se pencha vers moi, posa la main sur son téléphone portable pour qu'il n'enregistre pas ce qu'elle s'apprêtait à me dire.

— Écoutez, j'ai un contact dans la police. Je ne suis pas censée le répéter, mais je sais de source sûre que Cian Grahame va faire l'objet d'une enquête approfondie. Et pas seulement en ce qui concerne son épouse adorée. Les flics se posent de sérieuses questions sur un dépôt d'argent suspect qui a été effectué sur le compte bancaire de Kevin McDaid la semaine où Rose est morte.

Après s'être calée sur sa banquette, elle a retiré la main de son téléphone, prête à enregistrer le moindre mot qui allait sortir de ma bouche.

— C'est parfaitement absurde, me suis-je insurgée en me levant, laissant mon verre quasiment plein. On voit bien que vous n'avez aucune idée du couple que formaient Rose et Cian…

— Je pensais pourtant que vous ne les connaissiez pas vraiment, car vous veniez de prendre votre poste au cabinet ? a-t-elle observé, avec sur les lèvres un petit sourire qui paraissait beaucoup moins faux que ses larmes de crocodile.

— J'en sais assez pour dire que jamais il ne lui aurait voulu du mal, ai-je répondu avant de m'aviser qu'il valait mieux que j'en dise le moins possible. (Je ne faisais aucune confiance à cette femme, qui risquait de déformer mes propos pour en faire un tissu de mensonges.) Je pense que je n'ai rien de plus à vous dire, ai-je ajouté avant de prendre congé, en la laissant, abasourdie, avec une bouteille de vin presque pleine à finir toute seule.

Quand, j'ai vu le nom de mon frère s'afficher sur mon écran de téléphone, alors que je conduisais pour rentrer chez moi, j'ai immédiatement pensé qu'il était arrivé quelque chose à mes parents. C'est une crainte qui m'accompagnait constamment, sûrement nourrie par le fait que j'évitais de leur rendre visite, incapable d'affronter le regard triste et plein de déception qu'ils portaient désormais sur moi. Je m'étais donc préparée psychologiquement à l'idée qu'à tout moment, je pouvais recevoir un coup de téléphone m'annonçant que mes parents – tous deux septuagénaires – étaient tombés malades, s'étaient brisé le col du fémur, ou, pire, étaient morts. L'une ou l'autre de ces éventualités ne ferait de toute façon qu'aggraver ma culpabilité.

Simon ne m'appelait jamais. Il m'envoyait un texto de temps en temps, bref et factuel, pour me remercier d'avoir envoyé une carte pour l'anniversaire de sa fille ou me demander d'appeler nos parents.

Je ne me rappelais même pas quand j'avais entendu le son de sa voix pour la dernière fois. Peut-être lors de ce si gênant réveillon de Noël ? Un repas que nous avions tous passé le nez dans nos assiettes, plombés par un mélange de honte, d'embarras et de colère larvée. La dinde était si sèche que j'avais eu l'impression de mâcher du carton. Au moment où j'avais levé mon verre pour faire passer ma dernière bouchée, tous les yeux, à l'exception de ceux des enfants, s'étaient braqués sur moi. À combien de verres avait-on droit quand tout le monde vous prenait désormais pour une désaxée – celle dont l'haleine sentait toujours un peu l'alcool, et dont la peau avait constamment un teint cireux ?

Bien sûr, j'avais fait semblant de ne pas entendre ma mère chuchoter à mon père qu'ils auraient peut-être dû éviter, par égard pour moi, de servir du vin pendant le repas. De même, j'avais fait semblant de ne pas entendre mon père lui répondre, furieux, que ce n'était pas à son âge qu'il allait se priver d'un bon verre de sancerre pour le réveillon de Noël à cause des turpitudes de sa fille.

J'aurais très bien pu ne pas décrocher, et le laisser déposer un message vocal pour m'annoncer la mauvaise nouvelle. Mais je sais que je n'aurais pas eu la conscience en paix. Je me suis garée sur le bas-côté et j'ai pris l'appel.

— J'étais à deux doigts de raccrocher, m'a-t-il lancé, manifestement agacé.

Pas un bonjour, pas un mot aimable. Rien.

— Je suis désolée, ai-je répondu, en me maudissant aussitôt de m'être excusée.

Il avait le don de me faire culpabiliser, comme si ma simple existence était pour lui un tel fardeau que je me sentais obligée de m'excuser d'exister.

— J'étais au volant. J'ai dû m'arrêter.

— Tu es en train de rentrer chez toi ? m'a-t-il demandé.

— Oui. Ça ne circule pas très bien. Je devrais arriver dans dix grosses minutes. Veux-tu que je te rappelle quand je suis chez moi ? Tout va bien ? Est-il arrivé quelque chose à papa ou à maman ?

— Dix minutes ? D'accord. Je t'expliquerai quand tu seras là.

Là-dessus, il a raccroché, me laissant accuser le coup. *Je t'expliquerai quand tu seras là.* Pourquoi ne pas me le dire tout de suite ? Pourquoi fallait-il qu'il persiste à jouer à ce petit jeu dans lequel il me maintenait dans le rôle de la petite sœur idiote à qui il parlait comme à une enfant ? Il n'avait pas fait soixante-dix kilomètres en voiture pour m'annoncer une bonne nouvelle. Mes mains se sont crispées sur le volant – et en même temps, mes paumes étaient si moites que mes doigts peinaient à maintenir leur prise. J'ai été saisie de vertiges.

— Respire, me suis-je dit à voix basse tout en démarrant pour reprendre la route.

Sa voiture était garée devant chez moi, à moitié sur le trottoir. Elle bloquait le passage pour quiconque aurait eu besoin de l'emprunter avec une poussette, un fauteuil ou des sacs de courses. C'était du Simon tout craché : il ne pensait qu'à lui. Après m'être garée sur ma place de parking réservée, je me suis dirigée vers l'entrée de l'immeuble où j'ai trouvé non seulement Simon, mais aussi ma mère. J'ai aussitôt été soulagée de constater qu'elle allait bien, mais en voyant la tête de Simon, les lèvres pincées dans une expression dédaigneuse, mon malaise est vite revenu. J'étais à deux doigts de lui dire que sa bouche en cul-de-poule lui donnait un air débile. Mais j'ai été stoppée dans mon élan quand ma mère, tête penchée sur le côté, s'est avancée vers moi pour me prendre dans ses bras, en me disant dix fois de suite que j'aurais dû venir les voir, qu'ils auraient pu me venir en aide. J'étais interloquée.

Me venir en aide ? À quel propos ? Je me suis défait de son étreinte.

— Maman, ça me fait vraiment plaisir de te voir, mais il était inutile de te déplacer. Je vais bien. Je n'ai pas besoin d'aide. Qui t'a dit que j'avais besoin d'aide ?

Je voyais à sa tête consternée que Simon roulait des yeux intérieurement. Mais d'un petit coup de coude elle lui a ordonné de se tenir tranquille.

— Emily, il est inutile de faire semblant avec moi. Je sais ce qui s'est passé. Mais bon, on ne va pas parler de ça sur le pas de la porte.

Elle avait dit « ça » en chuchotant, comme si c'était un mot obscène.

Je me suis installée sur mon canapé, mal à l'aise, tandis que Simon faisait du thé et que ma mère s'asseyait en face de moi en me dévisageant. J'ai remarqué que ses rides s'étaient creusées. Avait-elle la peau si délicate et si fripée avant ? Si oui, depuis quand ? Pourquoi n'avais-je jamais prêté attention à la pâleur de ses yeux, cerclés de rouge sous l'effet de l'âge, et encadrés de rides qui semblaient figées quelle que soit l'expression de son visage ? Ne l'avais-je pas vue vieillir ?

— Il ne faut pas en vouloir à Maud, m'a-t-elle dit. Tu sais qu'elle tient à toi. Et elle s'inquiète pour toi. Elle m'a dit que tu pensais que Ben en avait après toi ? Tu es sérieuse, Emily ? Ben ?

Sa voix s'était brisée, trahissant son angoisse de devoir rouvrir un chapitre qu'elle pensait clos.

— Écoute, maman, il est arrivé quelque chose, et ça m'a perturbée. Et, oui, je me suis peut-être un peu emballée…

J'ai regardé autour de moi. En voyant les rideaux fermés, les multiples verrous fermés à double tour, je me suis dit que je ne devais pas forcément avoir l'air très saine d'esprit.

Simon est revenu au salon avec trois tasses de thé.

— Puisque maman ne le fera pas, je vais mettre les points sur les « i » : il est hors de question que les parents revivent ce qu'ils ont déjà enduré.

— Mais ça n'a rien à voir, ai-je protesté en haussant peut-être un peu la voix ; suffisamment en tout cas pour que ma mère se raidisse, la peur ne la quittant jamais vraiment.

Je sentais monter en moi une bouffée de colère qui menaçait d'exploser. À l'évidence, Simon et ma mère craignaient tous deux que je ne perde à nouveau les pédales, sans toutefois se donner la peine de me demander la raison de mon inquiétude, ni chercher à savoir si j'étais ou non réellement en danger. Ils voulaient juste éviter que je ne leur cause à nouveau des soucis.

— Ils voudraient que tu reviennes t'installer chez eux quelque temps. Maud leur a dit que tu avais quitté CallSolutions.

— Oui mais j'ai un nouveau travail. Un travail qui me plaît. Je ne vois pas pourquoi je retournerais chez eux. Je suis très bien ici.

Simon a jeté un coup d'œil circulaire dans la pièce – plongée dans l'obscurité, calfeutrée – puis levé les yeux au ciel.

— Vraiment ?

— Oui, vraiment ! ai-je répondu en le regardant droit dans les yeux.

Maman a pris ma main dans la sienne.

— Mais enfin… cette femme est morte devant tes yeux, Emily. Ce n'est pas rien. Il est fort possible que ça ait réveillé quelque chose en toi. Dans ces circonstances, il n'est pas étonnant que tu te remettes à penser à Ben et que tu… enfin…

— Que tu fasses une fixation, a dit Simon en lui coupant la parole.

— Je ne fais pas une fixation, me suis-je écriée. Mais je ne peux pas non plus faire comme si rien ne s'était passé. Vous avez beau refuser de croire que votre ami ait pu me traiter comme il l'a fait, c'est pourtant ce qui s'est produit.

Tandis que Simon secouait la tête, ma mère gardait les yeux rivés au sol. Visiblement, ils demeuraient convaincus que j'avais été seule responsable de la tournure qu'avaient prise les événements. Peut-être aurais-je dû être plus combative, et signaler à la police les mauvais traitements qu'il m'avait infligés ? Mais bien sûr, je n'en avais rien fait, car tout ce que je voulais, c'était qu'il revienne. J'avais été l'artisan de ma propre perte.

— Quoi qu'il en soit, ai-je continué, je ne fais aucune fixation. Si je devais ne plus jamais le voir ou ne plus jamais entendre parler de lui, je ne m'en porterais pas plus mal.

Je me suis mordu la langue pour ne rien ajouter. Même si je brûlais de leur dire que j'étais terrifiée, je ne pouvais pas. Ils m'auraient ramenée *manu militari* à Belfast, m'auraient fait interner de peur que je ne commette une bêtise, et m'auraient gavée de médicaments. Je ne pouvais tout simplement pas revivre ça. C'était au-dessus de mes forces.

— Il n'y a aucune raison de te mettre dans tous tes états, m'a dit maman, oubliant que mon tourment venait du fait qu'elle comme Simon refusaient de voir que ce n'était pas moi qui étais la méchante dans cette histoire.

— Je sais, ai-je répondu.

J'ai pris sa main à mon tour et je l'ai caressée. Je lui ai dit et redit qu'il fallait me croire, que j'allais bien, vraiment, et en mon for intérieur, je priais pour qu'elle me croie. Si seulement je n'avais pas perdu pied à l'époque; j'aurais alors pu lui dire exactement ce que j'avais ressenti. J'aurais tellement aimé qu'elle me croie autant que Ben. Avec le charisme qu'il avait, il pouvait faire croire n'importe quoi à n'importe qui. Même à mes parents, manifestement. Quand il était allé les voir, feignant de s'inquiéter pour ma santé mentale après m'avoir détruite, ils avaient cru dur comme fer qu'il n'y avait pas un homme plus attentionné que lui. Tout le monde l'adorait. Il devait vraiment y avoir quelque chose qui clochait chez moi, pour que j'aie à ce point merdé avec lui.

— Ben n'est même pas dans la région, Emily, a ajouté Simon. Il est parti s'installer à Birmingham.

Cela aurait-il aggravé mon cas si je leur avais dit que j'étais au courant? M'auraient-ils cru si je leur avais révélé qu'il avait tenté de prendre contact avec moi? Je ne disposais d'aucune preuve pour étayer mes dires. J'avais effacé sa demande d'ajout sur Facebook. Ça n'aurait donc pas servi à grand-chose.

— C'est juste qu'on se fait du souci, a dit maman.

Ses yeux chassieux s'étaient soudain embués, et j'ai vu une larme rouler sur sa joue, coulant entre les rides sur la peau douce et diaphane de ma mère adorée et si frêle.

— Cette période a été si horrible, a-t-elle ajouté. Pour nous tous.

Ce « pour nous tous » m'a fait grincer des dents, mais j'ai mis mes états d'âme de côté. Il n'aurait servi à rien de ranimer cette dispute.

— Tu n'as pas à t'inquiéter, maman, je t'assure. Je te le promets du fond du cœur.

À leur départ, je suis remontée dans ma voiture et j'ai conduit jusqu'à la supérette la plus proche pour acheter une bouteille de vin. Sa teneur en alcool était assez faible mais elle remplirait sa mission, à savoir : étancher la soif qui s'était installée en moi à la suite de mes discussions avec Ingrid, Simon et ma mère. Elle atténuerait aussi ma colère contre Maud. Putain, elle avait contacté ma famille, et sonné l'alarme sur le thème « Emily est en train de disjoncter. »

À peine arrivée chez moi, j'ai ouvert la bouteille et je me suis servi à boire. Je sentais mon rythme cardiaque accélérer au fur et à mesure que je voyais couler le liquide jaune paille. Debout dans la cuisine, je me suis adossée au plan de travail et j'ai porté à mes lèvres le verre rempli presque à ras bord. J'en ai descendu la moitié sans rien sentir de ses saveurs. On était loin de la dégustation. Je n'ai pas fait tourner le vin dans le verre pour en humer les arômes. Je ne l'ai pas non plus fait tourner en bouche pour libérer sur mes papilles de subtiles saveurs de fruits ou de fleurs.

Non, je buvais uniquement pour noyer dans l'alcool les insinuations qu'Ingrid Devlin avait tenté d'instiller dans mon esprit et qui suggéraient que Cian Grahame n'était peut-être pas si irréprochable que ça.

Chaque gorgée réchauffait un peu plus mon estomac. La deuxième moitié du verre m'a permis, elle, de chasser la contrariété, la peur et la honte que j'avais ressenties en voyant ma mère. Je me suis resservie, j'ai avalé quelques gorgées de plus, et je suis allée dans le salon, l'esprit un peu embrumé. C'était inévitable après avoir bu un grand verre de vin alors que j'avais l'estomac vide. Et aussi avalé quelques comprimés. Juste de quoi me détendre, et me souvenir de prendre un peu de recul. Maud se faisait du souci pour moi. Ma mère se faisait du souci pour moi. Simon s'appliquait à faire semblant de se faire du souci pour moi. Il fallait donc me raisonner et ne pas les envoyer se faire voir.

Dans le fond, ils ne voulaient que mon bien. Même Simon.

Mais ce n'était pas le cas d'Ingrid Devlin. Mon instinct me disait qu'elle était malintentionnée. Elle m'avait menti. Elle m'avait dupée pour essayer de me faire parler. Ce n'était rien d'autre qu'une fouineuse. Une fouille-merde. Du genre à pirater le téléphone portable d'un mort, voire d'un mourant. Il était hors de question que j'aie à nouveau affaire à elle. Je préviendrais tout le monde au bureau pour leur dire qu'elle rôdait dans les parages, posait des questions et racontait des ignominies.

J'ai pris mon portable pour envoyer un message à Cian. Un bonjour rapide. Nous avions échangé quelques SMS ces derniers jours. Je savais qu'il ne m'en voudrait pas de le contacter, tout comme je savais que je mourais d'envie qu'il en fasse autant.

Peu avant 20 heures, mon portable a bipé et j'ai vu son message qui s'affichait à l'écran. Un « Salut » sympathique et amical. Voire intime. Je l'imaginais, de sa voix grave, me le chuchoter à l'oreille. J'ai ressenti comme un frisson. Mais il ne fallait pas que je m'emballe.

Salut. Comment vas-tu ?

Ça va, envers et contre tout.

Tant mieux.

J'avais pensé ajouter un smiley mais je m'étais ravisée. J'avais également jugé préférable de ne pas mettre un X en fin de phrase.

Je ne doute pas que les flics finiront par tirer cette affaire au clair. Et qu'ils te laisseront faire ton deuil en paix.

Moi aussi, Emily. J'ai la nausée dès que j'entends le nom de ce salaud. Et il y en a maintenant pour s'apitoyer sur son sort ? C'est comme si Rose n'avait jamais existé.

Tiens bon. Et je suis là si tu as besoin de parler.

Fallait-il que je lui parle d'Ingrid Devlin et de ses ignobles insinuations ?

Merci. J'espère que je ne te plombe pas avec mes histoires. Tout le monde n'est pas à même de me comprendre. Ça fait du bien de se sentir soutenu.

Je t'en prie.

J'ai décidé de ne rien dire. Il me faisait confiance. Je n'avais aucune envie que ça change.

J'aimerais pouvoir te parler un peu plus longuement. Je me disais : notre rendez-vous de la semaine dernière ayant vite viré à la catastrophe – vu que j'ai eu la riche idée de me donner en spectacle – peut-être qu'on pourrait remettre ça ? Autour d'un dîner, cette fois-ci ?

Sa proposition m'a tellement fait plaisir que je crois que j'en ai poussé un petit cri de bonheur.

Avec plaisir.

Nous avons continué de papoter quelque temps, et opté pour le samedi soir. À moins, m'a-t-il demandé, que je n'aie autre chose de prévu, comme de voir mon petit copain, ou autre ? Je lui ai répondu que je n'avais aucun petit copain à voir. Il m'a alors gratifiée d'un nouvel émoji souriant, que j'ai essayé de ne pas surinterpréter, avant de me demander le type de cuisine que j'aimais. À quoi j'ai répondu que tout m'irait, sauf les fruits de mer.

Il a alors suggéré The Red Door, une brasserie sympathique située juste à la frontière avec le comté de Donegal. Suffisamment loin du centre-ville pour éviter les ragots. J'ai bien sûr accepté. Je connaissais ce restaurant, qui jouissait d'une bonne réputation. Les tables y étaient par ailleurs disposées de telle façon que nous étions assurés de ne pas être collés aux autres convives. Nous pourrions ainsi parler librement. Dans d'autres circonstances, la soirée aurait pu s'annoncer romantique.

Une fois notre conversation terminée, sûrement galvanisée par la perspective de ce dîner avec Cian et revigorée par mes verres de vin, j'ai ouvert mon ordinateur portable et vérifié mes e-mails.

J'étais sûre de trouver ce que je cherchais. Sa vieille adresse électronique. BenCullen76@gmail.com.

En fait, je pouvais le faire. Je pouvais affronter ce que je redoutais le plus. Je pouvais prouver à Simon et à ma mère, et même à Maud, que j'étais capable de me débrouiller toute seule.

Et si nécessaire, je pourrais leur fournir la preuve qu'il avait bien essayé de reprendre contact avec moi. C'était une piste à creuser.

J'ai écrit un message concis.

Ben,

Tu voulais me contacter ? J'ai vu ta demande d'ajout sur Facebook. Je pense que tu comprends pourquoi je ne l'ai pas acceptée. Que me veux-tu ?

En appuyant sur le bouton « Envoyer », je me suis juré de ne plus jamais avoir peur de Ben.

22

Rose, 2012
Rose Grahame: le grand jour est arrivé! Nous avons enfin emménagé dans la maison de nos rêves! C'est une étape importante dans notre vie commune – mais aussi la preuve que travail acharné et talent finissent par payer. Les détails concernant la pendaison de crémaillère suivront, quand nous aurons fini de nous installer. Je suis tout excitée!
#Nouvellemaison
#comblée
#DansQuelCartonAiJeRangélaBouilloire?

— Tu te souviens que nous ne ferons pas de pendaison de crémaillère, hein? a plaisanté Cian en lorgnant par-dessus mon épaule.

— Même pas en petit comité? Avec la famille et les amis proches?

Il a soupiré.

— Pour se retrouver avec des gens qui fouinent partout dans la maison? Ils se contenteront de l'album photo quand il sera prêt. Ça évitera qu'ils ne viennent fouiller dans nos placards de salle de bains.

— La famille et les amis proches se fichent bien de savoir quelle marque de shampoing on utilise, ai-je ironisé.

Mais ça ne l'a pas fait rire. Il était un petit peu casanier ces derniers temps; la pression liée à son troisième opus commençait à se faire sentir. Il voulait que *Des ténèbres jaillit la lumière* soit le livre qui le fasse vraiment percer : celui qui lui vaudrait la reconnaissance des gens de lettres et pour lequel il recevrait des prix. Si son deuxième livre s'était vendu à la hauteur de ses espérances, les critiques n'avaient pas toujours été tendres. Il aurait préféré que ce soit l'inverse.

— Quand le livre sera terminé, à la rigueur, a-t-il concédé. Mais en attendant, je n'ai aucune envie de me stresser pour une fête au cours de laquelle tout le monde viendra me demander si j'avance bien dans mon nouveau bouquin.

Je n'ai pas pu m'empêcher de me sentir dépitée. Jamais, dans mes rêves les plus fous, je n'aurais imaginé vivre un jour dans une telle maison. Elle était magnifique, et pleine de caractère. Je nous y voyais déjà élever nos enfants. Debout dans notre cuisine – qui était plus grande que mon premier appartement –, je regardais les meubles neufs qui venaient d'être livrés : ils étaient magnifiques. Forcément, j'avais très envie qu'on les admire. C'était peut-être superficiel de ma part, comme le disait Cian, mais j'étais fière de ce que nous avions réalisé.

— Mais mes parents pourront quand même passer ? Ainsi que mes sœurs ? ai-je demandé, sachant que ma mère mourait d'envie de venir voir la maison, et que je ne pourrais pas la retenir bien longtemps.

Il a haussé les épaules.

— J'imagine que je ne peux pas les en empêcher. Mais tu n'ignores pas que je suis très stressé en ce moment, donc tu pourras faire en sorte que ce soit rapide ? Nous ferons un truc quand j'aurai terminé le bouquin. Promis.

Je me suis efforcée de comprendre. Et pour être tout à fait honnête, j'ai également tenté de me persuader que tout irait pour le mieux quand il en aurait fini avec ce foutu bouquin. Je commençais à lui en vouloir d'être à ce point dévoué à l'écriture, qu'il plaçait désormais au-dessus de tout. Mais bien sûr je ne pouvais pas le lui dire. De quoi aurais-je eu l'air, alors qu'il venait de nous acheter cette superbe maison grâce aux fruits de son immense talent ? Je serais passée pour un monstre d'ingratitude, comme il me l'avait déjà fait remarquer quand je m'étais plainte des longues heures qu'il consacrait à son travail.

— Essaie de ne pas en faire toute une histoire, a dit Cian, une pointe d'agacement dans la voix. Je sais que tu as très envie d'inviter tout le monde. Je te demande juste de patienter un petit peu, Rose. Ce n'est pas un non définitif. Tiens, je me disais que je pourrais inviter à dîner Greg et Lucy. Est-ce que ça te ferait plaisir ? Tu pourrais leur faire le tour du propriétaire.

Greg et Lucy : son agent et son éditrice. Ce n'est pas que je ne les appréciais pas, mais je n'avais pas grand-chose en commun avec eux. Mes anecdotes sur le cabinet dentaire ne les passionnaient guère, et ils ne partageaient pas mon engouement pour les séries télé. De plus, j'avais beau essayer d'élargir le spectre de mes lectures, mes goûts personnels me portaient toujours vers des livres assez légers, qui ne me faisaient pas me sentir complètement idiote. Ni Greg ni Lucy n'habitant à proximité, leur visite serait donc un événement. Au lieu de me détendre avec quelques verres de vin, je devrais jouer les maîtresses de maison. On serait loin de la pendaison de crémaillère dont j'avais rêvé.

— Je leur demanderai s'ils veulent rester dormir dans les chambres d'amis. Ça te donnera l'occasion de les redécorer comme il faut. Je tiens à leur faire bonne impression, Rose. Il faut qu'ils pensent que je gère, alors qu'en vérité je suis en train de galérer à mi-parcours sur ce fichu roman.

Il avait l'air triste et stressé. Et je dois avouer qu'il me faisait un peu de peine. À côté du sien, mon travail était facile, comme il me l'avait fait remarquer. Son livre, qu'il voulait encore meilleur que le précédent, l'habitait nuit et jour.

— Ton livre sera formidable, Cian. Je n'en doute pas un instant, ai-je assuré en l'entourant de mes bras.

Il a déposé un baiser sur mon front et m'a serrée contre lui.

— Je ne sais pas comment tu fais pour me supporter ; j'ai de la chance de t'avoir. Écoute, et si je prenais un jour de repos ce week-end ? On pourrait aller faire du shopping, histoire de trouver des trucs pour la déco des chambres d'amis. Et dimanche on propose à tes parents et à tes sœurs de passer pour le thé ? A priori, on prévoit du beau temps ; on ira chercher des meubles de jardin, qu'en penses-tu ? Vous pourrez passer l'après-midi tous ensemble pendant que je me morfonds dans mon bureau.

— Ce serait super, Cian. Nous aurons ainsi l'occasion de passer un peu de temps ensemble, juste toi et moi. Nous allons faire de cette maison notre nid douillet. Et puis ça te fera sûrement du bien de faire une pause ; tu pourras recharger un peu les batteries.

— Peut-être. Mais ne parlons pas trop de ça maintenant. Aujourd'hui doit rester un jour heureux.

— C'est le cas, lui ai-je dit, plongeant mes yeux dans les siens pour tenter d'y déceler l'affection insouciante des premiers jours. Que dirais-tu si je tentais de remettre la main sur la bouilloire pour nous préparer un thé ? Nous continuerons ensuite de déballer les cartons.

— Je suis toujours partant pour une tasse de thé. Mais est-ce que tu m'en voudrais si par la suite je travaillais encore une petite heure ?

— Bien sûr que non, ai-je répondu, me résignant à devoir dépaqueter les meubles de cuisine toute seule, en espérant m'y prendre correctement. Fais ce que tu as à faire.

— J'ai bien de la chance de t'avoir, Rose Grahame. Et quand j'en aurai fini, nous fêterons ça au champagne. Nous organiserons une fête monumentale. Je te le promets.

Je savais qu'il n'en serait rien, mais pendant quelques secondes, tandis que je l'embrassais et passais en revue ce qui aurait dû suffire à mon bonheur – la maison, des revenus plus réguliers –, je me suis persuadée du contraire.

22

Emily

Depuis que j'avais envoyé mon e-mail à Ben, je n'avais pas quitté mon téléphone. Il n'avait toujours pas répondu, mais ça ne m'empêchait pas de sauter sur mon portable à chaque fois que j'entendais une notification. J'ai donc sursauté, ce samedi à 16 heures, quand a retenti une alerte sonore de Messenger. J'ai été aussitôt soulagée de constater qu'il s'agissait d'un message de Cian. Il me contactait probablement au sujet de notre dîner. J'étais allée chez le coiffeur, je m'étais maquillée, et je m'étais acheté une nouvelle robe de style années 1940 qui épousait élégamment mes formes, sans excès.

Mon cœur s'est serré dès que j'ai lu la première phrase.

Désolé pour ce contretemps de dernière minute. Jack ne se sent pas très bien aujourd'hui, et pour dire les choses comme elles sont, je suis en galère de baby-sitter. Certaines personnes ont du mal à comprendre que je puisse sortir si vite après la mort de Rose; surtout pour aller dîner avec une amie.

J'ai senti les larmes me monter aux yeux tandis que je poursuivais ma lecture.

Et donc, si tu n'y vois pas d'inconvénient, je me disais qu'à la place tu pourrais peut-être venir dîner à la maison ? J'ai de quoi préparer un petit frichti ; on pourra quand même discuter. Bien sûr ce ne sera pas un bon repas au restaurant, et mes tentatives pour te remercier de savoir si bien m'écouter semblent vouées à l'échec, mais j'espère que tu ne m'en voudras pas ? De plus, je suis sûr que Jack serait vraiment ravi de te voir.

Même si j'ai d'abord été soulagée qu'il n'annule pas complètement, j'étais tout de même déçue : je m'étais fait une joie de dîner dans un bon resto. Portant la main à ma chevelure parfaitement ondulée, j'ai eu une pensée pour la robe accrochée à la porte de ma chambre. Elle méritait d'être vue. Mais il aurait été malvenu que je me dispute avec lui. Ce n'était pas un rendez-vous amoureux. Il s'agissait juste d'un dîner entre amis. Et quand votre ami venait de perdre sa femme et qu'il n'avait pas réussi à trouver un baby-sitter, il fallait savoir se montrer compréhensive.

J'ai essayé de me convaincre que la situation pouvait tourner à mon avantage. Cian et moi serions seuls tous les deux, chez lui (avec Jack, bien sûr, mais les bébés dormaient, c'était même leur grande spécialité). Ce serait donc plus intime. Nous allions peut-être nous installer sur le tapis devant une belle flambée, un verre de vin à la main. Et même si je n'espérais pas (sérieusement) qu'il se produise quelque chose, peut-être viendrait le moment où il plongerait les yeux dans les miens et où s'établirait alors entre nous une forme de connexion, prélude à quelque chose d'autre ?

J'ai répondu que je serais heureuse de venir dîner chez lui et conclu par un « À ce soir ». Puis j'ai enfilé ma nouvelle robe, parce que, tout compte fait, je n'avais pas vraiment d'autre choix. Je n'allais quand même pas me pointer en tenue d'intérieur avec ma nouvelle coiffure stylée.

Jack était déjà endormi quand je suis arrivée.

— Il était complètement KO, m'a dit Cian, qui avait lui-même l'air épuisé, malgré ses cheveux mouillés qui laissaient penser qu'il venait de se doucher.

Sa tenue décontractée – jeans et T-shirt blanc – n'était pas sans rappeler celle qu'il arborait sur la grande photo de famille. Je me suis aussitôt sentie endimanchée.

Alors que Cian m'aidait à enlever mon manteau, j'ai senti, brièvement, son souffle sur ma nuque et j'ai fermé les yeux en humant son eau de toilette musquée.

— J'avais prévu de porter ça pour aller au resto, ai-je expliqué. Mes autres fringues sont presque toutes au sale, ai-je ajouté en mentant.

— Tu es ravissante, Emily, a-t-il dit en me regardant droit dans les yeux avant de me détailler de la tête aux pieds. (J'ai senti un fourmillement au creux de mon ventre.) Et tu as fait quelque chose à tes cheveux ?

J'ai effleuré mes boucles soyeuses.

— Merci, j'avais envie de changement.

— Ça te va bien. Ça me plaît.

Il m'a précédée dans la cuisine, où ne flottait aucune odeur de cuisson. En revanche, j'ai repéré sur l'îlot central une bouteille de rouge, qui avait été ouverte pour faire chambrer le vin. Deux verres étaient posés à côté. Il a commencé à nous servir.

— Je dois te faire une confession, m'a-t-il dit. Je suis un piètre cuisinier, et encore, le mot est faible. Si je m'en sors, c'est uniquement grâce aux petits plats que les gens ont la gentillesse de préparer pour moi depuis que Rose est morte. Je compte aussi beaucoup sur les bâtonnets de poisson pané et la purée instantanée.

Il a rougi en me tendant mon verre de vin.

— En revanche, j'ai une bonne sélection de menus de restaurants livrant à domicile : ça va de la pizza à la cuisine indienne, et j'ai même un prospectus du resto thaï situé en centre-ville. Mais celui-là, je ne le recommande pas vraiment, sauf si tu tiens à avoir l'estomac retourné demain matin.

En disant ça, il a émis un petit rire qui a illuminé son visage, et j'ai ri moi aussi.

— Alors on va éviter.

— Y a-t-il quelque chose en particulier qui te ferait plaisir ? m'a-t-il demandé en ouvrant un tiroir d'où il a extrait une impressionnante collection de menus, qu'il a étalés devant moi.

Ce faisant, sa main a brièvement effleuré la mienne alors que je saisissais le prospectus du Palais Mandarin. A-t-il ressenti le même frisson que moi ? L'espace d'un instant, je me suis laissée aller à croire que oui. En m'autorisant cette pensée, j'ai enfin pu chasser de mon esprit tout ce que j'avais entendu au travail (aujourd'hui), ainsi que l'attitude d'Owen, et tout le reste. Je pourrais profiter pleinement de mon dîner avec lui. Un dîner en compagnie d'un ami. Un ami dont j'espérais qu'il deviendrait un peu plus qu'un ami.

Faute de tapis devant une flambée rougeoyante, Cian et moi nous sommes installés à chaque extrémité du gros canapé moelleux pour discuter une fois le dîner terminé. Au moment de passer à table, nous avions délaissé la bouteille de vin rouge au profit d'un blanc sec, et j'en étais à mon deuxième verre. Je me sentais de plus en plus détendue en sa compagnie. J'avais enlevé mes chaussures et, les jambes repliées, j'étais assise en face de lui. Cian avait les traits moins tendus, et il avait l'air plus détendu que lors de nos précédentes rencontres. Sans la présence de l'imposant portrait de Rose qui nous toisait, j'aurais presque pu – je dis bien « presque » – faire comme si elle n'avait jamais existé.

Si bien qu'au moment où Cian a évoqué la reprise de l'enquête policière sur sa mort, j'ai ressenti une certaine déception, voire de l'irritation.

— Je veux juste qu'on en finisse, pour que Jack et moi puissions reprendre le cours de nos vies. J'ai l'impression que nous avons constamment un gros nuage noir au-dessus de nos têtes, a-t-il ajouté d'une voix triste.

— Et les flics… Est-ce qu'ils t'ont dit quelque chose ?

Il a secoué la tête.

— J'ai l'impression qu'ils ne veulent pas me communiquer la moindre information. Ils disent que « ce n'est pas lié à la mort de Rose », mais ils continuent à poser des tas de questions. On nage en pleine contradiction. Ils n'arrêtent pas de me demander si j'avais déjà rencontré Kevin McDaid. Ils me questionnent sans arrêt sur la nature de ma relation avec Rose ; comme si je ne leur avais pas déjà dit, ainsi qu'au monde entier, ce que je ressentais pour elle. C'était ma femme, la mère de mon enfant.

Il s'est penché en avant et a enfoui son visage dans ses mains quelques instants. J'étais désemparée. J'aurais voulu tendre le bras et poser ma main sur son épaule, pour le réconforter. Au moment où j'allais craquer, il s'est redressé, il a passé sa main dans ses cheveux, puis il s'est tourné vers moi. Ses yeux plissés étaient pleins de fureur.

— Tu te rends compte que mon avocat m'a dit qu'ils allaient peut-être perquisitionner la maison ? L'enquête n'a soi-disant rien à voir avec la mort de Rose, mais ils envisagent de fouiller ma maison ? Voire de saisir mon ordinateur ? Comment ferai-je pour travailler s'ils saisissent mon ordinateur ? Certes je suis incapable d'écrire une ligne pour le moment, mais quand même. Il s'agit du travail d'une vie, et ils veulent me le prendre, le passer à la moulinette, et tout ça pour quoi ? Pour trouver un tweet imaginaire que j'aurais envoyé à Kevin McDaid pour lui demander de tuer ma femme ? En échange d'une somme d'argent ? C'est ridicule !

Je me suis redressée à mon tour, légèrement sonnée. Cian était maintenant en colère. Son regard était noir. Je voyais les muscles de ses mains se crisper.

— Je suis certaine que tout va bientôt s'éclaircir, ai-je assuré d'une voix apaisante. Ils n'ont pas le droit d'inventer des choses de toutes pièces. Ils ne peuvent pas t'accuser d'un crime que tu n'as pas commis, et que tu n'aurais jamais eu l'idée de commettre.

— Mais il est difficile de se laver de tout soupçon, Emily. Tu ne comprends pas ? Une fois que la rumeur est lancée, les gens se disent qu'il n'y a pas de fumée sans feu. Et il y a des gens qui ont vraiment envie d'y croire. Et qui adoreraient me faire tomber de mon piédestal.

— J'ai du mal à le croire.

— Oh Emily, ta gentillesse te rend naïve. Bien sûr que c'est vrai. Par ici, on n'aime rien tant que de voir quelqu'un ayant réussi sa vie se casser la figure. Les gens mentent ; ils se disent fiers de ceux qui y parviennent, mais au fond c'est du vent, Emily. Au bout du compte, nous sommes tous censés rester à notre place. Et surtout pas avoir des idées de grandeur. Comme le dit dicton : « Rien ne sert de vouloir péter plus haut qu'on a le derrière. » Eh bien, ils sont nombreux à penser que je pète plus haut que mon cul, avec mon air prétentieux, mon langage châtié et mes prix littéraires. Sans parler de ma belle maison, de mon adorable fils et de mon épouse parfaite. Ils sont nombreux à me détester à cause de ça. À vouloir me détruire. Ils pensent parvenir à leurs fins en me mettant tout sur le dos ; mais en réalité, je suis déjà détruit. Je l'ai été au moment même où elle est morte. Mais ça ne leur suffit pas. Les gens sont cruels, Emily.

J'étais bien placée pour le savoir : j'avais été marquée au fer rouge par la cruauté des gens. Mais les gens pouvaient aussi faire preuve de bienveillance – du moins fallait-il s'en convaincre.

— Il y a beaucoup de monde qui vous aime, Jack et toi, et qui veut vous aider.

— Tu parles, m'a-t-il répondu en grommelant. C'est pour ça que la seule personne à qui je puisse me confier est quelqu'un que je connais depuis à peine deux semaines ?

Il a ponctué sa question d'un petit rire froid et sec, qui m'a piquée au vif.

— Tu as des amis. Et au cabinet, tout le monde ne dit que du bien de toi.

— Même Owen ? a-t-il demandé en haussant les sourcils.

J'ai marqué une pause.

— Owen reste souvent dans son coin. Je n'échange pas beaucoup avec lui.

— Ce n'est pas son genre d'être solitaire. D'habitude, il a plutôt tendance à être constamment sur le dos de tout le monde.

— Comment ça ?

Ni une, ni deux, Cian s'est levé. Il s'est mis à faire les cent pas dans la pièce en martelant le sol d'un pas lourd et bruyant et en fourrageant à nouveau dans ses cheveux. Il se prenait la tête entre ses mains. Il est allé à l'autre bout de la cuisine et, tout en me tournant le dos, a posé les mains sur le plan de travail, la tête enfoncée dans ses épaules. Ne sachant quoi dire ou faire, j'ai pris une gorgée de vin. Désormais tiède, il avait aussi un goût amer. J'ai senti mon estomac se nouer, et j'ai compris que j'étais toujours nerveuse. Mais de façon négative cette fois-ci.

Au bout de quelque temps – peut-être trente secondes, qui m'ont bien sûr paru beaucoup plus – il s'est retourné vers moi. Son visage était à nouveau triste, mais sa colère était retombée.

— Je peux te faire confiance, Emily ?

— Bien sûr, ai-je répondu.

— Tu me le promets ? a-t-il insisté en marchant vers moi.

Je me suis tournée pour lui faire face, et j'ai déplié mes jambes pour poser mes pieds à plat sur le sol.

— Tu le sais bien, lui ai-je assuré.

Il a pris une grande respiration.

— Rose et Owen se connaissaient depuis longtemps. Depuis bien avant qu'elle ne commence à travailler pour lui. Ils s'étaient rencontrés quand Rose travaillait chez Tesco le samedi pour payer ses études. Ils ont sympathisé et sont devenus bons amis – mais ce n'est jamais allé au-delà, en ce qui concerne Rose en tout cas. Mais Owen, lui, a toujours eu un petit faible pour elle. Ce n'est pas moi qui pourrais le blâmer. Elle est… elle était si belle. Tellement belle. Mais elle n'a jamais rien ressenti pour lui. Owen Scott n'était pas du tout son genre d'homme. Il était beaucoup trop « classique », beaucoup trop banal pour elle. C'est vrai, quoi, un dentiste ? (Les lèvres de Cian ont formé une petite moue quand il a prononcé le mot « dentiste », comme s'il n'imaginait rien de plus ennuyeux, de plus terne, de plus conventionnel.) Il était certes vexé d'avoir été éconduit, mais Rose étant ce qu'elle est, ils étaient restés amis. Et quand elle m'a rencontré, eh bien, disons qu'Owen ne s'est pas privé pour lui faire comprendre que je n'étais pas assez bien pour elle. En tant qu'écrivain en herbe, je n'étais à ses yeux qu'un fainéant qui planait à deux mille. Ensuite, Rose a commencé à travailler pour lui ; c'est elle qui faisait bouillir la marmite pour notre couple à cette époque, et Owen ne manquait jamais une occasion de me le rappeler. Par la même occasion, il me faisait sentir que je ne la traitais pas à sa juste valeur. Mais il était fourbe : il ne le disait jamais tel quel en présence de Rose. Non, il lui disait qu'il admirait la persévérance avec laquelle je poursuivais mon rêve, tout en me ramenant constamment à mon échec. C'est ainsi qu'il avait accordé à Rose une « prime » qui suffirait à couvrir notre loyer, justifiant ses largesses en disant que les vrais amis rendaient ce genre de services. Je m'étais senti totalement émasculé. Autant te dire qu'il a été passablement vénère quand mes bouquins ont commencé à bien se vendre. Et encore plus quand ils m'ont valu des critiques élogieuses et que des producteurs ont commencé à s'y intéresser. Il a alors compris que la seule chose dont il pouvait se targuer et qui me faisait jusqu'ici défaut – un emploi sûr, l'aisance financière –, il n'en avait plus l'exclusivité. Ça le rendait dingue. Rose me racontait qu'il était de plus en plus con avec elle au cabinet. Elle commençait à envisager de donner sa démission. Moi j'étais pour ; nous pouvions très bien nous passer de son salaire désormais. Jusque-là, elle gardait ce boulot parce qu'elle l'aimait bien et s'y était fait des copines, mais Owen avait vraiment fini par lui pourrir la vie. En fait, elle me disait qu'elle craignait sa réaction si elle lui annonçait son départ…

J'étais sidérée. Certes j'avais déjà remarqué qu'Owen avait aussi un côté sombre et colérique, mais là, c'était autre chose. Ça dépassait l'entendement.

— Tu n'es quand même pas en train de suggérer qu'il aurait pu lui en vouloir au point de s'en prendre à elle ? Vraiment, je l'imagine mal faire une chose pareille. Il peut être soupe au lait, d'accord, mais de là à…

Cian a secoué la tête.

— Non, je ne pense pas qu'il aurait pu lui faire du mal. Il n'aurait jamais eu les couilles, avec ses airs de modèle de vertu. (Cian avait quasiment craché ces mots, avant de partir dans un grand rire qui lui a déformé le visage.) Mais la nuit ça m'empêche de dormir… Je ne peux pas m'empêcher de me poser la question… Aurait-il pu payer quelqu'un pour s'en charger à sa place ?

Me sont aussitôt revenus à l'esprit les propos d'Ingrid Devlin, au sujet de cette somme d'argent qui avait récemment été déposée sur le compte de Kevin McDaid. Aurait-elle dit la vérité ? J'avais l'impression d'avoir la tête serrée dans un étau – autant à cause du vin que de mes efforts pour assimiler ces informations.

— Tu me crois, n'est-ce pas, Emily ? m'a demandé Cian en serrant mes mains dans les siennes. (Il me regardait droit dans les yeux, d'un air doux et suppliant. Il avait l'air anéanti, et semblait se contenter de vivre au jour le jour.) Il est important que tu me croies. J'ai l'impression que personne n'est de mon côté ; même la famille de Rose est assez froide avec moi. Comme s'ils croyaient que j'avais pu m'en prendre à elle. Est-ce que tu imagines ce que ça me fait, Emily ? C'était aussi ma famille, et maintenant ils m'ont rejeté. Quand ils veulent voir Jack, nous passons par des amis communs pour nous organiser. Tout a changé.

Une larme a roulé sur sa joue. Instinctivement, j'ai libéré ma main de son étreinte pour l'essuyer avec mon pouce, tout en maintenant ma paume contre sa joue. Il a fermé les yeux, et laissé sa tête reposer contre ma main, comme s'il n'avait pas connu de repos véritable depuis des semaines.

— J'ai besoin de savoir que quelqu'un me croit, a-t-il murmuré.

J'allais devoir m'en remettre à mon instinct, qui était probablement influencé par le vin, ainsi que par cet homme séduisant dont le visage était appuyé contre ma main, et dont les larmes coulaient sur mon poignet. Un instinct, réalisais-je en sentant les palpitations dans ma poitrine, qui était également en grande partie influencé par mon cœur. Or en cet instant, ce dernier n'aspirait qu'à réconforter Cian. Il a rouvert les yeux et m'a regardée en refoulant ses larmes d'un battement de paupière, dans l'attente de ma réponse.

— Je te crois, ai-je murmuré.

Il a alors tourné la tête et ma confiance en lui s'est vue récompensée par le contact incroyablement doux de ses lèvres contre ma paume.

J'ai retiré ma main. Non que j'en aie eu envie, mais parce que je redoutais, si je ne le faisais pas, de m'abandonner totalement à lui. Je craignais de faire une bêtise, comme de tenter de l'embrasser sur la bouche ou toute autre initiative qui l'aurait fait fuir en courant. Sa femme, l'amour de sa vie, était morte à peine deux mois plus tôt. Qui étais-je en comparaison ? Sa confidente ?

— Je ferais mieux de partir, ai-je dit.

— Je t'en ai trop demandé, a-t-il répondu d'une voix douce. Je t'en ai trop dit.

J'ai secoué la tête, glissé mes pieds dans mes escarpins et fouillé dans mon sac pour prendre mon téléphone afin d'appeler un taxi. Je m'efforçais d'éviter de croiser son regard.

— Ce n'est pas ça du tout, ai-je dit. Tu ne m'en demandes pas trop. Je te crois. (Je me suis tournée vers lui.) Je te crois.

— Ne pars pas. Reste avec moi, s'il te plaît.

J'ai soutenu son regard, en me demandant s'il avait commencé à boire avant mon arrivée. Il n'avait clairement pas assez bu pendant le dîner pour en arriver à me faire des propositions inappropriées.

— Je ne sais pas si c'est une bonne idée, ai-je répondu, même si je crevais d'envie de lui dire le contraire. Il est tard, et tu es agité. Tu traverses un moment très difficile.

— J'ai une chambre d'amis. Ça me rassurerait de te savoir ici. Je ne supporte plus d'être seul au réveil. Je pourrai te prêter un pyjama pour la nuit, et te raccompagner chez toi en voiture demain matin.

Ah, on était donc en mode « amitié ». J'ai ressenti un mélange de soulagement et de déception, mais la perspective de me trouver toute proche de lui était vraiment trop tentante, et ma migraine me brouillait l'esprit.

— S'il te plaît, a-t-il insisté en me prenant mon téléphone des mains pour le remettre dans mon sac. Ça me ferait du bien.

J'ai hoché la tête, éclairci ma voix et dit « D'accord ». Il m'a aussitôt gratifiée d'un sourire.

— Je sais que ça peut paraître bizarre, m'a-t-il dit en remplissant à nouveau mon verre, sur un ton soudain beaucoup plus enjoué, mais tout est on ne peut plus bizarre depuis deux mois. Donc j'ai appris à m'en accommoder. Mon instinct me dit que tu es quelqu'un qui peut avoir une bonne influence sur ma vie.

Tandis qu'il vidait son verre puis se resservait, je me suis demandé si son instinct était fondamentalement aussi déréglé que le mien.

23

Il faisait encore nuit quand je me suis réveillée. J'ai saisi mon téléphone pour regarder l'heure, en priant pour que sa batterie ne soit pas morte. Il était un peu plus de 7 heures, et j'avais encore 10 % de batterie. Ça me donnait le temps de me lever, de m'habiller et d'appeler un taxi.

La nuit passée, je me sentais toute drôle, et pas forcément dans le bon sens du terme. J'ai plutôt bien dormi, aidée en cela par un dernier verre de vin puis un ou deux shots (voire trois ?) d'un excellent scotch. J'avais cependant réussi à garder mes esprits, et recentré la conversation sur des considérations terre à terre. Ou bien était-ce Cian qui avait délibérément évité d'aborder les sujets sensibles ?

J'avais un souvenir un peu flou de la fin de soirée. Il avait mis de la musique en connectant son iPad à une enceinte Bluetooth sophistiquée qui avait dû lui coûter davantage que mon salaire mensuel. Il m'avait dit que c'était la première fois depuis la mort de Rose qu'il retrouvait – et ressentait – un semblant de normalité.

Il m'avait fait lever en me prenant par la main, et nous avions dansé et chanté, probablement un peu trop fort, sur « Wonderland », d'Oasis. Jack s'était réveillé, un peu chafouin. Cian était monté à l'étage pour le calmer, et il avait continué de chanter la chanson le temps qu'il se rendorme. Je me souviens d'avoir alors été prise d'une énorme bouffée de tendresse pour lui.

Je m'étais ensuite rassise sur le canapé pour finir mon verre et, soudain happée par une immense fatigue, j'avais senti mes paupières devenir très lourdes. Il faisait chaud dans la pièce, et l'alcool m'était monté à la tête. Je me sentais bien. Mon inquiétude initiale sur le caractère incongru de la situation s'était dissipée : nous étions deux êtres esseulés qui passaient un peu de temps ensemble, c'est tout. Deux êtres brisés. Sauf que lui, bien sûr, ignorait que je l'étais aussi – c'était pourtant le cas. Mais sur le moment, grisée par la délicieuse torpeur de cette soirée, j'avais caressé l'espoir d'être enfin sur la voie de la guérison.

J'avais ouvert les yeux en sursautant quand j'avais senti ses mains sur mon épaule.

— Tu tombes de sommeil, m'a-t-il dit. Peut-être qu'il est temps d'aller dormir ? De toute façon, je pense qu'on a passé en revue tous les anciens albums d'Oasis – les chansons incontournables, en tout cas.

J'avais souri en hochant la tête. J'accueillais avec délice la perspective d'aller dormir.

— Je pense que c'est une bonne idée, avais-je répondu avant de me lever pour aller rincer mon verre dans l'évier.

— Ta chambre se trouve au premier étage, deuxième porte à droite, m'avait indiqué Cian. Elle dispose d'une salle de bains attenante, où tu trouveras même une brosse à dents. Rose tenait à être prête au cas où nous avions des invités. Elle avait un sens aigu de l'hospitalité, et il fallait toujours que tout soit impeccable.

— Elle avait vraiment l'air formidable, avais-je dit.

— Oui. C'était le cas. Monte, et je t'apporterai un T-shirt en guise de pyjama.

J'avais hoché la tête, puis j'étais montée dans ma chambre à pas feutrés. Il ne faisait aucun doute que Rose avait très bon goût. La pièce était meublée dans un style classique dans des tons blanc et noir ; tout était tiré au cordeau. Moquette beige, murs beiges. Sur une coiffeuse était disposée une sélection de lotions et crèmes. On se serait presque dit dans une chambre d'hôtel.

La salle de bains aussi évoquait l'hôtellerie professionnelle. La première feuille du rouleau de papier hygiénique avait été pliée pour former un triangle parfait. Tout était beaucoup plus beau que ne le serait jamais mon appartement. À dire vrai, c'était même mieux que la plupart des hôtels où j'avais mis les pieds. Je m'étais lavé le visage, légèrement terrifiée à l'idée que Cian puisse me voir sans maquillage, mais encore plus terrifiée à celle de tacher la parure de lit en coton blanc égyptien immaculé. Puis, munie d'une des trois brosses laissées à la disposition des invités dans le cabinet de toilette, je m'étais brossé les dents. Je venais de finir quand j'avais entendu frapper à la porte.

À la lumière tamisée de la chambre d'amis, Cian Grahame avait l'air plus séduisant que jamais : ses cheveux étaient en bataille, mais ce look lui allait bien. Il portait un T-shirt froissé qui sortait en partie de son jeans. L'envie m'avait aussitôt prise de glisser la main sous le coton moelleux. Mais j'ai résisté.

— Je t'ai apporté ça, m'a-t-il dit en me tendant un T-shirt d'une main et un verre d'eau fraîche de l'autre. Tu risques d'avoir soif cette nuit. Tu devrais aussi pouvoir trouver de l'aspirine dans le cabinet de toilette si jamais tu avais la migraine.

— Merci, ai-je répondu en prenant l'un et l'autre. Tu penses vraiment à tout.

— Il est important d'avoir le sens du détail.

Il avait souri, en soutenant mon regard. Nous nous tenions à trente centimètres l'un de l'autre – cinquante centimètres tout au plus. Je brûlais de sentir à nouveau sa barbe rêche contre ma main. J'avais littéralement failli m'évanouir quand il s'était penché pour déposer un baiser sur ma joue, en me souhaitant « bonne nuit » au creux de l'oreille. Incapable de répondre quoi que ce soit, je m'étais contentée de hocher la tête, et ce n'est qu'après qu'il avait fermé la porte et que je l'avais entendu s'éloigner – probablement pour rejoindre sa chambre, celle-là même où il dormait avec Rose – que j'avais réalisé que j'avais retenu mon souffle.

Si j'étais accoutumée à me réveiller en pleine nuit, je n'avais en revanche pas l'habitude d'entendre quelqu'un marcher dans ma chambre. Somnolente, les yeux embrumés et le corps encore engourdi par un sommeil alourdi par l'alcool, j'avais peiné à retrouver mes esprits tandis que les bruits de pas se rapprochaient de mon lit. J'entendais le souffle grave de quelqu'un qui contrôlait sa respiration, et distinguais une silhouette dans l'obscurité. J'avais articulé un « Qui est là ? » d'une voix rauque et m'étais efforcée de me redresser dans le lit, en tirant la couette sur moi. J'avais le cœur qui cognait dans ma poitrine, le cerveau en ébullition. La peur avait été ma première réaction. Une peur viscérale, issue de toutes ces années passées à craindre d'être frappée par un esprit vengeur. À ne dormir que d'un œil. Les bruits de pas s'étaient faits plus lourds, mais j'avais eu un mal fou à m'éclaircir les idées. J'avais mis un certain temps à me rappeler que je n'étais pas chez moi. J'étais chez Cian. Cian… Le simple fait de penser à lui m'avait fait ouvrir les yeux d'un coup, et il était là, au pied du lit, à me regarder.

— Désolé, avait-il chuchoté. Je me disais juste…

J'avais remonté la couette encore un peu plus, mais j'avais eu beau me dire que j'aurais dû avoir peur, il n'en était rien. Au contraire, j'étais comme hypnotisée. Il était à peine à deux mètres de moi, seulement vêtu d'un pantalon de pyjama taille basse. Il avait le torse musclé et recouvert d'une fine toison brune qui avait l'air douce et chaude et que, malgré l'obscurité, je voyais s'étendre jusqu'à son ventre avant de disparaître sous la ceinture de son pyjama. Je souffle court, j'étais restée interdite, les yeux rivés sur lui.

— Je me sens seul, Emily. Tellement seul. Et je me suis dit que… Eh bien, j'ai pensé que toi aussi tu te sentais peut-être seule, et que peut-être tu m'autoriserais à te prendre dans mes bras ?

J'avais hoché la tête. Bien sûr que je le laisserais me serrer dans ses bras. Il y avait si longtemps que ça ne m'était pas arrivé. Et voilà que Cian Grahame, le beau et talentueux Cian, anéanti par la douleur et en manque de tendresse, me faisait savoir qu'il avait besoin de chaleur humaine. Il s'était avancé et s'était hissé dans le lit ; je m'étais rallongée et je l'avais laissé se lover dans mon dos et m'enlacer. Bercée par le rythme régulier de sa respiration, j'avais senti son haleine dans mon cou, le poids de son bras sur mes hanches. Il régnait dans la pièce un calme absolu. Peu à peu, ma respiration s'était calée sur la sienne, et je m'étais laissé happer par le sommeil.

Il faisait encore nuit quand je me suis réveillée, à 7 heures, mais j'ai aussitôt senti qu'il n'était plus là. J'ai cru un instant que j'avais rêvé, mais en me tournant j'ai pu constater qu'il y avait toujours son empreinte sur le côté du lit où il avait dormi. En passant la main, j'ai pu sentir le creux où avait reposé sa tête. Je suis restée allongée quelques instants. Je me disais que tout cela avait été pour le moins étrange. Certes très agréable sur le moment, mais étrange. Il était venu me retrouver dans le lit pour me serrer dans ses bras, s'était endormi à mes côtés, puis il avait disparu. Je n'entendais aucun bruit dans la maison. S'était-il rendormi après être retourné dans sa chambre, pris de remords? Était-ce cela que je ressentais? De la culpabilité? Avais-je le sentiment d'avoir trahi Rose? Toujours est-il que j'avais envie de partir.

À condition de m'habiller rapidement et de descendre l'escalier sans faire de bruit, j'étais certaine de pouvoir sortir discrètement par la porte d'entrée. Une fois arrivée au bout de la rue, je pourrais appeler un taxi. J'aurais bien sûr l'impression de filer à l'anglaise, mais après tout, je n'avais rien fait de mal. Nous nous étions comportés en simples amis. Même quand nous avions bu et dansé, et même quand il m'avait embrassée sur la joue en me souhaitant bonne nuit. Même quand nous avions dormi collés l'un à l'autre, « en cuillère ».

J'ai gardé mes chaussures à la main, dans l'espoir de descendre en catimini au rez-de-chaussée et de marcher sur le carrelage du couloir sans faire claquer mes talons. J'étais à deux marches du bas de l'escalier quand j'ai entendu Cian approcher dans le couloir.

— Bonjour, bonjour! m'a-t-il lancé avec un grand sourire, avant de remarquer que je portais mes chaussures à la main, ainsi que mon sac en bandoulière. Ne me dis pas que tu étais en train de partir?

— Heu, ai-je balbutié. En fait, je ne voulais pas te réveiller, donc je me suis dit qu'il valait mieux que je me sauve discrètement. Je dois voir mes parents aujourd'hui.

Je mentais, bien sûr, mais il n'en saurait jamais rien.

— Oh, tu sais, on est toujours réveillés tôt ici. Le petit Jack fait en sorte que personne ne dorme après 6 heures du matin. Ne pars pas si vite, j'ai du café, a-t-il ajouté en hochant la tête en direction de la cuisine. Et des croissants qui sortent du four. Enfin, ce n'est pas moi qui les ai faits, bien sûr, mais j'en avais des précuits qui seront prêts à déguster dans quelques minutes. Jack et moi n'arriverons jamais à tous les manger à deux. Allez, s'il te plaît, reste au moins avec nous pour le petit-déjeuner ?

Là-dessus, il a tourné les talons, supposant probablement que je le suivrais. Le fait est que l'odeur des croissants en train de cuire, mêlée aux effluves de café et aux joyeux gazouillis de Jack… Tout cela était très séduisant. Sans compter que Cian, en jeans et chemise blanche, manches retroussées, les deux boutons du haut défaits, était également très séduisant.

Quand je suis entrée dans la pièce, Jack m'a accueillie avec un sourire radieux et il a agité ses menottes grassouillettes dans ma direction depuis sa chaise haute. La pièce était parfaitement rangée : il ne subsistait pas la moindre trace de nos agapes de la veille. À l'évidence, Cian n'était pas du genre à faire la grasse matinée après une soirée arrosée. D'ailleurs, l'homme organisé qu'il était avait dû, avant d'aller se coucher et comme il me l'avait conseillé, boire de l'eau fraîche en quantité et prendre un cachet d'aspirine de manière préventive. Deux précautions que je regrettais de n'avoir pas suivies.

— J'aurais pu t'aider à tout ranger, ai-je dit en chatouillant Jack sous le menton avant de m'installer à la table de la cuisine.

— Avant ou après avoir pris la poudre d'escampette ? a-t-il répondu en souriant.

J'ai eu le bon goût de ne pas rougir.

— Désolée, je pensais que ce serait plus simple pour toi d'être tranquille aujourd'hui.

— C'est toujours plus simple de commencer la journée avec l'aide de quelqu'un pour gérer Jack, a-t-il rétorqué en sortant une bouteille de jus d'orange du frigo.

J'ai soudain eu très soif, et quand il m'en a proposé j'ai hoché la tête et bu d'un trait le verre qu'il m'avait tendu. Il avait un goût délicieux.

— Toi, tu n'as pas bu ton verre d'eau hier soir, hein ? m'a-t-il dit en riant.

J'ai secoué la tête.

— J'étais tellement crevée que j'ai dû m'endormir comme une masse.

— Heureusement que tu n'es pas rentrée en taxi hier soir. J'aurais été inquiet de te savoir dans un taxi toute seule en pleine nuit. Il y a des gens malintentionnés, Emily. Nous ne le savons que trop bien, toi et moi. Par ailleurs, j'étais content de t'avoir ici.

— Alors, tout est pour le mieux, ai-je répondu tandis qu'il me resservait du jus d'orange avant de sortir du four les croissants tout croustillants.

— Heureusement, a-t-il conclu avec un sourire.

Nous avons pris notre petit-déjeuner sans qu'aucun de nous deux ne mentionne sa visite nocturne, et une heure plus tard, il m'a ramenée chez moi en voiture.

À ce stade, j'aurais très certainement pu me laisser convaincre de passer le reste de la journée avec lui, mais je pouvais difficilement avouer que j'avais menti en disant que j'étais censée aller chez mes parents.

Au moment de me déposer chez moi avant d'emmener Jack au parc, Cian m'a assuré qu'il me contacterait bientôt. Il m'a remerciée pour mon sens de l'écoute, qui lui permettait de se sentir à nouveau lui-même. Puis il m'a embrassée, toujours sur la joue. Mais cette fois ses lèvres se sont attardées une ou deux secondes de plus que la dernière fois. J'étais sûre de l'avoir entendu respirer profondément avant de s'éloigner de moi, de même que j'étais sûre – enfin, presque – d'avoir décelé dans ses yeux une certaine réticence à me quitter.

Il m'était impossible de regarder Owen comme avant quand je suis retournée au travail le lundi matin suivant. Je n'arrivais pas à me sortir de la tête ce que m'avait dit Cian à son propos. Un maniaque qui aurait vu rouge parce qu'il n'avait pas supporté d'être éconduit par Rose ? Ni qu'elle lui fasse part de son intention de quitter le cabinet ? Et que Cian pensait capable d'avoir payé Kevin McDaid pour s'en prendre à elle ? C'était insensé. Cela dit, Ben avait réussi à cacher son jeu à tellement de monde ; il n'était pas du tout impossible qu'Owen ait fait pareil.

Pendant ma pause déjeuner, j'ai envoyé un texto à Cian pour lui dire que je n'arrivais même pas à regarder Owen dans les yeux, sachant ce qu'il m'avait dit.

— Il ne vaut pas la peine que tu te fasses du mouron, m'a-t-il répondu par retour de SMS. Mais si tu sens que tu as besoin de te détendre, passe après le travail. Ce soir, Jack sera dans la famille de Rose. Pour être franc, je le vivrai mieux si j'ai un peu de compagnie.

C'était trop tentant. Avant même d'avoir fini de lire son message, je savais que j'accepterais sa proposition.

C'est pour cette même raison qu'en sortant du cabinet, tout en réfléchissant à la tenue que je mettrais et à comment je pourrais arranger mes cheveux, j'avais le sourire aux lèvres. Du moins, jusqu'à ce que j'entende quelqu'un qui m'appelait, et qu'en me retournant je comprenne que j'avais à nouveau Ingrid Devlin à mes trousses.

24

J'ai tourné les talons dès que je l'ai vue, et j'ai accéléré le pas. N'ayant plus rien à lui dire, moins je la verrais, mieux je me porterais.

— Emily ! a-t-elle insisté. Emily, attendez. Je vous en prie, laissez-moi vous expliquer.

— Il n'y a rien à expliquer, ai-je répliqué par-dessus mon épaule, sans m'arrêter. J'ai cerné qui vous étiez, et je ne veux plus avoir affaire à vous.

J'entendais le bruit de ses pas se rapprocher. Elle avait de la suite dans les idées.

— Vous ne voulez plus avoir affaire à moi, dites-vous ? Serait-ce parce que vous cherchez à protéger Cian Grahame ? Vous avez l'air plutôt intimes tous les deux ces derniers jours, non ?

Je me suis arrêtée, mon cœur tapant dans ma poitrine, et quand je me suis retournée elle était à un mètre de moi à peine.

— Je ne sais pas à quoi vous faites allusion, mais vous faites complètement fausse route au sujet de Cian. Et à mon sujet aussi, d'ailleurs.

— J'aurais pourtant dit que vous aviez des choses à dire sur Cian Grahame, après être sortie de chez lui un dimanche de bon matin, a-t-elle dit en haussant les épaules.

— Ça ne vous regarde pas, ai-je balbutié, tout en me demandant comment elle était au courant.

— Peut-être. N'empêche que ça intéresserait beaucoup nos lecteurs d'apprendre comment le veuf éploré de Rose Grahame a pu coucher avec la femme qui lui a succédé à son poste. Du pain bénit pour un tabloïd. Et après on balancera l'histoire de l'enquête policière.

La première fois que j'avais vu Ingrid Devlin, elle m'avait paru plutôt séduisante : posée, calme, professionnelle. Désormais, je la trouvais abjecte, sournoise et fourbe.

— Comment pourriez-vous être au courant des allées et venues chez Cian Grahame ? C'est du journalisme de presse poubelle, ça, ai-je contre-attaqué.

— Vous avez l'air de me dire ça pour me vexer, a-t-elle dit en faisant un pas de plus vers moi et menaçant ainsi dangereusement mon espace personnel. (Mon cœur battait à tout rompre, et je sentais que des gouttes de sueur froide perlaient à mon front.) Or ce que vous appelez journalisme de presse poubelle, moi j'appelle ça sortir des scoops.

— Eh bien vous faites fausse route. Nous sommes juste amis, rien de plus.

— Amis-amants, a-t-elle raillé.

— Ce n'est pas du tout ça, ai-je protesté tout en sachant pertinemment que j'aurais voulu l'inverse, voire plus. (J'avais même commencé à réfléchir à la lingerie que je porterais ce soir.) Et vous n'avez pas le droit d'espionner la vie des gens ordinaires. Comment osez-vous ?

— Je vous trouve bien susceptible. Écoutez, Emily…

— Et d'ailleurs, d'où connaissez-vous mon nom ? l'ai-je interrompue. Je ne vous l'ai pas donné la première fois où on s'est vues.

— Facebook est un outil formidable. Et je serais une bien piètre journaliste si je n'étais pas fichue de le mettre à profit pour vous identifier. Et donc, j'ai remarqué que vous étiez amie avec Cian sur Facebook. Mais je dis ça, je ne dis rien, Emily. Je ne cherche pas à vous piéger. Je ne suis pas en train de sous-entendre que Cian serait derrière tout ça. Mais je jouais franc jeu avec vous quand je vous disais que j'étais à la recherche d'une nouvelle piste sur cette affaire. Une info que personne d'autre ne pourra avoir. Et je suis sûre que vous pouvez m'aider à l'obtenir. Vous pouvez m'aider à entrer en contact avec Cian. Jusqu'ici, il a refusé toutes les demandes d'interview de la part de la presse, sans exception. Peut-être pourriez-vous le convaincre de me parler ?

Après avoir haussé un sourcil – parfaitement épilé et redessiné –, elle a attendu ma réponse. J'étais estomaquée. Était-elle vraiment sérieuse ?

— Pourquoi diable vous aiderais-je ? Vous m'avez menti, espionnée et traquée dans la rue ? Pourquoi vous parlerais-je ?

— En fait, Emily, c'est marrant que vous utilisiez précisément ces termes. Car d'habitude c'est plutôt vous qui mentez et harcelez les gens, non ? C'est en tout cas ce que dit votre ex. Un rappel à la loi, assorti d'une ordonnance d'éloignement : ça s'est fini ainsi, n'est-ce pas ? C'est aussi le genre de scoop que j'ai mis au jour. En utilisant des méthodes dignes de la presse poubelle, me direz-vous. Mais je suppose que vous ne tenez pas à ce que les gens découvrent cette histoire sordide, n'est-ce pas ?

J'avais l'impression de suffoquer. C'était comme si j'allais me décomposer, m'effondrer sur moi-même. J'étais submergée par un sentiment de honte et d'humiliation. Ainsi, elle avait parlé à Ben ? Alors que ce dernier n'avait même pas répondu à mon e-mail ?

— De quel droit avez-vous fouiné dans ma vie privée ? ai-je murmuré sans grande conviction.

— Cela dit, je me demande si Cian vous laisserait toujours approcher du petit Jack s'il apprenait vos antécédents.

— Vous ne comprenez pas.

— J'imagine que non. J'imagine aussi que les apparences étaient trompeuses, quand tous les trois vous aviez des airs de petite famille en montant dans sa voiture hier matin ?

Envahie par un sentiment de panique, j'ai senti les larmes me monter aux yeux.

— Qu'ai-je bien pu faire pour que vous vous acharniez ainsi sur moi ?

— Je ne m'acharne pas du tout, Emily. Je vous dis juste ce que je sais. Ce que je ferai de ces informations dépend entièrement de vous. Mais il est certain qu'en me mettant en contact avec Cian, vous m'aideriez à oublier certaines choses.

J'ai cligné des yeux et senti ruisseler sur mes joues les larmes que j'avais vainement tenté de retenir.

— Je sais que la situation est compliquée, Emily. Mais il n'y a pas de raison que nous ne nous entendions pas. Nous pouvons toutes les deux tirer notre épingle du jeu, n'est-ce pas ? Tenez, m'a-t-elle dit en glissant une main dans son sac. Prenez ma carte. Vous pouvez me joindre à ce numéro n'importe quand. Et si jamais vous parlez de moi à Cian – et j'espère sincèrement que vous le ferez –, dites-lui bien qu'il aurait tout à gagner à pouvoir compter sur le soutien d'une journaliste.

Là-dessus, elle a pivoté sur ses talons aiguilles et m'a laissée en plan, en pleurs, au beau milieu de la rue. Des souvenirs m'assaillaient de toutes parts. Je me retrouvais bel et bien rattrapée par mon passé – même s'il se manifestait d'une manière qui dépassait toutes mes craintes initiales, en menaçant de tout détruire à nouveau.

Il m'a fallu deux anxiolytiques, un verre de vin, quelques sanglots sous la douche et une séance intense d'auto-encouragement devant le miroir pour parvenir à retrouver un semblant d'allure. J'ai enfilé un jeans et un pull ample à épaules dénudées, assortis de boots noires. L'ensemble formait un style résolument chic décontracté. J'ai ébouriffé mes cheveux puis je me suis mis un peu de rouge à lèvres et de mascara. J'ai également pris soin de passer de l'anticernes sous mes yeux, qui étaient toujours rougis par les larmes.

Tandis que je m'habillais, je me suis mise dans la peau de Maud, visualisant son mètre cinquante-sept menu, ses cheveux bruns et son visage encadré par une frange épaisse. Elle était du genre à avoir l'air cool sans avoir à fournir le moindre effort. Maud perdait rarement son sang-froid. Elle réglerait ce problème d'un claquement de doigts.

Je me suis dit que je serais honnête avec Cian – enfin, presque. Il n'était pas question de tout lui révéler. Je lui dirais qu'Ingrid Devlin cherchait à lui parler, car elle avait eu vent de rumeurs à son sujet et souhaitait lui offrir la possibilité de donner sa version des faits. Je ne lui dirais pas qu'elle ne m'inspirait aucune confiance, ni qu'elle me menaçait. Et je me garderais bien de lui dire de quelle nature étaient ses menaces. J'avais beau connaître la vérité sur ce qui s'était passé avec Ben, je ne tenais pas à ce que cette sale histoire biaise le regard que Cian portait sur moi. Car Rose, elle, ne serait jamais tombée si bas. Autant dire que ce n'est pas avec ce genre de casseroles que j'allais séduire Cian. Grâce à l'effet conjugué des anxiolytiques et du vin, je parviendrais à me montrer sous un jour plus favorable, ainsi qu'à le faire agir dans le sens de mes intérêts.

Quand mon taxi s'est avancé dans l'allée menant chez lui, la porte d'entrée s'est ouverte et il est apparu, tout sourire. Une fois le véhicule immobilisé, il s'est approché pour m'ouvrir la portière et m'accueillir d'un baiser sur la joue. Au moment où il me prenait par la main pour me conduire jusqu'à la maison, j'ai eu envie de m'écarter de lui, craignant qu'on m'ait vue arriver. Il a dû sentir ma réticence, car à peine étions-nous à l'intérieur qu'il m'a demandé si tout allait bien.

— Tu as l'air stressée, a-t-il remarqué en ouvrant une bouteille du même vin blanc que nous avions bu samedi soir, avant de nous servir deux grands verres.

Sur la table basse placée devant le canapé, il avait disposé tout un assortiment de tapas qui avaient l'air de provenir d'un restaurant chic.

— J'ai fait livrer ça, m'a-t-il dit en s'asseyant. Tu aimes ça les tapas ?

J'ai hoché la tête et bu une gorgée.

— Oui. C'est sympa, merci. Mais tu n'aurais pas dû te casser la tête.

— Je ne me suis pas du tout cassé la tête. J'ai juste appelé le restaurant, et ils sont venus me livrer et tout installer. Je n'ai eu qu'à ouvrir la porte et payer.

Voyant que je me forçais à sourire, il m'a lancé un regard interrogatif.

— Tu es vraiment stressée en fait, non ?

— J'ai eu une grosse journée. Je pense que je suis juste un peu fatiguée.

— Et moi qui te force à sortir ! J'imagine que tu aurais préféré rester tranquille chez toi au lieu de venir ici jouer les confidentes.

Il avait l'air sincèrement désolé.

J'ai tendu le bras pour effleurer sa main.

— Non, non. Ne t'en fais pas. De toute façon, ça serait pire si j'étais toute seule à ruminer chez moi, non ? Au moins ici j'ai de la compagnie.

— Je ne doute pas que tu aies de la compagnie tous les soirs, Emily, m'a-t-il répondu en posant sa main sur la mienne.

Et voilà, c'était reparti. J'avais à nouveau le sentiment d'être pleinement à ma place ; ancrée dans l'ici et maintenant. Avec Cian.

— Pas tant que ça, l'ai-je corrigé, rougissant malgré moi. Mais bon, je suis là, et le vin est délicieux, ainsi que les tapas. Comment s'est passée ta journée ? Il est un peu malvenu de ma part de me plaindre, vu ta situation.

— Eh bien, pour être franc, je suis plutôt content de pouvoir parler, pour une fois, de quelque chose qui n'est pas directement lié à Rose, avec quelqu'un qui ne la connaissait pas. Je commence à en avoir assez des regards apitoyés et de tous ces discours me rappelant combien elle était parfaite. Elle l'était, bien sûr, mais bon… c'est difficile de vivre avec le fantôme d'une sainte. Parfois j'ai juste envie d'être moi, et de vivre une journée normale. Est-ce si terrible ? (Il s'est passé la main dans les cheveux, puis s'est tourné vers moi.) Mais bon, pour l'heure, faisons honneur aux tapas et au vin, et continuons notre exploration des vieux albums de Blur – si ça ne te dérange pas de rester un petit moment.

J'ai acquiescé d'un hochement de la tête, même si à cet instant précis j'aurais dû lui parler d'Ingrid Devlin et de sa requête. Mais là, j'avais envie de la même chose que lui : être moi, et partager un moment avec lui, loin des fantômes de nos passés respectifs.

— Ça ne me dérange pas du tout, ai-je répondu. Alors, raconte-moi ce que nous avons au menu, lui ai-je demandé en pointant du doigt la table basse.

Tout est devenu un peu flou après le troisième verre de vin. Le genre de flou où le temps devient fluide et où vous vivez des choses et des sensations sur le moment, sans vous soucier de linéarité. Je ne sais plus très bien comment nous en sommes venus à nous embrasser. Mais nous l'avons fait. Je me souviens que nous avions parlé deux heures durant. Cian m'avait confié se sentir incroyablement seul, et je lui avais dit que je connaissais ce sentiment. Il ne pouvait pas croire qu'une fille comme moi puisse se sentir seule. Le temps viendrait, lui avais-je dit, où il sentirait qu'il pourrait aller de l'avant. Il ne s'agirait pas de remplacer Rose, mais de trouver quelqu'un qui parvienne à atténuer son sentiment de solitude.

Je ne m'attendais pas à ce qu'il m'embrasse, même quand il a porté sa main à mon visage, puis caressé mes cheveux. Ni quand il a plongé ses yeux dans les miens et que j'ai senti son souffle chaud et sensuel tout contre mon visage. Je ne pense même pas que je m'attendais à ce qu'il m'embrasse quand ses lèvres ont effleuré les miennes. Quand ses mains, glissant dans mon cou, m'ont attirée à lui et que ses baisers se sont faits plus pressants. Quand sa langue a cherché la mienne et que j'ai senti mon corps réagir. Quand ma main a touché son torse avant de remonter vers sa barbe naissante. Même quand nous avons relâché notre étreinte, et que je l'ai entendu pousser un soupir de désir avant qu'il ne m'attire à nouveau à lui, là non plus je ne pense pas avoir vraiment réalisé ce qui se passait.

Il a glissé la main sous mon pull, et le frôlement de son pouce contre mon sein à travers le tissu délicat de mon soutien-gorge a provoqué une onde de désir qui m'a traversée de part en part. Un tel spasme était de nature à lever les derniers doutes qui pouvaient subsister en moi sur ce que nous étions en train de faire. Tandis qu'il se penchait sur moi, sa bouche glissant vers mon cou, je sentais la chaleur de son corps contre le mien. Je n'aurais su dire si mon ivresse provenait davantage du vin ou bien de mon désir, mais je savais en revanche que la combinaison des deux était fatale. Il aurait été vain que je tente de lutter.

Dans ces moments où j'étais totalement accaparée par mes sens en ébullition, je savais que j'étais une cause perdue. Et donc, quand il m'a murmuré qu'il voulait qu'on se mette au lit, j'ai été incapable de résister. Guidée par mon seul instinct, je l'ai laissé m'emmener à l'étage, où il m'a embrassée de plus belle avant de me conduire à la chambre d'amis. Là, il m'a plaquée contre le mur et j'ai senti son corps dur et chaud contre le mien. J'étais définitivement perdue ; il n'était plus possible de faire marche arrière. En cet instant, seule comptait pour moi l'effervescence qui agitait mon corps tout entier.

Quand nous nous sommes retrouvés dans le même lit, son corps pesant de tout son poids sur moi, et que j'ai senti ses allées et venues en moi, j'ai eu le sentiment d'être à nouveau pleinement vivante. Mon cœur battait à tout rompre, ma sueur se mêlait à la sienne, nos bouches se dévoraient l'une l'autre – j'ai alors enfin su que je ne faisais pas fausse route et qu'il était écrit que les choses devaient finir ainsi. Le destin est un marionnettiste facétieux. Mais j'étais bien loin de penser à ça quand j'ai senti monter en moi un puissant orgasme qui m'a fait crier, mes lèvres plaquées contre son torse.

Je me suis réveillée en pleine nuit, sans la moindre idée de l'heure qu'il pouvait être. À ma grande surprise, Cian était toujours dans le lit à mes côtés, un bras autour de ma taille. Je suis restée immobile un instant, tentant de distinguer sa silhouette malgré l'obscurité. Je ne sais pas trop ce que je m'étais imaginé : qu'aussitôt après avoir joui, il aurait hurlé qu'il avait commis une énorme erreur, et m'aurait mise à la porte dans la foulée ? Qu'il se serait carapaté dans sa chambre en ne me laissant d'autre choix que d'essayer de comprendre ce qui s'était passé, et de déterminer si et quand je devais quitter les lieux ? Mais au lieu de tout cela, il m'avait attirée à lui en me murmurant « Reste, je t'en prie, reste », et ses paupières avaient fini par se fermer. À la fois trop pompette et trop heureuse pour protester, j'avais moi-même rapidement cédé au sommeil. Mais là, aux premières heures du jour, et désormais sobre, je me demandais à quoi tout cela rimait. Ayant eu la sagesse de ne pas le réveiller pour lui poser la question, je me suis contentée de profiter de ces instants de proximité physique avec lui, peau contre peau, mon corps agréablement fourbu des suites de notre étreinte amoureuse. Car nous avions fait l'amour, n'est-ce pas ? Il ne s'agissait pas simplement de sexe ?

Je savais pourtant que ce simulacre de bonheur ne durerait pas : je devais aller travailler ce matin, et il serait tout à fait inapproprié de me présenter au cabinet vêtue de mon pull sexy, d'un jeans et avec ma culotte de la veille. Sans compter que j'avais désormais des traces de maquillage sur tout le visage et que mes cheveux avaient un indiscutable effet « saut du lit » : le genre d'effet qui ne manquerait pas de faire jaser. Mon euphorie est un peu retombée quand j'ai repensé à Ingrid Devlin, dont j'imaginais aisément les commentaires si elle m'avait vue partager le même lit que Cian. Je ne lui avais pas parlé d'elle ; le bon moment ne s'était pas présenté. J'étais certaine que, dès que je lui aurais dit qu'une journaliste souhaitait lui parler, et par mon entremise, qui plus est, il m'aurait demandé de partir sur-le-champ.

Ce n'était sûrement pas le genre de conversation que j'avais envie d'avoir avec lui en étant nue. J'ai donc fait le tour de la chambre sur la pointe des pieds pour ramasser mes vêtements, puis je suis allée m'habiller à pas feutrés dans la salle de bains. Je me suis regardée dans le miroir : j'avais les joues rouges, et le regard vif malgré l'heure matinale. Pourquoi fallait-il que cela soit si compliqué ? ai-je pensé. Et à ce moment-là, j'ai été prise d'une colère sans nom contre Ingrid Devlin, qui risquait de précipiter ma chute.

Après m'être brossé les dents, je me suis lavé le visage et j'ai mis de l'ordre dans mes cheveux. Puis je suis retournée dans la chambre sans faire de bruit et je me suis assise au bord du lit pour enfiler mes chaussettes et mes boots.

— Tu pars ? l'ai-je entendu me demander dans mon dos.

Je me suis retournée et, malgré la pénombre, j'ai vu ses yeux qui me fixaient.

— Je dois aller travailler, donc il faut que je repasse par chez moi pour me préparer.

— Reste avec moi, a-t-il répondu en tapotant le lit. Prends ta journée. Appelle-les pour dire que tu es malade. Ils ne te méritent pas de toute façon.

— Je ne serai pas payée si je n'y vais pas. Je suis toujours en période d'essai, et j'ai un loyer à payer.

— Je te rembourserai ta journée de boulot, a-t-il insisté. S'il te plaît, ne pars pas. On a passé une soirée et une nuit formidables. Tu n'imagines pas le bien que ça me fait de me sentir à nouveau normal.

— Je ne peux pas te laisser me payer une journée de salaire, Cian. Tu le sais très bien. Et la grand-mère de Jack va le ramener ce matin. Tu ne veux quand même pas que la mère de Rose tombe sur moi en arrivant.

À la mention du prénom de Rose, il s'est étendu de tout son long dans le lit en se prenant la tête entre les mains.

— Tu dois me prendre pour un parfait salaud, n'est-ce pas ?

— Quoi ? Mais non ! Pourquoi ?

— Je couche avec toi, je passe du temps avec toi, alors que Rose vient de mourir. Tu dois penser que je ne respecte pas sa mémoire, non ?

Sa voix avait quelque chose de bizarre : elle exprimait la colère, mais donnait aussi l'impression qu'il pouvait fondre en larme d'un instant à l'autre.

— Non, Cian, non. Ce n'est pas du tout ça. Moi aussi j'ai couché avec toi. J'ai agi de mon plein gré. Comment pourrais-je m'ériger en juge de tes actes ?

— Parce que tout le monde me juge, Emily. Les gens se sont fait leur propre idée sur moi. Ils ne comprendraient pas qu'après l'avoir tant aimée, et alors qu'elle me manque cruellement, je puisse néanmoins avoir envie… ou besoin… d'être avec une autre femme.

Et cette femme, c'était moi. Avait-il « besoin » d'être avec moi ? Je me suis penchée vers lui pour prendre sa main, et au contact de sa peau, mes sens ont à nouveau été en ébullition.

— Je ne te juge pas, Cian. Je prends les gens comme ils sont, et je me sens bien avec toi. Je ne voudrais pas que tu aies l'impression que je te force d'une manière ou d'une autre à être plus qu'un ami…

— Je crois qu'il est clair que nous sommes plus que des amis, a-t-il dit en prenant ma main pour la coller à son torse afin que je sente battre son cœur. Nous sommes faits l'un pour l'autre, Emily. Je sais que c'est également ta conviction.

J'ai hoché la tête, et quand il m'a serrée contre lui pour presser ses lèvres contre les miennes, ses baisers m'ont à nouveau fait perdre la tête. Quand nous nous sommes séparés, hors d'haleine, il m'a de nouveau suppliée de rester, et j'ai accepté, en m'efforçant de chasser Ingrid Devlin de mes pensées tandis qu'il enlevait mes vêtements et que je m'abandonnais à lui.

Il faisait jour quand nous nous sommes à nouveau réveillés. Je n'avais aucune idée de l'heure qu'il était, mais j'ai entendu des coups de sonnette insistants, puis on s'est mis à frapper à la porte. Je me suis réveillée en sursaut, et j'ai secoué Cian qui s'est redressé dans le lit, l'air hagard.

— Est-ce que Jack serait déjà de retour ? ai-je demandé tout en me rhabillant en hâte.

— Il n'était pas prévu qu'il revienne avant midi, a répondu Cian en se passant la main dans les cheveux avant de s'asseoir au bord du lit.

La sonnette retentissant à nouveau, il a enfilé son jeans.

— Monsieur Grahame, s'est écriée une voix grave masculine. C'est la police. Est-ce que nous pouvons vous parler ?

25

Rose, 2014
Rose Grahame: après le prix, Hollywood nous fait de l'œil. Promis, je ne vous oublierai pas quand je ferai la fête avec les stars ! Je suis si fière de mon Cian !

Une adaptation au cinéma ! C'est incroyablement excitant. Cian était devenu un autre homme. Il paradait, fier comme un paon. Je l'entendais répondre aux questions des journalistes au téléphone : il disait vouloir conserver un droit de regard sur le scénario, et entendait avoir son mot à dire sur la distribution.

— Il est très important de rester fidèle à l'intrigue, expliquait-il. J'y tiens beaucoup. Je ne voudrais pas que mon histoire soit dénaturée. Elle est plus nuancée que pour la plupart des polars, avec plusieurs niveaux de lecture. Il est hors de question qu'elle subisse l'artillerie lourde qu'on réserve aux blockbusters. Ce serait désastreux.

L'assurance avec laquelle il parlait de son travail m'impressionnait. Il était loin, l'auteur introverti que j'avais rencontré sept ans plus tôt et qui, par manque de confiance en soi et timidité, refusait qu'on lise ses écrits.

Désormais, il parlait sans détour de ses réussites, de son « art », et ne se privait pas de donner ses opinions sur le milieu littéraire. Je ne le lui aurais jamais dit, mais je le trouvais parfois un peu pompeux. J'avais appris à me taire ; c'était la meilleure chose à faire. Il s'agissait de ne pas réveiller la bête. Alors je me contentais de sourire en hochant la tête et de préparer le thé ou de servir le vin lors des dîners organisés à la maison. Je veillais à ce que la chambre d'amis soit toujours impeccable, de même que je veillais à ce qu'il puisse écrire dans les meilleures conditions possibles : quand il était en mode créatif, je faisais en sorte qu'il se sente choyé et chéri.

Même si cela impliquait que je me fasse parfois porter pâle au travail afin de le soutenir et de jouer le rôle de sa « muse ». Ou que j'aie à lui dissimuler mes goûts personnels en matière de lecture, comme s'il s'était agi d'un secret honteux. Et cela impliquait aussi que je sois parfois la cible de ses blagues. « Oh, Rose n'aimerait pas trop ça. Elle préfère la littérature un peu plus légère. N'est-ce pas, Rose ? Je dois m'estimer heureux qu'elle accepte de lire mes bouquins. »

Tout le monde avait ri – y compris moi. Je n'avais pas jugé utile de corriger Cian. Cela n'aurait rien apporté de bon.

Ça faisait partie du personnage qu'il s'était créé depuis qu'il évoluait dans le milieu littéraire : un rôle qu'il devait endosser pour asseoir sa réussite. Et je voulais qu'il réussisse, non ? Je voulais qu'il gagne des prix, et que son livre soit adapté au cinéma. Je profitais indirectement de son succès, me rappelait-il. Belle maison, belle voiture, bijoux, grands restaurants : un tel train de vie, je n'avais pu l'imaginer qu'en rêve étant plus jeune. Il nous avait sortis d'un appartement miteux et donné accès à un style de vie où il devenait tout à fait possible que l'on se retrouve un jour sur le tapis rouge des Oscar. « Tout ce qui est à moi est aussi à toi », me disait-il. Et c'était vrai. Il aurait été malvenu de ma part de ne pas me montrer, a minima, reconnaissante.

Et avec qui aurais-je pu parler de ça ? Qui m'aurait comprise ? Pauvre Rose, qui parade dans son immense maison équipée d'une cuisine de luxe, avec son sac Mulberry et ses cheveux colorés par les meilleurs coiffeurs de la ville. Et ne lisait-on pas dans la presse qu'elle venait de passer un week-end à Londres, où elle avait fait la tournée des grands restaurants ? C'est ça, pauvre Rose… Comme si j'allais l'écouter me parler de ses problèmes de riche pendant que je galère à payer les factures et à nourrir mes gosses.

Cian avait raison ; les gens ne supporteraient pas de m'entendre me plaindre. Ils me trouveraient pathétique. Et que pourrais-je leur dire de toute façon ? Leur avouer comment les choses se passaient réellement ? Comment *lui* était réellement ? Leur révéler ce qu'il faisait, ou plus précisément, ce que je le laissais faire, impunément ? Car c'était le cas. J'acceptais tout. Absolument tout. J'étais seule responsable de la façon dont il me traitait. De mon plein gré, je me pliais en quatre pour qu'il soit heureux – du moins m'y efforçais-je. C'était ma faute : je ne m'étais jamais rebellée. Par facilité, j'avais choisi la paix.

Peut-être tenais-je trop à ma maison, à ma garde-robe et à mon statut pour lui tenir tête ?

Je devais encaisser, ou me taire.

26

Emily

J'ai regardé Cian enfiler le T-shirt froissé que, la veille au soir, je lui avais arraché avant de le jeter par terre. Je ne savais que dire ou que faire.

La voix a à nouveau tonitrué à travers la fente de la boîte aux lettres, tandis que la sonnette ne cessait de retentir. Cian n'a pas pris la peine de remettre ses chaussettes et ses chaussures. Arrivé devant la porte, il a marqué une pause et s'est tourné vers moi.

— Emily, tu me fais confiance, n'est-ce pas ?

J'ai hoché la tête.

— Bien sûr.

J'étais sincère. J'avais entièrement confiance en lui.

— Tu me crois quand je te dis que jamais je n'aurais pu m'en prendre à Rose.

— Bien sûr que je te crois.

— Alors je t'en supplie, Emily. Il faut m'aider.

Il m'a tendu la main, comme pour m'indiquer qu'il souhaitait que je l'accompagne. Lentement, d'un geste peu assuré, j'ai pris sa main et nous avons descendu l'escalier, au moment où on l'appelait pour la troisième fois.

— J'arrive, s'est écrié Cian, une pointe d'irritation dans la voix.

J'avais beau être habillée, je me sentais exposée. En nous découvrant tout échevelés, il serait évident aux yeux de quiconque nous verrait que nous avions tous les deux dormi ici – voire plus. Mes cheveux n'avaient pas meilleure allure, mais au moins je m'étais débarbouillé le visage et brossé les dents. Je pensais que Cian allait me lâcher la main et me dire à voix basse d'aller dans la cuisine. Quand il m'avait demandé mon aide, j'avais supposé qu'il s'agissait de dissimuler ce qui s'était passé entre nous. Mais non, rien de tel ne s'était produit. Ma main toujours dans la sienne, il a ouvert la porte d'entrée et trois officiers de police sont apparus sur le perron. J'ai aussitôt reconnu l'un d'eux comme étant l'inspecteur Bradley. Nos regards se sont brièvement croisés, et il a très légèrement haussé les sourcils avant de reporter son attention sur Cian.

— Monsieur Grahame, pouvez-vous nous laisser entrer ? Nous souhaiterions vous faire part de nouveaux éléments dans l'enquête concernant la mort de votre épouse.

Après avoir un fait pas en arrière, il a lâché ma main.

— Monsieur l'inspecteur, je vous présente une amie, Emily d'Arcy. Emily, l'inspecteur Bradley, qui supervise l'enquête sur la mort de Rose.

J'ai brièvement salué l'inspecteur d'un signe de tête.

— Nous nous sommes déjà rencontrés, a-t-il dit.

— Au cabinet du Dr Scott, ai-je précisé à l'attention de Cian, avant de proposer aux uns et aux autres de préparer du thé ou du café.

— Je veux bien du thé, merci, a dit l'inspecteur Bradley.

— Pourrais-tu également faire du café ? m'a demandé Cian avant de déposer un baiser sur mon front puis d'emmener les trois hommes dans la cuisine.

Un peu déboussolée, je me suis demandé ce qui se tramait. Mais il m'avait demandé de l'aider, et j'avais accepté. Je lui avais dit que je lui faisais confiance, et j'étais sincère. Je l'ai donc suivi dans la cuisine et me suis empressée de débarrasser la table des bouteilles vides, que j'ai jetées à la poubelle avant de rincer les verres.

Après avoir remis un peu d'ordre dans les coussins du canapé, Cian a invité les trois officiers à prendre place. J'ai senti le rose me monter aux joues au souvenir de ses mains sur mes seins et de ses baisers fougueux, la veille, sur ce même canapé. J'ai fait chauffer la bouilloire et préparé du café filtre. Puis j'ai pris des tasses dans le placard et disposé le tout sur un plateau.

— Il y a des biscuits dans le placard à droite de la cuisinière, m'a indiqué Cian avant de poursuivre la conversation qu'il avait engagée avec les policiers.

Ils parlaient de moi.

— Emily m'a beaucoup soutenu ces dernières semaines, expliquait Cian. Sans elle, je ne sais pas si j'aurais survécu à ce cauchemar.

— Je suis heureux de voir que vous avez des amis sur qui compter. C'est très important, a noté l'inspecteur Bradley tandis que je lui tendais une tasse de thé tout en finissant de débarrasser les couverts du dîner de la veille.

J'ai pris mon téléphone, posé sur la table et dont l'écran clignotait, et je suis retournée dans la cuisine où j'ai mis les assiettes et les bols sales dans le lave-vaisselle, en feignant de ne pas les écouter.

— Il est peut-être préférable que je vous laisse seuls s'il s'agit d'une conversation confidentielle, ai-je suggéré.

— Il n'est rien que l'inspecteur Bradley ne puisse aborder devant toi, a dit Cian d'une voix douce, en souriant aux trois policiers.

— Eh bien, monsieur Grahame…

— Cian, je vous en prie. Je vous ai déjà dit de m'appeler par mon prénom.

— Eh bien, Cian, comme vous le savez, nous avions des doutes sur le fait que la mort de Rose ait été causée par un simple accident. Or nous avons désormais des raisons sérieuses de croire qu'il n'en est rien, et que votre épouse a pu être tuée intentionnellement. Par ailleurs, nous jugeons également que la mort de Kevin McDaid est suspecte. Je ne vais pas y aller par quatre chemins : dans les deux cas, les investigations ont été requalifiées en enquête pour homicide volontaire.

J'ai entendu Cian jurer, tandis que, soudain prise de vertiges, je retenais mon souffle.

— Non, non. Nous savons ce qui est arrivé à Rose. C'était un accident. C'est de la folie douce ! a éructé Cian. Quant à ce salaud de McDaid, il s'est suicidé. Comment pouvez-vous lancer une enquête pour meurtre quand la victime s'est jetée du haut d'un pont ? Vous n'avez pas l'impression de faire perdre un temps précieux à vos collègues ?

— Cian, nous avons déjà évoqué avec vous nos interrogations sur les circonstances de la mort de Rose. J'en suis navré, car je sais que cela doit être particulièrement difficile pour vous. Quant à McDaid, vous comprendrez aisément que nous ne soyons pas autorisés à entrer dans les détails de l'enquête, mais les éléments dont nous disposons à ce stade tendent à nous faire penser que Kevin McDaid ne s'est pas donné la mort.

— Quelqu'un l'aurait poussé du haut de ce pont ? Un type qui, si l'on se fie aux rumeurs, aurait envoyé un message à la mère de Kevin pour lui demander pardon par avance pour ce qu'il s'apprêtait à faire ? Voyez-vous, mon métier consiste à écrire des histoires, mais je peux vous dire que jamais mon éditeur ne publierait pareilles sottises. Sans compter que rien de tout ça, si tant est que ce soit vrai, n'implique quoi que ce soit de suspect dans la mort de Rose. Elle n'avait aucun ennemi. Absolument aucun.

L'inspecteur Bradley a toussé et s'est tourné vers ses collègues, qui avaient tous deux les yeux rivés sur Cian. Bradley a repris la parole.

— Monsieur Grahame.

— Cian, bordel. Je vous ai dit de m'appeler par mon prénom !

— Je vais vous demander de rester courtois, Cian, a dit Bradley d'un ton calme et posé.

Je m'accrochais à cette douceur que je percevais dans sa voix, et qui rendait un tout petit peu plus supportable ce qui nous était dit.

— Nous arrivons à une étape délicate de notre enquête, et qui justifie que nous ayons quelques questions à vous poser.

— Vous ne pensez quand même pas sérieusement que je suis mêlé à tout ça ?

Mon cœur a fait un bond dans ma poitrine.

— Nous souhaitons juste vous poser quelques questions. Il est crucial que nous obtenions ces informations de votre part. Nous pouvons le faire maintenant, ou bien à un autre moment, à votre convenance, au commissariat. Mais il serait sûrement plus simple de discuter tranquillement de cela ici.

— Ce qui serait plus simple, c'est que vous me disiez franchement ce qui, selon vous, est arrivé à ma femme.

— Comme je le disais, nos dernières investigations ont un caractère sensible, mais il a récemment été porté à notre connaissance des informations au sujet desquelles nous devons vous interroger. Si, à ce stade, nous espérons pouvoir compter sur votre coopération pleine et entière, sachez néanmoins que vous aurez le statut de témoin assisté lors de cet interrogatoire.

— Alors je vais devoir contacter mon avocat.

— C'est tout à fait votre droit, a convenu l'inspecteur Bradley.

— C'est plus que mon droit. C'est le seul moyen dont je dispose pour me protéger contre les accusations fantasques que vous êtes en train de faire porter sur moi. J'écris des romans policiers, monsieur l'inspecteur. Par conséquent, je sais fort bien que le statut de témoin assisté est réservé à des personnes elles-mêmes mises en cause au cours de l'instruction. Il ne me semble donc pas extravagant de supposer que vous me soupçonnez d'avoir attenté à la vie de ma propre épouse – alors même qu'elle était accompagnée de notre fils au moment de sa mort. Et, partant, que vous me soupçonnez d'avoir perdu mon temps et mon énergie pour régler son compte à cette petite ordure de Kevin McDaid. Lequel, si vous et vos collègues aviez été plus efficaces, n'aurait jamais eu le loisir de faucher des innocents en pleine rue. En conséquence, j'entends bien faire valoir l'intégralité de mes droits. Je ne redoute pas vos questions, inspecteur, mais évitez, je vous prie, de me faire croire qu'il pourrait ne s'agir que d'une causerie autour d'un thé.

— Je suis désolé que vous le preniez ainsi, a déploré l'inspecteur Bradley en se redressant, enlevant des miettes imaginaires de son pantalon d'un revers de la main. Dans ce cas, nous nous reverrons au commissariat, Cian. Pourrions-nous envisager de vous y retrouver, ainsi que votre avocat, vers midi ?

— Oui, à condition que je parvienne à trouver une solution de garde pour mon fils, a dit Cian. Mais comme vous le savez sûrement, ce genre de chose s'organise difficilement à la dernière minute.

— Je suppose. Mais pendant que nous sommes là, a ajouté l'inspecteur Bradley, sur un ton beaucoup plus froid qu'auparavant, verriez-vous un inconvénient à ce que nous jetions un œil à votre ordinateur ? Et dans votre bureau, par la même occasion ?

— Vous avez dû perdre la raison, s'est offusqué Cian. Inspecteur, en l'absence de mandat, je ne suis en aucun cas obligé de vous laisser, ni aucun de vos hommes, accéder à mon domicile ou à mes fichiers personnels. Je vais donc vous demander, à vous ainsi qu'à vos… sous-fifres, de bien vouloir sortir.

L'inspecteur Bradley s'est levé.

— Je dois dire que je suis un peu déçu que vous ne vous montriez pas davantage coopératif. Je pensais que nous étions tous dans le même camp ici, et que nous avions tous à cœur de comprendre ce qui était arrivé à votre épouse.

— Mais nous le savons déjà, a répliqué Cian d'une voix tremblante. Putain, j'ai moi-même procédé à l'identification du corps. J'ai vu les entailles au niveau de son crâne. J'ai vu les ecchymoses, son bras complètement tordu, le sang coagulé autour de sa bouche. Donc je sais ce qui est arrivé à ma femme et je sais très bien qui a fait ça.

J'entendais à sa voix qu'il commençait à s'énerver. Il était encore en deuil, et voilà que les flics insinuaient pour ainsi dire que c'était lui le coupable. Lui, le plus doux des hommes, qui m'avait accueillie les bras grands ouverts et m'avait dévoilé sa part vulnérable. Cet homme qui pleurait la perte de son épouse en se demandant s'il élevait correctement son fils, et qui avait besoin qu'on le prenne dans ses bras quand il se sentait seul la nuit venue. Un homme qui avait tenté de sortir son épouse d'une situation professionnelle de plus en plus intenable. Un homme qui, bien que ne me connaissant que depuis quelques semaines, essayait déjà de me protéger. Et qui me désirait déjà.

— Dans ces conditions, je pense en effet qu'il est préférable que nous continuions cette conversation au commissariat, a dit l'inspecteur Bradley, avant de me faire un signe de la tête et de se diriger vers la porte.

— Je le pense aussi, a dit Cian. Mais je vous le répète : vous faites fausse route. Je n'aurais jamais pu m'en prendre à ma femme. Quant à McDaid ? La seule fois où j'ai vu la tête de cet enfoiré c'était le jour de son audition au tribunal, et si j'espérais une chose, c'était de ne plus jamais le revoir. En fait, le soir où ce connard a été pris de remords et s'est jeté du haut d'un pont, j'aurais voulu être là pour le voir se noyer. Au lieu de quoi j'étais ici, avec Emily qui s'employait à me convaincre que j'avais encore des raisons de ne pas mettre fin à mes jours.

Bien que sonnée, je m'efforçais de trouver un sens à ce qui venait de se produire. Cian m'avait demandé de l'aider. Juste avant que nous descendions l'escalier. Et après m'avoir embrassée. Après une nuit au cours de laquelle il avait embrassé la moindre parcelle de mon corps. Jamais je ne m'étais sentie aussi vivante. Il m'avait demandé mon aide après m'avoir dit qu'il se sentait en confiance avec moi. Et qu'il était convaincu que c'était le destin qui nous avait réunis.

Je ne savais pas ce qu'il attendait de moi. Tout ce que je savais, c'est que j'aurais fait n'importe quoi pour l'aider. Et donc, quand il avait indiqué aux flics que j'étais avec lui le soir où Kevin McDaid était mort, j'avais hoché la tête sans trop réfléchir. De toute façon ils étaient déjà en train de quitter la pièce ; je n'avais qu'à faire bonne figure jusqu'à ce qu'ils sortent de la maison, en gardant un air détaché comme si cette information ne m'avait pas prise par surprise. Comme s'il n'avait pas lâché cette bombe sans me prévenir, en s'attendant à ce que je réagisse de façon appropriée.

Et maintenant cette histoire de double enquête pour meurtre ? Ça commençait vraiment à prendre une mauvaise tournure. La gueule de bois qui menaçait de s'installer avait fini par me tomber dessus, déclenchant une grosse migraine.

Quand je me suis tournée vers l'inspecteur Bradley et que j'ai croisé son regard, je suis certaine d'avoir senti mes joues s'empourprer. J'avais l'impression que mon embarras s'affichait en gros sur mon front, voire sur mon buste, car ce dernier avait la fâcheuse habitude de rosir lorsque j'étais stressée. Mon pull échancré ne m'était d'aucune utilité pour dissimuler les plaques rouges qui remontaient vers mon cou.

Dès qu'ils eurent quitté la cuisine, je me suis approchée de l'évier et j'ai ouvert en grand le robinet d'eau froide. Je me suis aspergé le visage, en prenant soin de me rafraîchir également la nuque. J'avais les jambes qui flageolaient, et l'afflux de mon sang battant contre mes tempes était assourdissant.

J'ai sursauté en sentant Cian qui passait ses mains autour de ma taille. Il m'a serrée contre lui, avant de m'embrasser le haut du crâne, puis dans le cou.

— Je suis désolé de t'avoir embarquée là-dedans ; j'ai paniqué, m'a-t-il dit d'une voix contrite. Emily, quand je vois la tournure que prennent les choses, j'ai tellement peur.

Tandis que sa voix se brisait, se brisait aussi en moi toute intention de lui demander ce qui lui avait pris. Je me suis retournée et je l'ai regardé droit dans les yeux. Le voyant en pleurs, j'ai senti mon cœur se serrer. Approchant mes mains de son visage, j'ai essuyé ses larmes du bout de mes pouces.

— Ça va aller, Cian. Crois-moi.

— Mais tu les as vus. Tu as entendu ce qu'ils ont dit. Ils m'ont dans le collimateur. J'ai paniqué. J'ai deviné que la première chose qu'ils me demanderaient serait de leur dire où je me trouvais le soir de la mort de McDaid. Et qu'allais-je bien pouvoir leur répondre ? Que j'étais chez moi, seul ? Ils ne m'auraient jamais cru. Jack n'était même pas avec moi ce soir-là. Ils vont m'arrêter, et en moins de temps qu'il n'en faut pour le dire, je vais me retrouver inculpé du meurtre de Kevin, et de celui de Rose. Mon Dieu, Emily… Jamais je n'aurais fait une chose pareille… J'en serais bien incapable…

Il avait une telle intensité dans le regard. Ses yeux incandescents plongés dans les miens. Ses bras noués autour de ma taille. La seule chose que je pouvais faire était de le réconforter, de lui répéter que tout finirait par s'arranger. Je l'ai pris dans mes bras, tout en redoutant qu'il ne sente mon cœur battre contre son torse.

J'ai alors compris qu'il y avait autre chose que je pouvais faire pour lui – et pour moi aussi, par la même occasion.

— Il y a quelqu'un à qui tu devrais parler, ai-je dit en me libérant de son étreinte pour aller chercher dans mon sac la carte de visite d'Ingrid Devlin.

J'ai été surprise par la rapidité avec laquelle j'ai soudain retrouvé toutes mes capacités de concentration. J'ai dit à Cian d'appeler son avocat, pour qu'il se rende disponible lors de sa déposition au commissariat. Puis je lui ai suggéré d'appeler la mère de Rose pour lui demander si elle pouvait garder Jack une nuit de plus. Mais il m'est aussitôt venu à l'esprit que ce n'était peut-être pas forcément judicieux : si l'enquête sur la mort de Rose devait être relancée – et elle pointerait alors du doigt, sinon directement sur Cian, du moins dans sa direction – il fallait s'attendre à ce que la famille de Rose se montre fort peu coopérative. Non, il était préférable que Cian récupère Jack au plus vite.

— Mais je peux difficilement l'emmener au commissariat avec moi, avait objecté Cian.

— Je m'occuperai de lui, lui ai-je répondu. Va le chercher tout de suite, et moi, je resterai avec lui pendant que tu réponds aux questions des flics. Je suis sûre que tu seras vite rentré.

Il a fait oui d'un signe de la tête.

— Et cette Ingrid Devlin ? Qu'est-ce qu'elle vient faire là-dedans ?

— Tu disais que les gens ont envie de te croire coupable ? Qu'ils adorent assister à la chute d'un type ayant réussi ? Jusqu'ici, tu t'es tenu à l'écart de la presse. Depuis la mort de Rose, tu t'es refermé sur toi-même. Maintenant, il est temps de baisser la garde. Attire-toi la sympathie des médias. Dis-leur ta propre vérité, Cian. Dis-leur tout ce que tu m'as dit : les nuits sans sommeil, quand Jack en pleurs crie après sa mère. Montre-leur combien tu souffres ; fais en sorte qu'ils te voient tel que moi je te vois… Tel que Rose te voyait. Doux, aimant, et protecteur. Ne laisse pas les colporteurs de ragots te diaboliser.

J'avais failli ajouter : « comme ils l'ont fait avec moi ». L'ironie de la situation ne m'échappait pas : si je ne parvenais pas à convaincre Cian de parler à Ingrid, elle et Ben ne se priveraient pas pour ressortir tous mes démons passés. Je ressentais avec acuité la cruauté d'une telle injustice. Certes ma rupture avec Ben avait eu pour moi un dénouement particulièrement injuste. Mais Cian ferait en sorte que les choses se terminent bien pour lui.

Il ne pouvait en aucun cas être condamné pour des crimes qu'il n'avait pas commis. Et si, pour l'éviter, il fallait satisfaire aux exigences d'Ingrid Devlin, alors je lui donnerais tout sur un plateau d'argent – en priant pour que le karma lui règle son compte au moment voulu.

Au moment où l'avocat était passé prendre Cian pour l'accompagner au commissariat, Jack et moi étions déjà installés par terre dans le salon devant un jeu de construction. J'avais appelé le cabinet et, d'une voix faussement enrouée, j'avais informé Tori que j'étais malade et que je ne savais pas quand je reviendrais travailler. J'avais également entendu Cian téléphoner à Ingrid Devlin pour lui proposer de passer plus tard dans la journée, accompagnée d'un photographe. Il avait paru déçu que je lui dise que ma présence lors de leur entretien n'était pas forcément une très bonne idée – je ne voulais pas qu'elle se fasse des idées sur la nature de notre relation – mais il avait dit qu'il comprenait. Contrairement à nous, tout le monde ne comprendrait pas qu'on ne choisit pas toujours le moment où quelqu'un fait irruption dans notre vie.

Je ne voulais pas faire quelque chose qui aurait pu compromettre la réputation de Cian. Tandis que je jouais avec Jack à empiler des blocs de bois les uns sur les autres, j'ai compris que ce n'était pas uniquement notre avenir que je tentais de préserver. Cet enfant – ce magnifique bambin – avait déjà tant perdu. Et il était encore si petit ; toujours à devoir porter des couches. Toujours à réclamer son biberon quand la fatigue le gagnait. Il faisait encore ses dents, et bavait joyeusement sur son bavoir style « bandana » tandis que nous assemblions les morceaux de bois en chantant des comptines. Conserverait-il le moindre souvenir de sa mère ? J'en doutais. Il ne se souviendrait ni de sa voix, ni de ses caresses, ni de l'odeur de son parfum. Il n'aurait pas non plus le moindre souvenir de cet instant où elle avait mis sa poussette hors de danger avant de se faire faucher. Il ne pouvait pas perdre quelqu'un d'autre – encore moins son papa. Ce serait la pire des cruautés.

Soudain submergée par l'émotion, je l'ai pris sur mes genoux et tout en lui chatouillant le ventre, je l'ai regardé qui se tortillait en gloussant. Son rire communicatif était irrésistible. Alors je l'ai serré contre moi, bouleversée de le voir poser la tête contre mon buste en levant vers moi ses grands yeux bleus cernés de cils immenses. Il m'a touché la joue de sa petite main dodue, que j'ai instinctivement couverte de baisers. Puis je l'ai bercé en lui chantonnant « Ah ! vous dirai-je, maman », ses paupières sont devenues lourdes et il s'est laissé gagner par le sommeil. Je me suis demandé combien de fois Rose avait fait la même chose et si, à chaque fois, elle y avait pris autant de plaisir que moi aujourd'hui. Faisait-elle toujours preuve de patience envers lui ? Ou lui arrivait-il de s'emporter ? Ou de s'énerver quand la nuit avait été trop courte ou qu'il faisait ses dents ? Se trouvait-elle parfois affreuse avec ses vergetures ? Ou bien les voyait-elle comme ses blessures de guerre – les marques attestant qu'elle était mère ? Lui arrivait-il de pester intérieurement quand elle ne pouvait pas aller retrouver ses copines à l'improviste car elle devait s'occuper de Jack ? Se pouvait-il qu'elle ait jamais, ne serait-ce qu'un instant, regretté d'être mère, et souhaité revenir en arrière ?

En définitive, était-elle si parfaite que cela ? Ce dont j'étais certaine, c'est que si cet enfant, qui m'avait accordé sa confiance au point de s'endormir si facilement dans mes bras, était le mien, je ne m'en lasserais jamais. Pas plus que je ne me lasserais de Cian. J'apprécierais chaque seconde passée au sein de cette famille.

J'ai déposé un baiser sur son front, puis j'ai continué de le bercer jusqu'à ce qu'il s'endorme, en lui chantonnant des histoires de ciel étoilé de diamants. J'espérais en même temps que Cian ne tarderait pas à revenir à la maison. Sa place était ici et nulle part ailleurs.

27

Rose, 2015

Rose Grahame : message posté par Cian. Le petit Jack, 2,9 kg, est né ce matin. Le bébé et sa maman se portent bien. Je suis si fier de ma femme, qui vient de m'offrir le plus beau cadeau du monde : un magnifique petit garçon. Jamais je n'aurais rêvé d'un tel bonheur.

Il était si parfait, ce petit bébé que je tenais dans mes bras. Il n'était qu'innocence et beauté. Avec ses longs cils et ses yeux d'un bleu profond qui clignaient en me dévisageant, comme s'il avait déjà vu ce qu'il voyait. Comme s'il possédait une connaissance intuitive du monde. Ses doigts minuscules étaient accrochés à mon index – même si en réalité je savais bien que c'était moi qui étais accrochée à sa petite main, et qu'il en serait toujours ainsi.

Notre bébé. Mon bébé. J'ai été stupéfaite par l'intensité de l'amour maternel que je ressentais pour lui. Et par la force de ce sentiment qui me dictait de le protéger. De faire en sorte qu'il ait une vie heureuse. À un moment donné, entre celui où je l'avais mis au monde et celui où je l'avais serré dans mes bras pour la première fois, ma vie avait soudain pris tout son sens.

Cet enfant – mon bébé – serait l'amour de ma vie. Personne d'autre ne prendrait sa place. Lui seul compterait. Pas notre immense maison. Pas ma voiture de luxe. Pas même mon mari célèbre. Et surtout pas cette lutte de plus en plus épuisante que je m'efforçais de mener pour rendre Cian heureux, et pour qu'il m'aime à nouveau comme autrefois. Pour que je lui inspire moins de dégoût.

Car c'est ce que je lisais dans ses yeux. Du dégoût. Ou quelque chose de ce genre. Quelque chose qui me signifiait que je lui étais inférieure. Ce n'est pas qu'il me rejetait, car je n'avais absolument aucun doute sur le fait qu'il m'aimait, à sa manière. Mais ce genre d'amour, je m'en serais volontiers passé. Il pouvait être cruel.

Peut-être cet enfant changerait-il la donne ? Ce bébé magnifique et innocent, fait pour moitié de moi, pour moitié de lui. Peut-être parviendrait-il à réparer ce qui s'était brisé entre nous.

La première fois où il l'avait tenu dans ses bras, il avait pleuré et couvert son visage de baisers. D'une voix roucoulante, il avait demandé à la sage-femme si elle avait déjà vu un bébé aussi magnifique. À moi, il avait dit que j'avais assuré. Qu'il m'aimait. Que je l'impressionnais. Tandis qu'il déposait un baiser sur mon front, j'avais senti ses larmes couler sur mes joues. Épuisée par les contractions puis l'accouchement, j'ai dû me retenir pour ne pas le repousser. Je m'étais mise à trembler, suffocante.

— Ça arrive parfois, avait dit la sage-femme d'une voix rassurante en voyant ma panique. L'organisme est pris de convulsions.

Secouée par des haut-le-cœur, j'avais vomi tant et plus, mon estomac se vidant d'un liquide aigre dans le bassin médical qu'elle m'avait tendu.

Après m'avoir enlevé le masque à gaz analgésique, elle m'avait donné de l'oxygène puis administré un antinauséeux qui m'avait un peu mise dans les vapes, m'empêchant dès lors de prendre mon bébé dans mes bras. J'avais pourtant cruellement besoin de le serrer contre moi.

Voyant Cian qui arpentait la chambre avec lui, j'avais instinctivement envie de hurler pour qu'il me rende mon bébé. Car c'était *mon* bébé. Je ressentais une nécessité absolue de le protéger.

Quand la sage-femme était sortie, nous laissant seuls tous les trois, Cian était venu s'asseoir près de moi et il avait à nouveau fondu en larmes. Il se balançait d'avant en arrière en serrant Jack comme s'il était la chose la plus fragile du monde. Puis il s'est confondu en excuses pour le comportement qu'il avait eu ces derniers mois, m'assurant qu'il savait qu'il avait eu tort d'agir ainsi. Il savait qu'il m'avait fait du mal. Et qu'il avait besoin d'aide.

— Je vais me faire aider, Rose. Pour toi, et pour Jack. Je vais changer. Je t'en prie, il faut me croire. Laisse-moi une chance. Fais-le pour nous deux, et pour lui.

D'un signe de tête il avait désigné mon bébé – notre bébé – et j'avais aussitôt su qu'il méritait une seconde chance. Après tout, un bébé avait besoin d'un père. Et puis il avait l'air sincère. C'était peut-être le signal d'avertissement que nous attendions. Désormais, je n'étais plus la seule qu'il pouvait perdre.

Et je savais qu'il pouvait changer. Je le croyais profondément. Après tout, il n'avait pas toujours été difficile à vivre. Il n'avait pas toujours eu cette colère en lui. Il m'avait aimée – follement, passionnément. Avec une intensité telle que j'avais moi-même très vite succombé à son amour. Je voulais croire qu'il pouvait redevenir celui que j'avais rencontré à la bibliothèque. Le Cian qui me faisait rire. Celui qui embrassait mes grains de beauté, et qui me disait que j'étais tout pour lui.

— Il faut qu'on se donne une nouvelle chance pour Jack, n'est-ce pas ? a-t-il dit. Nous pouvons y arriver. Nos imperfections finiront par nous rendre meilleurs, Rose. Désormais, tout ce qui compte, c'est notre bébé. Notre petit Jack. Nous devons penser à lui avant tout. Nous devons faire le nécessaire – pour lui.

Il avait raison. Il fallait avant tout que je pense à Jack. Il fallait que je laisse à notre enfant la chance d'avoir un père comme Cian. Car je savais qu'il serait un très bon père.

28

Emily

Mon appartement m'a paru beaucoup moins familier cet après-midi-là. Je le trouvais froid, trop calme. Il manquait de vie. Certes ce n'était pas nouveau ; mais je le ressentais avec encore plus d'acuité désormais.

En vingt-quatre heures, tout avait changé. « Du tout au tout », comme on dit. Et pourtant, la serviette que j'avais utilisée la veille pour me sécher les cheveux gisait toujours, humide, sur le sol de la chambre. Mes accessoires de maquillage étaient toujours éparpillés sur ma coiffeuse et ma tenue de travail négligemment posée sur le dossier de la chaise. La sonnerie de mon réveil était toujours programmée vingt minutes en avance – habitude que j'avais prise quand j'étais à la fac, et dont je ne m'étais jamais départie. Mon frigo était toujours vide, à l'exception d'une demi-brique de lait, de deux œufs et de quelques tranches de jambon un peu racornies. Et même si les rideaux dans le séjour étaient toujours tirés, tout semblait différent. Il y avait quelque chose qui clochait. Cet appartement n'était plus le seul endroit où je me sentais chez moi. J'avais désormais un autre chez-moi – chez quelqu'un d'autre.

C'est le cœur lourd que j'avais quitté Cian à son retour du commissariat. La fatigue se lisait sur son visage ; il semblait abattu par ce qu'il venait d'entendre.

Il était entré l'air furieux, nœud de cravate défait, manches de chemise relevées jusqu'aux coudes. Il s'était précipité vers Jack, alors absorbé dans un épisode de *Bing*, et l'avait pris sur ses genoux avant d'éclater en sanglots, le visage enfoui dans ses cheveux. Le pauvre enfant en avait été tétanisé, effrayé de voir son père s'abandonner à une telle émotion. Il avait à son tour fondu en larmes, et s'était mis à donner des coups de pied et à battre l'air pour se libérer de l'étreinte de son père, ce qui n'avait fait qu'aggraver l'état de Cian.

— Jack, avait-il vociféré, calme-toi, bon sang !

Mais l'enfant, hurlant de plus belle, avait réussi à se dégager pour venir jusqu'à moi pour s'agripper à mes jambes. Je l'avais pris dans mes bras pour le secouer légèrement, les yeux rivés sur Cian, et je me demandais s'il allait reporter sa colère et sa frustration sur moi.

— Chut, bébé, ai-je dit pour tenter de le calmer. Papa veut juste que tu lui fasses un câlin. Il n'est pas fâché contre toi, pas du tout.

Après avoir jeté un œil rapide en direction de son père, Jack a reniflé en hoquetant tandis que je continuais de le bercer.

— Je ne suis pas fâché contre toi, mon cœur. Jamais je ne le serai, a assuré Cian avant de se lever pour se rapprocher de nous en tendant les bras à son fils.

Ce dernier, un peu à contrecœur, s'est laissé faire.

— Et si tu me montrais ce que tu as fait avec Emily pendant que j'étais parti ?

Il a reposé Jack et s'est agenouillé à ses côtés, puis ils se sont tous deux penchés sur les blocs de construction. Une fois que Jack s'est à nouveau occupé à jouer tout seul, Cian s'est tourné vers moi, le visage tendu :

— Ç'a été encore pire que ce que j'avais imaginé. Ils pensent que j'ai payé Kevin McDaid pour tuer Rose, et qu'ensuite je l'ai tué lui aussi.

— Quoi ? Comment ça ? Ils vont t'inculper ? ai-je demandé en écarquillant les yeux, mon cœur battant à tout rompre dans ma poitrine, au point qu'il me paraissait sur le point d'exploser.

Il a fait non de la tête.

— Non. Du moins pas tout de suite. C'est ce que m'a laissé entendre ce connard de Bradley. Mon avocat a dit qu'ils n'avaient aucune preuve – pas assez pour m'inculper sur-le-champ en tout cas. Mais ça ne les empêche pas de me mettre la pression. Ils m'ont posé des questions d'ordre financier. Ils veulent voir mes relevés de compte. Ils affirment disposer de preuves indiquant que de l'argent a été déposé sur le compte de Kevin McDaid.

Ingrid Devlin avait aussi fait allusion à une transaction financière, mais pensant qu'il s'agissait d'un mensonge de plus, je n'y avais pas prêté attention. J'étais horrifiée de constater que c'était pourtant la vérité – même si cela n'avait aucun sens.

— Mais c'est une pure folie. Pour quelle raison aurais-tu tué Rose ? Bon sang, tu l'adorais ! Ça sautait aux yeux.

— C'est ce que je leur ai dit. Ça me rend complètement malade qu'ils pensent que j'ai pu lui faire du mal. Et ils s'imaginent que j'aurais payé une petite ordure comme McDaid pour la tuer ? C'est insensé. Je n'ai toujours souhaité que le meilleur pour Rose. Je lui ai tout donné : une maison, une voiture, des bijoux. Elle ne manquait de rien. Et pourtant, j'aurais décroché la lune pour elle si j'avais pu. (Il a secoué la tête et s'est dirigé vers le plan de travail pour mettre la bouilloire en route.) Tu sais quoi, Emily ? Tu as raison : parfois, les gens ont juste envie de nous prendre pour des salauds, même si tout tend à leur prouver le contraire. Par paresse, les flics ont choisi la solution de facilité.

Comme c'est souvent le mari ou le concubin qui est en cause, ils ont décidé que le mari était le coupable dans cette affaire. Dans mes livres, les enquêteurs feraient un meilleur boulot, tout fictifs soient-ils.

— Et pour McDaid ? En quoi pourrais-tu être impliqué ?

Cian a secoué la tête.

— Aucune idée, a-t-il répondu en sortant deux tasses du placard dans lesquelles il a glissé les sachets de thé. Tout ce que je sais, c'est que je n'ai pas donné un penny à ce connard. Je l'aurais vu en train de crever que je n'aurais pas levé le petit doigt pour lui.

Voyant son abattement, je me suis approchée de lui pour le prendre dans mes bras. Il a appuyé sa tête contre la mienne, puis déposé un baiser sur mon front.

— Moi qui pensais avoir passé le pire de ce cauchemar, a-t-il dit. Mais je crains que ce ne soit que le début.

— Tu vas te sortir de cette mauvaise passe, ai-je répondu en m'écartant pour le regarder dans les yeux. Je suis là, je vais t'aider. Et Ingrid Devlin donnera à entendre ta version des faits à qui voudra bien prendre la peine de t'écouter. L'attaque est la meilleure défense. Garde ton calme et fais en sorte que les gens apprennent à te connaître.

Cian m'a de nouveau serrée dans ses bras, et nous avons bu notre thé. Après quoi, il a appelé un taxi et je suis rentrée chez moi. Tout en m'affairant dans l'appartement, je me suis demandé si Ingrid Devlin était déjà arrivée chez lui. Est-ce qu'il s'en sortait ? J'aurais voulu être là pour le soutenir, mais je savais que cela aurait paru bizarre. Ses intérêts primaient. Quel dommage que les parents de Rose n'aient pas été derrière lui. Ils auraient dû prendre la défense de l'homme que leur fille aimait. Mais Cian m'avait confié que ses relations avec sa belle-famille étaient tendues depuis longtemps.

Tout comme Owen, les parents de Rose avaient trouvé qu'elle méritait mieux qu'un écrivain en herbe. Bien sûr, ils avaient tenté de recoller les morceaux quand Cian avait commencé à avoir du succès, mais Rose leur avait fait comprendre qu'elle ne leur pardonnerait pas si facilement. Leur snobisme, il pouvait se le garder, lui avait-elle dit. Si elle les laissait voir Jack, c'était, selon Cian, davantage par bonté d'âme qu'en raison de ce qu'ils auraient pu faire.

Quant aux parents de Cian, ayant tous deux des problèmes de santé, ils s'étaient retirés dans un petit village près de Cork et ne montaient dans le nord du pays qu'en cas d'absolue nécessité. (S'ils n'avaient pas jugé que l'enterrement de leur belle-fille constituait une raison valable pour faire le déplacement, ils avaient néanmoins fait livrer une couronne de fleurs et proposé à Cian de venir chez eux avec Jack le temps de se retourner.)

Globalement, Cian était donc très seul, et cela me fendait le cœur – tout comme ma propre solitude.

Le lendemain matin, tous les sites d'information annonçaient en une que Cian Grahame voulait qu'on le laisse tranquille le temps de pouvoir faire son deuil. Abondamment partagée sur les réseaux sociaux, une photo le montrait tenant entre les mains le même portrait de Rose que celui qui me toisait au travail, accompagnée d'un bandeau encourageant les gens à cliquer pour en apprendre davantage sur « une tragique histoire que même cet écrivain primé n'aurait jamais pu imaginer ».

J'avais évidemment moi aussi cliqué sur le lien, brûlant de lire ce que contenait l'article.

La lecture en avait été difficile, et pas uniquement en raison de l'évidente tristesse qui émanait de chaque mot, mais aussi parce qu'il ne faisait aucun doute qu'elle demeurerait pour toujours un élément central de sa vie.

D'ailleurs, « tristesse » n'est pas le bon mot. Il vaudrait peut-être mieux parler de jalousie.

En chemin pour aller au travail, je me suis arrêtée pour acheter la version papier du journal : je voulais l'avoir entre les mains, et pouvoir le conserver. Naturellement, tout le monde ne parlait que de ça dans la maison de la presse. Une vieille femme, lèvres pincées et bras croisés sur sa généreuse poitrine, disait que « c'était bien malheureux que ce pauvre petit se retrouve mêlé à cette affreuse histoire ».

Le marchand de journaux déplorait que Cian soit traîné dans la boue pour la simple raison qu'il avait réussi dans la vie. Sa remarque lui a valu plusieurs hochements de tête approbateurs. Une mère aux traits tirés, qui tentait d'amadouer son enfant dans sa poussette avec un sachet de chips, disait que la police ferait mieux de s'employer à attraper les « vrais délinquants », comme ceux qui avaient cambriolé sa maison quelques semaines plus tôt et lui avaient dérobé l'argent qu'elle comptait utiliser pour ses achats de Noël. L'incident avait tellement traumatisé son petit de sept ans que, depuis, il faisait pipi au lit.

— Mais c'est vraiment un bel homme, s'est écriée la dame plantureuse. Il ne manquera pas de prétendantes pour l'aider à élever son petit.

— Je suis certain qu'il préférerait pouvoir faire revenir sa femme, a observé le commerçant.

Chacun a acquiescé en hochant la tête gravement avant d'y aller à voix basse de son petit commentaire sur cette terrible affaire.

Quant à moi, je suis restée silencieuse dans mon coin, à les écouter. J'avais un peu été piquée au vif quand la vieille femme avait commenté le physique avantageux de Cian. Car après tout j'étais bien placée pour savoir qu'il était séduisant. À quel point son corps était sculpté sous la chemise rayée et le jeans qu'il portait sur la photo. Combien je me sentais en sécurité dans ses bras puissants et musclés. Et que c'était quand il s'endormait qu'il était le plus beau, quand ses longs cils, les mêmes que ceux de Jack, papillotaient avant de se fermer.

Sans surprise, lorsque je suis arrivée au cabinet, la plupart des employés étaient en train de discuter de l'article, rassemblés dans la salle de repos autour d'un exemplaire du journal.

Tori en a lu un extrait et tout le monde a poussé des exclamations compatissantes. Certains ont même versé une larme.

Je ne pensais pas que les flics lui faisaient autant de misères, avait dit l'une d'entre eux. C'est tellement injuste.

La remarque a suscité de nombreux hochements de tête dans la pièce, tandis que sur mon visage s'esquissait un sourire que j'espérais discret. Alors que ma rencontre avec Ingrid Devlin avait réactivé mes pires angoisses, elle se révélait finalement plutôt positive. Grâce à la journaliste, Cian passait encore plus pour un saint que Rose.

Tout en nous ayant reproché nos commérages, Donna avait elle-même lu l'article avec attention, avant de demander, à la cantonade :

— Alors comme ça, ils pensent que Cian est pour quelque chose dans la mort de Rose ? Je me demande bien de quelles preuves ils disposent.

L'article ne donnait aucun détail sur les éléments que les policiers disaient posséder, et se contentait de relayer la ligne officielle, selon laquelle les enquêtes avaient été requalifiées. Il aurait été « prématuré » à ce stade de fournir davantage d'informations, avait indiqué un porte-parole des forces de l'ordre.

J'ai ouvert la bouche pour mentionner le dépôt dont la police avait trouvé la trace sur le compte bancaire de McDaid, mais je me suis ravisée à la dernière minute. Nous avions décidé de ne pas rendre publique notre amitié afin de nous épargner les jugements réprobateurs. Et je ne me faisais aucune illusion sur le fait que celles ou ceux qui nous jugeraient le plus sévèrement se trouvaient actuellement dans ces locaux.

— Je me le demande aussi, me suis-je contentée de balbutier. Mais je suppose qu'ils ont quelque chose pour l'avoir convoqué au commissariat.

Donna a secoué la tête et s'apprêtait à refermer le journal quand Owen, entrant dans la pièce, le lui a arraché des mains.

— Que les choses soient bien claires, a-t-il dit en se tournant vers nous pour nous faire face. Je ne veux pas voir ce torchon dans mon cabinet, et je ne veux entendre aucun commentaire sur ce sujet. Et ne vous avisez pas d'en parler à la presse ou sur les réseaux sociaux, ni d'échafauder des théories foireuses sur ce qui s'est passé. Si jamais j'apprends que l'un ou l'autre d'entre vous est en contact avec des journalistes, je le vire direct, avec effet immédiat. Il serait temps que vous compreniez que vous n'avez pas affaire à un feuilleton à l'eau de rose débile. Rose était notre amie. La loyauté que nous lui devons va bien au-delà de celle que nous pourrions avoir pour son mari. Si les policiers s'intéressent à lui, j'imagine que c'est qu'ils ont de bonnes raisons de le faire. Je ne vais pas y aller par quatre chemins : ce type n'est plus le bienvenu ici. Bon, maintenant, et si vous retourniez tous à vos postes pour vous remettre au boulot ? Après tout, vous n'êtes pas payés pour autre chose.

Sur quoi, tournant les talons, il est sorti de la pièce en trombe pour retourner dans son bureau, claquant la porte derrière lui avec une telle énergie qu'un enfant patientant dans la salle d'attente s'est mis à hurler.

— Je vais aller arranger ça, en donnant à ce pauvre chou quelques autocollants supplémentaires, a dit Tori en se dirigeant vers la réception tandis que le reste de l'équipe rinçait les tasses dans un silence gêné.

En regagnant la réception, j'ai vu Donna frapper timidement à la porte du bureau d'Owen avant d'y rentrer.

Quelques secondes à peine plus tard, la voix furieuse d'Owen résonnait dans tout le cabinet.

— Occupe-toi de ton boulot, Donna. Faut-il vraiment que tu sois sur mon dos à chaque fois que je fais un pas ? Je n'arrive pas à réfléchir, et encore moins à respirer, si tu es toujours dans mes pattes.

Je me suis hâtée d'allumer la radio pour couvrir sa voix, mais un petit peu trop tard. Donna était déjà ressortie du bureau d'Owen, le visage cramoisi et les yeux écarquillés, comme si elle n'osait cligner des paupières de peur de fondre en larmes. Je l'ai vue prendre une grande respiration, toute tremblante, puis regagner la salle de repos.

— Est-ce que je peux te laisser seule ici un moment ? ai-je murmuré à Tori qui arborait un sourire forcé et parlait d'une voix faussement guillerette, dans l'espoir de faire croire à nos patients que tout était parfaitement normal et sous contrôle.

Puis, j'ai foncé dans le couloir qui menait à la salle de repos pour réconforter Donna. En fait, j'étais en colère. J'en voulais à Owen de nous avoir parlé comme il l'avait fait, mais surtout je lui en voulais d'avoir si mal parlé à Donna. Elle se pliait en quatre pour lui ces dernières semaines, et Dieu sait pourtant qu'elle avait déjà de quoi faire avec ses propres soucis. Elle n'avait pas besoin par-dessus le marché qu'Owen se conduise en adolescent bougon. Ou, pire, en adulte manipulateur et tyrannique. Cian m'avait dit que c'était ce genre d'individu. Le genre à se conduire de la pire des façons s'il n'obtenait pas ce qu'il voulait.

29

Donna était en train de vider son casier. Elle jetait des papiers dans une poubelle et mettait le reste de ses affaires dans un sac en plastique. Elle s'interrompait très régulièrement pour essuyer les larmes qui ruisselaient sur son visage ou renifler bruyamment.

— J'en ai plus que marre, a-t-elle balbutié entre deux sanglots. Je ne supporte plus sa façon de me parler. Qu'il aille se faire voir.

— Donna! me suis-je écriée. Ne te mets pas dans tous tes états pour lui. Il n'en vaut pas la peine. Dis-toi qu'il est juste très affecté par les événements récents, ai-je tenté pour la réconforter, tout en lui tendant un mouchoir en papier que j'avais sorti de ma poche. Tu ne vas quand même pas démissionner pour ça. Surtout que tu as des enfants à charge.

— Il n'est pas le seul à être affecté, a-t-elle hoqueté. Il n'a pas le monopole du chagrin, tu sais. Il n'est pas le seul à souffrir en ce moment. Et il n'a pas le droit de nous parler de cette façon. Surtout pas à moi.

Elle avait toujours le visage rouge de honte d'avoir subi de telles remontrances en public. Après avoir grossièrement essuyé ses larmes puis glissé derrière une oreille une mèche de cheveux qui s'était échappée de sa queue-de-cheval, elle a continué à sortir ses affaires.

— Il y a vraiment des limites à tout, a-t-elle dit en sanglotant. J'ai vraiment essayé de faire preuve de compréhension. Et j'ai fait de mon mieux pour être aussi parfaite qu'elle, et pour faire en sorte que cet endroit continue à fonctionner correctement. C'est moi qui suis restée bosser jusqu'à pas d'heure quand les autres rentraient chez eux. Alors que j'avais trois gamins qui n'étaient pas fichus de se faire cuire un œuf, et encore moins de nous préparer le dîner. C'est moi qui ai fait en sorte que tous nos rendez-vous soient honorés. Et qui est-ce qui s'est occupé des fleurs pour l'enterrement ? Toujours moi ! Si j'ai fait tout ça, c'était uniquement pour lui. Et qu'est-ce que je gagne en contrepartie ? Je me fais hurler dessus – et je sais que vous avez tout entendu. Putain, Rose a dû se retourner dans sa tombe à cause de cet esclandre, a-t-elle ajouté en reniflant bruyamment. Tu te rends compte de l'humiliation ? Je dois être la risée de tous maintenant. Tout le monde va me prendre pour une bouffonne. Et le pire, c'est qu'il ne s'excusera jamais. Il va continuer à ne jamais se soucier de ce qu'il fait subir aux autres. J'en ai marre, Emily. Plus que marre.

Après quoi, sa colère s'est apaisée pour ne laisser place qu'à un chagrin mêlé de honte. La voyant submergée par l'émotion, je l'ai prise dans mes bras tandis que ses sanglots reprenaient de plus belle et que ses larmes mouillaient mon épaule.

— Respire bien fort, ai-je insisté. Tout le monde t'estime ici. Tu as raison, c'est toi qui fais tourner la boutique, et s'il n'est pas capable de s'en rendre compte, c'est son problème. Mais ne démissionne pas à cause de lui. Cela t'avancerait à quoi au juste ?

J'étais à mon tour tellement en colère que j'avais envie de foncer dans le bureau d'Owen pour lui dire ce que je pensais de la façon dont il avait parlé à Donna. J'étais même tentée de lui dire que je savais exactement comment il s'était comporté avec Rose. Il n'était rien de plus qu'un enfant gâté, doublé d'un tyran. Et il était hors de question de laisser les tyrans gagner.

— Remets tes affaires dans ton casier, pendant que je te fais un thé. S'il me parle de l'incident de sa propre initiative, je lui dirai sans détour qu'il te doit des excuses. Je vais te remplacer en salle de consultation le temps que tu retrouves ton calme. Retouche ton maquillage et garde la tête haute. Tu ne dois surtout pas démissionner. Pense à l'argent.

Elle a esquissé un sourire et m'a laissée lui préparer son thé tandis qu'elle s'asseyait, en essuyant les larmes qui ne cessaient de couler. Petit à petit, elle a retrouvé son calme et ses yeux sont redevenus secs.

— Merci, Emily, a-t-elle murmuré avant de prendre une gorgée de thé. Merci de m'avoir raisonnée. J'étais sur le point de faire une bêtise. Je me serais retrouvée sans boulot et sans argent pour m'occuper de mes gosses. Mon Dieu…

— Écoute, tu es encore là, c'est le principal. Tu vas te sortir de cette mauvaise passe, d'accord ?

— Je ne sais pas ce que je ferais sans toi, a-t-elle répondu avec tant de chaleur dans la voix que ça m'a réchauffé le cœur.

— Et réciproquement, ai-je dit.

Vu mon état d'esprit ce matin-là, j'aurais préféré ne plus jamais avoir à travailler en contact direct avec Owen ; mais je me suis dit que pour s'être à ce point emporté contre Donna, il devait vraiment être sur les nerfs.

Peut-être avait-il paniqué en apprenant que les flics avançaient dans leurs investigations. Après tout, il devait bien se douter qu'ils finiraient tôt ou tard par s'intéresser à lui.

En repensant au moment où j'avais vu Owen se saisir du dossier de Kevin McDaid, je me suis demandé s'il l'avait remis à sa place. Tandis que je m'installais en salle de soins et que j'attendais l'arrivée du premier patient, je me suis promis d'aller m'en assurer un peu plus tard.

Il fallait que je me concentre sur le positif – si tant est que la situation ait eu quoi que ce soit de positif. Plus Owen paniquait et plus l'enquête s'intéresserait à lui, moins elle s'intéresserait à Ben. Et moins elle s'intéresserait au fait que j'étais la véritable cible. Je m'accrochais à cette idée alors que tout le reste semblait partir à vau-l'eau.

Owen est entré en trombe et il a poussé un profond soupir en prenant connaissance des antécédents de notre prochain patient.

— Où est Donna ? a-t-il demandé. On a une dévitalisation après celui-ci, c'est tout à fait en dehors de tes compétences.

Il avait employé un ton sec, qui m'a heurtée.

— Elle est en renfort à la réception pour s'occuper d'un souci. En attendant, je me suis portée volontaire pour la remplacer. Tu connais Donna, elle connaît notre installation informatique mieux que quiconque. Elle aura vite réglé le problème, ai-je menti pour ne pas avoir à lui dire qu'il avait fini par la blesser.

Nouveau soupir.

— Il faudrait que j'aille m'excuser auprès d'elle, a-t-il dit.

J'ai haussé un sourcil.

— J'ai franchi une ligne tout à l'heure; j'en ai conscience. Ça ne me ressemble pas de sortir de mes gonds. (Je me suis retenue pour ne pas lui rétorquer qu'on m'avait dit tout le contraire.) Mais ça m'a tapé sur le système de le voir jouer les saints à longueur de pages dans le journal. Si seulement les gens savaient à qui ils ont affaire, a-t-il ajouté avant d'aller chercher notre premier patient.

Il aurait été malvenu que je lui apprenne que le but de l'article était précisément de montrer aux gens qui était véritablement Cian – le vrai Cian, aimant et attentionné. Owen ne voulait croire que ce qu'il voulait bien croire ; ce n'était pas plus compliqué que cela.

Il est revenu accompagné d'un adolescent à l'air stressé qui devait passer une visite de contrôle.

— Je me suis brossé les dents trois fois ce matin, a annoncé le gamin boutonneux. Du coup je pense qu'elles sont super propres.

— On va aller voir ça, a répondu Owen.

Il affichait de nouveau son sourire habituel, comme s'il ne venait pas de contrarier la quasi-totalité de l'équipe travaillant pour lui, et failli pousser à la démission sa plus fidèle employée.

À l'heure du déjeuner, j'ai décliné le sandwich traditionnel de la boulangerie au prétexte que je préférais manger sur le pouce dehors, afin d'aller prendre l'air. J'ai remonté Shipquay Street jusqu'à Peace Park, situé juste en face de l'hôtel de ville. Une fois assise sur un des bancs du parc, j'ai sorti mon portable pour appeler Cian.

Toute la journée, il m'avait tardé de lui parler. J'avais autant hâte de lui rapporter la conversation à laquelle j'avais assisté chez le marchand de journaux que de lui dire qu'Owen avait l'air de débloquer. Je savais qu'il serait heureux de l'entendre, et le rendre heureux était ce que je souhaitais par-dessus tout. J'avais également envie de savoir comment il allait. Il était si mal, la veille.

J'ai fait défiler mes contacts et composé son numéro. Il a répondu au bout de trois sonneries, mais son ton était glacial.

— Emily, tu as besoin de quelque chose ?

Il avait presque aboyé. Pas de bonjour, aucune douceur. On n'était plus du tout dans le registre : « Si je tiens depuis ces deux dernières semaines, c'est uniquement grâce à toi. » Là, j'avais clairement l'impression de le déranger.

Décontenancée, j'ai cru un instant m'être trompé de numéro. Mais non, c'était bien la voix de Cian que j'entendais à l'autre bout du fil.

— J'appelais juste… pour savoir… comment tu allais, ai-je balbutié. Après l'article, et tout et tout.

Il a poussé un profond soupir.

— Je suis occupé là. Je te rappelle plus tard.

Il a raccroché sans même me dire au revoir, et j'en suis restée comme deux ronds de flan sur mon banc, à chercher à comprendre ce qui venait de se passer.

Après avoir rangé mon portable dans mon sac, j'ai eu du mal à afficher un sourire de façade avant de retourner sur Shipquay Street pour aller chez Sandwich Company. J'ai pris une salade pour laquelle je n'avais plus le moindre appétit, ainsi qu'un café que je n'avais plus envie de boire. Mais au moins, quand je suis entrée dans la salle de repos, Donna avait meilleure mine. Assise dans un coin, elle buvait un café en feuilletant un magazine. Elle m'a accueillie avec un large sourire tandis que je m'asseyais à côté d'elle, et a détaillé mon repas.

— Il s'est confondu en excuses, m'a-t-elle annoncé, l'œil pétillant. Il m'a dit qu'il n'aurait pas dû reporter sa colère sur moi. Il est même descendu m'acheter un bouquet de fleurs à la supérette en bas de l'immeuble, a-t-elle ajouté en me montrant d'un signe de tête l'évier où des œillets visiblement fatigués trempaient dans un fond d'eau. OK, elles ne ressemblent à rien, mais c'est l'intention qui compte. Ne soyons peut-être pas trop sévères avec lui en ce moment. Il en a vraiment gros sur la patate.

— Comme nous tous, ai-je répliqué en fixant des yeux la salade posée devant moi, certaine que je n'arriverais jamais à la manger.

— Tu n'as pas l'air dans ton assiette, a noté Donna en me serrant la main. Ça ne te ressemble pas trop. D'habitude c'est toi qui nous redonnes toujours le sourire. Que se passe-t-il ?

À ma grande honte, j'ai senti les larmes me monter aux yeux. Pourtant, il m'était impossible de lui dire ce qui me mettait dans cet état. Elle n'aurait pas pu comprendre. Cela dit, j'ai quand même été touchée qu'elle me dise que je redonnais le sourire aux collègues. Mais cela n'a fait que redoubler mon envie de pleurer, et je me suis hâtée d'essuyer une larme.

— Oh ce n'est rien. Probablement un syndrome prémenstruel. Tu me connais, ça arrive très progressivement chez moi. Je me sens tout chose depuis ce matin.

Donna a souri et plongé une main dans son sac.

— Alors j'ai exactement ce qu'il te faut, a-t-elle dit en sortant une barre chocolatée Dairy Milk. Je l'avais mise de côté pour la fin de journée mais tu en as davantage besoin que moi.

— Non, ai-je répondu en secouant la tête. Ça va aller, je t'assure.

Mais elle avait déjà ouvert le sachet. Elle a coupé un carré de chocolat, qu'elle a posé dans ma main avant de laisser ostensiblement le reste devant moi.

— Ne fais pas de manières, c'est un cas de force majeure médicale. J'insiste.

Ne voulant pas la vexer – ou plutôt, à défaut d'énergie –, j'ai pris le morceau de chocolat et je l'ai mis dans ma bouche. Je l'ai senti fondre, aussitôt écœurée par sa texture gluante et ultra-sucrée.

Donna a haussé un sourcil.

— Peut-être que tu es toujours malade, depuis hier ? Ma pauvre, tu n'aurais pas dû venir aujourd'hui. Écoute, et si tu prenais le reste de ta journée ? Rentre chez toi, pleure un bon coup et repose-toi. Je te garantis que demain tu te sentiras beaucoup mieux.

Là encore, ne me sentant pas l'énergie de protester, découragée et soudain épuisée, j'ai pris mon sac à main et, laissant la salade et la barre chocolatée entamée sur la table, je me suis mise en chemin pour rentrer chez moi, les jambes lourdes comme du plomb.

Une fois arrivée, j'ai avalé trois cachets d'anxiolytique avec un grand verre d'eau. D'expérience, je savais que cela me calmerait assez pour que je parvienne à chasser les idées noires. Avec un peu – voire beaucoup – de chance, les calmants me rendraient assez somnolente pour que je m'assoupisse et que j'évite ainsi de regarder mon téléphone dans l'espoir que Cian me rappelle. Il fallait aussi à tout prix que j'évite de l'appeler pour lui demander ce qui se passait. J'avais, une fois encore, le sentiment très désagréable d'être devenue la bête noire de quelqu'un – comme une sorte de migraine qu'un verre d'eau et deux cachets d'aspirine ne suffiraient pas à atténuer.

Rapidement, j'ai senti agir en moi la délicieuse torpeur induite par les anxiolytiques. J'ai donc regagné ma chambre d'un pas lourd, et je me suis mise en sous-vêtements, jetant négligemment ma tenue de travail, que j'avais pourtant repassée avec soin le matin même, en un tas informe. Sans me démaquiller au préalable, je me suis mise au lit et j'ai enfoui ma tête sous la couette en espérant vite sombrer dans un sommeil lénifiant.

Quand je me suis réveillée, l'esprit confus, la bouche sèche et sans aucune idée ni de l'heure ni du jour qu'on était, j'ai aussitôt pris mon téléphone. Clignant des paupières pour essayer d'accommoder, j'ai posé les yeux sur l'écran lumineux, qui m'annonçait un nouvel e-mail et trois appels en absence. Cliquant sur les notifications d'appels manqués, j'ai prié en silence. *Je vous en supplie, faites qu'ils proviennent de Cian. Faites qu'il m'ait téléphoné pour s'expliquer et s'excuser. Et pour me demander de le rappeler.*

Mais les appels ne provenaient pas de Cian. Le premier était masqué. Le deuxième provenait du portable de Donna, et le troisième du cabinet dentaire.

J'avais deux messages vocaux. Était-il réaliste d'imaginer que Cian ait pu me téléphoner en appel masqué ? J'ai consulté ma messagerie et senti ma patience s'émousser au fur et à mesure que la voix synthétique égrenait un à un les chiffres du numéro qui m'avait laissé le premier message. C'était Donna.

— Tu dois être en train de dormir. Je ne voulais pas t'appeler sans te laisser de message, pour éviter que tu ne t'inquiètes. En fait c'était juste pour te rapporter les derniers potins. Il paraît que la police vient de perquisitionner le domicile de Cian Grahame. Il cache sûrement quelque chose, Emily. Il a dû tous nous mener en bateau. Je te tiens au courant si j'en apprends davantage. Repose-toi bien. À demain !

Elle avait une voix toute pimpante, limite euphorique. Aux antipodes avec l'horrible sensation qui me rongeait l'estomac. J'ai écouté le deuxième message. Cette fois, c'était Tori, et sa voix était beaucoup moins pimpante. Tout le contraire d'euphorique.

— Heu, Emily, on vient d'avoir la visite de la police. Un certain inspecteur Bradley ? Il disait vouloir te parler. En lien avec l'enquête. Il nous a posé quelques questions à ton sujet, Emily. Il voulait savoir depuis quand on te connaissait, etc. De toute façon, Owen lui a donné tes coordonnées, donc attends-toi à ce qu'il t'appelle, ou même à ce qu'il passe te voir.

L’horrible sensation qui me rongeait l’estomac s’est muée en spasmes puis en haut-le-cœur, et j’ai fini par tout régurgiter sur la moquette de ma chambre.

30

J'ai pris une douche aussi froide que possible, pour me réveiller et comprendre pleinement ce qui se passait. Il s'agissait que je sois suffisamment alerte pour affronter ce qui m'attendait.

Ce n'était pas tant le fait que les flics étaient probablement déjà en route pour se rendre chez moi – ça, je m'y attendais depuis que Cian avait donné mon nom pour se fabriquer un alibi.

Non, c'était surtout qu'ils s'étaient rendus au cabinet, et qu'ils avaient parlé au personnel et laissé entendre qu'ils souhaitaient m'interroger. Mes collègues avaient dû tomber des nues. Pour eux, je n'avais aucun lien avec toute cette affaire : j'étais juste la nouvelle recrue qui avait remplacé Rose. Je n'étais rien censée savoir des circonstances de sa mort, hormis ce qu'ils m'en avaient dit. Et je n'étais censée connaître Cian que du fait de son passage au cabinet. En aucun cas je n'étais censée être liée au cauchemar qui avait suivi le moment où Rose était sortie de cet ascenseur avec sa poussette et avait croisé la trajectoire de Kevin McDaid.

Ils penseraient pis que pendre de moi. Et Owen ? Dieu seul sait ce qu'il penserait de tout ça. Si, comme Cian le suspectait, il était lié de près ou de loin à la mort de Rose, me mettais-je en danger en frayant avec l'homme à qui il vouait une haine infinie ?

Sous l'effet de l'eau glaciale qui me cinglait la peau, mes membres étaient d'abord devenus rouges, puis avaient bleui. Claquant des dents, j'ai fermé le robinet et me suis enroulée dans une serviette de bain. J'ai enfilé un pantalon de yoga ainsi qu'un sweat-shirt ample, donné un coup de peigne à mes cheveux, et je me suis préparé un grand bol de café. Puis j'ai attendu que la sonnette retentisse.

En attendant, j'ai essayé d'appeler Cian. Si les policiers étaient en train de perquisitionner chez lui, je pouvais comprendre qu'il ait été si froid avec moi au téléphone. Il devait vivre un enfer. L'article n'avait pas fonctionné. Il n'avait pas du tout dissuadé la police, ni freiné leur intérêt. Les flics cherchaient toujours à le coincer.

Mais pourquoi ne cherchaient-ils pas d'autres pistes ? Pourquoi n'avaient-ils pas interrogé Owen ? Cian leur avait sûrement dit ce qu'il savait sur lui. Et il avait forcément accès aux messages qu'Owen avait envoyés à Rose, et qui prouvaient qu'il nourrissait des griefs contre elle. N'était-ce pas suffisant pour qu'ils s'intéressent aussi à lui ? Fallait-il que je leur en parle ? Que je leur fasse comprendre qu'ils faisaient fausse route en s'en prenant à Cian alors qu'ils auraient dû chercher ailleurs ?

Je suis tombée directement sur la messagerie de Cian. J'ai laissé un bref message pour lui dire que la police en avait après moi. Et j'ai conclu en lui demandant de me rappeler, ajoutant que j'espérais qu'il allait bien. Je me suis efforcée de contenir les accents de désespoir que je sentais poindre dans ma voix.

La notification m'informant de la réception d'un nouvel e-mail s'est de nouveau affichée sur l'écran, aussi ai-je cliqué dessus. J'ai cru que mon cœur allait s'arrêter de battre quand j'ai vu qu'il s'agissait de la réponse de Ben. On pouvait dire qu'il avait un sacré sens du timing. J'ai balancé mon téléphone par terre et évité de justesse de l'envoyer valser sous le canapé d'un coup de pied. Il était hors de question, en plus de tout le reste, que je lise son message maintenant. C'était tout simplement au-dessus de mes forces. J'ai donc poussé mon téléphone sous la table basse, pour qu'il reste hors de ma vue.

J'ai fait un bond en entendant sonner l'interphone. Comme prévu, c'était l'inspecteur Bradley et une de ses collègues qui demandaient à me parler.

Fallait-il que je fasse appel à un avocat ? J'en avais déjà contacté une par le passé. Pour mon problème avec Ben. Je pouvais retrouver son téléphone si besoin, mais comme elle était installée à Belfast, il y avait peu de chances qu'elle se montre intéressée. Tout en me mordillant l'ongle du pouce, j'ai actionné l'interphone pour ouvrir la porte de l'immeuble aux policiers, et j'ai attendu qu'ils arrivent jusqu'à mon appartement. Aurais-je dû me maquiller ? Ajouter comme une sorte de camouflage de guerre, en guise d'armure, histoire de me donner le courage de mentir ?

Il était permis de mentir quand c'était pour la bonne cause, n'est-ce pas ?

À son arrivée, l'inspecteur Bradley m'a gratifiée d'un léger sourire un peu crispé. Il était accompagné d'une policière qui avait l'air d'une lycéenne. Engoncée dans son uniforme et ses rangers, elle semblait fort mal à l'aise.

— Je vous en prie, prenez place, leur ai-je dit de manière un peu trop formelle avant de moi-même m'installer dans le fauteuil en ayant l'impression que mes mouvements étaient très maladroits.

J'ai glissé mes cheveux derrière mes oreilles et je les ai regardés tour à tour tandis qu'ils s'asseyaient et que la jeune policière sortait un calepin de sa poche.

— Décidément, nous n'arrêtons pas de nous croiser, m'a fait remarquer l'inspecteur Bradley d'une voix neutre.

— Ce qui n'est guère étonnant dans la mesure où vous me rendez visite chez moi, ai-je répondu sur un ton faussement neutre en essayant d'engager notre conversation sur un mode badin, alors même qu'au fond de moi j'avais les nerfs à vif.

L'inspecteur a souri.

— Certes, mais auparavant nous nous étions vus chez Cian Grahame. Et aussi au cabinet du Dr Scott. Ainsi, si je ne m'abuse, qu'à la veillée funèbre de Kevin McDaid ? Vous êtes quelqu'un de très occupé, dites-moi. Connaissiez-vous McDaid ?

Sentant une bouffée de chaleur monter le long de ma nuque, j'ai porté la main à mon cou.

— Pas vraiment. Enfin, disons que je connaissais un de ses cousins, ai-je menti. J'y étais pour eux.

L'inspecteur Bradley a hoché la tête.

— C'est quand même une sacrée coïncidence, étant donné le lien entre le cabinet et Rose et, bien sûr, le fait que vous soyez amie avec Cian.

— Ne dit-on pas que la réalité dépasse souvent la fiction ? ai-je répliqué en me frottant le cou. S'agit-il d'un interrogatoire officiel, inspecteur ? Je veux dire, comme pour Cian ? Ai-je le statut de témoin assisté ?

Bradley a secoué la tête.

— Pas à ce stade. Il s'agit juste d'un entretien informel, madame d'Arcy. Ne vous inquiétez pas. Cela fait simplement partie de notre enquête de routine. Nous serons peut-être amenés à vous demander de faire une déposition à un moment donné, mais pour le moment nous souhaitons juste vous poser quelques questions.

La policière m'a souri en me gratifiant d'un petit signe de la tête, comme si la situation était on ne peut plus normale.

— Et depuis combien de temps connaissez-vous M. Grahame ?

— Environ un mois, ai-je répondu en m'efforçant de ne pas prêter attention au fait qu'il avait haussé les sourcils à l'écoute de ma réponse. Il est passé au cabinet avec son fils, et nous avons sympathisé.

— Sympathisé, le mot est faible si l'on considère que très peu de temps après votre rencontre vous parveniez à le dissuader d'attenter à sa vie.

J'ai prié pour ne pas rougir.

— Le courant est très vite passé entre nous, en effet. Il avait besoin de parler. Les gens se confient facilement à moi.

— Et connaissiez-vous Mme Grahame – Rose ?

J'ai secoué la tête.

— Non. Je ne la connaissais pas. Je vous l'ai dit quand vous êtes passé au cabinet.

— Et donc vous étiez avec Cian le soir de la mort de Kevin McDaid ?

En guise de réponse, j'ai opiné du chef. Peut-être qu'en m'abstenant de la verbaliser, je ne commettais pas vraiment un mensonge, et éviterais d'être inquiétée.

— Il était déprimé, et vous lui avez remonté le moral ?

Il répétait la question qu'il m'avait posée quelques instants plus tôt. Tentait-il de me piéger ?

J'ai à nouveau hoché la tête.

— Il traverse une épreuve terrible. Et si l'on ajoute à cela le fait que certaines personnes font des insinuations à son sujet, il n'est pas difficile de voir pourquoi il est à bout.

Je pensais avoir été convaincante, mais l'inspecteur Bradley s'est contenté de hocher la tête avant de se tourner vers sa collègue, qui prenait des notes à ses côtés. Elle n'avait pas dit un mot depuis leur arrivée.

— M. Grahame vous a-t-il dit s'il pensait que quelqu'un aurait eu des raisons de s'en prendre à sa femme ?

J'ai aussitôt pensé à Owen. Qui m'avait par ailleurs offert une deuxième chance en m'accueillant dans son cabinet, et qui s'était révélé être un patron juste et bienveillant – du moins, jusqu'à la semaine dernière. Il avait alors montré ce dont il était capable quand il était stressé. Mais était-il vraiment le genre de personne à commanditer un assassinat ?

Mais je suppose que tout est possible quand on se sent insulté. Quand on se sent trahi et blessé. Au point de vouloir s'en prendre non seulement à Rose, mais aussi à l'homme qui la lui avait ravie pour toujours.

J'ai dégluti.

— Il m'a dit en effet qu'Owen Scott avait le béguin pour Rose. Et qu'il avait très mal pris le fait qu'elle ne réponde pas à ses avances.

— Owen Scott, votre patron ?

J'ai hoché la tête.

— Et depuis que vous avez pris vos fonctions, avez-vous surpris des conversations parmi vos collègues portant sur la nature des relations entre Owen et Rose ?

J'ai répondu non de la tête. En toute honnêteté, je ne pouvais pas dire que c'était le cas. Il n'y avait eu aucune remarque négative en tout cas.

— Non, ai-je dit, de plus en plus mal à l'aise.

J'ai porté mes mains à mon ventre et pris une grande respiration pour tenter de me calmer.

— Est-ce que ça va, madame ? Votre collègue m'a dit que vous aviez quitté le travail plus tôt aujourd'hui, car vous ne vous sentiez pas bien, n'ayant pas totalement récupéré depuis hier.

J'ai piqué un fard – j'aurais voulu me mettre dans un trou de souris. Il savait que j'allais parfaitement bien la veille, m'ayant vue chez Cian en train de lui préparer du thé. Être prise en flagrant délit de mensonge est une chose. Mais c'en est une autre d'être confondue par un policier. Surtout quand il vous dévisage avec un petit sourire aux lèvres. Je l'aurais presque trouvé séduisant, si je ne m'étais pas sentie aussi intimidée.

— Eh bien, aujourd'hui je ne me sens pas très bien en effet. Mais bon, hier… Après tout, il n'y a rien d'illégal à se faire porter pâle de temps en temps.

J'ai tenté un petit rire mais il a sonné faux et est retombé à plat comme un soufflé.

L'inspecteur Bradley s'est éclairci la voix.

— Non, en effet. Et si c'était le cas, on serait complètement débordés, a-t-il observé d'un ton calme et posé, jouant les flics sympas. Et au travail, si je puis me permettre, avez-vous eu vent de médisances au sujet de Rose ? Avez-vous surpris des conversations suggérant qu'elle pouvait avoir des ennemis – autres que M. Scott ?

Au fond, j'aurais préféré. Ça m'aurait simplifié les choses.

— Non, ai-je répondu en toute transparence. En fait, je crois que s'ils en avaient le pouvoir, ils la feraient canoniser. Elle avait l'air d'être dépourvue du moindre défaut.

— Nous en avons tous, a remarqué l'inspecteur Bradley en me lançant un regard qui en disait long.

J'avais l'impression que tous mes défauts s'étaient retrouvés tatoués sur mon front.

— Oui, c'est possible, ai-je convenu.

— Eh bien, madame…

— Je vous en prie, appelez-moi Emily, l'ai-je interrompu, tentant une dernière fois de dissiper la gêne qui s'était installée entre nous.

Si au moins je parvenais à le maintenir en mode « flic sympa », peut-être que les choses ne se passeraient pas si mal.

Il a de nouveau hoché la tête.

— Eh bien, Emily, je crois que nous n'avons pas d'autres questions à vous poser pour le moment. Comme je vous le disais tout à l'heure, nous serons sûrement amenés à vous demander de faire une déposition officielle très prochainement, mais en attendant, si vous pensez à quelque chose qui pourrait être utile à notre enquête, n'hésitez pas à me passer un coup de fil.

Il m'a tendu une carte de visite qu'il avait sortie de sa poche.

— Entendu, ai-je répondu en me levant pour m'en saisir.

Il me tardait de les voir partir.

La policière mutique m'a fait un petit signe de la tête et s'est dirigée vers la porte d'entrée, tandis que l'inspecteur Bradley a marqué un temps d'arrêt avant de se retourner vers moi :

— Emily, il est très important que vous vous souveniez du moindre détail susceptible de faire avancer cette enquête. Peut-être que votre mémoire vous joue des tours quant à la soirée que vous avez passée avec M. Grahame, quand il avait besoin de soutien ? Il est si facile de confondre, cela nous arrive à tous. Nous sommes tous très occupés de nos jours. Alors si vous deviez vous rendre compte que vous avez fait erreur, je vous serais reconnaissant de bien vouloir me contacter.

Son ton était calme, sa voix bienveillante.

Je ne savais pas quoi répondre, ni comment réagir. Savait-il que je mentais ? Voulait-il que j'affirme avec certitude que Cian était seul au moment où McDaid était mort, parce que cela cadrait avec l'idée qu'il s'était faite du déroulé des faits ce soir-là ? Quoi qu'il en soit, il était évident qu'il avait Cian dans le viseur, et qu'il était prêt à faire feu.

Je suis restée devant la fenêtre de mon séjour jusqu'à ce que le véhicule de l'inspecteur Bradley et de sa collègue démarre. Ma paranoïa était au plus haut, ayant probablement trop regardé de mauvais films policiers. J'en venais même à me demander si, avant de me serrer la main, il n'avait pas laissé un mouchard quelque part. Allons, il fallait que je me ressaisisse. Et que je garde à l'esprit que ce qui venait de se produire n'était ni plus ni moins qu'un entretien informel dans le cadre d'une enquête en cours. Sinon, l'inspecteur Bradley se la serait jouée d'emblée « méchant flic ». Il m'aurait enguirlandée pour avoir menti à mon employeur. Il m'aurait davantage cuisinée sur les raisons de ma présence à la veillée funéraire de McDaid. Or il n'en avait rien fait. Pour l'instant en tout cas. Certes il avait eu son petit sourire narquois. Certes il avait été formel. Mais il s'était aussi montré bienveillant.

Pourtant, l'atmosphère me semblait tout à coup très oppressante dans mon appartement, et la liste des personnes que je pouvais appeler pour me rassurer était plus réduite que jamais. Mon portable, ainsi que l'e-mail de Ben qu'il contenait, me narguait toujours sous la table basse. Je n'osais pas le regarder, de peur qu'il ne le fasse apparaître directement au beau milieu de mon salon.

J'ai alors compris que je n'avais personne vers qui me tourner – à l'exception de celui qui, mieux que quiconque, était à même de comprendre ce qu'impliquait cette fichue enquête. La seule personne qui pouvait le comprendre, c'était Cian.

J'ai saisi mon portable et je l'ai appelé. Furieuse de tomber à nouveau sur sa messagerie, j'ai jeté le téléphone sur mon canapé mais je l'ai aussitôt repris : après tout, la soirée ne risquant pas de s'améliorer, autant crever l'abcès sur-le-champ et lire ce foutu e-mail.

Ben n'avait écrit que quelques lignes, qui sont d'abord apparues très floues sur mon écran avant que je ne parvienne à les lire.

Emily,

Je ne sais pas pourquoi je t'ai envoyé cette demande d'ajout sur Facebook. À part que je pensais à toi, à nous, et que j'avais bu quelques verres. C'était une erreur. Nous vivons beaucoup mieux loin l'un de l'autre.

Au fait, une journaliste m'a contacté pour me poser des questions sur nous. Emily, je suis passé à autre chose. Je sais que j'ai merdé à l'époque. Nous avons tous les deux merdé. Mais je t'en supplie, ne viens pas remuer le passé. Continùons de mener nos vies chacun de notre côté.

Ben

Tout ça pour ça. Toute cette angoisse, tous ces nœuds au cerveau, pour un e-mail de quelques lignes dans lequel il me disait qu'il avait picolé et qu'il ne voulait plus rien avoir à faire avec moi. Dieu sait s'il avait raison. Pour rien au monde je n'aurais voulu qu'il refasse surface dans ma vie. Et pourtant, alors que j'aurais dû sauter de joie à l'idée que je n'allais pas le voir débarquer chez moi à l'improviste et qu'il avait autant la trouille que moi d'Ingrid Devlin, il n'en était rien.

À ma grande honte, je me sentais, d'une certaine manière, à nouveau rejetée. C'était totalement irrationnel, j'en conviens, mais les larmes me sont montées aux yeux, avant de ruisseler le long de mes joues.

À ce moment précis, j'ai eu envie d'être enlacée, aimée, et de sentir que je comptais pour quelqu'un.

Alors je suis allée dans ma chambre, j'ai mis une paire de baskets, attaché mes cheveux encore mouillés en une queue-de-cheval approximative, puis j'ai attrapé mon gros gilet accroché à la patère derrière la porte. Munie de mon portable, de mon portefeuille et de mes clés, j'ai sauté dans ma voiture et pris la route, en direction de chez Cian.

J'ai éteint la radio. Le bruit me dérangeait. Tout me dérangeait, en vérité. Les feux rouges. Les gens qui roulaient trop lentement. La pluie qui s'était mise à tomber par paquets et rendait la visibilité si mauvaise que j'étais moi aussi obligée de ralentir, tandis que mes foutues vitres s'embuaient. À chaque carrefour, à chaque feu rouge, je vérifiais mon téléphone – posé sur le siège passager – pour voir s'il m'avait rappelée. Mais puisque j'étais tombée directement sur sa messagerie, avait-il seulement vu que je l'avais appelé ? J'ai tenté de me rassurer en me persuadant que non. Car dans le cas contraire, il m'aurait *forcément* rappelée. Il aurait deviné que j'avais un besoin impérieux de lui parler.

En arrivant devant chez lui, j'ai été soulagée de voir de la lumière. Je me suis aussitôt efforcée de ne pas chercher à comprendre pourquoi il ne m'avait pas rappelée alors qu'il était chez lui. De même que j'ai tenté de contenir mon stress en remarquant la présence d'une voiture que je ne reconnaissais pas, garée à côté de la sienne dans l'allée. J'ai bondi hors de ma voiture et, tout en resserrant les pans de mon gilet, j'ai couru jusqu'à la porte d'entrée en bravant la pluie. Grelottant de froid, j'ai actionné la sonnette, puis tapé du poing sur la porte.

L'averse s'était transformée en déluge, et l'eau ruisselait sur mon visage quand la porte s'est ouverte, laissant apparaître un Cian visiblement détendu.

— Emily ? a-t-il dit sans pour autant reculer suffisamment pour me laisser entrer.

— Il fallait que je te voie, Cian. Les flics sont passés me voir.

J'aurais voulu qu'il m'attire à lui, qu'il me serre dans ses bras en me disant que tout irait bien, mais au lieu de cela il m'a regardée d'un air absent avant de m'annoncer :

— J'ai quelqu'un chez moi là, Emily. Je ne suis pas sûr que ce soit le moment indiqué pour parler.

Quelqu'un chez lui ? Je l'ai regardé à mon tour. Jeans ample, pieds nus. Un T-shirt blanc qui mettait en valeur sa silhouette athlétique. Il tenait à la main un verre de vin rouge.

Je me suis mise à trembler violemment, transie de froid.

— Je t'en supplie, Cian. Je suis morte d'inquiétude, et je ne sais pas quoi faire. Ils m'ont posé des questions sur le soir où McDaid est mort.

Il m'a à nouveau dévisagée, et j'ai cru lire comme du dédain sur son visage. Mais je me suis dit que ce devait encore être ma paranoïa qui me jouait des tours. Et là, comme si un déclic s'était fait dans sa tête, il a fait un pas en arrière.

— Oh Emily, entre, ma pauvre, a-t-il dit en m'invitant à franchir le seuil. Tu dois être frigorifiée. Attends-moi ici, a-t-il ajouté avant de se diriger vers le couloir.

Mais il a alors marqué un temps d'arrêt, et il est revenu sur ses pas pour me déposer un petit baiser sur la pointe du nez. Et il est reparti, me laissant dégoulinante de la tête aux pieds. J'ai reniflé bruyamment et tenté de me sécher le visage d'un revers de la manche de mon gilet, mais je me suis rendu compte que ce dernier était lui aussi trempé.

Je l'ai vu réapparaître dans le couloir menant à la cuisine, les bras chargés de serviettes de toilette.

— Elles sortent tout juste du sèche-linge, m'a-t-il dit. Elles sont encore chaudes. Viens prendre une douche pour te réchauffer avant de te sécher.

— Les policiers, Cian. Ils m'ont posé tout un tas de questions, ai-je repris tandis qu'il me prenait la main.

— Le plus important, là, c'est que tu te débarrasses de ces vêtements trempés avant d'attraper la mort. Va déjà prendre une bonne douche chaude. On parlera plus tard.

— Et ton invité ?

— Elle peut rester seule quelques minutes.

Je me suis efforcée de contenir ma jalousie en l'entendant prononcer le pronom « elle ». Nous sommes montés à l'étage et il m'a conduite une nouvelle fois à la chambre d'amis dotée de la magnifique salle de bains. Après avoir tiré les rideaux puis allumé la lampe de chevet, il est allé faire couler l'eau de la douche.

— Ça va te faire le plus grand bien, a-t-il dit en déposant les serviettes sur le lit. Enlève tes vêtements, je vais les mettre au sèche-linge. Je vais aller te chercher un peignoir. Tu le porteras le temps qu'ils sèchent. Tu t'es mise dans un drôle d'état. Mais tu n'as aucune raison de t'inquiéter. Les flics ne sauront jamais que nous n'étions pas ensemble ce soir-là, sauf si tu le leur dis.

— Je n'en ferai rien, ai-je répondu, frissonnant de la tête aux pieds.

Il s'est alors doucement approché de moi et, délicatement, a pris mon visage entre ses mains pour me relever la tête et plonger ses yeux dans les miens. Puis il s'est penché vers moi pour m'embrasser tendrement. J'ai senti ses mains parcourir ma nuque, et il a lentement fait glisser mon gilet avant de le laisser tomber par terre entre nous deux. J'ai à nouveau frissonné, mais cette fois-ci ce n'était pas de froid.

— Laisse-moi te déshabiller, m'a-t-il murmuré à l'oreille, sa barbe naissante frôlant ma joue.

Grisée par les effluves de son eau de Cologne, j'ai senti ses mains s'égarer sous mon sweat-shirt, brûlantes sur ma peau glacée.

— Tu as vraiment eu une rude journée. Ma pauvre, tu es gelée, a-t-il susurré en effleurant la peau de mon cou du bout des lèvres.

Je n'ai pu réprimer un petit gémissement quand, ses mains remontant le long de mes flancs, il a lentement ôté mon sweat-shirt. D'un doigt long et ferme, il a dessiné un chemin de mon épaule au milieu de mes seins, et ma respiration s'est faite plus lourde à mesure que ses mains descendaient.

— Tu es belle, Emily, m'a-t-il dit, les mains sur mes hanches.

Alors qu'il m'embrassait de nouveau, j'ai envoyé valser mes baskets et fermé les yeux quand il s'est agenouillé pour déposer un baiser sur mon ventre tout en tirant sur les jambes de mon pantalon de yoga, dont je me suis dégagée. Par bonheur, je portais des sous-vêtements à peu près potables. Et là, pendant un court mais merveilleux instant, j'ai senti sa bouche qui couvrait de baisers la dentelle de ma culotte. Au contact de la chaleur de ses mains sur mon corps, je brûlais de le retenir, de m'accrocher à lui et de m'oublier, ainsi que toutes les angoisses des dernières heures, en lui. Mais au lieu de cela il s'est relevé, ses mains me frôlant de bas en haut en s'approchant tout près – mais pas encore assez à mon goût – de là où j'aurais aimé qu'il les laisse. Il m'a lancé un regard coquin :

— Oh, Emily, tu n'as pas idée de l'effet que tu me fais, a-t-il déclaré, le regard incandescent. Si tu ne files pas sous la douche tout de suite, je risque de perdre la tête. Or j'ai une invitée qui m'attend.

Après avoir déposé un rapide baiser sur ma joue, il a ramassé mes vêtements et quitté la pièce, me laissant désorientée. Il n'était plus question de ne pas filer me doucher illico, et encore moins de lui faire perdre la tête. J'ai ôté mes sous-vêtements et me suis placée sous le jet d'eau chaude, en essayant de chasser toute pensée négative de mon esprit. Il avait toujours besoin de moi. Il me trouvait belle. Tout allait bien, ai-je tenté de me rassurer. Je lui ferais perdre la tête dès que j'en aurais à nouveau l'occasion.

31

Je me suis séchée, j'ai remis mes sous-vêtements et j'ai vu que Cian, comme convenu, m'avait laissé un peignoir. Blanc et molletonné. Était-ce le sien ? Ou bien avait-il appartenu à Rose ? Je l'ai enfilé, j'ai ajusté la ceinture et, non sans m'être au préalable attardée un instant devant le miroir pour ébouriffer mes cheveux afin de ne pas avoir l'air d'un chien mouillé, j'ai descendu l'escalier pour me rendre dans la cuisine.

J'ai été accueillie par de joyeux éclats de rire et par le flamboiement d'un feu dans la cheminée, face à laquelle se trouvait Ingrid Devlin. Assise sur le canapé, jambes repliées sous elle, sans chaussures, elle tenait un verre de vin à la main. Un carnet était posé devant elle, mais la page était vierge. S'il était assis à l'autre extrémité du canapé, Cian était néanmoins tourné vers elle, son bras tendu sur le dossier. Sans pouvoir me proclamer experte en langage corporel, tout dans leur attitude exprimait une proximité qui n'avait rien de rassurant. J'ai resserré un peu plus la ceinture de mon peignoir, me sentant exposée.

C'est Ingrid qui m'a aperçue en premier. Elle a levé la tête et m'a souri.

— Oh Emily, entrez. Je vous sers un verre de vin ?

Elle s'adressait à moi comme s'il était naturel que sa place soit dans cette cuisine, sur ce canapé, aux côtés de Cian. Comme si son rôle était de servir le vin de ce dernier et de recevoir ses invités. Mais n'aurait-ce pas dû être à *moi* de remplir *son* verre ?

Je me suis mordu les lèvres, m'efforçant de contenir la jalousie qui m'étreignait.

— Avec plaisir, ai-je répondu.

— Très bien, a enchaîné Ingrid. Cian est allé vous chercher un verre pendant que vous vous douchiez. (Elle s'est saisie de la bouteille posée sur la table et m'a copieusement servie.) J'espère que vous avez pu vous réchauffer. Cian m'a dit que vous étiez trempée.

— C'est vrai, mais je me sens beaucoup mieux maintenant, merci, ai-je dit tandis que Cian se tournait vers moi pour m'adresser un sourire.

— En effet, tu as l'air d'aller beaucoup mieux, a-t-il acquiescé. Du moins, tu as l'air réchauffée.

Il a tendu le bras pour me prendre la main et me guider vers le fauteuil situé à sa droite. Je me suis assise, posant un coussin sur mes genoux pour couvrir mon ventre.

— Cian m'a dit que les flics étaient passés chez vous ? s'est enquise Ingrid.

J'ai hoché la tête.

— Ils m'ont posé des questions sur Rose. Sur l'ambiance au cabinet. Sur Cian – ils voulaient savoir si j'étais avec lui le soir de la mort de Kevin McDaid.

— Je ne sais pas ce que je serais devenu ce soir-là si tu n'avais pas été avec moi, a menti Cian avec un naturel aussi confondant que rassurant. Elle a été formidable, a-t-il ajouté en se tournant vers Ingrid, sourire aux lèvres.

— C'est dans le besoin qu'on reconnaît ses vrais amis, a-t-elle commenté en reposant son verre sur la table.

S'en est suivi un silence gêné, que j'ai été la première à briser.

— L'article a été très bien reçu, ai-je noté. J'ai entendu beaucoup de monde en parler.

— Mais ça n'a pas empêché la police de débarquer chez moi avec un mandat de perquisition pour fouiller dans mes relevés de comptes bancaires, a rétorqué Cian avec amertume.

— C'est scandaleux, a observé Ingrid.

J'aurais voulu qu'elle disparaisse sur-le-champ. Peu importe que son article ait aidé Cian, je voulais juste qu'elle débarrasse le plancher, elle et ses intrigues. Quant à moi, j'aurais voulu être seule avec Cian, et revenir avec lui sur le fait que j'avais dû mentir à la police pour le protéger. Je voulais que nous parlions de ce que nous seuls étions censés savoir.

— Le petit Jack en a été très perturbé.

— Le bébé était là ? ai-je demandé, avant soudain de comprendre. Vous aussi, vous étiez là ?

Ingrid a hoché la tête.

— Dès que les flics sont arrivés, Cian m'a appelée pour me demander de venir. Il voulait que je sois témoin de ce qu'on lui faisait subir.

Il avait appelé Ingrid Devlin. Pas moi.

— Je me suis dit qu'Ingrid pourrait écrire un article complémentaire, histoire de ne pas lâcher l'affaire.

— Tu aurais dû m'appeler, ai-je dit en essayant de garder un ton léger. Je serais venue.

— Mais tu étais au travail – je ne pense pas qu'Owen aurait compris. Par ailleurs, qu'est-ce que tu aurais pu faire ?

J'aurais pu le réconforter. L'aider à garder son calme. J'aurais pu installer Jack dans sa poussette et l'emmener faire un tour au parc, pour lui éviter d'être traumatisé par la présence intimidante de policiers en uniforme. J'aurais pu être là, tout simplement.

Je me suis contenté de hausser les épaules. Car je ne pouvais lui répondre en ces termes. Pas devant Ingrid en tout cas.

— Donc vous avez passé toute la journée ici ? lui ai-je demandé.

— Non, est intervenu Cian. Ingrid est venue quand les flics ont débarqué, et après je l'ai invitée à dîner, en guise de remerciement. Et aussi pour nous permettre de finaliser le deuxième article.

Sentant que j'allais me braquer, j'ai pris une gorgée de vin. Un dîner en guise de remerciement. Il avait l'air coutumier du fait. J'ai respiré un grand coup, en m'en voulant de réagir aussi bêtement. J'ai repensé à ce qui s'était passé plus tôt à l'étage, quand il m'avait déshabillée, embrassée, serrée contre lui, le souffle court. Je n'avais rien à craindre de cette femme.

— Ça sera un bon papier, a dit Ingrid, interrompant le flot de mes pensées. Surtout quand on mentionnera à quel point Jack a été perturbé. On pourrait ajouter une photo où on le voit en pleurs ? Ça serait du meilleur effet. Pas très agréable pour Jack, bien sûr, mais parfait pour gagner la sympathie des lecteurs.

— Et comment se sent-il maintenant ? ai-je demandé à Cian. Est-ce qu'il s'est remis de ses émotions ?

— Il lui a fallu un petit peu de temps, et il a réclamé un peu plus de câlins qu'à l'accoutumée ; mais là il dort à poings fermés. Il n'a pas bronché de la soirée, a-t-il précisé en faisant un signe de la tête en direction du babyphone posé sur l'étagère à côté de la porte, éclairé par la lumière de la veilleuse.

Le grésillement de l'appareil ne laissait pas percevoir le moindre bruit de pleurs.

Nouveau silence gêné.

— Emily, peut-être que vous pourriez commencer à envisager de me parler vous aussi ? m'a demandé Ingrid.

— Je ne pense pas que… Je ne suis pas sûre que les gens comprendraient. Pas si vite après la disparition de Rose.

— Cian a le droit d'avoir des amis. Les gens le comprendront très bien.

J'ai réalisé que c'était ce que je lui avais dit la première fois que je l'avais vue. Si, comme je le pressentais, elle se doutait qu'il y avait autre chose entre nous, elle était clairement en train de m'aiguillonner – après son refrain sur les amis qu'on reconnaissait dans le besoin. Voulait-elle que je lui dise que nous étions plus que des amis ? Ou bien Cian ? Je savais qu'aux yeux du public, ce ne serait pas bon pour lui. Et pourtant, ça m'agaçait de ne pas pouvoir la remettre à sa place – d'autant que je trouvais qu'elle prenait un peu trop ses aises à ses côtés.

— Si quelqu'un annonçait publiquement que Cian bénéficie d'un alibi pour cette nuit-là, je pense que cela ferait bouger l'opinion des gens – du moins pour ceux qui ne sont pas déjà de son côté.

— Je ne sais pas trop, ai-je répondu, pensant également à Owen qui nous avait formellement interdit de parler à la presse, sous peine d'être virées.

Mais bon, quelle loyauté devais-je à Owen ? Surtout s'il était le monstre que décrivait Cian.

— Il faut que je réfléchisse.

Ingrid s'est redressée, aussitôt imitée par Cian.

— Le hic, c'est que nous n'avons sûrement pas beaucoup de temps, a dit Ingrid. Si Cian est arrêté et mis en examen, je me retrouverai pieds et poings liés. L'affaire sera devant les tribunaux, et pendant toute la durée du procès, aucun journal ni média ne pourront plus l'approcher.

— Mais s'il est innocent ? Faire éclater la vérité est tout ce qui importe, n'est-ce pas ? ai-je protesté.

J'avais l'estomac noué rien qu'à l'idée qu'il puisse être arrêté. Je l'imaginais présenté à la presse menotté. Envoyé en prison. Et quid de Jack ? La famille de

Rose exigerait d'en avoir garde, et il y avait peu de chance que Cian obtienne un droit de visite s'ils étaient convaincus qu'il était lié à la mort de leur fille.

— On ne transige pas avec la loi, a dit Ingrid. Quand bien même j'écrirais un papier, mon rédacteur en chef refuserait catégoriquement de le publier. On serait aussitôt traînés devant les tribunaux pour obstruction au cours de la justice. Pour être honnête, on est déjà sûrement sur le fil du rasoir, dans la mesure où une enquête est déjà en cours. Mon rédac chef n'a accepté mon article qu'en raison de la notoriété de Cian.

Ce dernier s'est penché en avant, et s'est pris la tête entre les mains.

— C'est un cauchemar. Un cauchemar absolu.

Je me suis avancée vers lui et j'ai posé la main sur son genou.

— Tu vas t'en sortir, Cian.

— Je vais finir par tout perdre. J'ai déjà perdu Rose, et maintenant je vais perdre tout le reste. Ma réputation. Ma liberté. Mon fils. Il est hors de question qu'on me le prenne.

Voyant qu'Ingrid s'avançait elle aussi pour poser une main sur son autre genou, je me suis calée dans mon fauteuil.

— Je ferai tout mon possible, Cian. Je vous le promets, a-t-elle dit.

Il a levé les yeux vers elle pour la remercier, tandis que je me sentais la cinquième roue du carrosse.

J'ai été sauvée par la sonnerie du sèche-linge.

— Mes vêtements doivent être secs, ai-je déclaré en me levant pour aller dans la buanderie.

Au moment où je quittais la pièce, j'ai entendu Ingrid annoncer qu'elle devait filer. Un papier à boucler, avait-elle précisé. D'une voix enjouée, elle m'a lancé un au revoir de loin tandis que j'enlevais le peignoir pour remettre mes vêtements, encore chauds. Je l'ai saluée à mon tour. Jamais je n'avais été aussi heureuse de voir quelqu'un partir. Peut-être que nous pourrions enfin avoir une discussion digne de ce nom Cian et moi.

À mon retour dans la cuisine, Cian venait tout juste, du moins l'ai-je supposé, de raccompagner Ingrid à la porte.

— Elle est plutôt sympa, a-t-il dit en désignant d'un geste l'endroit du canapé où elle était assise. D'où est-ce que tu la connais, déjà ?

— Je ne pense pas te l'avoir dit, ai-je répondu en prenant une gorgée de vin pour me donner le temps de réfléchir. (Je ne pouvais évidemment pas lui dire qu'elle avait essayé de me faire chanter en me menaçant de lui révéler mon passé trouble.) Elle a écrit un article sur une amie à moi il y a quelques années. Ma copine m'en a toujours dit le plus grand bien, vantant ses qualités journalistiques.

J'ai prié pour qu'il ne remarque pas que je rougissais. Ou s'il s'en est aperçu, il s'est peut-être dit que c'était dû au fait que nous étions assis tout proches l'un de l'autre.

— Eh bien, je te remercie de m'avoir donné ses coordonnées. Elle est une des rares personnes à me soutenir en ce moment. L'inspecteur Bradley n'a pas pris de gants avec moi tout à l'heure. Il m'a dit que si je cachais quelque chose, il finirait par le trouver.

— Écoute, ai-je dit en me rapprochant encore un peu de lui. (Je ressentais le besoin d'être au plus près de lui.) Tu sais ce qu'on dit : quand on n'a rien à cacher…

Enhardie par le départ d'Ingrid, et par le demi-verre de vin que j'avais bu le ventre vide, je me suis collée à lui. Puis je me suis levée, je me suis retournée, et je suis venue m'asseoir à califourchon sur ses cuisses.

— Et n'ayant rien à cacher, tu n'as rien à craindre, lui ai-je assuré en me penchant vers lui pour l'embrasser à pleine bouche.

Je m'attendais à ce qu'il m'embrasse en retour, pour que nous achevions ce que nous avions commencé un peu plus tôt. Mais au lieu de me donner un baiser torride, il s'est calé dans le canapé et, posant une main sur ma joue, il a passé son pouce sur mes lèvres. Les yeux clos, je me suis efforcée de savourer l'instant tandis que sa main quittait ma joue pour s'aventurer vers ma nuque. Je le sentais tout contre moi, son souffle chaud me caressant la nuque, ses doigts s'enfonçant dans mes cheveux, jusqu'au moment où il a tiré dessus, me forçant à basculer la tête en arrière. J'ai ouvert les yeux brusquement, sous l'effet de la surprise et de la douleur. Puis j'ai senti sa bouche, chaude, contre mon oreille. Il me mordillait du bout des dents. Suffisamment fort pour que je tressaille et tente instinctivement de me libérer de son étreinte.

— Ma pauvre, tu es naïve, m'a-t-il dit tandis que son autre bras me serrait encore plus fort contre lui et qu'il se frottait vigoureusement à moi. Qu'est-ce que tu crois, une fois qu'ils t'ont en ligne de mire, ils font tout pour te faire tomber.

Il s'était laissé emporter par la passion. Par son désir. Voilà ce que je me suis dit quand je me suis réveillée le lendemain matin, chez moi, encore sonnée par ce qui s'était passé. Il avait eu une journée difficile, il était sur les nerfs, et moi, je l'avais aguiché sans vergogne. Car c'est moi qui l'avais chevauché, embrassé à pleine bouche. Il n'avait fait que répondre à mes avances avec fougue. Il m'avait pourtant prévenue que je risquais de lui faire perdre la tête. Mais je ne m'attendais pas à ça. Ni à ce qu'il m'avait fait, ni à la façon dont il l'avait fait.

La peau de mon cou me cuisait. Sans être marquée, elle était encore sensible. Mes seins étaient meurtris après qu'il les avait pétris sans ménagement, ainsi que mes bras, qu'il avait immobilisés dans mon dos, me laissant à sa merci. Le haut de mes cuisses aussi était douloureux à force d'avoir subi l'assaut frénétique de ses puissants coups de reins, animés d'une force animale et primitive. Or moi, j'avais espéré la même tendresse que celle que nous avions partagée quelques jours plus tôt, quand nous nous étions apporté un réconfort mutuel.

Son désir l'avait emporté. Voilà tout.

Après, il m'avait quand même témoigné un peu de tendresse. Il m'avait caressé le dos tandis que j'étais allongée à ses côtés, sonnée, la tête posée sur son torse. Il avait embrassé mes cheveux. Il avait dit qu'il me trouvait magnifique. Que j'étais parfaite à ses yeux. Que j'étais sa sauveuse, et que je l'aiderais à se sortir de ce cauchemar.

Mes yeux étaient lourds de sommeil quand je l'avais senti remuer.

— Tu devrais peut-être rentrer chez toi avant qu'il ne se fasse tard, avait-il dit.

Je l'avais regardé en clignant des yeux, déroutée. Je pensais dormir ici, avec lui. J'avais besoin de me sentir rassurée par lui. Et surtout, je ne voulais pas être seule.

— Tu travailles demain matin. Il ne faudrait pas que tu arrives en retard, avait-il ajouté en s'asseyant au bord du lit pour enfiler son jeans.

J'aurais sûrement pu protester, mais dans le fond il avait raison. En effet, je travaillais le lendemain matin. Et la journée s'annonçait suffisamment difficile comme ça. Il était inutile d'en rajouter.

— Qu'est-ce que je vais leur dire quand ils me demanderont pourquoi les flics sont venus chez moi ? ai-je demandé.

Il a haussé les épaules.

— Ce n'est pas à moi de te le dire, Emily. Tu feras comme tu l'entends.

Tout en me rhabillant, j'avais levé les yeux vers lui, hésitante.

— Et si je leur disais qu'on était ensemble ?

Marquant un temps d'arrêt, il m'avait dévisagée d'une manière qui m'avait donné envie de croiser les bras sur ma poitrine, histoire de me préserver un peu de son regard. Et, là encore, comme si un déclic s'était fait dans sa tête, il s'était approché de moi pour déposer un baiser sur mon front.

— Si c'est ce que tu veux leur dire, je n'y vois pas d'inconvénient.

Il m'avait aidée à me relever, puis affectueusement noué ses bras autour de moi en me serrant contre son torse nu.

— Car nous sommes ensemble, n'est-ce pas, Emily ? C'est ensemble que nous affronterons cette épreuve.

Il était donc près de minuit quand j'ai repris le volant pour rentrer chez moi, sous une pluie battante, l'esprit préoccupé par les événements de la journée. Remarquant que j'avais manqué un appel Skype de Maud, j'étais tentée de la rappeler. À cette heure-là, elle devait être rentrée chez elle, en train de se préparer à dîner, ou de se préparer pour aller rejoindre des amis dans un bar à cocktails à la mode de Manhattan. Mais je savais que, dans tous les cas, elle prendrait le temps de me parler. Je pouvais compter sur elle. Sur son écoute comme sur ses conseils. Et pourtant, quelque chose me retenait, de l'ordre de la fierté peut-être. Elle m'avait dit de faire attention, or j'étais en train de faire n'importe quoi. J'étais en train de tomber amoureuse d'un homme qui venait de perdre sa femme. Prête à mentir pour lui – parce que je croyais dur comme fer à son innocence.

Car c'est bien ce que je croyais, non ?

Je m'étais dit qu'en agissant comme si la visite des flics n'avait rien eu de perturbant, tout se passerait au mieux. Donc, après avoir contrôlé ma respiration, j'ai ouvert la porte du cabinet et je suis entrée la tête haute.

– Bonjour, ai-je lancé à Tori. J'arrive dans cinq minutes. Je vais me faire un café.

Elle a hoché la tête, et j'ai fait semblant de ne pas voir son air interloqué. Continuant sans m'arrêter, je l'ai entendue me dire qu'elle était contente que je me sente mieux. Par chance, la salle de repos étant vide, j'ai pu me préparer mon café tranquillement, avant d'aller ranger mes affaires dans mon casier pour ensuite revenir le boire en m'efforçant de ne pas regarder le portrait de Rose. Pourtant, si elle était vraiment telle que tout le monde la décrivait, je savais qu'elle aurait voulu que Cian soit heureux et qu'elle aurait remué ciel et terre pour s'assurer que Jack allait bien.

Cela dit, j'ai sûrement bu mon café plus vite que d'habitude afin d'échapper à son regard. Je me suis installée à côté de Tori sans faire le moindre commentaire. J'ai consulté la liste des rendez-vous de la journée et indiqué à notre premier patient qu'il allait être reçu par Sarah. Puis je me suis penchée sur mon écran d'ordinateur pour faire le point sur les commandes en cours, les rendez-vous et la correspondance avec les autres praticiens. Je gardais la tête baissée, en essayant d'éviter toute conversation inutile. À chaque fois que Tori tentait de me parler, je m'emparais du téléphone pour simuler un appel très important, je me souvenais soudain que j'avais promis un verre d'eau à quelqu'un, ou bien je prétextais que je devais envoyer un e-mail informatif sur nos procédures de dentisterie cosmétique. J'ai réussi à éviter toute conversation sans rapport avec le travail jusqu'à 11 heures, quand mon poste a sonné, m'annonçant un appel provenant de la salle de soins d'Owen. J'ai décroché, et je lui ai demandé s'il était prêt pour que je lui envoie son patient suivant, tout en cherchant le nom de ce dernier dans mon ordinateur.

— Emily, tu peux venir me voir une minute ? m'a-t-il demandé.

Je ne pouvais pas y couper. Impossible de dire non. Alors je me suis levée, en essayant de ne pas prêter attention à mon cœur qui tambourinait dans ma poitrine, et je me suis de nouveau répété que je n'avais rien fait de mal. Rien qu'Owen ne puisse savoir en tout cas. Affichant mon plus beau sourire professionnel, j'ai frappé à sa porte et attendu qu'il me dise d'entrer.

Assis près du meuble de desserte, il m'a fait signe de venir m'installer sur le tabouret en face de lui.

— Je crois qu'il faut qu'on parle, a-t-il commencé d'une voix douce.

— Est-ce qu'il y a un problème au niveau de mon travail ? ai-je demandé en prenant place.

Si j'engageais la conversation sur un terrain strictement professionnel, Owen pourrait plus difficilement parler d'autre chose.

— Non, non. Pas du tout. Tu t'es remarquablement bien adaptée. Tout le monde t'apprécie.

Je n'ai pu réprimer un sourire.

— Tant mieux, ai-je répondu en ajustant mon corsage et en passant mes cheveux derrière mes oreilles, avant de me rappeler que j'avais essayé de dissimuler les marques dues à ma soirée mouvementée.

J'ai donc à nouveau libéré ma chevelure et levé les yeux vers Owen.

— Écoute, c'est assez délicat et je ne sais pas par où commencer…

Il a remué sur sa chaise, l'air gêné.

— Par le commencement peut-être ? ai-je suggéré en m'efforçant de parler calmement, d'un ton léger.

Fais comme si de rien n'était, et tout se passera bien, me suis-je dit.

— Tu n'es pas sans savoir que nous avons reçu la visite de l'inspecteur Bradley hier, a-t-il repris.

— Oui, je sais. J'ai cru comprendre que les policiers posaient beaucoup de questions. À tout un tas de monde.

— En effet. C'est rassurant de voir qu'ils prennent cette affaire très au sérieux. Mais c'est quand même ahurissant qu'ils pensent que quelqu'un a pu s'en prendre à quelqu'un comme Rose.

J'ai hoché la tête mais au fond de moi j'étais un peu chagrinée de devoir encore entendre parler de sainte Rose. Aux gens bien aussi – aux gens comme Rose – il arrivait tous les jours des catastrophes. Cela n'avait rien d'ahurissant.

— Écoute, Emily. Je sais que les flics voulaient te questionner sur la nature de tes liens avec Cian Grahame. Ils m'ont demandé si tu avais déjà fait allusion au fait que Cian et toi étiez proches.

Ne sachant quoi répondre, je n'ai rien dit. Je me suis contentée de le fixer des yeux le temps que mon cerveau trouve quelque chose à dire qui ne rende pas la situation encore plus inconfortable.

— On ne se connaît pas depuis longtemps. Seulement depuis la première fois où il est venu ici.

— Bon… Je sais que ça ne me regarde pas de savoir qui tu fréquentes en dehors du travail, et il se peut que je sorte de mon rôle, là. Mais voilà, je t'apprécie, Emily. Tu m'es sympathique, et tu as l'air d'être quelqu'un de bien. Je pense que tu ne sais pas très bien dans quoi tu mets les pieds.

— Ce que je sais, c'est qu'il est encore sous le choc de la mort de Rose ; tout comme Jack. Il m'en parle énormément, vois-tu. De Rose, de sa vie.

Je soutenais son regard en lui disant ça. Droit dans les yeux. J'espérais ainsi lui faire comprendre, à demi-mot, que je savais beaucoup de choses sur Rose. Et notamment ce qui avait pu lui faire du mal. Comme ces hommes qui avaient fait une fixation sur elle, au point de lui rendre la vie infernale.

Il a de nouveau remué sur sa chaise en baissant les yeux, puis il a relevé la tête vers moi.

— Emily, Cian Grahame n'est pas du tout celui qu'il prétend être. Tu veux que je te dise ce que je pense des deux articles parus hier et aujourd'hui ? Eh bien ce n'est pas le vrai Cian.

J'ai soudain compris que je n'avais pas encore lu le nouveau papier. Mais je me doutais de ce qu'Ingrid y avait mis. À voir son comportement la veille au soir, il était clair qu'elle s'était entichée de lui.

— De ce que je connais de lui, je dirais qu'ils brossent un portrait tout à fait fidèle, ai-je répliqué, sur la défensive. Celui d'un homme dont la femme a été assassinée, et qui aujourd'hui se sent traqué. Un homme qui doit faire face à la jalousie de ceux qui lui en veulent d'avoir réussi, au point d'être incapables de lui témoigner la moindre humanité.

À ma grande surprise, Owen a éclaté de rire. Un rire bref et sarcastique. Puis il a secoué la tête.

— Il t'a fait son numéro, hein ? C'est vraiment un roi de la fiction ; il faut au moins lui accorder ça.

Sa réponse m'a passablement agacée, venant de lui, qui avait harcelé Rose, et l'avait même menacée. Lui qui, autant que je sache, était seul responsable de sa mort. Je ne l'aurais jamais cru capable d'une chose pareille la première fois que je l'avais vu. Mais j'avais maintenant l'impression qu'il se révélait en tout point tel que Cian me l'avait décrit quand il m'avait mise en garde.

— D'après ce qu'il m'a dit, tu serais prêt à tout pour salir son nom, ai-je dit en essayant de ne pas hausser le ton.

— Cian Grahame n'a pas besoin de moi pour ça, a rétorqué Owen. Ne t'es-tu pas demandé pourquoi ses amis ne défilaient pas chez lui pour lui venir en aide alors qu'il fait face à l'adversité ? Pourquoi sa propre famille n'est pas là pour le soutenir ? Ce n'est pas quelqu'un de bien, Emily.

— Je prends les gens comme ils sont, ai-je répondu. Personne ne cherche à comprendre Cian. Vous cherchez tous à le dénigrer.

— Oh, épargne-moi la sempiternelle complainte de ce pauvre Cian Grahame. Il en est donc toujours là ?

Je me suis levée.

— Owen, je te remercie de t'inquiéter pour moi, si c'est vraiment ce dont il s'agit, mais si tu es satisfait de mon travail, alors je pense que nous devrions en rester là. Comme tu le sais, nous avons une journée chargée devant nous, et j'aimerais pouvoir retourner à mon travail, et le faire bien. C'est la seule chose qui devrait te préoccuper me concernant.

Là-dessus, je me suis dirigée vers la porte. J'étais à peine arrivée à mi-parcours quand j'ai senti qu'il m'agrippait le bras – très fort, à m'en faire mal – avant de me faire pivoter pour me tirer vers lui.

— Tu n'as pas l'air de comprendre, Emily, a-t-il dit tandis que je me tortillais pour tenter de me dégager.

— Tu me fais mal, ai-je protesté tandis qu'il rudoyait mes bras déjà endoloris. Lâche-moi, s'il te plaît.

— Non. Je ne te lâcherai pas tant que tu n'auras pas compris le danger que tu cours à fréquenter cet homme.

Je me suis débattue tant et plus mais il ne relâchait pas son emprise.

— Le seul homme dangereux que je côtoie, c'est toi, Owen.

Il a reçu mes mots comme une gifle et aussitôt relâché mon bras, que je me suis empressée de frotter.

— Je suis désolé, a-t-il dit en faisant mine de vouloir lui aussi me masser le bras. (Je l'ai repoussé.) Je suis vraiment désolé. Je t'assure, Emily, tu n'as pas l'air de comprendre. Il n'est pas celui que tu crois. Tu n'imagines pas ce qu'il a fait endurer à Rose… Il faut m'écouter.

— Non ! me suis-je écriée en reculant d'un pas. Il m'avait prévenue que tu dirais ça. Et que tu mentirais à son sujet. Tu serais prêt à tout pour lui porter préjudice, car il avait réussi à obtenir ce que tu convoitais mais n'as jamais réussi à avoir. Il m'a dit aussi que tu avais empoisonné la vie de Rose ! (Les larmes me montaient aux yeux. Ma voix était sur le point de se briser mais j'ai pris sur moi pour terminer ce que j'avais à dire.) Sur le coup je ne le croyais pas, Owen, mais regarde-toi ! Regarde ce dont tu es capable !

— C'est que je ne veux pas qu'il reproduise avec toi ce qu'il a fait à Rose.

— Mais il ne lui a rien fait ! ai-je hurlé. Il n'a rien à voir avec sa mort.

Il m'a de nouveau ri au nez. Pour être exact, il a ri puis pleuré dans la foulée.

— Rose est morte bien avant de se faire percuter par cette voiture, Emily. Et de cela, c'est bien Cian qui en est responsable.

32

Rose, 2017
Rose Grahame : a un petit sourire mystérieux

Je savais que je jouais avec le feu en mettant ainsi à jour mon statut, mais il fallait que je donne un tout petit indice.

C'est vrai que j'avais un petit sourire mystérieux. J'étais tout excitée, ce qui ne m'était pas arrivé depuis fort longtemps. Ça faisait même une éternité que je ne m'étais pas autorisée à m'enthousiasmer pour quelque chose. Pendant de longs mois après la naissance de Jack, j'avais eu la sensation d'être comme enlisée ; j'avançais dans une sorte d'épais brouillard qui m'empêchait de me sentir moi-même. D'ailleurs je n'étais plus moi-même. C'est bien simple, je ne savais même plus très bien qui j'étais.

Au début, je pense que Cian a fait de son mieux. Du moins il a essayé. J'ai vraiment cru qu'il allait s'efforcer de changer, comme il s'y était engagé. Il me laissait dormir. Il me disait de me reposer et de prendre soin de moi. Il disait qu'il m'aimait. Qu'il chérissait notre fils.

Ça m'avait permis de tenir un temps. Je m'étais presque convaincue que le Cian des premiers jours était de retour, et que toutes les promesses qu'il m'avait faites allaient se réaliser.

Mais à l'évidence, le Cian des premiers jours avait fait un retour fugace. Sa patience s'est vite amenuisée.

Ainsi que sa compassion. La date de remise de prix approchant, il trouvait impensable que sa femme passe ses journées au lit pour se remettre de son accouchement. Il aurait voulu que je redevienne « comme avant » ; il a même fini par tenter de m'y contraindre à mon corps défendant.

Il voulait une meilleure mère pour son fils.

Il voulait une meilleure épouse.

Il voulait un trophée plus prestigieux à son bras. « Tu étais si belle, si lumineuse. Qu'est-il advenu de tout ça ? »

Il voulait quelqu'un qui l'aime davantage. Qui l'aime d'un amour absolu et lui soit entièrement dévoué. Corps et âme.

Une maîtresse de maison irréprochable.

Qui lui apporte thé et biscuits quand il écrivait.

Qui s'occupe du bébé pour l'empêcher de pleurer.

Qui soit belle.

Qui le laisse se jeter sur elle pour la prendre sauvagement quand il avait besoin de relâcher la pression.

J'étais devenue un accessoire – et pendant longtemps j'ai cru que je n'étais bonne qu'à ça.

Pendant longtemps je me suis dit que c'était ma peau qui marquait trop facilement. Ce n'était pas lui qui était trop brusque, mais c'était les vaisseaux sanguins, les cellules, les tissus dont j'étais constituée qui étaient trop fragiles. Ils saignaient trop facilement et ne supportaient que les tendres caresses. Ils n'étaient pas compatibles avec les périodes de crise.

Le problème n'était pas qu'il aurait dû être plus tendre, plus doux. Non, c'est moi qui devais être plus résistante. Plus solide.

J'ai donc décidé de lui tenir tête. Notamment quand il a exigé de moi que je quitte mon travail. J'ai pris tout ce qu'il m'a envoyé à la figure (quelques mots bien sentis, une tasse, son poing) mais j'ai tenu bon. Je n'étais déjà plus que l'ombre de moi-même. Je ne voulais pas me perdre davantage. Je l'avais prévenu : en continuant ainsi, il risquait de me perdre.

Ça m'avait donné de la force. Ça, et quand, contre toute attente, j'avais enfin découvert le véritable amour. J'avais alors compris que ce n'était pas moi qui étais trop fragile. Je n'avais pas à changer. J'étais très bien comme j'étais. Je n'avais pas à jouer un rôle. Je n'avais pas à entrer dans un moule qui ne me correspondait pas. J'étais aimable pour ce que j'étais.

Cette prise de conscience avait été source d'un indicible sentiment de libération. J'étais digne d'être aimée, et l'amour n'avait rien à voir avec ce qui m'avait été imposé ces dix dernières années. L'amour pouvait être tout ce que j'espérais qu'il soit.

Donc oui, j'avais un petit sourire mystérieux, mais s'il venait à me demander ce que signifiait ce statut, ce qui ne manquerait pas d'arriver (il le faisait toujours), je mentirais.

J'étais devenue experte en mensonges.

De l'extérieur, tout le monde aurait pu penser que je nageais dans le bonheur.

Ce n'était pas le cas. Mais un jour, ça le serait.

33

Emily

Les mots d'Owen m'ont arrêtée dans mon élan.

Je ne savais pas comment réagir. Il me dévisageait, sidéré, comme s'il n'en revenait pas de m'avoir dit ça.

— Tu es complètement fou, ai-je répondu d'une voix blanche, ne voyant pas d'autre explication à son coup de sang. Ta jalousie te fait dire n'importe quoi, et accuser un innocent. Et tu as raconté la même chose aux flics ? Que c'est un sale type ? Ça pourrait prêter à rire, Owen, si tu ne détruisais pas la vie des gens.

Sur ce, j'ai tourné les talons. J'en avais assez entendu. Il était hors de question que je continue à l'écouter débiter ses accusations absurdes et dénuées du moindre fondement.

— Le bleu que tu as dans le cou, Emily, a-t-il dit en me rejoignant devant la porte.

J'ai marqué une pause.

— Je l'ai vu, a-t-il ajouté.

— Ce n'est pas du tout tes affaires, ai-je dit, le rouge me montant aux joues.

J'ai aussitôt porté la main à mon cou, contrariée de ne pas avoir réussi à dissimuler mon ecchymose.

— J'en ai déjà vu de semblables par le passé, a dit Owen.

— Il suffit d'avoir été adolescent pour avoir vu des bleus, Owen, ai-je rétorqué sans toutefois parvenir à contenir le tremblement dans ma voix.

J'ai songé au moment où Cian avait commencé à me mordiller le lobe de l'oreille, à me mordre le cou. Puis ses gestes étaient devenus plus brusques. Ses mains m'écrasaient, me pétrissaient, me pinçaient. Il s'était laissé emporter par la passion, avais-je pensé. Mais le sentir mordre ma chair avait été davantage un supplice qu'une source de plaisir. Une telle sensation était tout sauf agréable.

— C'est comme ça qu'il traitait Rose. Elle était à sa disposition. Sa chose. Il la manipulait, tu comprends ? Il la maltraitait. D'où ma haine pour lui. Sachant ce qu'il lui a fait endurer, le simple fait de le voir me donne la nausée.

— Tu mens, Owen. Et ne t'inquiète pas, j'ai donné le nom de celui qui la contrôlait, qui la maltraitait et qui avait transformé sa vie en enfer. Et nous savons tous les deux que ce n'était pas Cian. Tu sais quoi ? Ton boulot toxique, tes mensonges et ta haine, tu peux te les mettre où je pense. J'en ai eu ma dose.

Et là, je l'ai laissé en plan et je suis sortie de la salle au pas de course en tremblant de tout mon corps. L'ecchymose que j'avais au bras me démangeait à cause des frottements de la manche de mon corsage sur ma peau. Je me suis précipitée dans le vestiaire pour fourrer dans mon sac les quelques effets personnels déposés dans mon casier, et j'ai quitté le cabinet sans dire un mot. J'ai même évité de croiser le regard de quiconque, de peur de disjoncter – d'une manière ou d'une autre. Je me serais mise à pleurer, à hurler, ou à invectiver Owen publiquement sans me soucier d'être entendue. Je suis sortie sans me retourner.

Je me suis arrêtée dans un café, j'ai commandé un *latte* et j'ai pris mon téléphone.

J'ai décidé que j'avais trois personnes à appeler.

D'abord, l'inspecteur Bradley, à qui je parlerais de l'emportement d'Owen, sans omettre de mentionner le bleu à mon bras et de dire à quel point je me sentais en insécurité en sa présence.

Puis j'appellerais Cian. Je lui dirais que j'avais démissionné avec perte et fracas, que j'avais peur et que j'étais dévastée. Je le laisserais me réconforter. Mon Dieu, faites qu'il me réconforte. Qu'il me prenne dans ses bras et me cajole. Faites qu'il soit content que j'aie tenu tête à Owen.

Et enfin, si j'en avais le courage, j'appellerais Maud pour lui dire que j'avais encore fait n'importe quoi. *J'avais recommencé*, comme l'avait chanté Britney Spears avec facétie. Sauf que moi, là, j'avais vraiment déconné, et dans les grandes largeurs. C'était à se demander si j'étais encore capable de comprendre quoi que ce soit à qui que ce soit.

J'ai grossièrement essuyé mes larmes, gênée de m'exposer ainsi aux yeux de tous. J'ai pris un journal sur le présentoir à magazines mis à disposition dans le café et, cachée derrière, j'ai commencé à lire l'article d'Ingrid Devlin dans lequel Cian Grahame jurait qu'il ne tomberait plus jamais amoureux.

« Jamais aucune femme avant Rose ne m'a procuré ce sentiment de complétude. Une telle rencontre n'arrive qu'une fois au cours d'une vie. Je ne vois même pas l'intérêt de chercher », disait-il.

Mon cœur s'est serré et j'ai aussitôt abandonné l'idée de l'appeler pour lui demander de me réconforter. J'ai même pleuré un peu plus fort et, sans avoir passé le moindre appel ni bu une goutte de mon café, j'ai pris mes sacs et je suis retournée sous la pluie.

Ne pouvant me résoudre à rentrer chez moi, je suis montée dans ma voiture, j'ai allumé le moteur ainsi que la ventilation, pour désembuer le pare-brise. J'ai fait une pause pour m'allumer une cigarette, comptant sur les volutes de fumée pour me calmer. Je ne devais surtout pas penser au fait qu'une fois de plus, je me retrouvais sans boulot. Sans revenus. Je m'étais bien fait des amies au cabinet, mais ces amitiés n'étaient pas assez solides pour perdurer une fois que je n'y travaillerais plus. D'autant que j'avais bien failli dire à Owen que je pensais qu'il avait harcelé et fait souffrir Rose. J'avais même été à deux doigts de lui dire que je le pensais responsable de sa mort.

J'ai allumé une deuxième cigarette et composé le numéro que m'avait donné l'inspecteur Bradley, furieuse de tomber sur sa boîte vocale. J'ai débité un bref message à toute allure. Je lui demandais de me rappeler, ajoutant que j'avais des informations à lui communiquer – ou peut-être pas. Mais en tout cas j'avais des soupçons. Pouvait-il me rappeler quand il aurait ce message ? Je lui ai laissé mon numéro, même si je savais qu'il l'avait déjà.

Mon téléphone en main, j'avais les yeux sur le numéro de Maud. J'ai fait le calcul : il était 6 heures du matin à New York. Elle devait déjà être levée, et se préparer pour aller au travail. À moins qu'elle n'ait été à la salle de sport.

Elle saurait me conseiller. Je n'avais aucun doute là-dessus. Mais n'allait-elle pas aussi me juger ? Il y avait forcément des moments où elle devait lever les yeux au ciel en priant pour que je disparaisse.

Cette pensée m'a fait l'effet d'une claque et m'a ramenée à la réalité. Après avoir écrasé ma cigarette, j'ai glissé mon portable dans mon sac, enclenché la première et démarré.

J'ai roulé sans but pendant une heure, avant de décider de me diriger vers Tullagh Bay, une plage retirée sur la côte atlantique à une quarantaine de minutes de Derry. Une fois là-bas, je pourrais donner libre cours à mes pensées sans être interrompue. Et c'est ce que j'ai fait. Je suis restée assise sur la plage une heure au bas mot. Après avoir enlevé chaussures et chaussettes, j'avais enfoui mes pieds dans le sable humide, en essayant de ne pas prêter attention au froid pénétrant. La pluie avait laissé la place à une fine brume, de celles qui avaient l'air inoffensives mais vous trempaient jusqu'aux os en quelques secondes.

Je regardais les vagues déferler sur le rivage. Au fur et à mesure qu'elles venaient s'écraser sur le sable, leur écume remontait de plus en plus haut vers moi. Contempler la mer m'avait toujours apaisée. La mer était immuable. Constante. En toutes circonstances et en toutes saisons, quelle que soit la direction du vent, quoi qu'il advienne dans le monde et dans la vie de ceux qui foulent le sable du rivage, les vagues, elles, continuaient de faire ce qu'elles faisaient de mieux. Aller et venir.

Je me demandais combien, comme moi, s'étaient déjà assis à l'endroit où je me trouvais, à méditer sur leur vie.

J'ai repensé à tout ce qui s'était passé depuis ce jour où Rose et moi avions emprunté le même ascenseur. Tout était parti en vrille.

Rose était-elle déjà venue sur cette plage ? Avec Cian, peut-être. Ou alors avec Jack. Avait-elle elle aussi trouvé du réconfort dans la contemplation des vagues ? Je me suis massé le bras. Il était beaucoup moins douloureux maintenant, quoique toujours un peu sensible. Je sentais encore la pression de ses doigts qui m'avaient empoignée quand je m'étais apprêtée à partir. Il semblait beaucoup trop convaincu que Cian était un sale type. Et dangereux. Mais essayait-il seulement de se protéger ?

Il fallait que je me fie à mon instinct. Je pensais à Rose, à l'image pétillante qu'elle donnait d'elle-même sur Facebook. À ses déclarations d'amour pour Cian. Aux images qu'elle postait d'eux deux. Elle était si fière de lui, de sa réussite. Il n'y avait jamais une once de négativité dans ses publications. Que du bonheur. Son sourire omniprésent offert au monde entier.

Je repensais aux photos d'elle que j'avais vues chez eux, sur lesquelles elle affichait toujours ce même sourire radieux et sincère. Je repensais aussi aux instants que nous avions partagés elle et moi, dans cet ascenseur qui nous avait conduites du quatrième étage au rez-de-chaussée du centre commercial. Les yeux clos, j'ai tenté de m'en remémorer chaque seconde. Les portes qui s'ouvraient. Son sourire. Jack qui agitait sa petite main grassouillette. Les sacs accrochés à l'arrière de la poussette, dont un sac à langer aux couleurs bariolées, duquel émergeait la tête d'un ours en peluche bleu. Rose, les cheveux attachés en un chignon décoiffé. Veste en cuir. Jeans moulant et bottines. T-shirt bordeaux. Je me souviens particulièrement bien de ce dernier point, pour avoir noté, après qu'elle avait heurté le bitume, que le sang se confondait avec la couleur du T-shirt. Foulard blanc orné d'hirondelles noires. Je m'étais dit qu'elle avait vraiment l'air classe, cette maman sexy avec son bébé qui aurait mérité de figurer dans une publicité pour Baby Gap. Nous avions tendu le doigt en même temps pour appuyer sur le bouton « rez-de-chaussée » et nous en étions amusées, en échangeant un petit rire poli de circonstance.

— Vous avez fini vos courses pour aujourd'hui ? lui avais-je demandé.

Question bête, dans la mesure où elle se rendait au rez-de-chaussée, et donc vers la sortie.

— On a tout ce qu'il nous faut, oui, avait-elle répondu en souriant. N'est-ce pas qu'on a tout ce qu'il nous faut, Jack ?

L'enfant lui avait répondu en gazouillant, et elle lui avait adressé un sourire radieux.

— Il est temps de rentrer faire goûter ce petit bonhomme, avais-je dit.

— En fait, nous allons chez un ami, n'est-ce pas, Jack ?

La plénitude incarnée, elle respirait le bonheur. Je lui avais souri et ensuite elle avait consacré toute son attention à Jack, lui fredonnant une comptine tandis que l'ascenseur poursuivait sa descente. Quand les portes s'étaient ouvertes, je lui avais de nouveau adressé un sourire et je l'avais invitée d'un geste à sortir la première en lui souhaitant une bonne soirée en compagnie de son ami.

Elle m'avait souri à son tour.

— Merci, je suis sûre que ce sera le cas, avait-elle répondu.

Et puis elle était sortie. Après avoir traversé le hall et passé les portes automatiques, elle s'était engagée sur la chaussée pour traverser la rue.

Un tel bonheur ne saurait être feint, n'est-ce pas ? Surtout quand il illumine ainsi le regard. Tout en elle était lumineux.

Je me suis levée, j'ai pris mes chaussures et je les ai gardées à la main pour marcher sur le sable le temps de regagner ma voiture. J'avais décidé d'aller voir Cian. J'espérais qu'il me rendrait aussi heureuse que Rose.

Quand il m'a ouvert la porte, il tenait Jack dans ses bras. En me voyant, ce dernier a poussé un petit cri de joie et s'est mis à gigoter frénétiquement. Je l'ai pris dans mes bras en lui disant que moi aussi j'étais très contente de le voir.

Cian aussi souriait. Il avait ce sourire que j'aimais tant. Que j'adorais, même. Je lui ai souri en retour, ravie de ce constat.

— En voilà une surprise, m'a-t-il dit en se penchant pour m'embrasser sur la joue.

— Oh, comme je passais dans le coin, je me suis dit que je pourrais te dire un petit bonjour, ai-je menti.

— Mais je vois que tu es encore trempée, s'est-il étonné. (Jetant un œil dehors, il avait remarqué la présence de ma voiture.) Ce ne serait pas ton état naturel en ce moment ?

Avant que j'aie le temps de lui répondre, il s'est retourné et m'a précédée dans le couloir menant à la cuisine, où j'ai installé Jack sur le tapis de jeu devant son garage en bois. Il a saisi une petite voiture bleue et je n'ai pu m'empêcher de sourire en le voyant suivre des yeux le jouet qui dévalait la rampe.

J'allais m'asseoir sur le canapé quand je l'ai entendu s'écrier :

— Non, ne t'assois pas là. Tu es trempée, ça va abîmer le tissu.

Je me suis levée d'un bond en percevant la sévérité de sa voix.

— Je suis désolée. Je n'ai pas réfléchi.

— Ce n'est pas grave, a-t-il dit tout en allant chercher des serviettes dans la buanderie. Et si tu te séchais ? Tu pourrais même prendre une petite douche ? Pour te réchauffer ?

— Ça va, je t'assure, ai-je répondu en enlevant mon manteau. C'est surtout mon manteau qui est mouillé, ainsi que mes cheveux. Je dois avoir l'air d'un chien mouillé.

Alors que je m'apprêtais à me sécher les cheveux avec une des serviettes, il m'a arrêtée net.

— Emily, va prendre une douche. Il faut que tu t'arranges un peu.

Le ton était doux, mais le choix de ses mots ainsi que la moue formée par ses lèvres me faisaient comprendre qu'il valait mieux ne pas discuter. J'aurais d'abord dû rentrer chez moi pour me changer, me doucher et refaire mon maquillage. Au lieu de quoi je m'étais pointée chez lui comme une clocharde.

— OK, ai-je répondu.

— J'ai laissé le peignoir que tu as déjà porté dans la chambre d'amis. Il est accroché à la patère derrière la porte.

J'ai hoché la tête et je suis montée à l'étage, en me demandant s'il me ferait un jour l'honneur de me faire entrer dans sa chambre, ainsi que dans la salle de bains familiale. Lui était-ce encore trop difficile, s'agissant de lieux qui symbolisaient l'intimité qu'il avait partagée avec elle ? Il avait besoin de temps pour faire son deuil, me suis-je répété. Par ailleurs, j'aimais beaucoup cette chambre d'amis. Je commençais même à m'y sentir chez moi. Il faut dire aussi que la présence de Rose s'y faisait moins sentir. Certes, il m'avait dit que c'était grâce à elle que les lieux étaient dignes d'un hôtel, mais au moins il ne s'y trouvait aucun portrait d'elle pour me toiser. Et je ne risquais pas de tomber sur ses bouteilles de shampoing entamées dans la douche. Les surfaces étaient libres de tout bibelot ou objet décoratif. La pièce était aussi anonyme qu'une chambre d'hôtel, et c'est ce qui me plaisait, dans une maison où le sourire de Rose s'affichait sur tous les murs.

Je me suis déshabillée, douchée, et j'ai enfilé le peignoir, non sans m'être regardée dans le miroir de la salle de bains au préalable. Le bleu que j'avais au cou avait pris une teinte violet foncé. J'en avais d'autres sur mes cuisses, là où il m'avait agrippée sans ménagement – quand je lui avais fait perdre la tête.

Quand je suis redescendue, il avait mis Jack en pyjama et rangé ses jouets. L'enfant était lové contre son torse, la main plaquée sur le visage de son père tandis que Cian embrassait sa menotte et lui donnait son biberon. Je suis restée un instant dans l'encadrement de la porte pour contempler cette scène pleine de tendresse. Les paupières de Jack sont devenues lourdes et ont fini par se fermer, sous le regard protecteur de Cian qui lui murmurait qu'il l'aimait et qu'il ne laisserait personne lui faire du mal. Jamais il ne le laisserait tout seul. Jamais il ne laisserait quelqu'un l'éloigner de lui.

N'osant briser l'harmonie de ce moment précieux, je suis restée silencieuse à les regarder, jusqu'au moment où Cian s'est tourné vers moi en me souriant.

— Je vais le monter dans sa chambre, m'a-t-il dit. Pendant ce temps, sers-nous un peu de vin, et après on parlera.

Quand il est redescendu, j'avais servi nos deux verres de vin blanc. Il s'est assis, tourné vers moi, et a bu une gorgée.

— Quelque chose a l'air de te tracasser, a-t-il observé. Est-ce que ça a un rapport avec l'article ? Avec ce que j'ai dit sur le fait que je ne tomberais plus jamais amoureux ? Comme tu le sais, il faut que les gens comprennent que je n'aurais jamais pu faire une chose pareille. Nous en avions parlé toi et moi. C'était même ton idée, de rester discrets nous concernant. Tu disais que les gens ne comprendraient pas.

Une fois qu'il m'avait dit ça, il aurait été malvenu de ma part de lui dire que j'étais blessée. Ça faisait partie de la stratégie pour être sûr qu'on ne lui retire pas la garde de Jack.

— Non, tu te trompes. Owen m'a prise à partie tout à l'heure.

À la mention d'Owen, Cian s'est rembruni.

— Et ?

— Il disait vouloir me mettre en garde contre toi, m'assurant que tu étais dangereux.

Je l'ai vu se raidir, sa mâchoire et ses mains se crisper. Il a secoué la tête.

— Et sinon, il t'a dit quoi, ce connard ?

— Je lui ai dit que c'était lui qui était dangereux, ai-je ajouté, désireuse de l'apaiser.

— Mais lui, que t'a-t-il dit ? a insisté Cian, des accents de colère dans la voix.

— Il a dit… il a dit que Rose était déjà morte depuis longtemps au moment où la voiture lui a foncé dedans. Et que c'était à cause de toi.

Le bruit du verre à vin se fracassant contre le mur m'a fait sursauter. Cian s'est levé d'un bond et s'est mis à faire les cent pas dans la pièce.

— Putain, il ne manque pas d'air, l'enfoiré. On était heureux. On allait de l'avant. On était même en train d'essayer d'avoir un deuxième enfant, tu te rends compte ? Que lui as-tu répondu ?

— Je lui ai dit qu'il pouvait mettre son boulot où je pense, me suis-je empressée de lui répondre. Et puis je suis sortie en trombe, j'ai pris ma voiture et j'ai roulé sans but précis en essayant d'y voir plus clair. Après je suis venue ici car j'avais besoin de te voir.

Il est venu s'asseoir à côté de moi et il a pris mon visage entre ses mains.

— Tu as fait ce qu'il fallait, Emily. Tu le sais, n'est-ce pas ?

J'ai hoché la tête.

— J'ai laissé un message à l'inspecteur Bradley. Je veux qu'il sache comment Owen s'est comporté avec moi, qu'il s'est emporté. (J'ai porté la main à mon bras, mais j'ai finalement décidé de ne rien dire à Cian.

Redoutais-je sa réaction ?) Donc, oui, j'ai fait ce qu'il fallait. Même si je me demande bien comment je vais payer mon loyer maintenant… (J'ai essayé de faire bonne figure.) Mais bon, je trouverai un autre boulot.

— Exactement. (Il s'est levé et s'est remis à arpenter la pièce.) Travaille pour moi. Ici. Tu pourrais être ma gouvernante. La nounou de Jack. Je n'aime pas trop le laisser à la crèche. Et je ne veux pas que les parents de Rose lui mettent dans la tête des choses fausses à mon sujet. Tu serais parfaite, Emily. Il t'adore. Tu es si gentille avec lui. Et tu sais t'y prendre avec moi. Tu me comprends.

— Travailler ici ?

— Ce serait la solution parfaite. Tu pourrais garder ton appartement – ou alors t'installer ici, a-t-il dit tout en continuant à faire les cent pas.

Il était de plus en plus animé, et parlait de plus en plus vite. M'installer ici ? Était-il en train de me proposer d'emménager chez lui ? En tant que quoi : employée ou amante ? Gouvernante ou amie ?

— Tu aimes bien la chambre d'amis, non ? a-t-il dit en poursuivant son monologue. Tu pourras la décorer à ton goût. Le temps de savoir où on va, toi et moi ? Le temps de savoir si c'est du solide, et si on peut se voir comme une famille ?

Une famille. C'était tout ce dont je rêvais. Et, oui, j'étais déjà complètement gaga du petit Jack. Sans parler de Cian.

J'aurais voulu me jeter dans ses bras. Le couvrir de baisers. Vous voyez, il pouvait me rendre heureuse. C'était déjà le cas maintenant.

34

Je ne suis pas restée chez Cian cette nuit-là. J'ai fini mon verre de vin pendant qu'il appelait son avocat, puis Ingrid Devlin, pour leur raconter à l'un et l'autre ce qui s'était produit entre Owen et moi. Je l'ai entendu dire à son avocat que j'attendais que l'inspecteur Bradley me rappelle, et j'ai remarqué son sourire pendant qu'il écoutait la réponse de l'avocat. À l'évidence, le fait qu'Owen se soit emporté était vraiment un bon point. Cela démontrait que, contrairement aux apparences, il n'était pas l'homme calme, pondéré et serein qu'il prétendait être.

Quant à Ingrid Devlin, eh bien, il lui a parlé sur un ton beaucoup plus calme. Presque à voix basse. Il lui expliquait qu'il allait peut-être m'employer. En tant que gouvernante – de sorte que ceux qui se posaient des questions sur le fait que je dormais chez lui sauraient que notre relation était d'ordre professionnel.

Il avait eu l'air très heureux à l'issue de ces conversations téléphoniques. Comme s'il entrevoyait une lumière au bout du tunnel. Il m'avait embrassée, puis s'était assis sur le canapé. Je le sentais agité : il sirotait son vin, remuait sa jambe, se tournait régulièrement vers moi pour me sourire.

— Ça te dérangerait si j'allais écrire un peu ? m'a-t-il demandé. Je me sens inspiré. Bon sang, Emily, tu te rends compte ? C'est la première fois que ça m'arrive depuis la mort de Rose. J'ai envie d'écrire, de me perdre dans l'écriture pendant des heures durant. J'ai presque des démangeaisons dans les doigts tellement je ressens le besoin d'écrire.

— Bien sûr que non, ça ne me dérange pas, ai-je répondu.

— Je risque d'en avoir pour un petit moment, si ce n'est plusieurs heures. Quand ça me prend…

Il avait l'air si enthousiaste que même si j'avais espéré qu'il me prendrait dans ses bras pour me serrer contre lui tendrement, me donnant ainsi le sentiment d'être aimée, je ne pouvais pas lui en vouloir. Il avait l'air si joyeux, si euphorique, que c'en était attendrissant. Il me rappelait Jack quand on lui donnait son jouet préféré.

— Il faut que tu écrives quand l'envie te prend, ai-je dit en lui souriant. Tu dois faire face à tant d'épreuves. Écoute, Cian, je vais rentrer chez moi et te laisser travailler en paix. La journée a été longue et stressante de toute façon.

— Tu ne m'en veux pas? m'a-t-il demandé en levant un sourcil.

— Pas du tout, ai-je répondu en me penchant vers lui pour l'embrasser.

Pourtant, une partie de moi lui en voulait quand même un peu car lorsque nous étions ainsi, seuls, à échanger des baisers et boire du vin, je pouvais me convaincre que tout était parfait.

Alors je me suis habillée et je suis rentrée chez moi. Tout en jetant un regard circulaire dans mon appartement, j'ai repensé à la proposition de Cian.

Je n'aurais aucun mal à dire adieu à mon canapé défoncé, au chauffage qui faisait un bruit de tous les diables au beau milieu de la nuit, aux robinets qui donnaient de l'eau soit glaciale, soit bouillante – pour m'installer dans une maison qui semblait tout droit sortie d'un magazine de décoration intérieure. Avec un homme séduisant et qui avait réussi. Et avec un adorable bébé.

J'étais en train d'enlever mon uniforme, ne sachant si je devais tout simplement le jeter ou bien le mettre au pressing et le rapporter au cabinet, quand mon téléphone a sonné. Voyant le nom de Donna s'afficher, j'ai répondu.

— Emily, tu es chez toi ? Est-ce que je peux passer ? Il faut que je te parle.

— J'allais me coucher, ai-je menti.

Je n'étais pas sûre d'être d'humeur à voir Donna débarquer et tenter de me convaincre qu'Owen était simplement victime de malentendus.

— Il est important que je te parle, a-t-elle insisté. Vraiment important.

Sa voix tremblait.

— Ça va, Donna ?

— Oui, ça va, sauf que je dois absolument te parler. Et le plus tôt sera le mieux.

J'ai soupiré. Donna ayant toujours été adorable avec moi, je n'avais aucune envie de la rembarrer. J'avais l'impression que les gens se le permettaient bien trop souvent avec elle.

— OK.

— Super. Je serai chez toi dans dix minutes, a-t-elle dit avant de raccrocher.

Dix minutes et des poussières plus tard, mon interphone a sonné et j'ai appuyé sur le bouton pour que Donna puisse entrer dans le hall. Puis j'ai ouvert la porte de mon appartement en attendant qu'elle monte l'escalier.

Mais ce que je n'avais pas vu venir – mais alors pas du tout – c'est qu'elle serait accompagnée d'Owen. À la vue de ce dernier, mon sang n'a fait qu'un tour.

— Non, ai-je dit sans même réfléchir. Je ne l'ai jamais autorisé à venir ici. Je ne veux pas de lui chez moi.

J'ai tenté de refermer la porte mais Donna, plus rapide que moi, m'en a empêchée en la bloquant de sa main avant de faire pression sur le battant de tout son poids. J'ai eu beau pousser de toutes mes forces, quand Owen a prêté main-forte à Donna, je n'étais clairement pas de taille à lutter contre eux.

J'ai titubé en arrière.

— Je vais appeler la police, ai-je dit, les mains tremblantes, le cœur battant, tout en essayant de me souvenir où j'avais mis mon téléphone.

Je m'étais changée dans ma chambre; l'avais-je laissé là-bas? C'était à l'autre bout de l'appartement, et ils étaient tous les deux face à moi, à me bloquer le passage.

— C'est parfaitement inutile, a dit Donna d'une voix calme. Nous sommes là pour t'aider, Emily. En amis.

— Je t'en prie, laisse-nous t'expliquer, a dit Owen. Je sais que j'ai merdé tout à l'heure.

Je le revoyais m'empoigner le bras. Je lui avais pourtant dit qu'il me faisait mal. Dès lors, il était hors de question que je l'accueille chez moi. Rien de tout cela n'était normal. Soudain prise de panique, j'ai commencé à manquer d'air et à avoir la tête qui me tournait. Où que je regarde, mes yeux tombaient sur eux. Il m'était impossible de passer en force. Je n'arrivais plus à respirer. J'aurais voulu m'enfuir à toutes jambes. Ouvrir une fenêtre. Que ce soit pour inspirer à pleins poumons ou pour me jeter par la fenêtre.

— Je t'en prie, Emily, ai-je entendu me dire Donna, la voix toujours calme. Respire un grand coup. Je te jure que nous ne voulons que ton bien. Owen m'a suppliée de l'accompagner pour que tu n'aies pas peur. Oh

Emily, il est mort de honte – mais quand tu sauras pourquoi il a réagi comme il l'a fait, tu comprendras.

— Tu m'as fait très peur, ai-je dit à Owen dans un sanglot que je n'avais pas vu venir.

— Je suis tellement désolé, Emily. Vraiment, a réagi Owen. Je te promets que je n'ai jamais eu l'intention de te faire mal. J'ai tellement honte.

Donna m'a prise par la main.

— Viens t'asseoir, ma belle, m'a-t-elle dit en me conduisant au canapé. Inspire à fond. Owen, va lui chercher un verre d'eau. Je suis désolée de te faire ce coup bas, mais si je t'avais dit qu'il m'accompagnait, tu ne m'aurais jamais laissée venir.

J'ai hoché la tête.

— Mais il est très important que tu écoutes ce qu'il a à te dire. Il faut que tu saches la vérité au sujet de Rose. Et au sujet de Cian. Et d'Owen, par la même occasion.

Elle avait l'air si sincère, et le contact de sa main était si rassurant, que j'ai senti ma respiration ralentir et se stabiliser. Ce qui ne m'a pas empêchée d'être à nouveau prise d'angoisse en voyant Owen revenir dans le salon pour me tendre le verre d'eau.

— Prends juste une gorgée, m'a-t-il dit. Prends ton temps.

Il est allé s'asseoir dans le fauteuil en face de nous, à bonne distance. Ce dont je lui ai su gré car, au moins, je respirerais un peu mieux. J'ai bu un peu d'eau et, rassurée par la main de Donna qui serrait la mienne, j'ai fait en sorte de me reprendre.

— Donc tu voulais me parler, ai-je dit quand j'ai retrouvé ma voix.

J'ai senti Donna se tendre un peu. Owen a respiré profondément.

— Je ne suis pas fier de tout ça, a-t-il commencé. Je veux que tu le saches. Je n'aurais jamais pensé être le genre d'homme à tomber amoureux d'une femme mariée.

Cian avait donc raison. Owen avait bien eu des sentiments pour Rose.

— De même que je n'aurais jamais imaginé que ça puisse être réciproque. Et pourtant, Emily, elle aussi est tombée amoureuse de moi. (Je me suis redressée, en essayant de comprendre ce qu'il me disait.) Pendant longtemps, nous avons tenté de résister. Nous ne voulions faire de mal à personne. Il faut me croire, quand je te dis que Rose était la personne la plus douce, la plus attentionnée qui soit. Quoi qu'elle fasse, c'était toujours dans le but d'aider les autres. Elle était du genre à se priver pour que tout le monde mange à sa faim. C'est pour ça que je suis tombé amoureux d'elle. Et j'ai été le plus chanceux des hommes quand elle m'a aimé en retour.

— Cian a une tout autre version des faits, ai-je avancé.

— Non... enfin, Cian a toujours eu une façon bien à lui de voir les choses, Emily. Oui, Rose l'aimait, au début. Loin de moi l'idée de le remettre en cause. Mais à la fin, Emily, il la terrifiait. Il contrôlait toute sa vie, dans les moindres détails. Les vêtements qu'elle portait. À qui elle pouvait parler. Où elle devait travailler. Il postait même des publications sur les comptes Facebook et Instagram de Rose en se faisant passer pour elle. Il la traitait comme une marionnette, et elle avait bien trop peur de lui pour tenter de se battre. Il l'avait éloignée de sa propre famille et s'employait à la tenir à distance. Elle avait appris à ses dépens qu'il valait mieux se plier à ses exigences. Et quand Jack est né, tout est allé de mal en pis. C'est là qu'elle a vraiment abdiqué. Selon ses propres dires, comme elle ne voulait pas que son bébé se trouve mêlé à leurs disputes, elle cédait à ses moindres caprices. En revanche, quand elle était au travail, les choses étaient bien différentes. C'était notre bulle à nous, une bulle de bonheur. Je ne sais pas s'il se doutait de quelque chose, mais il a commencé à lui demander avec insistance de démissionner, pour rester à la maison et s'occuper de Jack. Selon lui, il était inconvenant que « la femme d'un auteur à succès trime toute la journée dans un cabinet dentaire ». Et qu'il en soit réduit à envoyer son fils à la crèche alors que ses moyens auraient largement permis qu'elle reste à la maison pour s'occuper de lui. Mais là, elle n'avait pas cédé. C'était la goutte d'eau qui faisait déborder le vase. Si elle arrêtait de travailler, elle savait qu'elle passerait ses journées enfermée dans leur immense maison, à devoir faire ses quatre volontés, et qu'elle perdrait le peu qui restait de son libre arbitre. Sans compter qu'il nous aurait été impossible de nous voir. Il aurait été sur son dos vingt-quatre heures sur vingt-quatre.

J'ai secoué la tête.

— Non. Ils étaient heureux. Ils essayaient d'avoir un deuxième enfant. Cian est complètement dévasté par tout ça. Elle lui manque tellement. Il est anéanti.

— Anéanti mon cul ! s'est écrié Owen. Putain, c'est vraiment un bon acteur. Mais en vérité, comme il savait qu'il allait de toute manière la perdre, il a préféré que ça se fasse selon ses propres critères. Rose et moi, nous allions repartir de zéro ensemble. Quand il s'est mis à accentuer la pression pour qu'elle quitte son boulot, on s'est dit qu'il ne fallait plus attendre. On ne pouvait plus prendre le risque d'attendre. Elle était déterminée à le quitter, Emily.

Je commençais à avoir mal à la tête. Donna me serrait fort la main. Je me suis tournée vers elle.

— Il dit la vérité, Emily. Ils étaient ensemble et, oui, Owen la rendait très heureuse. (Le regard de Donna s'était voilé, et ses mots étaient pleins de sincérité.)

Rose était pleine d'espoir pour l'avenir. Elle ne voulait plus vivre dans la peur.

— C'est ni plus ni moins qu'un tyran, l'a interrompue Owen. (Il m'a regardée droit dans les yeux en disant cela, en penchant très légèrement la tête ; comme s'il voulait désigner mon cou marqué de bleus.) Il disait qu'il l'aimait plus que tout, mais en réalité il la traitait comme si elle était sa chose. Si tu n'as pas encore vu cette facette de sa personnalité, Emily, ça ne saurait tarder. Ne confonds pas passion et emprise. Ne lui pardonne pas ses écarts de comportement au prétexte qu'il est en deuil. Mais surtout, ne va pas imaginer que tu puisses le changer – ou qu'il fasse de lui-même le moindre effort pour changer. Rose lui avait trouvé tout un tas d'excuses ; et elle s'était démenée pour tenter de sauver leur couple. Mais en fait, elle n'a jamais vraiment eu son mot à dire. Il exerçait sur elle une emprise totale. Depuis le début.

J'ai repensé à son intérieur. Même avec un enfant en bas âge, tout était toujours digne d'une maison témoin. Parfaitement en ordre. Constamment prêt à accueillir une séance photos. Mais est-ce que cela faisait pour autant de lui un sale type ? Peut-être fallait-il juste y voir le signe d'un homme qui aimait les belles choses, et qui entendait qu'elles le demeurent ? Quelle aurait été ma réaction si, arrivant chez lui, j'avais trouvé des poubelles pleines à ras bord, des jouets éparpillés dans toutes les pièces, et des piles de vaisselle sale ? Fallait-il que je le prenne pour un tyran domestique pour la simple raison que sa maison était bien tenue ? Cela dit, je repensais aussi à la réaction qui avait été la sienne quand j'avais failli m'asseoir sur le canapé avec mon manteau mouillé. Ainsi qu'au dédain, voire au dégoût, que j'avais senti poindre dans sa voix quand il m'avait invitée à me refaire une beauté. Et que dire de sa réaction bizarre quand j'étais arrivée chez lui à l'improviste ? Ou quand je lui avais annoncé au téléphone que les flics m'avaient posé des questions ? Que penser du fait qu'il n'avait pas repris Ingrid quand elle avait dit que nous étions de simples amis ? De leur évidente complicité ? Elle m'avait lancé le même regard dédaigneux que lui. Chacun de ces souvenirs me faisait l'effet d'une gifle. J'avais beau essayer désespérément de les chasser de mon esprit, ils revenaient aussitôt au galop. Non, il était impensable que je me sois à nouveau laissé berner par un homme tyrannique. Quoique. À force de vouloir à tout prix ma part de bonheur, peut-être étais-je prête à faire d'importantes concessions pour y parvenir.

Même si ces concessions flirtaient avec de la maltraitance.

J'ai frissonné et senti mes yeux s'emplir de larmes. Je refusais d'y croire. J'ai tenté par tous les moyens de faire fi de ce qu'ils me disaient, me remémorant tout ce que m'avait dit Cian. Il m'avait paru si sincère.

— Il m'a dit que c'est toi qui la harcelais. Et que Rose était sur le point de démissionner mais qu'elle craignait ta réaction parce que tu faisais une fixation sur elle. Selon lui, elle ne pouvait plus garder son travail car tu lui pourrissais la vie. (J'ai terminé en chuchotant, tant je me sentais honteuse de dire une chose pareille à voix haute.) Owen, il pense que c'est sûrement toi qui as payé Kevin McDaid.

Owen a juré à voix basse en secouant la tête, et Donna a retiré sa main de la mienne.

— Je vais faire un peu de thé, a-t-elle dit en se levant pour se rendre dans la cuisine. Je crois qu'on en a encore pour un petit moment.

— Emily, bon sang, ce type ment comme il respire, a commencé Owen. Jamais, au grand jamais, je n'aurais pu lui faire le moindre mal.

— Il me dit exactement la même chose, m'assurant que *lui* n'aurait jamais pu faire une chose pareille.

— Et tu le crois ? J'ai vu le bleu sur ton cou, Emily. Et je parie que ce n'est pas le seul, a-t-il chuchoté, pour ne pas être entendu par Donna.

— Non, en effet. J'en ai un autre au bras. Celui que tu m'as fait, ai-je dit en me massant les tempes.

Je ne savais plus du tout qui croire – si tant est que l'un des deux dise la vérité. Et moi qui croyais que la vie était compliquée avec Ben. Là, on était encore deux crans au-dessus.

— Je suis désolé. Je n'aurai jamais assez de mots pour te demander pardon, a-t-il dit. Je vais regretter ce geste jusqu'à la fin de mes jours. Mais il faut me croire, je dis la vérité. Le jour où elle est morte, Rose s'apprêtait à venir chez moi. Nous devions dîner ensemble, et après nous avions prévu d'aller visiter une maison – notre future maison. À l'extérieur de la ville. À un endroit qu'il ne pourrait pas trouver. Elle s'en faisait une joie. Cian étant en déplacement pour un événement littéraire, elle avait pour une fois l'occasion de faire quelque chose sans lui. Elle ne parlait que de ça ; elle avait déjà réfléchi à la décoration. Des couleurs vives. Des coussins. Meubles chinés. Bibelots vintage. Bref, tout ce qu'il lui interdisait d'avoir chez eux, alors même que c'était son goût à elle. Elle était très créative, avec une vraie fibre artistique. Elle avait envie d'un endroit à son image, d'un chez-soi. Cian, lui, avait surtout besoin d'une maison qui en impose à ses invités, comme une maison témoin. On s'était parlé au téléphone à peine une demi-heure plus tôt. Elle m'avait dit qu'elle avait récupéré des brochures de déco et acheté quelques cadres pour photos très sympas. Elle avait hâte de me les montrer. (Il s'est tourné vers moi, les yeux embués de larmes.) Nous étions tout excités.

Tellement heureux. Je voulais lui donner tout ce qu'il lui refusait. Tout s'est arrêté quasi instantanément. Et comme si ce cauchemar ne suffisait pas, voilà que Cian essaie de me faire passer pour le coupable ? J'hallucine !

J'ai subitement repensé à ce jour fatidique. Rose avait l'air si heureuse. Elle m'avait dit qu'elle allait « rejoindre un ami » pour le dîner. Elle était certaine de passer une très bonne soirée. Elle avait une étincelle dans le regard. Elle était belle – rayonnante.

— Elle était heureuse, ai-je balbutié. Elle était vraiment très heureuse à l'idée d'aller te retrouver.

La plus vive perplexité s'est alors lue sur son visage. J'avais eu besoin de lui dire qu'elle avait été heureuse jusqu'à la dernière seconde. Si ce qu'il me disait était vrai, alors il méritait ce maigre réconfort.

J'ai pris une grande respiration.

— J'aurais peut-être dû te le dire plus tôt. Mais je ne savais pas comment m'y prendre. Et je redoutais ton jugement. Je voulais juste être heureuse… Et toi et ton équipe… vous aviez tous l'air si heureux au cabinet. Rose aussi respire le bonheur sur chacune des photos où on la voit avec ses collègues.

Donna, revenue de la cuisine avec deux mugs de thé qu'elle avait posés sur la table basse, s'était rassise à côté de nous. Je lisais sur son visage la même stupéfaction que sur celui d'Owen.

— J'étais avec Rose quand elle est morte. Ou du moins, juste avant. J'ai emprunté l'ascenseur en même temps qu'elle et Jack. Nous avons échangé brièvement. (Owen avait les yeux écarquillés.) Elle m'a dit qu'elle allait retrouver un ami et qu'elle était certaine de passer une très bonne soirée. Quand l'ascenseur s'est arrêté, je l'ai invitée à sortir avant moi. Elle avait une poussette, ses sacs de courses – il m'a paru naturel de lui proposer de me précéder. Ce qu'elle a fait. Elle a traversé le hall menant à la rue. Elle chantonnait une comptine à Jack. Et ensuite… elle s'est engagée sur cette maudite chaussée et…

Ma voix tremblait. J'ai fermé les yeux, prenant de plein fouet le souvenir de la collision. De même que j'étais hantée une nuit sur deux par des cauchemars dans lesquels Rose, nuque brisée et visage ensanglanté, me disait que j'aurais dû être à sa place.

— Est-elle morte sur le coup, comme il a été dit ? a demandé en Owen, qui refoulait ses larmes d'un battement de paupières. A-t-elle souffert ? Je sais bien qu'ils ont dit que non, mais ils disent toujours ça. La question me taraude depuis le début : ont-ils menti ?

— Non, ils n'ont pas menti. Ça s'est passé en une fraction de seconde. Vous n'imaginez pas comme je le regrette. J'aurais dû être à sa place. Depuis ce jour, je ne cesse de m'en faire le reproche. Si je ne l'avais pas laissée passer devant moi… si j'étais sortie en premier, alors c'est moi que la voiture aurait percutée. Ç'aurait dû être moi. La logique aurait voulu que ce soit moi. J'en étais même arrivée à croire que mon ex – un type aussi tyrannique que Cian – était derrière tout ça. J'étais dévorée par la culpabilité car si c'est moi qui avais été tuée, personne ne s'en serait soucié. Enfin, pas vraiment.

Owen a eu un mouvement de recul.

— Je suis sûr que ce n'est pas vrai, a-t-il protesté.

Sa remarque partait d'une bonne intention, mais il avait beau tenter de me réconforter, j'étais certaine qu'il aurait préféré que ce soit moi plutôt que Rose.

— Oh si, c'est vrai, Owen. Je ne dis pas ça pour apitoyer qui que ce soit. J'essaie juste de vous expliquer les choses. Ça m'a hantée – cette idée que celle qui était morte n'était pas la bonne personne. Ça me hante toujours aujourd'hui. Mais bon, quoi qu'il en soit, je suis allée voir son Facebook, et j'ai vu cette femme qui respirait le bonheur. Elle était aimée, adorée même. Elle avait tout ce que j'avais toujours rêvé d'avoir et j'ai… Mon Dieu, ça va vous paraître absurde… J'ai eu envie d'avoir ma part de ce bonheur. C'était un peu confus au début. J'étais au chômage. Il fallait que je retrouve quelque chose. Mais pas n'importe quoi. Je ne voulais pas d'un énième boulot qui paie le loyer sans rien m'apporter. Je me sentais tellement seule, ai-je ajouté.

Les larmes qui vacillaient au bord de mes paupières ont alors fini par ruisseler sur mes joues brûlantes de honte.

— Et donc, quand j'ai vu l'annonce pour le poste, j'ai envoyé ma candidature car Rose avait eu l'air si heureuse dans son travail. Et elle y avait des amis, ce qui me faisait cruellement défaut. Je voulais ce boulot à tout prix, et quand tu as accepté ma candidature, j'ai tout de suite su que ce serait ma deuxième chance.

Owen s'est pris la tête entre les mains, tandis que Donna demeurait comme figée. À n'en pas douter, ils devaient être en train de se repasser le film de tout ce qui s'était passé ces dernières semaines, et s'interroger sur mes liens avec Cian. Ils devaient aussi se demander si je n'étais pas folle à lier. J'en venais d'ailleurs à le penser moi-même, prenant aussitôt conscience que je venais de dire tout haut ce que je n'avais révélé ni à Maud, ni à mes parents. Je me demandais ce qui pouvait ressortir de positif de tout ça.

— J'ai cru que j'allais enfin faire quelque chose de ma vie, et connaître le bonheur. Mais là, je ne sais plus où j'en suis. Qui dois-je croire ? Malgré tous ses défauts – et même si tu refuseras sûrement de l'entendre –, je sais que Cian aimait profondément Rose. Quant à Jack, eh bien, je suis certaine qu'il n'aurait jamais pris le moindre risque de le perdre. Impossible.

— Tout ça n'était pourtant qu'un énorme mensonge, a dit Owen. Ce que tu as entraperçu de la vie de Rose n'était qu'une illusion, qu'il a lui-même contribué à entretenir. Il disait qu'il voulait l'aider à se faire des amis, mais aussi asseoir son image. Mais en fait, c'était bien plus pernicieux.

Pensées et souvenirs me reviennent par flashs: les projets de mariage, les photos, le portrait idéal que j'avais dépeint de mon couple avec Ben sur les réseaux sociaux – alors que tout partait à vau-l'eau. Mais non – Rose avait l'air beaucoup plus heureuse que cela. Son bonheur avait l'air authentique. Cian lui écrivait de longs messages amoureux – auxquels elle répondait. Ils s'envoyaient des émojis « cœur », de tendres smileys. Ben n'avait jamais fait ça. Il n'échangeait jamais avec moi sur les réseaux. Facebook, ce n'était pas son truc, pensais-je.

J'ai soudain pris conscience qu'Owen était toujours en train de me parler.

— Il avait une conception très perverse de l'amour. Peut-être l'aimait-il. Mais mal. Ce n'était pas sain. Je ne pense pas qu'il sache aimer autrement. Pour ce qui est de Jack ? Eh bien c'est la seule chose que je n'arrive pas à m'expliquer. Comment aurait-il pu prendre le risque de perdre son fils ? Mais Cian Grahame ne peut pas être si monstrueux.

Sans trop y croire, le cœur lourd, j'ai répondu :

— Ce n'est pas un monstre. En tout, j'ai besoin de m'en convaincre.

Donna a pris ma main.

— Emily, je t'en supplie. Crois-moi, c'en est un. Je peux le prouver.

35

— À la mort de Rose, avant que Cian vienne récupérer ses affaires au travail, j'ai fait le tri dans son casier. Je savais qu'elle avait des projets, et quoi qu'il ait pu se passer, je ne voulais pas qu'il pense du mal d'elle en découvrant ce qui se tramait, ou qu'il salisse sa mémoire. C'était bien la moindre des choses que je puisse faire pour elle.

— Tu as gardé des choses à elle ? a demandé Owen.

— Seulement les éléments compromettants.

Owen a pâli. Nous savions tous les deux que s'il y avait des éléments compromettants, ils avaient forcément un lien avec leur liaison.

— De quels éléments parles-tu ? me suis-je écriée. En quoi prouvent-ils que Cian serait un monstre ?

— Elle tenait un journal, dans lequel elle a écrit que c'était le seul endroit où il ne contrôlait pas ses pensées. Et il cachait aussi ses pilules.

— Quelles pilules ?

— Abortives, a expliqué Donna, en rougissant. Pour Rose, il était parfaitement inenvisageable d'avoir un autre enfant. En tout cas pas maintenant. Pas avec Cian. Mais elle ne pouvait pas garder ses pilules chez elle, ni même dans son sac à main. Il les aurait trouvées. Il fouillait tout.

— Est-ce qu'elle y parle de moi ? a demandé Owen dans un filet de voix, presque suppliant.

— Elle dit qu'elle t'aimait. Et elle savait que toi aussi tu l'aimais ; elle n'en a jamais douté. Tu la rendais heureuse.

Donna chuchotait plus qu'elle ne parlait, sans oser croiser son regard.

Je m'attendais… en vérité, je ne sais pas à quoi je m'attendais. Peut-être que je m'imaginais qu'il serait content d'entendre ce que lui apprenait Donna. Mais non. Il avait l'air encore plus abattu qu'avant. Et ensuite, il a semblé comme submergé par une vague de colère.

— Donna, tu n'es pas sans savoir que les flics m'ont posé tout un tas de questions. Tu sais que Cian les a abreuvés de mensonges, et qu'il a fait en sorte qu'Emily en fasse de même.

Je me suis hérissée en entendant ces mots, mais je n'avais rien à dire pour ma défense.

— Depuis des semaines, on a donc la preuve que Cian la maltraitait, et qu'elle était heureuse avec moi. Ça aurait pu tout changer. Dès le début.

— Je pensais te protéger, a protesté Donna. Tout le monde pensait que c'était un accident – aussi horrible et tragique soit-il – et je voulais te protéger de Cian. Je voulais m'assurer qu'il ne chercherait pas à retourner son chagrin et sa colère contre toi. Et je me sentais aussi le devoir de protéger sa mémoire. Je ne voulais surtout pas que les gens – et encore moins Cian – viennent fouiner dans sa vie. Je ne voulais pas qu'on voie en elle une victime. Ou, pire, une salope.

Le mot a fait tressaillir Owen.

— Rose était tout sauf une salope, a-t-il dit d'une voix blanche.

— Je le sais aussi bien que toi, s'est empressée d'ajouter Donna. Mais les gens ne verraient-ils pas les choses bien différemment ? Si Cian mettait la main sur son journal, et qu'il présentait les choses sous un angle qui l'arrange…

— Mais après tout, c'est *elle* qui le trompait ? ai-je avancé, en essayant désespérément de me raccrocher au peu d'espoir qui subsistait, aussi infime soit-il, d'expliquer ce cauchemar sans faire de Cian un monstre.

— Emily, réveille-toi, a dit Owen. Arrête de t'obstiner à vouloir trouver la moindre décence chez ce type.

— Je te montrerai les journaux intimes, a dit Donna. Je te les apporterai demain matin au boulot.

— Mais…, ai-je commencé, en me revoyant partir du cabinet avec perte et fracas.

Le boulot de Donna n'était plus le mien.

Owen a lu dans mes pensées :

— Tu n'as fait que réagir à la façon dont je t'ai traitée. Et j'en suis vraiment navré. Ça ne me rend guère mieux que lui. Ton poste t'attend au cabinet, Emily, si tu veux revenir.

— Il faut que j'y réfléchisse.

— Viens demain. Il faut que tu lises les journaux intimes. Et surtout, que tu te protèges, a dit Owen.

Donna a serré ma main, et j'ai senti monter une nouvelle vague de larmes. Je m'étais confiée à ces deux-là. Je leur avais avoué que j'avais vu Rose mourir. J'avais pris son travail. Et pourtant, ils voulaient encore me protéger. Tout le contraire de mes parents et de mon frère, qui avaient tellement honte de moi que nous n'avions quasiment plus aucun contact.

— Je sais que ça fait beaucoup de choses d'un coup, a dit Owen. Mais nous ne sommes pas malintentionnés. Je te le promets.

— Rien ne vous oblige à faire ça, leur ai-je dit. Vous n'êtes pas obligés d'être gentils avec moi. Je comprendrais. Je vous ai menti. J'ai totalement déconné.

— Emily, nous avons tous déconné dans cette histoire, a dit Owen, l'air résigné. Je suppose que chacun d'entre nous traînera jusqu'à la fin de ses jours sa part de culpabilité. Maintenant, nous devons faire notre possible pour que justice soit rendue à Rose.

J'ai hoché la tête et ils se sont levés, prêts à prendre congé de moi. J'ai soudain eu l'impression d'avoir été vidée de ce qu'il me restait d'énergie, et il me tardait d'aller dormir.

— On a une journée chargée demain, donc essaie de venir après 17 heures, ou passe au moment le plus opportun pour toi. Pense à ton boulot – reste, a ajouté Owen.

Trop fatiguée pour répondre, je me suis contentée de lui faire un signe de la tête. Owen m'a serré la main avec une infinie délicatesse, comme pour se faire pardonner sa rudesse de la veille. Puis il s'est reculé pour céder la place à Donna, qui m'a prise dans ses bras.

— Ça va ? a-t-elle chuchoté. Tu veux que je reste ?

Oui, j'aurais aimé. J'aurais vraiment été rassurée de savoir que je ne passerais pas la nuit seule. Mais j'avais besoin de temps pour réfléchir. Pour dormir. Pour me retourner.

— Non, on se voit demain, ai-je répondu en hochant la tête.

J'ai perçu un je-ne-sais-quoi de bizarre dans son regard, mais j'ai fait comme si je n'avais rien vu. Pour le moment, je n'avais plus la moindre énergie à consacrer à qui que ce soit. Il en allait de ma santé mentale. Dès qu'ils sont partis, je me suis traînée jusqu'à ma chambre et me suis effondrée sur mon lit. Par chance, je me suis endormie en quelques minutes.

Le froid m'a réveillée. Allongée dans mon lit, j'essayais de reconnecter mon corps à mon cerveau. J'étais frigorifiée. La chaudière avait-elle rendu l'âme ? Pourtant, il faisait plutôt doux la veille au soir. Alors que là, il faisait un froid à vous glacer la moelle des os. À la lumière tamisée du lampadaire qui filtrait à travers la fenêtre de ma chambre, je voyais de la buée sortir de ma bouche à chaque fois que j'expirais. J'ai bien essayé de tirer la couette sur moi, en pestant de m'être endormie dessus sans même me déshabiller, mais mes bras et mes jambes, comme lestés, étaient terriblement lourds. Quoi que je fasse, impossible de les bouger, alors que le froid était de plus en plus vif.

J'ai entendu un craquement derrière la porte. Les lattes du parquet grinçaient fortement quand on marchait dans le couloir. J'avais le cœur qui cognait dans ma poitrine. Il battait si fort que j'entendais chacune de ses pulsations, dont je ressentais les palpitations jusque dans mes oreilles. Je n'osais même pas ouvrir les yeux, ni bouger la tête. Avais-je vu une ombre ? J'ai à nouveau tenté de bouger, sans succès. J'ai entrouvert les yeux. Le rideau ondulait. La fenêtre était ouverte, et l'air glacé s'engouffrait dans la pièce. J'ai perçu un nouveau grincement.

Une ombre. Était-ce simplement les reflets des phares dans la rue ? Tout était flou. Et je n'arrivais toujours pas à bouger. Me fallait-il faire semblant d'être morte ? L'idée était-elle absurde ? Avais-je vraiment le choix ? De toute façon, c'était bien peu réaliste : les volutes de buée sortant de ma bouche m'auraient immédiatement trahie. J'ai senti mon index se contracter, puis à nouveau tenté de me mouvoir. M'avait-on attachée ? J'ai essayé de vérifier si mes poignets étaient entravés, mais je les sentais à peine. Malgré le froid, je me suis mise à transpirer. J'ai bien tenté d'appeler à l'aide, mais quand j'ai ouvert la bouche, seul un chuintement rauque et pathétique en est sorti, en lieu et place d'« Au secours ! ».

La fenêtre semblait maintenant grande ouverte, et le courant d'air plus virulent. Si jamais j'arrivais à me lever, parviendrais-je à courir ? J'ai évalué les différentes options qui s'offraient à moi pour m'échapper : par la porte ? En sautant par la fenêtre ? J'étais au deuxième étage. Je ne risquais donc pas de me tuer, mais il y avait quand même des chances que je me blesse. Je distinguais une deuxième ombre, ainsi que le bruit d'une respiration. Mais j'aurais été bien en peine de dire s'il s'agissait de la mienne ou de celle de quelqu'un d'autre. Elle s'accompagnait d'une sorte de râle. J'ai essayé de bloquer ma respiration, mais je n'entendais rien d'autre que les battements de mon cœur, sonores et intrusifs. Ils me semblaient à la fois à l'intérieur, et à l'extérieur de moi.

Une main froide – glacée, même – a frôlé ma jambe. Douce et moite, elle est remontée vers mon genou, et puis je n'ai plus senti qu'un seul doigt, glacial et décharné, qui redescendait vers ma cheville. À nouveau, j'ai essayé de crier. Mais j'étais toujours incapable d'émettre un son. Je me suis mise à pleurer. Les sanglots qui soulevaient ma poitrine peinaient à passer le seuil de ma gorge et menaçaient de m'étouffer.

J'ai alors entendu une voix, pleine de douceur, qui fredonnait « Ah ! vous dirai-je, maman ». Reconnaissant aussitôt à qui elle appartenait, j'ai senti ma poitrine se comprimer, et j'ai commencé à suffoquer. *Je vous en supplie.* J'implorais mes jambes et mes bras de fonctionner à nouveau. Mes poumons de se détendre et de respirer. Ma voix de crier à l'aide. J'ai senti le matelas s'enfoncer quand elle s'est assise sur le lit, tout en continuant de chantonner. « Ce qui cause mon tourment... » Puis elle a marqué une pause pour prendre une respiration. Le froid était de plus en plus vif.

Elle a apposé une main, puis l'autre – toutes les deux glaciales – de part et d'autre de mon visage, afin de le tourner vers elle. Tout en me forçant à garder les yeux fermés, je sentais son haleine sur ma face, ses cheveux qui me caressaient les joues, ses lèvres qui m'effleuraient l'oreille.

— Regarde-moi, m'a-t-elle murmuré, avant de s'écarter un peu.

Alors j'ai ouvert les yeux. C'était Rose Grahame. Toujours aussi belle. Parfaite. Mais morte. Son cou était toujours difforme. Le sang séché qu'elle avait aux commissures des lèvres rappelait le moment où elle avait rendu son dernier souffle. Sa peau avait désormais pris une teinte grisée, comme marbrée. Sentant soudain que je reprenais des forces, je me suis redressée pour la regarder droit dans les yeux.

— Je suis désolée, lui ai-je dit.

Elle a porté son index à mes lèvres, m'invitant à l'écouter.

— Fais en sorte de ne pas être la prochaine, a-t-elle dit.

Je me suis rapprochée d'elle pour la prendre dans mes bras. J'en avais tant besoin. Au lieu de quoi, je me suis réveillée. Il faisait chaud dans la pièce. La fenêtre était fermée. J'étais allongée à l'endroit même où je m'étais couchée juste avant de m'endormir. J'ai prononcé quelques mots pour voir si j'avais toujours ma voix. Je me suis redressée pour vérifier que mes muscles n'étaient pas tétanisés. Puis je me suis assise et, les bras enroulés autour de mes genoux, j'ai pleuré en pensant à ce dénouement heureux auquel Rose n'avait pas eu droit.

Quand Cian m'a appelée le matin même, je n'ai pas répondu.

En à peine quelques jours – voire quelques heures – tout avait changé. Je ne savais plus du tout où j'en étais, ni ce que je devais croire. Même s'il me serait désormais impossible d'oublier ce que j'avais appris sur Cian, je refusais toujours de croire qu'il n'y ait pas une once d'humanité en lui. J'ai cliqué sur la page Facebook de Rose, relu ses posts, ainsi que les messages qu'il lui avait adressés. À la lumière de ce que m'avaient dit Owen et Donna, ils prenaient maintenant une coloration sinistre. Même après sa mort, Cian maintenait son emprise sur elle. Il contrôlait la manière dont ses proches honoraient sa mémoire. Il prétendait qu'elle était sienne – et non une personne douée d'une individualité propre. Devait-on parler d'amour inconditionnel ou d'obsession ? Où finissait l'un, où commençait l'autre ? La frontière entre les deux était-elle si floue, ou si ténue, que le moindre excès de l'un ait forcément à se solder par l'abolition de l'autre ?

Cian a essayé de me rappeler à 10 heures. À 11 heures, il m'a envoyé un SMS me demandant de le rappeler « au plus tôt ». J'ai lu le message, envisagé un court instant de l'appeler, mais finalement je me suis dit que je ne savais pas quoi penser, et encore moins quoi lui dire.

Donna m'a envoyé un SMS pour s'assurer que j'allais bien, et me demander si je voulais passer au cabinet après 17 heures. J'ai répondu par un bref « oui » puis j'ai relégué mon téléphone à l'autre bout du canapé comme si je pouvais me prémunir du moindre appel en instaurant une distance de sécurité entre lui et moi. Mais bien sûr, ma curiosité est revenue au galop et à chaque fois qu'il bipait ou sonnait, je m'empressais de retourner mon portable pour voir qui c'était.

Quand le nom « Inspecteur Bradley » s'est affiché à l'écran, j'ai respiré un grand coup avant de répondre.

— Inspecteur Bradley, ai-je dit.

— Emily, je suis désolé. J'ai mis un peu de temps avant de vous répondre. Les choses avancent à grands pas de mon côté.

Je me suis mordu les lèvres pour ne pas partir dans un fou rire hystérique, tant j'avais envie de lui répondre : « Ça m'étonnerait qu'elles avancent aussi vite que du mien. »

— Et donc, en quoi puis-je vous aider ? m'a-t-il demandé.

— Je crois que j'ai du nouveau, au sujet de Cian et de Rose.

— C'est-à-dire ?

Il avait l'air sur ses gardes. Je ne pouvais pas lui en vouloir. Après tout, je devais vraiment avoir l'air d'un cas désespéré à ses yeux.

— Pouvez-vous me retrouver au cabinet dentaire après 17 heures ? J'ai quelque chose à vous montrer. Vous cherchez des infos en lien avec votre enquête sur Cian, n'est-ce pas ?

L'inspecteur Bradley a pris une grande respiration.

— Je vais vous envoyer un de mes hommes.

— Est-ce que vous pourriez venir en personne ? Vous, je vous fais confiance. C'est tellement stressant tout ça.

— Emily, avez-vous l'impression d'être en danger ?

Son inquiétude semblait sincère.

Étais-je en danger ? Je ne savais plus très bien. Le fait est que je ne m'étais jamais sentie aussi paumée.

— Je ne sais pas, ai-je répondu.

— Je vous retrouverai là-bas vers 17 heures. Mais si, pour une raison ou une autre, vous avez l'impression d'être en danger, alors il faut nous appeler. Vous avez mon numéro. Cela dit, si vous pensez que vous courez un danger imminent, appelez Police Secours.

Peinant à articuler le moindre mot, je me suis contentée de hocher la tête en bredouillant un son vaguement affirmatif.

— Faites attention à vous, Emily, m'a-t-il dit avant de raccrocher.

Après avoir remis mon téléphone à bonne distance à l'autre bout du canapé, j'ai pris mon ordinateur portable, et je l'ai allumé. Une fois connectée à ma messagerie électronique, j'ai commencé à écrire un e-mail à Maud, où j'allais tout lui expliquer. Et aussi m'excuser d'avoir tu ce que l'orgueil, l'aveuglement ou la honte m'avaient empêchée de dire. J'ai hésité quelques instants avant de cliquer sur « Envoyer », sachant que mon geste allait confirmer de manière irrémédiable que j'étais, décidément, une catastrophe ambulante. J'ai fermé les yeux et cliqué, après quoi j'ai refermé mon ordinateur et je l'ai laissé en plan, lui et mon portable, et je me suis levée. Je suis allée mettre un pull et des baskets, et je suis sortie faire un tour. Prendre l'air ne me ferait pas de mal, et me permettrait d'y voir un peu plus clair. Dans tous les cas, une petite balade m'éloignerait de mon appartement et m'aiderait à oublier mon cauchemar dans lequel Rose venait s'asseoir sur mon lit.

36

Il était 17 heures quand je suis arrivée au centre-ville. Avant cela, je m'étais assise quelque temps sur un banc devant l'entrée du centre commercial Foyleside, et j'avais regardé les voitures qui remontaient la rue en sens unique vers Craigavon Bridge, le vieux pont à deux étages, après avoir quitté le parking à niveaux multiples qui masquait le fleuve depuis le centre commercial. Les clients entraient et sortaient en franchissant les portes automatiques, tous très affairés. Les uns étaient plongés dans leurs pensées ou dans leurs écrans de téléphone, les autres étaient accaparés par leurs enfants. Un bouquet de fleurs fanées était toujours scotché à un lampadaire, seul témoin de la tragédie qui avait eu lieu ici. Personne n'y prêtait vraiment attention. Les gens étaient passés à autre chose, alors même qu'à peine deux mois s'étaient écoulés.

J'ai traversé Foyle Street et, sans me presser, je suis revenue sur mes pas en passant par Waterloo Place, très calme à cette heure de la journée, puis j'ai remonté Strand Road en direction de mon appartement. Une fois arrivée, j'ai trouvé deux nouveaux appels manqués de Cian, et trois appels de Maud. Aucun des deux n'avait laissé de message, mais Maud m'avait envoyé un SMS pour me dire qu'elle espérait que j'allais bien et me demander de la rappeler au plus vite afin qu'elle puisse entendre à ma voix si c'était le cas.

Je me suis préparée pour aller au cabinet, mais je n'avais pas le courage de me changer, et encore moins celui de me recoiffer ou de me maquiller. Vu que j'avais déjà bien du mal à mettre un pied devant l'autre, Donna et Owen devraient me prendre telle que j'étais. L'idée même prêtait à sourire : si j'arrivais seulement à me convaincre que quelqu'un pouvait m'accepter telle que j'étais, je ne serais pas dans ce pétrin.

Tori a fait mine de ne pas être choquée par mon apparence quand je suis arrivée, au moment où elle éteignait son PC.

— Je ne sais pas ce qui se passe, mais depuis ce matin Owen n'est vraiment pas à prendre avec des pincettes, m'a-t-elle dit en levant les sourcils, comme si elle comptait sur moi pour la renseigner.

Je me suis contentée de hausser les épaules en lui demandant où il était.

— Dans son bureau, avec Donna. Elle aussi est sur des charbons ardents. Tu parles d'une journée, a-t-elle ajouté en ponctuant sa dernière phrase d'un roulement d'yeux.

J'ai hoché la tête et je me suis dirigée vers le bureau en laissant une Tori pas plus avancée. Mais à l'évidence, mon manque de disposition pour les commérages ne lui faisait ni chaud ni froid.

Quand je suis entrée, Owen et Donna étaient déjà assis, devant des tasses de café pleines et une boîte de rangement. Owen n'avait pas meilleure mine que moi. Traits tirés, yeux rougis. Il avait les mains posées sur un calepin à motif floral. Donna avait le visage fermé, et les mains jointes. Ses doigts d'habitude parfaitement manucurés avaient leur vernis rouge tout écaillé, leurs ongles rongés. La façade si parfaite de ce cabinet en apparence si parfait avait perdu de sa superbe.

— Est-ce que je peux le voir ? ai-je demandé.

Owen, se redressant sur sa chaise, a levé les mains et je me suis approchée pour prendre le carnet. Je ne m'attendais pas à ressentir une telle émotion en tenant cet objet entre mes doigts. Mais mon cœur se serrait de savoir qu'elle aussi l'avait eu entre ses mains, et qu'elle y avait trouvé un refuge où elle pouvait épancher son âme en toute sécurité. Je n'étais plus vraiment sûre de vouloir lire ses mots, qui disaient noir sur blanc ce qui jusqu'ici n'était pas encore tout à fait réel. Mais je savais qu'il le fallait. Il y avait quelque chose de tout à fait viscéral à regarder les boucles et les déliés de son écriture. À en observer les bavures. Les mots raturés. Les notes ajoutées à la hâte dans les marges. En passant mes doigts sur une page, j'ai senti la légère empreinte que son stylo avait laissée sur le papier. Ce serait pour moi la seule façon de m'approcher au plus près de ce qu'avait été Rose Grahame.

Il faut que j'écrive ça quelque part. Sans qu'il puisse me lire.

Ni me contrôler.

Ni me corriger.

Il faut que je livre ma vérité. LA vérité. Et pas la version que lui en donne. Ce que je veux dire en premier, c'est que je joue un rôle depuis longtemps. Si je joue les épouses dévouées, ce n'est pas parce que j'en ai envie, mais parce que je n'ai pas le choix. Il continue de dire qu'il m'aime, mais au fil des années, il a fini par tuer tout l'amour que j'avais pour lui. Et pourtant, je l'ai aimé. Passionnément. Je me demande comment j'ai pu être aussi stupide.

À tous ceux qui me jalousent, j'ai envie de dire qu'ils perdent leur temps. Que les apparences sont trompeuses. Parfois, je me demande pourquoi les gens ne s'en aperçoivent pas. Comment font-ils pour ne pas voir son emprise totale sur moi. La façon qu'il a de m'agripper le bras un peu trop fermement. D'être toujours présent. En toutes circonstances. Il ne peut pas s'empêcher de venir me chercher en voiture en fin de soirée, quand je sors – ou, pire, de s'incruster, et évidemment, tout le monde l'adore. L'auteur à succès si charmant. Et beau gosse qui plus est. Cela dit, il est vrai que plus on connaît quelqu'un, plus cela affecte notre façon de le voir. Moi, je ne le vois plus comme un homme séduisant. Je ne le trouve plus sexy.

Je le hais.

Je suis désolée, Jack, si tu lis un jour ces pages et que tu apprends que je déteste ton papa. Mais c'est la vérité. Je déteste qu'il m'ait menti. Qu'il ait dit m'aimer en me faisant croire qu'il n'existait pas d'autre façon d'aimer. Et que m'aimer, c'était en fait me contrôler, m'ôter tout ce qui faisait que j'étais moi, au point que je ne savais plus vraiment qui j'étais.

Et le pire, c'est que tout le monde était jaloux de moi. La bonne blague.

Cela dit, c'est un bon père pour Jack. Je ne peux pas lui enlever ça. Mais ce qui m'inquiète, c'est qu'en grandissant et en voyant comment son père se comporte avec les femmes, il finisse par croire que c'est ainsi qu'on les traite. Je ne veux surtout pas que Jack se comporte de cette manière avec ses petites copines. Je ne veux pas qu'il les contrôle. Ni qu'il les contraigne à rentrer dans un moule au lieu de les laisser être ce qu'elles sont.

Cian me taxe d'ingratitude. Il dit qu'il m'a « tout donné ». D'une certaine manière, c'est vrai. La maison. La voiture. Le bébé. L'alliance hors de prix que je détestais porter. Après avoir gagné le Simpson Award, il m'en avait offert une nouvelle, pour remplacer l'anneau en or tout simple que ma grand-mère, après l'avoir elle-même porté, m'avait donné avant notre mariage. Je n'aimais pas la nouvelle alliance. Toute en platine et diamants. Tape-à-l'œil. Toutes mes copines en étaient dingues. Elles me disaient qu'il devait être sacrément amoureux de moi. Mais moi je la détestais. C'est comme si les pierres dont elle était sertie signifiaient: « TU M'APPARTIENS. » Cette bague ne visait qu'à en mettre plein la vue. À le glorifier. Elle ne disait qu'une chose: « Regardez ce que j'ai. Regardez ce que je suis capable d'offrir à ma femme. »

En tout cas, elle disait tout l'inverse de la façon dont il me traitait. Il avait mis l'alliance de ma grand-mère dans une boîte, elle-même rangée dans un tiroir de son bureau. Fermé à clé. Elle y était en sécurité, m'avait-il dit. Personne ne pourrait la prendre.

Pas même moi.

Peut-être que je ne devais m'en prendre qu'à moi-même. Car j'avais tout fait pour l'avoir, quand on s'était rencontrés. Mais une fois encore, il était différent à l'époque. Il n'avait pas un kopeck, comme il le disait. Nous étions sur un pied d'égalité, en somme. Et il m'aimait comme un fou. Il était plein d'attentions romantiques et simples: un jour il improvisait un pique-nique au coin du feu; le lendemain il me préparait un verre de vin et un bain chaud pour mon retour du travail. Au début, ça me plaisait, cette façon un peu étouffante qu'il avait de m'aimer. J'étais jeune. Et bête. Je n'avais pas encore compris que Heathcliff n'était pas tant un héros romantique qu'un psychopathe qui contrôlait et détruisait les êtres qu'il aimait.

Je me souviens qu'il avait ricané quand je lui avais dit que Les Hauts de Hurlevent *était mon livre préféré. Et pourtant, j'avais menti. Mon livre préféré était* C'était pourtant l'été, *de Maeve Binchy. Or, même à l'époque, je savais que Cian Grahame se serait étranglé si je lui avais avoué que j'avais des goûts aussi populaires. Aussi « communs ». Il ne m'aurait même pas laissé le temps de lui expliquer que je trouvais ce texte formidable, en avance sur son temps ; à la fois drôle, touchant et magnifique. Alors j'avais réfléchi aux ouvrages littéraires que j'avais pu lire – autant dire qu'ils n'étaient pas nombreux. Il s'agissait essentiellement des livres au programme du brevet des collèges. J'avais bien aimé* Les Hauts de Hurlevent, *à l'atmosphère sombre et inquiétante. Quant à Heathcliff, je trouvais très sexy son côté sauvage. Adolescente travaillée par ses hormones, j'adorais l'idée qu'un homme puisse perdre la raison par amour pour moi.*

Quelle imbécile j'étais.

Je croyais que c'était l'homme de ma vie. J'étais persuadée qu'il m'aimait, et que s'il tenait passionnément à moi, c'était parce que j'étais tout pour lui. Mais en vérité, j'étais juste la cerise sur le gâteau. Un objet à posséder. Un personnage dans un de ses livres. Aussi avait-il tenté de me corriger, de me réécrire, et de m'imposer une nouvelle histoire.

Moi, je voulais juste qu'il m'aime pour ce que j'étais. Je voulais qu'il aime celle que j'étais au moment de notre rencontre : quelqu'un d'honnête, je pense. Une belle personne. Je ne prétendais pas changer la face du monde. Je n'avais aucun talent exceptionnel, et je n'avais pas l'ambition de trouver un traitement contre le cancer. Mais je me considérais comme quelqu'un de bien. J'étais gentille. Plutôt jolie. Plutôt rigolote. Et j'étais bienveillante. Attentionnée. Oui, je riais un peu trop fort quand je trouvais quelque chose drôle. Il m'arrivait de pleurer devant certaines pubs à la télé – qui ne faisaient pleurer absolument personne d'autre. J'adorais regarder « La Grande-Bretagne a un incroyable talent ». J'aimais les romans divertissants, bien écrits, avec de belles couvertures roses. J'étais le genre de personne à qui les gens aimaient se confier. J'avais toujours dans mon sac de quoi dépanner les copines : paracétamol, pinces à cheveux, crème hydratante, ou encore vernis transparent en cas de collant filé. J'aimais porter des sweat-shirts et me faire des queues-de-cheval. Je n'avais pas spécialement le goût des marques. Je mangeais sûrement trop de chocolat. Je pouvais être particulièrement grognon quand j'étais fatiguée. Mais j'étais une bonne personne. J'espère que c'est toujours le cas.

Seulement voilà, je ne serai jamais assez bien pour Cian Grahame, l'auteur à succès. Monsieur-je-réussis-tout. Monsieur-j'ai-une-image-publique-à-entretenir. Est-ce lui qui a changé ? Ou moi ? Est-ce lui qui m'a fait changer ? J'en viens à douter de tout. Comment en sommes-nous arrivés là ? À qui la faute ?

Je ne sais pas vraiment quand c'est arrivé. Il n'y a pas eu de point de bascule – aucun élément déclencheur. Je ne me suis pas pris de coup de pied dans le ventre ou de claque en pleine figure. Pas plus qu'il n'a été question de bousculade dans l'escalier. À aucun moment je ne l'ai regardé, dévastée, choquée par ce qu'il avait fait. Je n'ai pas du tout réalisé, au début. Quelle imbécile je fais. Ce que je trouvais romantique a fini par devenir oppressant, étouffant même. D'abord, je me suis rendu compte que je n'avais vu ni mes parents, ni mes sœurs, depuis des semaines. Puis les visites de mes amis se sont faites de plus en plus rares. En tout cas, elles n'avaient jamais lieu quand il était à la maison – or étant écrivain, il passe tout son temps à la maison.

Il voulait que je quitte mon travail – notamment quand je suis tombée enceinte. Il me disait que la plupart des femmes rêvaient de vivre dans le luxe, à enchaîner les déjeuners entre amies. Très peu pour moi. Ce genre de vie ne m'avait jamais fait rêver. D'autant que je n'avais plus d'amies avec qui déjeuner. Je n'avais plus que Cian. Et alors qu'à un moment donné mon vœu le plus cher aurait été que nous vivions dans notre petite bulle, nous suffisant à nous-mêmes, quand il s'était exaucé, j'ai pris peur. J'étais même terrifiée. Je voyais bien que ma vie m'échappait. Je sentais que je me fondais dans le décor, comme une sorte de tapisserie dont il aurait orné le mur de son bureau. Agréable à regarder, certes. Voire luxueuse. Mais simplement décorative. Sans raison d'être propre, hormis celle de le rendre heureux. En silence.

Il me taxait d'ingratitude. Il me disait que je ne lui étais d'aucun soutien. Que j'étais une mauvaise mère – avant même que j'aie pu tenir Jack dans mes bras. Une vraie mère n'envisagerait pas une seconde de mettre son bébé à la crèche pour aller travailler. Je lui avais répondu qu'il pourrait très bien s'occuper du bébé lui-même. Ç'avait été un rare moment de rébellion de ma part – qu'il m'avait fait payer très cher. Pas avec des bleus ou des égratignures, non. N'empêche, les insultes et les insinuations m'avaient meurtrie. Sans parler de la façon qu'il avait eue de me toiser, comme si je n'étais qu'une moins-que-rien. Après, il en avait fait des tonnes : il était allé acheter un tas de meubles et d'objets pour la chambre du bébé, plus ou moins utiles. Il m'avait promis que les choses s'arrangeraient, qu'il ferait des efforts. Nous avions entrepris de peindre la chambre de notre futur enfant, remplie des affaires qu'il avait choisies. Il m'avait barbouillé le nez de peinture, ce qui l'avait fait beaucoup rire, et moi j'avais essayé – vraiment – de l'aimer à nouveau. Il m'avait prise en photo, et j'avais souri à l'objectif. Mon sourire était sincère – au moins en partie. Je vous assure.

Mais quand je lui avais dit que j'avais mal au dos, que mes chevilles enflaient, il n'avait rien voulu entendre. Il m'a alors reproché de vouloir lui gâcher son plaisir. Et de ne pas assez penser au bébé. Il a fini par me dire que nous n'aurions jamais dû envisager de fonder une famille. Alors que je sentais Jack qui gigotait dans mon ventre et me donnait des petits coups de pied, lui m'a demandé s'il était encore temps d'avorter. On n'aurait qu'à dire aux gens que j'avais fait une fausse couche. Je l'avais supplié d'arrêter. Je m'étais excusée. Et j'avais menti. Je lui avais dit que je l'aimais, ainsi que notre bébé, et j'avais continué de peindre, malgré les nausées, mes chevilles gonflées, et une migraine lancinante qui me donnait envie de pleurer.

Sa colère avait passé aussi vite qu'elle était arrivée. Un peu plus tard, il m'avait demandé de venir le voir, pour me montrer où il avait posté la photo de moi avec le nez barbouillé de peinture, sur mon compte Facebook. Il m'avait embrassée, puis avait déposé un baiser sur mon ventre, comme si de rien n'était. Comme s'il n'avait jamais suggéré de tuer notre enfant.

Ce n'est qu'après qu'il a commencé à faire preuve de « maladresse » en ma présence : il me bousculait accidentellement, me faisant me cogner aux angles des plans de travail ; refermait un peu trop vite les portes en disant qu'il ne m'avait pas vue ; se laissait emporter par la « passion », en me couvrant de petits bleus… Au bout d'un moment, il a bien fallu que je me rende à l'évidence : ce qu'il appelait maladresse ne l'était pas tout à fait.

Cela dit, même si je sais que c'est quelqu'un de foncièrement méchant, je dois bien admettre que je ne suis pas un ange non plus.

Si c'était le cas, je ne mentirais pas. Je me battrais contre vents et marées pour sauver mon mariage, même si je savais depuis longtemps que, dans l'ensemble, nous étions unis pour le pire, et non pour le meilleur. Peut-être que Cian avait raison dans le fond. Peut-être étais-je ingrate. Faible. Peut-être ne méritais-je ni son amour, ni ce qu'il me donnait.

Je le quitterais. Je le laisserais gagner. S'il n'y avait pas Jack.

Owen dit que je mérite mieux. Que je ne mérite que d'être aimée. Selon lui, je devrais être heureuse, et pouvoir me réveiller tous les matins avec le sourire, convaincue que je suis très bien comme je suis.

Cela dit je ne pense pas qu'Owen me connaisse vraiment. Comment le pourrait-il, alors que je ne suis plus que l'ombre de moi-même ?

Aujourd'hui, j'ai recommencé à prendre la pilule. Je suis allée voir mon généraliste pendant la pause déjeuner. Je suis passée à la pharmacie, et j'ai caché les comprimés au fond de mon casier. Je n'ai pas vraiment le choix. Impossible de me faire poser un implant contraceptif – il s'en rendrait compte. Idem pour un stérilet. La pilule est donc l'option la plus sûre. Car il est hors de question pour moi d'avoir un autre enfant – en tout cas, pas avec lui. Ça compromettrait tout. Je ne peux pas non plus prendre la pilule du lendemain. Je ne peux pas prendre le risque d'avoir à demander à quelqu'un de me la rapporter de l'étranger. Je ne pourrais pas non plus aller en Angleterre pour me faire avorter. Il le saurait forcément. Ni dissimuler une grossesse – vu que tous les vingt-huit jours, je le vois débarquer à l'improviste dans la salle de bains pour me coller un test de grossesse sous le nez. Il reste alors assis sur le bord de la baignoire le temps que j'urine dans le flacon et que je plonge le bâtonnet dedans. Impossible de cacher quoi que ce soit.

C'est la seule option qui me reste pour garder le contrôle de ma vie. J'ai toujours cru que j'aurais une famille nombreuse, et si les choses avaient été différentes, ce serait sûrement le cas. S'il s'était vraiment avéré être l'homme que j'avais rencontré, par exemple ? Celui-là ne me hurlerait pas dessus comme lui le fait. Il ne me répéterait pas à longueur de temps que je ne me rends pas compte de ce que c'est que d'être Cian Grahame. Comment pourrais-je le savoir, je suis si différente de lui. Je suis quelqu'un de simple. On ne peut plus ordinaire. Je serais bien incapable de créer quoi que ce soit.

Sauf ses enfants, manifestement. Mais je n'en ai plus envie. Plus maintenant.

Il me terrorise.

Son humeur se fait de plus en plus sombre. Son emprise de plus en plus flagrante. Tout doit toujours être exactement comme il l'entend. Il y a peu, au prétexte que j'avais oublié un des biberons de Jack dans sa chambre – j'étais fatiguée, c'était le milieu de la nuit –, il m'a traitée de feignasse, m'accusant de chercher à le contrarier, et me reprochant de ne pas lui montrer la moindre gratitude pour le train de vie qui était le mien grâce à lui, et pour la maison dans laquelle j'avais la chance de vivre. J'avais fondu en larmes, et je lui avais dit que mon oubli était dû à la fatigue, ni plus, ni moins. Alors il m'avait ri au nez, et rétorqué que je ne serais pas aussi fatiguée si je ne m'obstinais pas à vouloir travailler.

Mais comment pourrais-je voir Owen ? Je ne peux évidemment pas dire à Cian que c'est uniquement grâce à Owen que je tiens. Que c'est grâce à lui que je me sens aimée. C'est étrange, non ? On peut travailler aux côtés de quelqu'un pendant des années, le considérer comme un ami, et là, du jour au lendemain, tout change et on se demande comment on a fait pour ne rien remarquer. Cela dit, je n'avais rien vu de la face sombre de Cian. Du moins, pas au début. Maintenant, je ne vois que ça.

Il est donc tout à fait possible que l'inverse soit vrai, avec Owen. Je n'avais jamais remarqué à quel point il est génial. Maintenant, il n'y a plus que lui qui compte. Ça paraît un peu fleur bleue, non ? Le fait est que je suis très fleur bleue quand je pense à lui.

Je suis amoureuse. Pour de vrai. Comme je ne l'ai encore jamais été. Et lui aussi m'aime. Passionnément. Je suis obligée de l'écrire noir sur blanc ici faute de pouvoir le dire de vive voix en tout lieu. Or je veux le crier sur les toits. Je veux être une vraie midinette raide-dingue-amoureuse et porter un T-shirt qui dirait «I LOVE OWEN & OWEN LOVES ME». Je veux, jusqu'à la fin de mes jours, pouvoir ressentir ce que je ressens quand je suis avec lui. C'est ça le bonheur. C'est ça l'amour. C'est tout ça à la fois. Cet homme est mon tout. Et il est tellement sexy… Bon sang, il me rend complètement dingue. (Je rougis en l'écrivant mais je rêve du moment où nous n'aurons plus à nous contenter de moments volés et de rendez-vous furtifs, et où nous pourrons baiser sur le plan de travail de la cuisine, sur le canapé, et où ça nous chantera.) Personne ne m'a jamais fait vibrer comme lui. Aucun homme ne m'a jamais donné autant envie de lui. De son âme, de son corps (oh, mon Dieu, ce corps!!! Je sais, je suis comme une ado qui se serait entichée d'un garçon), de son cœur. Surtout de son cœur. Car il a un cœur gros comme ça, plein de tendresse. À même de me réparer. Tout compte fait, j'ai vraiment une chance folle!!

C'est décidé!!!

Je vais le quitter. Je vais aller vivre avec Owen. Je vais prendre Jack avec moi. Je vais recommencer à zéro.

Owen a été extraordinaire. C'est grâce à lui que je m'en sens le courage. Nous en avons énormément parlé. Nous avons tout planifié. Il ne me reste qu'à sauter le pas. Je vais quitter Cian, en espérant qu'il pensera suffisamment à son image pour ne pas faire une énorme scène.

Je sais bien qu'il va souffrir. Chacun son tour. Je souffre depuis assez longtemps. Je veux être heureuse. Je suis jeune. Je veux vivre ma vie. Avec Owen et avec Jack.

J'ai laissé les mots décanter, le temps de les digérer. J'essayais de les rapprocher avec les selfies tout sourire, les citations ultra-positives, les posts où elle se disait si heureuse et si chanceuse. Il suffisait de voir Owen, de plus en plus anéanti par le chagrin au fur et à mesure que les minutes s'écoulaient, pour savoir que c'était vrai. Il oscillait – très lentement – d'avant en arrière, mû par un imperceptible vacillement. Plus j'avançais dans ma lecture, plus les mots de Rose prenaient corps et devenaient réels. Pour chacun de nous trois. Et pour Owen en particulier. Bien sûr, il savait qu'elle était malheureuse. Il savait ce que Cian lui faisait endurer. Il savait qu'elle rêvait de s'échapper, et qu'ils pensaient pouvoir le faire tous les deux. Vers de nouveaux horizons. Pour un nouveau départ, au cours duquel il pourrait l'aider à guérir de ses épreuves passées. Mais me voir en train de lire ses mots lui donnait l'impression que sa douleur s'incarnait sur mon visage. Et j'avais exactement le même sentiment en observant celui d'Owen.

— Je n'en ai pas fait assez, a-t-il murmuré.

— Tu étais sur le point de l'arracher à ce cauchemar, ai-je dit. Tu allais lui offrir un nouveau départ.

— Non, ce n'était pas assez. Vraiment pas. Nous n'avons pas été assez rapides. Je ne l'ai pas sortie de là assez vite.

J'essayais de trouver quelque chose à dire quand nous avons tous les trois sursauté en entendant qu'on secouait le rideau métallique protégeant l'entrée. Donna s'est tournée vers moi, affolée, les yeux effarés.

— C'est l'inspecteur Bradley, ai-je dit en secouant la tête comme si ça pouvait aider les mots à sortir. J'ai oublié de vous dire. Je lui ai demandé de me retrouver ici. Je voulais lui parler.

— Ici ? a demandé Donna, en se triturant les mains.

— Je me suis dit qu'il fallait qu'il voie le carnet, non ? Vous ne pensez pas qu'il doit savoir qui est le vrai Cian ?

— Si, bien sûr, a acquiescé Owen.

— Mais ça ne va pas me créer des ennuis ? s'est inquiétée Donna, alors que ça s'excitait de plus en plus du côté du rideau métallique.

— Comment ça ?

— Parce que je ne le lui ai pas tout de suite donné. Ce n'est pas de la dissimulation de preuve ou quelque chose dans ce genre ? a-t-elle demandé, terrorisée.

— On n'est pas obligés de lui dire que c'est toi qui l'avais, a dit Owen. On n'a qu'à dire qu'on l'a trouvé hier… ou aujourd'hui.

Un troisième assaut sur le rideau, encore plus énergique, a causé un tel boucan que Donna a de nouveau sursauté.

— Mais je dois rentrer m'occuper des garçons. Il va me poser des questions, non ? Les enfants vont s'inquiéter, et se demander où je suis. Je n'ai pas le temps de rester pour parler à la police. Je ne peux pas prendre le risque d'avoir des ennuis. Mes garçons n'ont que moi.

Je ne savais pas quoi dire, et je ne voulais pas faire attendre l'inspecteur plus longtemps.

— Écoute, rentre chez toi, ai-je entendu Owen lui répondre. On va s'en occuper. *Je* vais m'en occuper, Donna. Il est grand temps que je prenne mes responsabilités dans cette histoire.

Je l'ai entendue bredouiller quelque chose tandis que je déverrouillais la porte d'entrée et remontais le rideau métallique pour laisser entrer l'inspecteur Bradley.

— J'allais repartir, m'a-t-il lancé, avec une pointe d'irritation dans la voix. Comme je vous l'ai dit, Emily, c'est très tendu de notre côté en ce moment, donc si vous pouviez en venir aux faits, ça serait bien.

— Bien entendu. J'ai des choses à vous dire, et quelque chose à vous montrer.

Je l'ai précédé dans le bureau d'Owen. Donna était déjà partie, et Owen se cramponnait au carnet comme si sa vie en dépendait. Je n'avais pas réalisé à quel point ce devait être dur pour lui d'avoir à se séparer, si peu de temps après en avoir pris connaissance, d'un objet qui révélait l'intimité profonde de Rose.

Il s'est levé pour serrer la main de l'inspecteur.

— Emily ne m'avait pas dit que vous alliez venir, mais elle a raison : il faut que vous voyiez ceci. Il s'agit du journal que tenait Rose, dans lequel elle décrit l'état de son mariage. C'est exactement ce que je vous ai dit, mais avec ses mots, écrits de sa main.

Les propos d'Owen m'ont fait l'effet d'une gifle. Il avait déjà raconté à l'inspecteur Bradley ce que Rose subissait, il lui avait parlé de leur liaison ; ce qui veut dire qu'au moment où l'inspecteur était venu me parler et qu'il m'avait demandé de me remémorer les choses avec précision, il était déjà au courant des allégations faites à l'encontre de Cian. Owen a fait glisser le carnet sur la table. L'inspecteur a enfilé des gants en latex qu'il avait sortis de sa poche, et il l'a pris entre ses doigts.

— Et où se trouvait ceci pendant tout ce temps ?

— Ici, a répondu Owen. Je faisais le tri dans des dossiers hier, et je l'ai trouvé au fond d'un tiroir.

— Et vous avez attendu aujourd'hui pour en parler ?

Owen a remué sur sa chaise.

— Quand vous le lirez… vous verrez que ce carnet contient beaucoup d'informations personnelles. Et pas seulement sur Cian… Mais également sur moi. Sur les sentiments qu'elle avait pour moi. Sur ce qu'il y avait entre nous. (Sa voix s'est brisée. Il a toussé, puis s'est raclé la gorge.) Je voulais juste avoir le temps de le voir. Je voulais le lire. Passer un peu de temps avec ses mots.

L'inspecteur Bradley a ouvert le carnet et commencé à le feuilleter. Tout en parcourant les pages des yeux, il émettait de temps à autre une exclamation désapprobatrice, ou secouait la tête. Puis il a soupiré, mais il est demeuré silencieux.

— Vous allez pouvoir le coffrer maintenant ? a demandé Owen. Avec ça, tout s'explique ? On a bien le mobile, non ?

— Ce journal va indéniablement pouvoir servir à l'enquête, a répondu l'inspecteur.

— Mais non, c'est bien plus que ça, a protesté Owen. Ce journal montre ce qu'il lui faisait subir.

— Même si je voudrais que ce soit le cas, Owen, il ne s'agit en aucun cas d'une preuve irréfutable. Ce journal nous sera utile, indéniablement, mais il constitue tout au plus une preuve indirecte. N'importe quel avocat de la défense objecterait que quelques mots griffonnés dans un calepin ne font pas de lui un coupable – surtout quand on voit l'abondance des publications postées sur les réseaux sociaux de la victime.

— C'est lui qui les postait à sa place, a riposté Owen, qui peinait à garder son calme.

— Écoutez, Owen, vous savez aussi bien que moi que j'ai la ferme intention de coffrer ce salaud. Je ne sais pas encore comment, n'ayant pas encore réussi à assembler toutes les pièces du puzzle, mais je suis convaincu qu'il a un lien avec la mort de Rose.

Tandis que je les écoutais, je me sentais devenir cramoisie. Si un policier du calibre de l'inspecteur Bradley soupçonnait Cian Grahame d'être impliqué, que pouvait-il penser de moi ? À ses yeux, je devais être la nouvelle ingénue sous sa coupe. S'il savait dès le début que

Cian maintenait Rose sous son emprise, savait-il que le même sort m'attendait ? Cette idée m'a fait frémir. Comment avais-je pu lui faire confiance. Comment avais-je pu l'aimer. Je devais être un peu dérangée. Étais-je aussi détraquée que lui ? Il fallait à tout prix que l'inspecteur Bradley sache que non.

— Je vous ai menti, ai-je lâché. (Les deux hommes se sont aussitôt tournés vers moi.) J'ai menti en disant que j'étais avec lui le soir où Kevin McDaid est mort. C'est faux. J'ignorais qu'il allait vous dire ça, le jour où vous êtes venu le voir chez lui, ai-je précisé en suppliant du regard l'inspecteur de me croire. Mais il m'avait imploré de l'aider ; il se disait désespéré, et terrifié à l'idée de perdre la garde de Jack. Quand il vous a dit ça, j'ai paniqué et je sais que j'aurais dû vous dire la vérité par la suite. Non, je n'étais pas avec lui ce soir-là. Je venais de le rencontrer, le jour où il est passé au cabinet avec Jack, pour l'enregistrer comme patient.

— Avant cela, vous ne lui aviez jamais ne serait-ce qu'adressé la parole ? s'est enquis l'inspecteur.

Je me suis frotté les tempes.

— Non. Enfin, j'avais juste lu ce qu'il avait écrit sur la page Facebook de Rose…

— Ah bon ? Vous étiez amie avec Rose ? Je croyais que vous m'aviez dit que vous ne la connaissiez pas.

J'avais le visage en feu. J'aurais voulu disparaître dans un trou de souris tant je me trouvais pathétique. Mes mensonges lamentables ainsi mis à nu devant l'inspecteur et devant Owen, je n'avais d'autre choix que de les assumer. Impossible de faire l'autruche.

— Non, non. Sa page n'était pas verrouillée – ou quasiment pas. J'ai cherché son nom sur Facebook. En lisant ce qu'il avait écrit, je ne pouvais le voir autrement que comme un homme qui pleurait sincèrement la mort de sa femme.

— Et vous regardez souvent la page Facebook des gens qui viennent de mourir ? a demandé l'inspecteur.

— Non, ai-je répondu, les yeux rivés sur mes chaussures. (J'ai remarqué que le cuir de ma basket droite était éraflé sur le devant. Profonde, l'éraflure ne risquait pas de s'estomper avec le temps, et ne pourrait pas aisément être masquée.) Pour Rose c'est très particulier ; j'étais là quand elle est morte. J'étais dans la rue. J'ai tout vu.

37

Je ne sais pas trop à quoi je m'attendais. À être menottée *illico presto* ? À ce qu'on me lise mes droits avant d'être emmenée *manu militari* ? Allais-je être mise en examen pour rétention de preuves ? Entrave au bon fonctionnement de la justice ? Je m'étais sûrement rendue coupable des deux. C'était même quasiment certain.

Mais l'inspecteur Bradley ne m'a pas arrêtée. Il m'a dit qu'être témoin d'une telle scène avait dû constituer un véritable traumatisme. Je n'avais pu retenir un éclat de rire triste et pathétique. En l'occurrence, même le mot « traumatisme » paraissait bien faible.

— Donc je peux compter sur vous pour venir faire une déposition sous serment indiquant que vous n'étiez pas avec Cian le soir de la mort de Kevin McDaid, n'est-ce pas ?

Même s'il s'agissait d'une question, nous savions lui et moi que je ne pouvais répondre autrement que par l'affirmative. J'ai hoché la tête.

— Et vous vous engagez à stipuler dans cette déposition que vous ne l'aviez jamais vu avant votre première rencontre au cabinet ?

Nouveau hochement de tête.

— En revanche, il m'a envoyé un message ce soir-là. Sur Facebook Messenger. Mais nous ne nous sommes pas vus le soir même.

— C'est bien ça, non ? a dit Owen. Tu as conservé ce message ? Ça prouverait que vous n'étiez pas ensemble. Ça suffirait pour pouvoir le coffrer, non ? a-t-il ajouté en se tournant vers l'inspecteur.

Ce dernier a hoché la tête.

— Cela nous sera très utile en effet. Emily, nous aurons besoin d'une copie de ces messages. Nous progressons aussi vite que possible, mais nous subissons des revers à chacune de nos avancées. Nous avons réussi à éliminer de la liste des suspects la plupart des acolytes de McDaid – amis comme ennemis. Mais si nous arrivons à prouver que Cian a menti en disant qu'il avait un alibi ce soir-là, ça change tout.

— Cela dit, ça ne prouve en rien qu'il soit responsable de la mort de Rose, a commenté Owen, abattu.

— Non, en effet. Mais on y travaille. Nous n'avons pas encore utilisé toutes nos cartouches. On aura peut-être du nouveau plus tôt que prévu.

— C'est-à-dire ? a demandé Owen.

L'inspecteur Bradley a secoué la tête.

— Écoutez, Owen, je vous aime bien, et c'est pour cette raison que j'en ai déjà sûrement trop dit à ce stade. Je n'en dirai pas plus. Emily, pouvez-vous venir déposer rapidement ? Ce soir, ou demain ?

Mon cerveau était encore en ébullition, or je tenais à avoir les idées claires pour faire ça correctement. Je voulais absolument éviter de tout foirer. Non seulement pour Rose, pour Owen, et pour Jack. Mais aussi pour moi. Car je sentais lentement mûrir en moi les germes de la colère. Celle d'avoir été manipulée par Cian. Il m'avait menti. Il m'avait, un court instant, fait croire que quelque chose était possible entre nous – avant de tout reprendre.

— Demain matin ? ai-je proposé. Je peux être là à la première heure. Est-ce qu'il faut que je me trouve un avocat ?

Il a fait non de la tête.

— Je ne pense pas que ce soit nécessaire. Mais il va sans dire que ces informations ne doivent en aucun cas être communiquées à Cian. Nous devons garder un maximum d'effet de surprise.

J'ai hoché la tête et laissé échapper un long soupir. J'ai soudain eu envie de pleurer. Je sentais les larmes monter mais refusais de céder à mon émotion. Tandis qu'Owen raccompagnait l'inspecteur Bradley, je suis restée assise dans le bureau, à regarder autour de moi. Cet endroit était devenu si important pour moi. Je pensais à tous ces drames, à ces cœurs brisés, à ces mensonges et à ces secrets, enfermés entre ces murs.

— Est-ce que ça va ? ai-je entendu Owen me demander.

Je me suis tournée vers lui. Il n'avait vraiment pas bonne mine.

— Aussi bien que toi, manifestement, ai-je répondu en esquissant un sourire.

Il m'a souri en retour.

— Tu sais, si on arrive à le coincer, ça rendra sûrement les choses un peu plus faciles, a-t-il dit. Je veux qu'il paie pour ce qu'il a fait. C'est tout ce que je souhaite. Pour elle.

— Tu penses vraiment que c'est lui, n'est-ce pas ?

— Je ne vois aucune autre explication plausible. Il a dû comprendre qu'elle allait le quitter. Son ego ne l'aura pas supporté.

— Et tu penses qu'il a également tué Kevin McDaid ?

Owen a haussé les épaules.

— Avec lui, désormais, plus rien ne m'étonnerait.

Il a proposé de me ramener chez moi, mais je lui ai dit que je préférais marcher pour faire passer ma migraine. Tout en fermant le cabinet, il m'a dit de faire attention à moi, et je me suis mise en chemin. Je n'avais parcouru que quelques pas quand il m'a rappelée :

— Emily, tu sais, c'est vrai que c'était un endroit où il faisait bon travailler. Il n'y a que des gens bien ici. Nous sommes bienveillants les uns avec les autres. De tout ce qu'on voyait d'elle sur les réseaux sociaux, cet aspect était bien réel : elle était heureuse de travailler ici. Et plus que quiconque, elle comprendrait parfaitement que quelqu'un ait envie de trouver le bonheur.

J'ai hoché la tête et je m'en suis allée.

— N'arrive pas trop tard demain matin, l'ai-je entendu me dire derrière moi. Viens dès que tu en auras fini avec l'inspecteur Bradley. Nous comptons sur toi.

J'ai envoyé un SMS à Donna tout en marchant. Je lui ai dit que tout était OK et qu'elle ne devait surtout pas s'inquiéter. J'espérais que tout allait bien du côté des garçons, et j'ai conclu en lui disant que je la retrouverais au cabinet le lendemain matin. Elle m'a répondu par un « Merci » ponctué d'un petit émoji « cœur ».

Son message m'a donné un peu de baume au cœur, et je me suis raccrochée à ce sentiment tandis que je montais l'escalier menant à mon appartement puis entrais chez moi. Bien que fatiguée, je redoutais un peu d'aller me coucher après mon cauchemar de la veille. Aussi ai-je décidé de prendre un bon bain chaud pour me détendre.

Après avoir revêtu un pyjama propre, enfilé des chaussettes chaudes, puis m'être rapidement séché les cheveux, j'ai fait chauffer un peu de lait au micro-ondes. J'avais besoin de choses simples et réconfortantes. Un peu de lecture et un bol de lait chaud avant de dormir, voilà qui allait m'apaiser. C'était déjà ce qui me réconfortait quand j'étais enfant. En cet instant, j'aurais tant aimé que ma mère soit à mes côtés et qu'elle me serre dans ses bras. L'odeur de son parfum me manquait, ainsi que le sentiment d'être toute petite et protégée.

Soudain, la sonnerie stridente de l'interphone a résonné, me faisant sursauter. Il était 22 heures passées. Personne ne me rendait visite après 22 heures. En fait, personne ne me rendait jamais visite, et encore moins sans m'envoyer un message au préalable pour me prévenir. Mon sang n'a fait qu'un tour. Se pouvait-il que ce soit l'inspecteur Bradley, qui revenait m'arrêter à cause de mes mensonges. Le moment était peut-être venu pour lui de passer de mode « flic sympa » en mode « méchant flic ».

— Oui ? ai-je dit après avoir décroché le combiné.

— Emily, c'est Cian. Il faut que je te parle. Laisse-moi monter.

Si j'avais eu un pincement au cœur à l'idée que cela puisse être l'inspecteur Bradley, la venue de Cian Grahame, avec tout ce que je savais désormais sur lui, me glaçait le sang. J'ai respiré un grand coup et appuyé sur le bouton de ce maudit interphone. Il savait que j'étais chez moi, maintenant. J'ai jeté un œil où j'avais laissé mon téléphone. Fallait-il que j'appelle l'inspecteur Bradley ? Pour lui dire que Cian était là ?

Mais que pouvait-il bien faire de toute façon ? Je me suis mordu la lèvre, et j'ai essayé de prendre une voix aussi naturelle que possible.

— Je ne m'attendais pas à ta visite. Monte.

J'ai appuyé sur le bouton « ouverture » et je l'ai entendu monter l'escalier d'un pas lourd. Il suffisait que je fasse comme si de rien n'était, et tout se passerait bien.

Affichant mon plus beau sourire, j'ai ouvert la porte tandis que le bruit de ses pas se rapprochait.

— En voilà une bonne surprise, ai-je dit en le voyant apparaître.

Il ne souriait pas. Cela dit, je me suis rappelé que Cian ne souriait jamais beaucoup. Il était plutôt du genre soupe au lait et lunatique, tantôt maussade, tantôt exalté. Quand il souriait, ça ne paraissait jamais totalement naturel.

Je me suis approchée pour l'embrasser, même si les mots de Rose tourbillonnaient dans ma tête. Au début, elle n'avait vu que ce qu'il y avait de bon en lui. Et ensuite ç'avait été l'inverse. Maintenant que le masque était tombé, je n'avais même plus envie ne serait-ce que de respirer le même air que lui, et encore moins de l'embrasser. Mais il fallait que je me comporte normalement.

Contre toute attente, il m'a repoussée et est entré en trombe dans mon appartement, me laissant en plan près de la porte. Je commençais à regretter de ne pas être allée chercher mon portable.

— Je te sers une tasse de thé ? Un verre d'eau ? C'est à peu près tout ce que je peux te proposer, j'en suis désolée.

Il a secoué la tête et s'est mis à arpenter mon salon dans tous les sens, avant d'écarter le rideau pour regarder dans la rue. Quand il s'est retourné vers moi, j'ai de nouveau eu l'impression que le fameux déclic avait fait son effet et que le gentil Cian était à nouveau de la partie. Du moins l'espérais-je.

— Désolé d'avoir été un peu brusque, a-t-il dit en s'asseyant sur le canapé – juste à côté de mon téléphone. (Il a pris ce dernier pour le poser sur la table basse, avant de tapoter la place ainsi libérée.) J'ai essayé de t'appeler toute la journée. Comme tu étais dans tous tes états hier après avoir plaqué ton boulot, je voulais être sûr que tu allais bien.

— Eh bien, oui, comme tu peux le voir. Mais j'ai été assez occupée. Il a fallu que je passe chez mes parents, ai-je menti. Et j'avais oublié mon portable ici, crétine que je suis.

Il a de nouveau tapoté le canapé, et je me suis installée à côté de lui. Il a pris ma main dans les siennes – ces mêmes mains qui m'avaient rendue folle de désir pour lui. Mais là, j'avais vraiment un doute sur ce qu'elles étaient capables de faire. Écrire des romans formidables. Mais aussi pincer pour infliger de la douleur. Bousculer. Rudoyer. Commanditer un meurtre ? Assassiner quelqu'un ?

— Tu trembles, m'a-t-il dit.

— Ah bon ? ai-je fait en essayant de libérer ma main, pour me rendre compte qu'il ne la lâchait pas.

— Oui. Tu dois avoir froid. Laisse-moi te réchauffer.

Il a pris mes mains entre ses paumes et les a portées à ses lèvres pour souffler dessus, plein de délicatesse. C'était un geste tendre, de ceux qui m'auraient littéralement fait fondre un jour ou deux plus tôt. Mais là, j'avais juste envie de prendre mes jambes à mon cou.

— Tu sais, Emily, je me suis inquiété. Tu ne peux pas me faire ça. Te comporter ainsi.

Je l'ai regardé d'un air absent, n'osant rien dire de peur de me trahir.

— Tu disparais, tu es injoignable. Ça me fait flipper.

— Ça n'a duré que quelques heures, et tu es là. Donc tout est bien qui finit bien.

— Oui, mais je ne pouvais pas m'en douter. Tout ce que je sais, c'est que je n'arrivais pas à te joindre. Ni par téléphone, ni sur Facebook. Tu aurais pu te douter que ça risquait de me mettre les nerfs à vif.

Certes chaleureux, son ton de voix n'était pas sans une certaine amertume.

— Je suis désolée, ai-je balbutié.

— Tu peux, a-t-il dit, le regard lourd de reproches. La dernière fois… la dernière fois que je n'ai pas réussi à joindre quelqu'un – dont la présence m'était pourtant vitale –, c'est le jour où Rose est morte. J'ai essayé de l'appeler à de multiples reprises, mais elle n'a jamais répondu. Jamais. Je n'ai eu aucune nouvelle, jusqu'à ce que la police débarque au festival littéraire où j'avais été convié, pour m'annoncer l'impensable. Tu ne pensais pas que j'allais m'inquiéter ?

Il a libéré mes mains, effleuré ma joue de ses doigts avant d'enrouler une mèche de mes cheveux autour de son index pour la passer derrière mon oreille. Il a ensuite laissé sa main glisser dans le creux de mon cou. Il s'est rapproché un peu plus, plongeant ses yeux dans les miens. Son haleine me soufflait au visage – un léger effluve de whisky heurtant mes narines. J'ai pris sur moi pour ne pas me dégager de son étreinte, luttant pour ne pas répondre aux signaux que mon cerveau m'envoyait, m'enjoignant de fuir. Il a alors posé sa paume de main sur le haut de ma poitrine, bien à plat.

– Ton cœur bat si fort, a-t-il murmuré, la voix rauque.

– C'est toi, ai-je répondu en me forçant pour donner à ma voix des inflexions qui n'avaient rien à voir avec ce que je ressentais. Tu me fais cet effet-là, Cian, tu le sais.

Ses lèvres ont effleuré les miennes. Là encore, j'ai lutté pour ne pas m'écarter de lui, pour ne pas rejeter ses marques d'affection. Mais je m'étais inquiétée inutilement. Très vite, sa bouche s'est approchée de mon oreille. Je l'ai senti qui enroulait mes cheveux autour de son poing, au niveau de ma nuque. Sa respiration se faisait plus lourde, comme si, sous l'effet d'une ardeur soudaine, il avait été transporté de désir pour moi. J'ai inspiré profondément, avant de vider mes poumons d'un seul souffle alors que, me tirant les cheveux d'un coup sec, il a fait basculer ma tête en arrière pour me chuchoter à l'oreille – il était si proche de moi que je sentais ses postillons sur ma peau, ce qui me soulevait le cœur :

— Ne refais jamais ça, Emily. C'est compris ?

Incapable d'émettre le moindre son, j'ai voulu hocher la tête mais ça m'était impossible tant il me serrait si fort – si fort que les larmes me sont montées aux yeux.

— C'est compris, Emily ? a-t-il appuyé.

J'ai réussi à répondre « oui » d'une voix étranglée et, aussi vite qu'il avait tiré mes cheveux, il a lâché prise et ma tête est retombée en avant. Une larme est venue s'écraser sur mon pantalon de pyjama.

— C'est bien, a-t-il répondu, la voix aussitôt adoucie. Oh, Emily, regarde-moi s'il te plaît.

N'osant le défier, j'ai haussé la tête et je me suis tournée vers lui. Quand je l'ai vu lever la main à nouveau, je n'ai pu m'empêcher de tressaillir.

Il m'a caressé la joue, a essuyé mes larmes, puis il m'a dit, d'une voix apaisée :

— Oh, Emily, ne pleure pas. Ne te mets pas dans cet état. Tout est bien qui finit bien, non ? Tu l'as toi-même dit. Il ne t'est rien arrivé. Tu étais juste allée chez tes parents. J'ai sûrement été un peu bête de m'inquiéter comme ça. Mais c'est à cause de ce qui est arrivé à Rose. Tu comprends, n'est-ce pas ? Tu comprends pourquoi je me suis tant inquiété, et pourquoi tu aurais dû rester joignable ?

— Oui, ai-je répondu, en lui offrant à nouveau mon sourire de façade.

— Bien. Bien. Car une fois que tu auras emménagé à la maison, il ne sera plus question que je m'inquiète pour toi. Ni pour Jack.

J'ai soudain compris qu'il était tard.

— Au fait, où est Jack ? ai-je demandé.

J'espérais qu'il n'était pas en train de dormir dehors dans la voiture, car le froid aurait pu lui être fatal.

— J'ai fait venir une baby-sitter.

J'étais à deux doigts de demander qui – grande malade que j'étais. Alors même qu'il venait de me rudoyer, alors même que je savais de quoi il était capable, je trouvais le moyen de ressentir de la jalousie voire, j'ose à peine dire, de la contrariété à l'idée qu'une autre que moi puisse être avec Jack. Mais je me suis retenue. Je ne voulais surtout pas lui donner une raison supplémentaire de se mettre en colère. Marcher sur des œufs – ça, je savais le faire. Quand j'étais avec Ben, j'étais même devenue une véritable experte en la matière : j'aurais pu marcher sur un parterre entier de coquilles d'œufs en limitant les dégâts. À l'époque, j'en étais même arrivée à détester ce que j'étais devenue. Or ce sentiment familier de haine de soi, je n'étais pas loin de le revivre en ce moment même.

— Tu lui as manqué aujourd'hui, a dit Cian. Encore une chose, Emily. Si tu dois faire partie de sa vie, il faut que tu fasses preuve d'une fiabilité à toute épreuve. Jack devra être ta priorité absolue. Tu le sais, n'est-ce pas ? D'ailleurs Rose… Je l'adorais. Je l'aime de toute mon âme… Mais Jack n'était pas sa priorité absolue… Pas quand elle partait travailler.

— Mais elle était sur le point de démissionner, ai-je noté, scrutant son visage pour y déceler la moindre réaction.

S'est ensuivi un blanc très court, presque d'indifférence, avant qu'il ne hoche la tête.

— Oui, bien sûr. Pour passer plus de temps avec Jack et notre deuxième enfant, si Dieu nous avait accordé ce bonheur. L'idée que Jack puisse rester fils unique, ou bien qu'il y ait trop d'écart entre lui et son petit frère ou sa petite sœur – cette idée m'attriste, tu sais ?

Il me dévisageait et j'aurais aimé que les choses soient différentes. J'aurais aimé qu'il soit celui qu'il prétendait être. J'aurais aimé que ce qui était arrivé à Rose n'ait été rien de plus qu'un tragique accident. J'aurais aimé qu'il soit sincère en me disant, comme il venait de la faire, qu'il voulait que je lui sois entièrement dévouée, ainsi qu'à Jack.

— Cian, ai-je dit, voulant à tout prix qu'il fiche le camp. Je suis épuisée. La journée a été longue, tu sais, avec cet aller-retour chez mes parents. Je ne parle pas seulement de la conduite, mais avec le temps qu'il faisait, la circulation était épouvantable. J'étais sur le point d'aller me coucher quand tu es arrivé. Ça te dérangerait si j'allais dormir, là ? J'ai un début de migraine.

À la façon qu'il a eue de me regarder, j'ai eu l'impression qu'il ne savait pas trop sur quel pied danser. En temps normal, l'Emily qu'il connaissait aurait sûrement tout fait pour l'attirer dans son lit. Cette fille était un peu un cas désespéré, à dire vrai.

— Tu viendras nous voir demain ?

J'ai hoché la tête.

— Bien sûr. J'ai hâte.

— À la première heure ?

— J'ai un rendez-vous médical. Je devrais pouvoir être là vers 11 heures ?

Je n'en revenais pas de l'aisance avec laquelle j'arrivais à lui mentir.

— OK, OK, ça me paraît bien, a-t-il répondu, sans se départir de son drôle d'air.

Il s'est à nouveau penché vers moi, et j'ai fermé les yeux, sentant ses lèvres à peine m'effleurer la pointe du nez.

— Dors bien, ma douce, a-t-il dit en se levant avant de se diriger vers la porte pour finir par sortir.

Je suis restée assise sur mon canapé, pétrifiée, jusqu'à ce que j'entende sa voiture démarrer. Ç'avait été stupide de lui dire que j'irais chez lui le lendemain. Je ne savais pas du tout comment j'allais me sortir de cette impasse. Mais une chose était sûre, je ne voulais plus jamais me retrouver en sa présence. Je ne voulais plus jamais le voir. Ni sentir ses mains sur moi. Quant à mes rêves de lendemains qui chantent avec Jack et lui ? Je pouvais leur dire adieu, et à cette seule pensée, j'ai ressenti une immense solitude et un grand désarroi.

38

Arrivée devant le commissariat de Strand Road, j'ai ajusté mon manteau et sonné à l'interphone. L'épais portail métallique semblant idéalement situé pour attirer la brise qui venait du fleuve, je tremblais comme une feuille en attendant qu'on me réponde.

Je pense que je m'attendais à ce que quelqu'un me parle. Aussi avais-je préparé mon petit laïus. « Emily d'Arcy, je viens voir l'inspecteur Bradley, au sujet de l'affaire Grahame. » Mais il ne m'a servi à rien. Aucune voix désincarnée ne m'a parlé à l'interphone. Il y a juste eu un bruit métallique et le portail s'est ouvert automatiquement, dans un grincement métallique de fer frottant le béton.

J'ai jeté un œil à l'intérieur et je suis entrée. Il n'y avait aucun signe de vie. Juste un grand bâtiment quelconque mais doté, bien sûr, de fenêtres blindées, dissimulé derrière de hauts murs d'enceinte. Ces lieux renvoyaient à des temps plus difficiles, dont les impacts de balle dans la façade étaient les stigmates. J'ai traversé le parking pour rejoindre l'austère édifice marron-gris, puis j'ai gravi les marches jonchées de mégots de cigarettes pour entrer dans une salle d'attente non moins austère, où des chaises vides en plastique étaient alignées le long d'un mur orné de messages sur la lutte contre la criminalité et sur les droits et devoirs des citoyens en cas d'interpellation.

Le guichet d'accueil du public était protégé par un grand écran de plexiglas sombre à travers lequel je ne distinguais quasiment rien, si ce n'est un peu de mouvement. Après m'en être approchée, je me suis penchée pour regarder à travers l'hygiaphone afin de distinguer ce qui se trouvait derrière.

Mes yeux ont alors croisé le regard peu amène d'un policier en uniforme, qui a eu l'air de me jauger pour évaluer la gravité de ma situation.

— Que puis-je faire pour vous ? m'a-t-il demandé, sur un ton qui suggérait qu'il avait d'autres chats à fouetter que de faire quelque chose pour moi ce matin.

— Je suis Emily d'Arcy. J'ai rendez-vous avec l'inspecteur Bradley. Pour une déposition dans le cadre de l'affaire Grahame.

Il m'a de nouveau détaillée, sans dire un mot, puis il s'est éloigné à pas comptés quelques instants, avant de revenir à son guichet. En me baissant pour regarder, je l'ai vu se saisir de son téléphone et composer un numéro.

En tendant l'oreille, j'ai fini par comprendre qu'il parlait à l'inspecteur Bradley, à qui il annonçait mon arrivée. Il est revenu en traînant les pieds et m'a invitée à m'asseoir.

Bien sûr, ce n'était pas la première fois que je mettais les pieds dans un commissariat. J'avais été mise en examen. J'avais même fait l'objet d'un rappel à la loi. J'avais écouté les policiers du PSNI[1] me parler sans vraiment entendre ce qu'ils me disaient, tant j'étais shootée. Anéantie. Cette fois-ci, même si j'étais terrifiée, et bien que j'aie eu l'impression que la vie que j'avais été à deux doigts d'avoir m'était finalement arrachée, j'ai compris que je ne me sentais pas anéantie.

1. Service de police d'Irlande du Nord.

Meurtrie, certes. Blessée. Un peu timbrée sur les bords – peut-être. Mais pas anéantie.

La porte située à droite du guichet s'est ouverte, et l'inspecteur Bradley en est sorti, suivi de la policière mutique qui l'avait accompagné lorsqu'il était venu chez moi.

— Bonjour, Emily, a-t-il dit en me gratifiant d'un sourire qui semblait sincère ou, du moins, suffisamment sincère pour que je me sente à l'aise et en sécurité dans des circonstances par ailleurs proprement surréalistes. On y va ?

J'ai hoché la tête.

— Oui, allons-y.

— Très bien. Le brigadier Wilson, ici présent, va vous conduire à la salle d'interrogatoire. Elle pourra vous servir un thé ou un café si vous le souhaitez. Je vous rejoins dans une minute.

La policière m'a souri et m'a dit « Suivez-moi », ce que j'ai fait. Nous avons alors parcouru un dédale de portes et de couloirs étroits pour arriver dans une petite pièce rectangulaire munie, pour tout mobilier, d'une table et de trois chaises en plastique – une d'un côté, deux de l'autre. Il n'y avait aucune fenêtre, mais le climatiseur au plafond crachotait un air frais qui sentait le renfermé.

Elle m'a apporté le verre d'eau que j'avais demandé, et quelques instants plus tard, nous avons été rejoints par l'inspecteur Bradley, qui a pris la chaise libre en m'adressant à nouveau un sourire chaleureux. Je me suis dit que, dans d'autres circonstances, je l'aurais trouvé séduisant, et j'ai failli rire de l'absurdité de cette pensée me venant à ce moment précis.

Il m'a expliqué qu'il allait me demander de lui dire tout ce que je savais sur Cian Grahame, et notamment les endroits où il se trouvait à certaines dates précises.

J'ai acquiescé d'un signe de tête et il a ajouté que je pourrais faire une pause à tout moment, qu'il suffirait de le lui faire savoir. J'ai répondu que je pensais pouvoir m'en passer, mais qu'avant de commencer j'avais besoin d'un conseil.

— Cian est passé me voir hier soir, lui ai-je dit. (Les deux policiers ont alors échangé un regard.) Soi-disant qu'il s'inquiétait parce qu'il n'avait pas réussi à me joindre de la journée. Bien sûr, vous m'aviez dit de ne rien lui dire de ce qui nous préoccupe. Donc j'ai menti et je lui ai dit que j'étais chez mes parents. Et là… (J'ai senti ma voix se briser.) Il est devenu, comment dirais-je… violent n'est vraiment pas le mot, mais, disons, agité.

— Vous a-t-il blessée, Emily ? a demandé l'inspecteur.

Des images me sont aussitôt revenues à l'esprit. Lui qui me tirait les cheveux d'un coup sec. Moi le cou tordu en arrière, sans pouvoir bouger, tandis qu'il me susurrait à l'oreille. Je repensais à mon crâne et à ma nuque endoloris. Je me revoyais pleurer. Et lui qui me disait ne pas me mettre dans cet état-là.

— Il m'a fait peur, ai-je balbutié. Et, oui, il m'a fait mal.

— Nous pouvons prendre votre déposition, Emily. Avez-vous des contusions ? Portez-vous les marques de ses agissements ? Vous pouvez vous faire examiner par notre médecin légiste. Ces éléments pourraient être retenus contre lui.

J'ai songé au bleu que j'avais au cou. S'agissait-il d'une agression ou d'une relation sexuelle consentie ? Certes nos ébats avaient été plus vigoureux que je ne l'aurais souhaité, mais je ne l'avais pas repoussé. Je n'avais pas dit non. Hier non plus je ne l'avais pas repoussé. Je l'avais même laissé m'embrasser. Mais ça ne signifiait pas que j'approuvais son comportement. J'essayais juste de me protéger.

J'ai baissé le col de mon corsage afin de leur montrer le bleu. Le visage rouge de honte, je leur ai dit comment il m'avait tiré les cheveux la veille au soir.

— Nous allons assurer votre protection, Emily. N'ayez pas peur, a dit l'inspecteur Bradley sur un ton qui se voulait si rassurant que je l'ai cru.

Alors ils ont pris ma déposition. Ils m'ont tellement bombardée de questions que la tête me tournait. Puis ils m'en ont fait faire une autre, cette fois sur l'agression – en m'assurant qu'il s'agissait bel et bien d'une agression.

— Si les femmes étaient plus nombreuses à parler, moins nombreux seraient les hommes à pouvoir agir ainsi impunément, a noté le brigadier Wilson.

Je me demandais si Rose avait jamais songé à parler. Mais il faut dire qu'il l'avait comme envoûtée, non ? Il avait agi avec elle comme Ben avait agi avec moi : elle avait fini par se convaincre que c'était elle qui était la cause des emportements et du comportement manipulateur de Cian.

Et Ben ? Est-ce qu'il avait quelqu'un en ce moment ? Avait-il changé ? Disait-il vrai en affirmant que j'avais fait ressortir ce qu'il y avait de pire en lui ? Y avait-il en moi quelque chose qui provoquait cela ? Qui faisait ressortir le pire chez les gens, en les poussant à des comportements extrêmes ? Ou bien l'avais-je trop facilement laissé, ainsi que Cian, me manipuler et m'utiliser ? Je veillerais à ce que cela change. Je retournerais voir ma psy. Je ne laisserais pas ce travers avoir raison de moi.

En espérant que Cian ne me fasse pas la peau d'ici là.

Il était déjà 11 heures passées quand j'en ai eu terminé – heure à laquelle j'étais déjà censée être chez Cian.

— Je ne sais pas trop quoi faire, ai-je avoué au brigadier Wilson.

— Je demanderai à des collègues de vous emmener où vous le souhaitez, m'a-t-elle dit pour me rassurer. Pendant ce temps, deux agents vont faire en sorte que Cian soit occupé pendant quelques heures. Alors essayez de ne pas trop penser à lui pour le moment. Est-ce que quelqu'un pourrait vous héberger pour la nuit ? Ce serait peut-être une bonne idée... Le temps que les choses se tassent.

J'ai évité de penser au nombre très limité d'options qui s'offraient à moi, et je me suis contentée de hocher la tête. Je trouverais bien une solution.

— Allez-vous l'arrêter ? ai-je demandé.

— Nous allons l'interroger sur ce que vous nous avez dit. Le journal intime nous fournit par ailleurs suffisamment d'éléments pour lui poser d'autres questions. Nous verrons ce que ça donne.

Elle m'a tendu sa carte en me disant de l'appeler si nécessaire ou, en cas d'urgence, Police Secours. Ils interviendraient aussitôt. Rien qu'à cette idée, j'avais l'estomac qui se nouait.

— Essayez de ne pas trop vous inquiéter. Les types comme Cian, il suffit parfois de leur tenir tête un peu fermement pour qu'ils prennent peur. Il a beaucoup à perdre, Emily. Il évitera de prendre le moindre risque. Pour l'heure, laissez-moi vous raccompagner.

Et elle m'a de nouveau guidée dans le dédale de portes et de couloirs jusqu'à la salle d'attente sans âme du commissariat.

— Si vous voulez bien m'attendre ici, je vais aller vous chercher de la documentation sur les services d'aide aux victimes.

Au moment où elle s'apprêtait à me laisser, la porte s'est rouverte et l'inspecteur Bradley a passé une tête.

— Wilson, est-ce que vous pouvez venir ? On vient de récupérer les images de vidéosurveillance ; j'aimerais que vous y jetiez un œil. Quant à vous, Emily, pourriez-vous patienter encore quelques instants ? Nous aurons peut-être besoin de votre aide pour identifier quelqu'un.

Sur quoi ils ont disparu, ne me laissant d'autre choix que de m'asseoir sur une des chaises en plastique, seule avec mes questions. Qu'avaient-ils trouvé ? Et de quelles images parlaient-ils ? De l'accident qui n'en était pas un ? Du soir où Kevin McDaid était mort ?

Sortant mon téléphone de mon sac, j'ai senti mon estomac se nouer en découvrant un appel manqué de Cian à 11 h 05. Il devait déjà être en train de me chercher. J'avais déjà enfreint ses règles.

39

Ils étaient partis depuis dix minutes à peine quand j'ai entendu la porte se rouvrir et que l'inspecteur Bradley s'est approché de moi.

— Emily, pensez-vous que vous pourriez visionner quelques images pour nous ?

— Bien sûr, ai-je répondu, alors que je tremblais comme une feuille et que je n'avais aucune envie de franchir cette porte à nouveau.

— Merci. Dans ce cas, si vous voulez bien me suivre.

Cette fois-ci, nous nous sommes rendus dans une autre pièce, où plusieurs agents scrutaient un mur d'écrans.

— Emily, nous cherchons toujours à connaître l'identité de la personne ayant déposé une somme importante sur le compte de Kevin McDaid. Mais comme l'agence bancaire qui a été utilisée efface ses enregistrements de vidéosurveillance tous les mois, le fichier du jour en question avait déjà été supprimé quand nous en avons fait la demande. Nous avons donc dû nous adresser au service de vidéosurveillance municipal pour voir si nous pouvions repérer un individu entrant dans l'agence à l'heure dite.

— Nous savions que la personne ayant fait le dépôt était une femme, a ajouté le brigadier Wilson en rougissant légèrement. Pour être honnête, Emily, nous avons un temps pensé que ça pouvait être vous.

— Mais enfin, ç'aurait été impossible. Je ne le connaissais même pas. Lui pas plus que…

— Nous vous avions vue à la veillée funéraire de McDaid, a dit l'inspecteur Bradley. Et après nous vous avons retrouvée au cabinet Scott, et nous sommes retombés sur vous chez Grahame…

J'ai blêmi, réalisant à quel point mon comportement avait pu paraître suspect. Jusqu'ici, j'avais simplement pensé que je pourrais un peu passer pour une cinglée. Mais à l'idée que j'avais involontairement pu me retrouver dans le viseur d'une enquête criminelle, j'en avais la nausée.

— Je n'ai rien à voir avec sa mort. Je vous le jure, ai-je protesté, sentant à nouveau la panique monter en moi.

Je me suis appuyée au dossier d'une chaise le temps de reprendre mes esprits.

— Emily, tout va bien. Vous n'êtes plus considérée comme suspecte à ce stade de l'enquête. En revanche, si vous pouviez nous donner un coup de main avec ceci…

Un jeune officier de police, cheveux bruns courts et lunettes à montures épaisses, a pianoté sur un clavier, et est alors apparue à l'écran une vue du Diamond, une des places les plus célèbres de la ville. La caméra, placée à l'arrière du monument aux morts de la Grande Guerre, était braquée sur la banque située à l'angle de la place et de Butcher Street – une des artères les plus fréquentées de la ville. On distinguait de nombreux passants sur les trottoirs ou en train de traverser la rue, des voitures qui se garaient devant la banque.

— Vous pouvez zoomer ? a demandé l'inspecteur Bradley.

Le jeune officier s'est exécuté, agrandissant l'image sur la banque. La plupart des piétons portaient une capuche ou avaient un parapluie à la main, mais j'apercevais ici ou là un visage, sans reconnaître qui que ce soit. Il a zoomé un peu plus.

— Vous pouvez avancer un peu, jusqu'à 14h42 ? a demandé l'inspecteur. Voilà, on y est. Emily, pouvez-vous jeter un œil à cette femme qui se dirige vers la banque depuis Butcher Street ? Cette silhouette vous dit-elle quelque chose ? L'image n'étant pas géniale, nous voulons simplement savoir si vous pouvez confirmer nos soupçons.

Je me suis approchée de l'écran en plissant les yeux pour mieux voir. Je distinguais un trench-coat, une écharpe noire nouée autour de son cou, un parapluie masquant la majeure partie de son visage. Mais j'ai éprouvé un certain malaise en constatant que le pantalon blanc qui dépassait de son manteau ne m'était, à l'évidence, pas inconnu. Arrivée devant la porte, elle a baissé son parapluie pour le refermer, puis levé les yeux vers le ciel et là, malgré la mauvaise qualité de l'image, il n'y avait plus aucun doute possible sur son identité. J'ai instinctivement porté la main à ma bouche et je me suis tournée vers l'inspecteur Bradley et le brigadier Wilson qui me dévisageaient, pleins d'espoir.

— C'est Donna.

— C'était aussi notre intuition, a répondu l'inspecteur Bradley.

Donna. La douce Donna. La si serviable Donna. Je tombais des nues. Pourquoi aurait-elle bien pu déposer de l'argent sur le compte de Kevin McDaid ? Pourquoi serait-elle mêlée à ça ? Encore hier soir, elle me montrait – ainsi qu'à Owen – les carnets de Rose. Elle nous apportait la preuve que Cian était à la fois un tyran et un manipulateur. Ce qui en faisait le coupable idéal. Tout cela n'avait-il été qu'un stratagème visant à pointer Cian du doigt, en accumulant des preuves contre lui pour mieux brouiller les pistes et détourner l'attention d'elle ? Mais elle n'aurait jamais éveillé le moindre soupçon de toute façon. Qui aurait pu penser que Donna, sans cesse en train de jongler entre le travail et les réunions parents-professeurs de ses garçons, se serait retrouvée mêlée à une histoire aussi sordide ? Donna qui nous gratifiait régulièrement du récit des mornes soirées qu'elle avait consacrées à visionner des séries à l'eau de rose ou à perdre son temps sur des sites de rencontres.

Donna qui pleurait quasiment tous les jours en pensant à Rose. Et qui ne cessait de répéter que Rose comptait parmi ses meilleures amies. J'avais à nouveau l'impression que le sol s'ouvrait sous mes pas. Si Donna était impliquée, cela signifiait-il que Cian était innocent en fin de compte ? Certes, c'était un type infect, mais de là à être le commanditaire d'un meurtre ? Et cela signifiait-il qu'Owen pouvait lui aussi être impliqué ? Ces deux-là avaient été comme cul et chemise au cours des deux dernières semaines, avec Donna qui frappait à tout bout de champ à la porte de son bureau ou qui insistait pour l'assister en salle d'auscultation.

Donna.

Les policiers discutaient autour de moi. Je comprenais à peine ce qu'ils disaient, hormis le fait qu'ils comptaient la faire venir pour l'interroger. Pour une raison qui m'échappait, j'aurais eu envie de l'appeler pour lui dire de prendre la fuite. La prévenir qu'elle aurait besoin de prendre un avocat. L'ayant vue si fragile ces derniers temps, je craignais que ça ne lui porte un coup fatal. Ou alors, était-ce un rôle qu'elle se donnait ? Tout le monde jouait-il la comédie dans cette sordide affaire ? Faisaient-ils tous semblant d'être quelqu'un d'autre ? Était-il possible que, dans le lot, ce soit moi la plus sensée ?

La sonnerie de mon portable est venue interrompre mes spéculations. Je l'ai sorti de ma poche et constaté que j'avais un nouvel appel en absence de Cian, ainsi qu'un SMS d'Owen me disant qu'il espérait que tout allait bien et qu'on se verrait bientôt au cabinet. Que faire ? Était-il préférable que j'aille au travail ? Chez Cian ? Chez moi ? Ou bien fallait-il que je m'enfuie aux États-Unis en espérant que Maud me laisse dormir sur son canapé ?

Je n'arrêtais pas de penser à Donna. Elle devait être terrorisée, c'est évident. J'avais de la peine pour elle, car au fond, tout cela était tellement injuste. Non : j'irais au cabinet car quand les flics débarqueraient, je pourrais peut-être, au moins, lui offrir un semblant de réconfort. Mais le méritait-elle vraiment ? Après tout, selon toute vraisemblance, elle était responsable de la mort d'une femme, et elle avait par la même occasion risqué la vie d'un bébé.

Après avoir décliné l'offre qui m'avait été faite de me déposer en voiture, j'ai quitté le commissariat et retrouvé l'air froid de la rue, que j'ai traversée pour me rendre sur la promenade longeant le Quay. J'ai marché jusqu'à la berge du fleuve, et je suis restée là quelques instants, à contempler l'eau. Je pensais à Kevin McDaid, qui avait vécu ici ses derniers instants. Tant de vies avaient déjà été détruites. Combien encore le seraient avant que ce cauchemar ne se termine ? Je pourrais dire que c'est le vent qui m'avait fait venir les larmes aux yeux, mais au fond je savais que le vent avait bon dos.

Quand les policiers sont arrivés au cabinet, ils ont heureusement choisi de se faire le plus discrets possible. L'inspecteur Bradley m'a fait un petit signe de la tête et je lui ai dit que je l'emmènerais d'abord au bureau d'Owen, et que je demanderais ensuite à Donna de les y rejoindre. Si cette épreuve allait inévitablement être horrible pour tout le monde, ils feraient néanmoins en sorte d'agir avec le plus de tact que possible. D'autant que rien de tout ça ne ferait une bonne publicité pour le cabinet. La nouvelle risquait de se répandre très vite.

La main tremblante, j'ai frappé à la porte de la salle de soins et j'ai abaissé la poignée. Donna et Owen, assis côte à côte devant l'ordinateur, examinaient les radios des patients suivants. Une journée parfaitement normale était en train de virer au drame. Ils se sont tournés vers moi en même temps au moment où je suis entrée. Malgré tous mes efforts, je ne parvenais pas à masquer mon émotion.

— Emily, que se passe-t-il ? a demandé Owen. On dirait que tu viens de voir un fantôme. Cian est-il ici ? Tu vas bien ?

Il s'est levé pour venir vers moi. Son inquiétude avait l'air si sincère que j'avais envie de pleurer et de le protéger de ce qui était sur le point d'arriver.

— Donna, ai-je commencé en essayant de ne pas avoir la voix qui tremble. Il y a des gens qui sont là pour toi.

Elle m'a regardée sans ciller. Elle avait l'air d'un lapin pris dans les phares d'une voiture : tétanisée. Abasourdie. Terrifiée.

— Quels gens ? a demandé Owen en me regardant, puis Donna, avant de revenir à moi.

— La police, ai-je répondu dans un filet de voix à peine audible.

Un faible gémissement s'est fait entendre, tandis que Donna, pressant ses mains sur son ventre, se recroquevillait sur elle-même. J'étais au bord des larmes.

— Pourquoi diable la police voudrait-elle te voir ? a demandé Owen, son visage exprimant une totale perplexité.

— L'inspecteur Bradley et ses collègues t'attendent dans le bureau d'Owen, ai-je dit à Donna qui hoquetait en essayant de contenir ses pleurs.

— Bradley ? Ne me dites pas que c'est en lien avec Rose ? a demandé Owen. Donna ?

Sa consternation était presque aussi difficile à voir que l'état de terreur dans lequel était plongée Donna. À l'évidence, rien de tout ça ne faisait sens.

— Ils savent ? m'a-t-elle demandé.

À ce moment précis, j'ai compris que c'était vrai. Même si cela ne faisait aucun sens, c'était vrai.

J'ai acquiescé d'un hochement de tête.

— Ils savent quoi ? a demandé Owen, de l'impatience se faisant désormais sentir dans sa voix. Vous allez me dire ce qui se passe ?

Donna s'est tournée vers lui pour prendre ses mains dans les siennes, tandis que lui affichait la même perplexité. Ravalant un sanglot, elle a pris la parole.

— Je suis désolée, Owen. Tellement, tellement désolée. Il n'avait jamais été prévu qu'il la tue. Il devait juste la blesser. Pour ralentir les choses – pour vous empêcher d'emménager ensemble. Pour lui laisser le temps de la réflexion. Et me laisser à moi aussi le temps de réfléchir. Si j'avais su ce qui allait arriver… si j'avais su que Jack serait avec elle à ce moment-là. Ça ne devait pas se passer ainsi. Elle ne devait pas mourir.

J'ai alors vu la gravité de la situation s'incarner sur le visage d'Owen. Il a violemment rejeté les mains de Donna comme si elles avaient été en feu, tandis qu'elle faisait un bond en arrière comme si c'était elle qui avait été brûlée.

— Elle avait tout, Owen, tandis que moi je n'avais rien, a-t-elle dit, le suppliant de comprendre. Je voulais juste avoir quelque chose, pour une fois. Je voulais te donner la chance d'apprendre à me connaître – à me connaître vraiment. Et que tu te rendes compte que nous, *nous deux*, on aurait pu être heureux. Elle, elle avait Cian et, d'accord, ils avaient leurs problèmes, mais ils auraient pu les surmonter. Pourquoi vouloir tout détruire ?

Elle sanglotait de plus en plus fort, ce qui attirait l'attention des employées comme celle des patients. L'inspecteur Bradley et le brigadier Wilson sont alors sortis du bureau, et quand elle les a vus, ses yeux écarquillés sont passés des policiers, à moi, à Owen.

— Tout ce que je voulais, c'est que tu m'aimes comme moi je t'aime. Tu le sais, que je t'aime, Owen. Tu sais que je t'aime depuis longtemps. Elle était entre nous. Mais il n'était pas question qu'il la tue. Seulement qu'il la blesse, ou qu'il lui fasse peur. Je voulais juste appuyer sur « Pause ». Je pensais que j'étais prudente. Si j'avais su ce qui allait se passer, jamais je n'aurais…

Alors que la voix de Donna s'étranglait, l'inspecteur Bradley est passé devant moi pour lui signifier, de sa voix calme, qu'elle était en état d'arrestation pour homicide volontaire sur la personne de Rose Grahame. Nos collègues ont d'abord accusé le coup, puis leurs visages se sont décomposés. Tandis que l'inspecteur lui faisait la lecture de ses droits, Donna continuait d'implorer Owen qui n'avait d'autre choix que d'assister à la scène cauchemardesque qui se déroulait devant nous.

— Pourquoi aurait-elle été la seule à tout avoir ? Pourquoi n'aurais-je pas moi aussi mérité d'être heureuse ? Je voulais juste être heureuse, Owen. Avec toi. Je suis tellement désolée. Horriblement désolée. Elle ne devait vraiment pas mourir.

J'avais beau être certaine qu'il y avait du bruit autour de nous quand ils l'ont fait sortir du cabinet pour l'emmener dans le véhicule de police, je n'entendais rien d'autre que ses supplications entrecoupées de sanglots. Ce n'est que lorsqu'ils ont fermé la portière et que la voiture a démarré que j'ai soudain pris conscience du brouhaha des sonneries de téléphone mêlées aux chuchotements et aux pleurs des collègues qui peinaient à accepter la réalité de ce qui venait de se produire.

Je me suis tournée vers Owen. Debout le dos tourné vers moi, les épaules secouées par le chagrin, il se cramponnait au meuble de desserte au point d'en avoir les doigts blancs. Et là, je l'ai vu s'effondrer, plié en deux, se recroquevillant sur lui-même. Il a laissé échapper une longue et déchirante plainte qui a résonné dans toute la pièce.

Très doucement, j'ai fermé la porte et je me suis rendue dans la salle d'attente.

— Je suis vraiment désolée, ai-je annoncé aux patients qui attendaient leur tour, mais comme vous pouvez l'imaginer, nous allons devoir fermer le cabinet. Nous reprogrammerons vos rendez-vous à une date ultérieure. Toutes mes excuses pour la gêne occasionnée.

Personne n'a râlé, ni même bronché. Personne ne nous a traités d'incapables. Les patients se sont simplement levés, ils ont pris leurs affaires, et ils sont sortis en silence. En quittant le cabinet, tous nous ont adressé un petit signe de la tête, comme ils l'auraient fait à un enterrement à l'attention des proches du défunt. Tandis que je verrouillais la porte, j'ai vu que la plupart d'entre eux, téléphone en main, tapotaient sur leur écran ou passaient des appels. La nouvelle allait vite se répandre comme une traînée de poudre.

— Tori, tu peux me trouver les coordonnées des proches de Donna ? Il faudrait s'assurer que quelqu'un s'occupe des garçons.

Tori a hoché la tête et, tout en reniflant bruyamment, elle est allée chercher le dossier RH de Donna.

Quant au reste de l'équipe, nous sommes restés dans un coin, sans vraiment savoir quoi dire, ou faire. Nous avons tous sursauté en entendant s'ouvrir la porte de la salle d'auscultation.

Owen en est sorti et s'est approché de nous. Il a ouvert la bouche mais aucun son n'en est sorti. Comme nous tous, il semblait incapable de trouver les mots appropriés. Sarah s'est avancée vers lui pour le prendre dans ses bras. Suivie de Tori. Puis, une à une, toutes les employées ont fait de même, jusqu'à ce que moi aussi je prenne part à ce moment de communion.

— Vous pouvez rentrer chez vous, a dit Owen. Allez retrouver vos familles, vos proches. C'est le mieux que vous puissiez faire. Je vous tiendrai au courant pour la suite. Vous devez vous en douter – mais vous le savez déjà : interdiction de parler aux médias. Les journalistes vont sûrement nous tomber dessus dès qu'ils seront au courant. On sera fermé jusqu'à la semaine prochaine.

— Je vais rester pour t'aider à prévenir tous les patients, ai-je proposé.

— Moi aussi, a dit Tori.

Owen a hoché la tête puis est retourné dans son bureau.

Ironie du sort, tout cet épisode avait détourné mon attention de mon téléphone portable, qui vibrait tant et plus dans mon casier alors que Cian essayait désespérément de me joindre.

40

La seule manière de mette fin au tintamarre de sonneries du standard était de basculer ce dernier en mode répondeur. Tori a donc enregistré un nouveau message indiquant que le cabinet était fermé en raison d'événements imprévus, et informant les patients qu'ils seraient informés en cas de report de leur rendez-vous.

Nous avons affiché les mêmes informations sur notre devanture, ce qui n'a pas empêché le rideau métallique d'être rapidement pris d'assaut. En quête de scoop, des journalistes nous hélaient et glissaient leurs cartes de visite dans la boîte aux lettres, accompagnées de mots griffonnés à la hâte, sur lesquels ils nous demandaient de leur accorder l'exclusivité – contre rétribution et/ou en nous promettant de traiter l'affaire sans sensationnalisme.

Owen s'énervant de plus en plus au fur et à mesure qu'arrivaient ces messages, Tori et moi avons finalement cessé de les lui transmettre, préférant les déchirer et les jeter à la poubelle. Concentrées sur la liste des patients des prochains jours, nous travaillions en silence. Dans ce genre de situation, où il y aurait tant à dire, ni elle ni moi ne savions par quoi commencer.

Owen s'est enfermé dans son bureau, en nous disant qu'il avait besoin d'être seul. Il avait de la paperasse à trier, a-t-il ajouté. Il avait l'air anéanti mais nous avons respecté son souhait.

— Tu crois que..., a commencé Tori tandis que nous arrivions à la fin de notre liste, tu crois que cela signifie qu'elle a également quelque chose à voir avec la mort de Kevin McDaid ?

J'ai haussé les épaules, tant ça me semblait impensable. Cela dit, l'idée qu'elle ait pu, de près ou de loin, être responsable de la mort de Rose était en soi tout aussi tirée par les cheveux.

— Je n'y comprends rien. Mais bon, je suppose que oui ? Pourtant, ça ne lui ressemble tellement pas.

— C'est clair, a acquiescé Tori. Ça me paraît invraisemblable, Emily. Vraiment. Donna, faire ça ? Ou alors, peut-être qu'il la faisait chanter ? Elle le paie pour qu'il blesse Rose et il décide ensuite de lui demander plus de fric ? Impossible de faire confiance à des types comme ça. J'imagine qu'on doit être prêt à tout quand on se sent le couteau sous la gorge. Mais quand même...

Le couteau sous la gorge... Donna avait dû être totalement terrorisée quand les choses avaient dérapé dans des proportions inimaginables. Et depuis, elle devait être rongée par la culpabilité. Ou peut-être que non ? Si ça se trouve, elle était ravie d'avoir Owen pour elle toute seule maintenant. Mais l'imaginer partie prenante dans le meurtre de Kevin McDaid supposait de sa part un tout autre niveau d'implication. Elle changeait carrément de catégorie. J'ai frémi en repensant à la place que je lui avais réservée dans ma nouvelle vie : j'avais cherché son amitié ; je lui avais accordé ma confiance ; j'avais fait preuve d'empathie. Et pendant tout ce temps, elle aurait manipulé tout son petit monde ? Si même Rose, sa meilleure amie, n'avait pu lui échapper, qui l'aurait pu ?

— On ne sait jamais vraiment qui sont les gens, Tori. Mais bon, à quoi ça sert d'essayer de comprendre le pourquoi du comment ? Maintenant qu'elle a été arrêtée, on finira par avoir le fin mot de l'histoire.

— Elle va passer un long moment en prison, a dit Tori en secouant la tête.

Puis, perdue dans ses pensées, elle s'est remise à son travail.

Au bout d'une heure et demie, nous avions quasiment terminé. J'ai dit à Tori qu'elle pouvait rentrer chez elle si elle le souhaitait, et que je finirais toute seule. Elle a aussitôt accepté, impatiente de partir, et elle est sortie en empruntant la sortie de secours pour échapper aux journaleux qui faisaient le pied de grue dans la rue, non sans m'avoir au préalable serrée fort dans ses bras en me faisant lui promettre de faire attention à moi.

Tout doucement, j'ai frappé à la porte du bureau d'Owen. Je voulais vérifier comment il allait, lui proposer un thé ou un café, et lui dire que nous avions presque terminé. Il m'a dit d'entrer, et je l'ai trouvé installé devant une pile de dossiers, au milieu de tout un capharnaüm. Il avait les yeux rouges, les traits tirés.

— On a quasiment fini, ai-je annoncé. Tori vient de partir, je me chargerai de ce qui reste. Mais j'allais d'abord me préparer un thé. Tu veux que je te rapporte quelque chose ?

Il a secoué la tête avant de me regarder avec un petit rire étouffé.

— Une machine à remonter le temps ?

— Si seulement je le pouvais, ai-je répondu.

— J'ai beau essayer, je ne comprends pas. Et je n'arriverai jamais à me pardonner.

— Te pardonner quoi ? Tu n'as rien à te reprocher.

— Comment ai-je pu ne pas voir qu'il y avait quelque chose qui clochait chez Donna ? Si seulement je m'en étais aperçu, Rose serait peut-être encore parmi nous. Mais non, je n'ai rien vu. Tout est parti de là, non ? Ça n'avait rien à voir avec son connard de mari. Tout est arrivé à cause de Donna. Tout ça parce qu'elle était amoureuse de moi. (Il a secoué la tête, incrédule.) Je la trouvais un peu collante, c'est vrai. Mais de là à penser qu'elle était amoureuse de moi ? Non, ça ne m'a jamais traversé l'esprit. Il faut dire que je ne pensais qu'à Rose. Bon sang, Emily. Si je n'avais pas foutu ma merde, elle serait encore de ce monde. Et Donna ne serait pas en garde à vue. Elle n'aurait jamais fait ce qu'elle a fait…

Il a de nouveau secoué la tête.

— Owen, on ne choisit pas de qui on tombe amoureux. Tu ne pensais pas à mal. Moi aussi j'ai lu les carnets de Rose. Tu lui avais redonné espoir, tu la rendais heureuse. Même si elle avait pu savoir comment les choses allaient tourner, penses-tu vraiment qu'elle t'aurait vu différemment ? (J'ai pris une chaise et je me suis installée en face de lui.) Être aimé, ça n'arrive pas si souvent dans une vie. Et comme tu le sais, j'ai moi-même fait bon nombre de mauvais choix pour tenter d'obtenir ne serait-ce qu'un centième de ce que vous aviez, Rose et toi. Ne regrette rien, Owen.

— Elle me manque, s'est-il contenté de répondre.

— S'il y a une chose que je sache, c'est que même si tu as aujourd'hui l'impression de vivre un enfer – et je ne cherche pas du tout à minimiser ta souffrance en disant ça ; je sais que tu vis un enfer – tu finiras, un jour, par aller mieux. C'est vrai, tu ne seras plus jamais le même, et il t'arrivera encore parfois de souffrir, mais cette tragédie ne doit en aucun cas définir celui que tu seras pour le restant de tes jours.

En disant cela, j'ai eu un déclic. J'avais trop souvent laissé mes accidents de parcours passés définir qui j'étais, au point qu'ils influençaient chaque jour mes moindres décisions. Ce qui s'était passé avec Ben avait été horrible. Humiliant. Dégradant. Après m'avoir laissée en miettes, cette histoire m'avait rendue accro aux médicaments et quasiment alcoolique. Tout le monde me prenait pour une cinglée. Mais elle ne devait pas pour autant définir qui j'étais pour le restant de mes jours, ni me pousser à refaire sans cesse les mêmes erreurs.

Cette conversation avec Owen – dont la vie s'effondrait de toute part – avait fini par me réveiller.

— Je vais me faire un thé, ai-je dit. Et après je finirai l'envoi des messages. Toi aussi tu devrais arrêter de bosser, là, Owen. Rentre chez toi, ou alors va chez des amis, ou dans ta famille. Tu as besoin d'être entouré. Ne reste pas seul.

Il a hoché la tête et, alors que je quittais la pièce, il m'a rappelée.

— Deux sucres, avec du lait, m'a-t-il dit avec un sourire triste.

Je lui ai souri à mon tour et je suis allée dans la salle du personnel pour brancher la bouilloire.

En attendant que l'eau bouille, je suis passée par le vestiaire pour récupérer mon portable dans mon casier. Voyant que la porte de derrière était légèrement entrouverte, je me suis dit que Tori avait oublié de la claquer en sortant. Je l'ai donc fermée correctement, puis verrouillée, et je suis retournée à mon casier pour composer mon code secret. J'ai ouvert la porte et, au moment où je glissais la main pour prendre mon sac, j'ai senti un violent coup porté à ma tempe, qui m'a fait perdre l'équilibre. Sonnée et chancelante, j'ai tenté de comprendre ce qui s'était passé. Quelqu'un avait délibérément cogné dans la porte de mon casier, dont l'angle métallique et tranchant était venu heurter mon crâne. Éprouvant une douleur lancinante au-dessus de mon oreille gauche, j'ai porté la main à ma blessure et senti au bout de mes doigts du sang chaud et visqueux. Tout en essayant de reprendre mes esprits, j'ai regardé en direction de la sortie de secours, et j'ai d'abord vu les bottines masculines, les jambes, le corps athlétique, le visage haineux puis la main qui m'empoignait à la gorge et me coinçait contre le vestiaire en me faisant suffoquer.

Cian. Je ne voyais plus que son visage déformé par la fureur, collé contre le mien. Je sentais sur moi son souffle chaud, qui me soulevait le cœur. Au moment où je m'apprêtais à crier à l'aide, sa main est venue s'aplatir sur ma bouche et sur mon nez, m'empêchant non seulement de parler mais aussi de respirer. J'avais beau essayer d'aspirer de l'air à travers ses doigts, c'était peine perdue, à cause de ses mains moites plaquées contre mes lèvres.

— Je savais que tu étais complètement tarée, a-t-il éructé. Mais là, Emily, tu atteins des sommets.

Les yeux effarés, je me contorsionnais dans tous les sens pour tenter de me dégager. Tandis que je luttais de toutes mes forces, je sentais les arêtes métalliques des casiers qui s'enfonçaient dans mon dos.

— Tu étais dans le coup, c'est ça, Emily ? Encore une de tes idées démentes ? Tu étais de mèche avec Donna, et sûrement aussi avec ce connard d'Owen, qui voulait me la prendre ? Et, cerise sur le gâteau, au lieu de me prévenir que cette pute avait été arrêtée pour le meurtre de ma femme, les flics débarquent chez moi et me sortent leurs salades, m'accusant de t'avoir agressée ?

La pression sur mes poumons était de plus en plus insupportable, chaque cellule de mon organisme essayant désespérément d'absorber la moindre particule d'oxygène. Luttant pour sa survie, au bord de l'asphyxie, mon corps tout entier était au supplice.

— Oh Emily, sous tes airs de douce ingénue, tu n'es vraiment qu'une pauvre imbécile. Tu ne sais pas de quoi tu parles quand tu te dis victime d'agression. Tu n'as pas idée de ce que je suis capable de faire. Je peux te faire disparaître – comme j'ai fait disparaître Kevin McDaid.

Il a alors enlevé sa main de mon visage, et j'ai enfin pu respirer, à pleins poumons, tandis que de son autre main il relâchait la pression sur mon cou.

— Tu as intérêt à te tenir tranquille, Emily. Sinon je te ferai disparaître toi aussi. Crois-moi, je ne m'en priverai pas. Et personne n'en saura jamais rien. Les gens se diront simplement que cette pauvre folle s'est foutue en l'air. Entre nous soit dit, c'est ce que tu aurais dû faire depuis longtemps… (Il a mis un doigt sur mes lèvres.) Oh, Ingrid m'a tout raconté à ton sujet, a-t-il poursuivi en laissant traîner son doigt sur ma bouche avant de refermer à nouveau l'étau de sa main autour de mon cou pour appuyer ma tête contre les casiers. Une vraie psychopathe. Elle est allée parler à ton ex. Elle te l'a dit ? Tu es un vrai désastre ambulant, ma parole. Tu crois peut-être que quelqu'un te regretterait si tu disparaissais ? Si tu allais faire trempette, comme McDaid ? Je parie que tu me donnerais moins de fil à retordre que lui. Il a bien tenté de se défendre au début. Si tu avais vu la tête qu'il faisait quand je l'ai coincé et fait entrer de force dans ma voiture. Il n'arrêtait pas de me dire qu'il était désolé – comme si ç'avait pu changer quelque chose. Il s'est débattu comme une gonzesse. Il pleurnichait aussi comme une gonzesse. Après, il m'a supplié de ne pas le forcer à le faire. Il me disait qu'il allait être papa. Évidemment, ça m'a mis encore plus la haine. Parce que Rose... eh bien, elle aussi avait un enfant. Et elle aurait pu en avoir d'autres. À partir de là, il n'avait plus rien à espérer. Je ne pense pas qu'il ait cru que j'allais aller jusqu'au bout. Mais il me l'avait enlevée, Emily, et tu sais très bien que je ne pouvais pas le laisser s'en tirer impunément. Alors, oui, je l'ai un peu malmené, mais au moins je lui ai laissé la possibilité de partir dignement. Je lui ai dit de sauter. De montrer qu'il était un homme. Je l'ai même accompagné jusqu'au milieu du pont ; je l'ai aidé à enlever ses chaussures et son manteau, que j'ai plié pour lui, tu vois, pendant qu'il restait les bras ballants à chouiner comme un gosse. Il s'était même pissé dessus, ce con. Mais il a essayé de s'enfuir. Donc je n'avais plus le choix. C'est lui qui m'a forcé à le faire. Il aurait pu sauter tout seul, mais non, il m'a obligé à le pousser. Je l'ai balancé par-dessus le garde-corps, et j'ai même dû lui foutre des coups de poing sur les doigts quand il a essayé de s'y accrocher. Il ne méritait pas de s'en sortir. Tout le monde aurait fait pareil à ma place. La seule ombre au tableau, c'est que cet enculé n'a jamais voulu me donner le nom de celui qui lui avait filé le fric. Il prétendait qu'il ne voulait pas mettre en danger une personne de plus. En fin de compte, il lui restait peut-être un semblant de sens d'honneur, ou alors il ne voulait pas être pris pour une balance. De toute manière, cela n'aurait rien changé. Il était hors de question qu'il s'en sorte vivant. Celui ou celle qui me la fait à l'envers finit toujours par payer, Emily.

J'avais les jambes qui tremblaient, et mes mains, en essayant vainement d'attraper quelque chose, cognaient dans le vide. Sous l'effet de l'adrénaline, tous mes sens étaient exacerbés. Je sentais l'odeur de Cian et percevais le moindre de ses bruits. J'entendais mon cœur qui cognait dans ma poitrine et battait contre mes tempes ; je sentais le sang qui s'écoulait de ma blessure jusque dans mon cou.

— Et tous ceux qui sont mêlés à la mort de Rose devront payer, Emily. Sans exception.

Tout en desserrant un peu les doigts, il est resté collé à moi. Il était si proche que j'entendais battre son cœur, en plus du mien. Son visage s'est adouci, et il a penché la tête sur le côté.

— Car c'est vrai que je l'aimais, Emily. Je l'adorais. Je lui aurais donné tout ce qu'elle voulait. D'ailleurs, c'était le cas. Mais, putain, elle n'avait aucune gratitude. Elle me préférait ce connard de dentiste. Pourtant, même ça, je lui aurais pardonné. Vraiment. Dès qu'on aurait eu notre bébé, on aurait de nouveau été heureux.

Il pleurait. L'espace d'un instant, j'ai retrouvé devant moi celui dont j'avais été follement éprise. Un homme amoureux de sa femme. D'une façon un peu tordue, certes, mais sincèrement c'était réellement de l'amour. Un amour dangereux, qui m'avait fait succomber malgré tous les signaux qui auraient dû m'alerter.

— Je sais que tu l'aimais, ai-je dit d'une voix rauque. Tu es quelqu'un de bien, ai-je ajouté en essayant d'en appeler au Cian que j'avais connu, enfoui quelque part. Pense à Jack. Tu n'es pas obligé de rendre les choses encore plus difficiles. Il te suffit de partir et je retirerai ma plainte. Et je ne répéterai à personne ce que tu m'as dit à propos de Kevin. Je dirai à la police que j'ai menti. Tu retrouveras ton alibi.

Il m'a dévisagée un instant, semblant peser le pour et le contre de ce que je lui avais dit.

— Emily d'Arcy, a-t-il fini par répondre en singeant ma voix. Pauvre petite Emily. Pathétique Emily. Je te faisais vraiment confiance, tu sais. Je n'aurais jamais pensé que tu aurais les couilles d'aller dire à la police que tu n'étais pas avec moi ce soir-là. Je pensais avoir fait le bon choix en te choisissant. Tu étais si… si… insignifiante.

Il s'est approché encore un peu plus pour se coller à moi, passant ses mains sur mon visage, dans mes cheveux. Il a retiré une main et, voyant qu'elle était ensanglantée, a eu une moue de dégoût avant de me barbouiller le visage de mon propre sang.

— Tu étais si insignifiante, mais aussi ô combien docile. Tu voulais avoir sa vie, Emily. Tu lui as succédé à son poste. Tu n'as pas perdu de temps pour essayer de prendre sa place. Tu crois que je n'ai pas remarqué que tu t'étais éclairci les cheveux, exactement comme elle ? Ainsi que tes efforts désespérés pour intégrer notre vie. La mienne, et celle de Jack ? Donc, oui, je t'ai utilisée. Je pensais pouvoir m'appuyer sur toi. (Il commençait à m'écraser, et je sentais mon cœur se soulever au fur et à mesure qu'augmentait mon angoisse.) Mais toi aussi tu m'as utilisé, a-t-il ajouté en s'écartant très légèrement de moi, mais pas assez pour que je puisse m'échapper. Ce n'est pas moi que tu voulais – mais celui que tu imaginais que j'étais. Ce que je représentais. Celui que tu m'imaginais être avec Rose. Mais je ne pourrais jamais être cet homme avec toi. Jamais je ne pourrais t'aimer, même si je sais que tu serais plus facile à gérer qu'elle. Plus facile à contrôler. Tu étais tellement aux abois. Tellement reconnaissante des moindres miettes que je pouvais te balancer. Tu me simplifiais la tâche. Tu étais si facile. Une petite pute désespérée. Tu crois vraiment que j'aurais pu tomber amoureux de toi ? Uniquement parce que tu m'as montré ta chatte ? Allons ! Tu es une fille intelligente. Tu sais comment va le monde. La baise, c'est juste de la baise. Et avec toi, il y avait une contrepartie : mon alibi – et c'était très bien comme ça. L'autre contrepartie, c'était un peu de baby-sitting et de l'intendance. Gagnant-gagnant. Et puis Ingrid m'a raconté ton passé pathétique. J'ai alors découvert tout ce que tu pouvais encaisser, s'est-il esclaffé, avant de me prendre à nouveau la tête à pleines mains, pour me susurrer à l'oreille :

— Tu aurais bien mieux joué le jeu qu'elle, Emily. Ton cas est tellement désespéré que tu m'aurais tout passé. Tu aurais adoré les mondanités. Tu aurais pu frimer en parlant de moi sur Facebook, au milieu d'un nouveau tissu de mensonges sur ta vie soi-disant parfaite. Toi, tu n'aurais pas fait autant d'histoires qu'elle – c'est en tout cas ce que je croyais jusqu'à aujourd'hui. Et tu oses revenir ici ? Affublée de l'uniforme de ce connard ? Oh, Emily, tu me déçois tellement.

— Je suis désolée, ai-je chuchoté, prête à jouer le tout pour le tout pour tenter de prendre la fuite.

Mais je savais très bien que derrière moi la porte était fermée à clé. Et que, côté rue, le rideau métallique était baissé. À part nous, il n'y avait qu'Owen dans les locaux. Or ce dernier, dévasté par le chagrin dans son bureau à l'autre bout du cabinet, ne risquait pas d'entendre ce qui se passait ici. Et quand bien même ç'aurait été le cas, voulais-je vraiment qu'il se retrouve face à Cian, maintenant que je savais ce qu'il avait fait à Kevin McDaid ? Non, autant laisser Cian faire ce qu'il voulait de moi. Je ne pouvais plus rien faire pour l'arrêter maintenant.

— Je suis désolée, ai-je de nouveau murmuré, le visage baigné de larmes, une douleur lancinante à la tête et les jambes en coton.

— Kevin McDaid disait la même chose. Mais je ne pense pas qu'il était sincère. Sinon, il m'aurait dit pour Donna, n'est-ce pas ? Mais toi, tu es plutôt du genre à faire tout ce qu'on te dit. Tu es pitoyable, ma pauvre. J'aurais presque pitié de toi, si tu n'avais pas essayé de m'entuber.

— Je t'en supplie, Cian. Ne fais pas ça !

— Autant que tu le saches dès maintenant : plus rien ne m'arrêtera, a-t-il assené en m'ôtant les cheveux du visage pour les glisser derrière mon oreille. Tu peux me dire ce que tu veux, je ne te fais plus confiance. Foutu pour foutu… Quel est le proverbe, déjà ? « Autant être pendu pour un mouton que pour un agneau. » (Il a glissé son bras derrière moi pour sortir ma veste de mon casier.) Mets ta veste, a-t-il éructé.

Là, je savais que les jeux étaient faits. Rose s'était sûrement dit la même chose en voyant la voiture foncer sur elle ; l'expression que j'avais vue figée sur son visage l'attestait : elle avait toujours su que ça se terminerait ainsi. Je savais qu'il en serait de même pour moi. Depuis le début, je savais que ç'aurait dû être moi. Je ne m'étais pas trompée.

La gorge serrée par les sanglots, j'ai remonté la fermeture Éclair de mon manteau tandis que Cian sortait mes affaires de mon casier.

— Où va-t-on ? ai-je demandé. Des journalistes n'arrêtent pas de venir depuis ce matin. Quelqu'un va forcément nous voir.

— Pas si on passe par la porte de derrière. Pour qui tu me prends. Allez, déverrouille-la.

— Je n'y arrive pas, ai-je répondu, sans mentir.

Avant cet instant précis, je pense que je n'avais jamais réellement compris le sens de l'expression « transi de peur ». Mes bras et mes mains étaient comme tétanisés. C'est à peine si je tenais debout.

— Putain, a-t-il juré en m'écartant sans ménagement pour accéder à la porte.

À peine avait-il tourné la clé dans la serrure que j'ai entendu un bruit fracassant à côté de moi. En baissant les yeux, j'ai découvert, aux pieds de Cian, une tasse en mille morceaux. Nouveau bruit sourd. Nouveau juron de Cian, la main levée sur son crâne. Une tasse. Puis une assiette. Il y avait de quoi le déstabiliser, le prendre par surprise et donc, de quoi reprendre la main. J'ai entrevu Owen par intermittence, mon cerveau peinant à décrypter ce qu'il disait. Les flics étaient en route. Cian s'est retourné pour se jeter sur lui – et là, tout mon corps reprenant soudain vie, j'ai tendu la jambe pour lui faire un croche-pied, et je l'ai vu trébucher, cherchant à retrouver l'équilibre, mais je l'ai alors poussé de toutes mes forces, et il s'est affaissé, le tout ayant donné le temps à Owen de le précipiter à terre, et à moi de prendre le relais pour lui attraper les mains et les lui plaquer dans le dos.

— Tu ne feras plus de mal à personne ! a hurlé Owen tout en levant son poing avant de le rouer de coups.

Puis il s'est laissé retomber en arrière et, assis par terre, a posé les yeux sur Cian Grahame – cet homme qui avait brisé tant de vies, directement ou indirectement – en secouant la tête.

— Tu avais tout, Cian. Et tu as tout gâché.

Dehors, des bruits de pas, lourds et pressés. La porte qu'on enfonçait. Des policiers armés jusqu'aux dents, immenses dans leurs uniformes sombres, qui surgissaient de toutes parts. L'un d'eux, l'inspecteur Bradley, m'a aidée à me relever, puis il m'a enlacée, en me disant que maintenant tout irait bien. Il m'a bercée contre lui, tremblante et en larmes, tandis que je voyais les policiers emmener Cian. Il ne cessait de répéter au creux de mon oreille que tout irait bien, et j'ai fini par m'en convaincre.

Oui, tout irait bien.

Épilogue

Un an plus tard

C'était mon endroit préféré sur terre. Ce bureau, au-dessus duquel la fenêtre donnait sur le littoral du Donegal. J'ai pris une nouvelle feuille de papier et repris ma correspondance. Il n'y avait pas grand-chose de plus satisfaisant que de voir les pages se remplir de mon écriture manuscrite, puis de plier les feuilles blanches pour les glisser dans l'enveloppe, et finir par écrire l'adresse d'une écriture soignée.

C'était devenu mon passe-temps du dimanche matin. Confortablement installée dans mon salon, je prenais le temps de mettre mon courrier à jour. Même si je menais désormais une vie que je ne cherchais plus à fuir, elle était bien différente de celle que je m'étais imaginée. Mais c'était néanmoins une existence gratifiante, paisible, et heureuse.

Surtout, je me sentais comblée. J'avais le sentiment d'enfin savoir ce qui était important, et vrai. D'une certaine manière, j'avais suivi l'exemple de Rose quand j'avais supprimé mes comptes sur les réseaux sociaux et décidé de me remettre aux échanges épistolaires. Au début, Maud avait pensé que j'avais fini par – gentiment – péter un plomb. Je l'avais entendue rire au bout du fil quand je lui avais dit de surveiller son courrier. Mais il ne lui avait pas fallu longtemps pour admettre qu'elle adorait ça : recevoir autre chose que des factures dans sa boîte aux lettres. Désormais, elle attendait avec beaucoup d'impatience mes missives hebdomadaires. Bien sûr, nous nous parlions toujours au téléphone, et continuions d'échanger par e-mail à l'occasion, mais ce qui constituait ma vie réelle était couché sur le papier chaque dimanche matin.

J'avais même repris contact avec mes parents. Je leur avais écrit pour leur expliquer tout ce qui s'était passé. Je m'étais excusée si je les avais blessés, et ils étaient venus me voir, et m'avaient serrée dans leurs bras. Ils m'avaient dit avoir surtout été contrariés, fâchés même, par le fait que je ne leur avais pas demandé leur aide. Ils n'avaient pas su comment me tendre la main. J'ai alors compris que s'ils m'avaient exclue de leur vie, je les avais, tout autant, exclus de la mienne. Ce n'était pas facile, il y avait encore des hauts et des bas, mais nous progressions. Pour mon plus grand bonheur.

Après avoir plié la lettre que je leur destinais, je l'ai glissée dans une enveloppe sur laquelle j'ai rédigé leur adresse – celle de la maison où j'avais grandi. J'ai ensuite pris un moment pour boire une gorgée de mon café, en écoutant le feu qui crépitait dans la cheminée. Je contemplais les ondulations de la mer, qui ne représentait plus cette promesse d'être emportée vers le large, loin du fracas de ma vie. Elle était de nouveau là, somptueuse, intemporelle, rassurante, pour me rappeler que la vie continue.

J'étais un peu inquiète pour Jack. J'espérais qu'il était heureux. Après l'arrestation de Cian, la famille de Rose avait réussi à obtenir la garde. Finalement, il y avait un avantage à ce que Cian ait rompu avec sa famille. Je l'avais vu une fois. Chez le glacier. Le visage barbouillé de glace et de chantilly, il riait aux éclats devant sa grand-mère qui lui fredonnait des chansonnettes. Alors j'avais su que malgré le terrible coup que la vie lui avait réservé, il serait toujours aimé.

C'est ce que nous souhaitons tous. Une chose était sûre, le jour où j'aurais moi-même le bonheur d'avoir un bébé, j'espérais que cet enfant serait toujours entouré d'amour.

J'aurais adoré vous dire que Cian avait énormément souffert – ce qu'il méritait – mais la vie est facétieuse. Ingrid Devlin est entrée en scène au moment où j'en suis sortie. Même si, rétrospectivement, je suis à peu près sûre qu'elle était déjà dans le tableau quand Cian et moi étions plus ou moins ensemble. Elle n'a jamais cessé de le défendre – publiquement, et avec ferveur. Elle a réussi à le faire passer pour un héros romantique: un homme qui avait tué celui qui l'avait privé de sa femme, pour toujours. Un crime passionnel, en somme, commis par un homme dont la seule faute avait été de trop aimer. Et l'opinion publique a suivi car, comme on le sait, Cian Grahame ne manque pas de talent quand il s'agit de donner une impression trompeuse de lui-même. J'ai entendu dire qu'Ingrid, avec son aide, est en train d'écrire un livre sur son histoire. Contrat déjà négocié et signé. On parle même d'une adaptation au cinéma. Il paraît qu'il reçoit beaucoup de lettres d'admiratrices qui, dans leur grande naïveté – naïveté qui avait aussi été la mienne – pensent que c'est un homme abîmé par la vie et se croient capables de l'aider. J'aimerais pouvoir leur dire que ce n'est pas le genre d'homme qu'on répare comme on le ferait d'un objet défectueux, mais il avait fallu que je prenne de la distance avec tout ça. C'est ce que ma psy m'a conseillé de faire: ce que je ne pouvais pas maîtriser, je devais m'en détacher.

Elle a été formidable. Même si c'est souvent à mon corps défendant que j'ai dû me traîner jusqu'à son cabinet. Car au début j'avais encore trop besoin de mes béquilles : l'alcool et les médicaments. Or il fallait que je ressente les choses. Que je les vive.

C'est pour Donna que j'ai le plus de peine. Je sais que ça pourra sembler bizarre, vu la lourde responsabilité qui est la sienne dans cette histoire. Mais j'ai cru en sa sincérité quand elle disait qu'il n'aurait jamais dû en être ainsi. Que Rose n'aurait jamais dû mourir. De même que je l'ai crue quand elle disait que si elle avait vraiment voulu faire du mal à Rose, elle aurait tout raconté à Cian. Mais elle ne pouvait pas courir ce risque : sachant ce dont il était capable, elle savait qu'il s'en prendrait non seulement à Rose mais aussi à son Owen adoré.

La vie n'a pas été tendre avec elle. Elle ne voulait rien tant que d'être aimée, et elle a cru que ce rêve serait exaucé grâce à Owen. Même si ce n'était que le fruit de son imagination. Oui, Donna a eu la vie dure. Une vie rongée par la frustration désespérante de ne jamais être appréciée à sa juste valeur. Frustration qui l'avait poussée à commettre l'irréparable et à vider le compte épargne qu'elle avait constitué en vue des études de ses garçons, afin de payer Kevin McDaid.

Elle n'a jamais cherché à nier les faits. En larmes, elle a tout avoué à la barre, disant et répétant qu'elle regretterait son geste jusqu'à la fin de sa vie. Ses mots m'avaient fendu le cœur. Je comprenais si bien ce besoin désespéré d'être aimé.

Je ne pense pas qu'elle ait bénéficié du soutien de beaucoup de monde. Horrifiés par les actes de leur mère, ses fils étaient pétris de honte. Quant à moi, j'avais tenu à rester en contact avec elle, pour qu'elle sache que je ne la voyais pas comme une pestiférée. Ce qu'elle avait fait était horrible, certes, mais elle-même ne l'était pas.

En revanche, je n'ai rien dit à Owen de nos échanges de lettres. Il n'aurait sûrement pas compris. C'est une belle personne – un homme honnête et généreux – mais il n'a pas encore trouvé la force de lui pardonner. Il dit qu'il y parviendra peut-être un jour, mais que la douleur est encore trop vive. Et je sais qu'elle restera vive très longtemps. Rose était l'amour de sa vie. Même s'il commence à reprendre goût à la vie, et qu'il lui arrive même parfois de plaisanter avec nous au cabinet, on sent bien que quelque chose en lui s'est éteint.

Nous nous sommes liés d'amitié, et je me confie volontiers à lui. À l'occasion, il n'hésite pas à me donner un coup de pied aux fesses pour me forcer à aller à mes séances de psychothérapie. Il m'a aussi aidé à trouver mon nouvel appartement, s'est occupé de la location de la camionnette et m'a prêté main-forte pour charger et décharger les cartons. C'est vraiment un type en or. J'espère sincèrement qu'il finira par trouver le bonheur ou, à défaut, une forme de paix intérieure. N'est-ce pas tout ce dont nous avons vraiment besoin ?

Au moment où je reposais mon stylo, j'ai entendu le cliquetis de pattes de chien sur le parquet du couloir. C'était l'heure de la promenade à la plage. La porte de mon bureau s'est alors ouverte d'un coup et Buster est entré en trombe, frétillant de la queue comme un perdu. Il s'est aussitôt mis à tourner en rond dans la pièce, comme pour me faire comprendre qu'il était temps que je m'active.

— Calme-toi, mon beau, ai-je dit en caressant son pelage. Je me prépare, et je vais chercher ta laisse.

J'ai jeté un coup d'œil à l'horloge. Il allait être midi : je n'étais pas en avance.

— Promis, je me dépêche, ai-je dit en passant devant lui pour gagner le couloir, où j'ai mis mes chaussures et mon manteau avant de prendre sa laisse, accrochée à une patère.

Mon écharpe enroulée autour du cou, je lui ai mis sa laisse et nous sommes sortis pour rejoindre, une fois avoir traversé le jardin, la route menant au bord de mer.

Il n'y avait pas grand monde à cette heure-ci, d'autant que l'hiver se faisait encore bien sentir. De rares promeneurs allaient et venaient sur la plage. Ainsi que quelques chiens, que l'on voyait courir dans l'eau et revenir.

Je l'ai aperçu, au loin. J'ai souri en voyant approcher sa grande silhouette. À ses côtés, Bonnie, son labrador, a piqué un sprint sur le sable. Je lui ai fait un signe de la main, il a fait de même, et Buster a foncé dans sa direction.

Il fait frisquet aujourd'hui, m'a-t-il dit en souriant. J'ai failli t'appeler pour annuler.

— Un grand gaillard comme toi ne craint pas le froid, si ?

Il a éclaté de rire.

— À dire vrai, je préfère la chaleur au froid, m'a-t-il répondu en plongeant ses yeux bleus pétillants de malice dans les miens. Mais Bonnie serait furieuse contre moi si je lui faisais manquer une seule de ses promenades avec Buster.

— Je remercie Bonnie, alors, ai-je dit en glissant mon bras sous le sien.

— Pour dire toute la vérité, je pense que moi aussi je m'en voudrais de louper un seul de nos rendez-vous dominicaux, a-t-il ajouté avant de déposer un baiser sur mon front.

— J'espère bien. Allez, on fait toute la plage aller et retour, et après on va chez moi, où nous attendent une belle flambée et un rôti au four.

— Tu me gâtes, a-t-il répondu.

J'ai marqué une pause et levé les yeux pour contempler son beau visage. Non seulement cet homme m'avait aidée, réconfortée, protégée, mais j'apprenais aujourd'hui à ses côtés, lentement mais sûrement, ce qu'était le véritable amour. Gagnée par l'émotion, je me suis hissée sur la pointe des pieds pour l'embrasser tendrement sur les lèvres.

— Parce que tu le mérites, ai-je dit en souriant. Allez, le dernier arrivé au rocher là-bas est une grosse patate, ai-je ajouté avant de détaler à toutes jambes, grisée par les rires de l'inspecteur David Bradley que j'entendais fuser derrière moi.

AUX ÉDITIONS ARCHIPOCHE

CLAIRE ALLAN

Ne la quitte pas du regard

« Ne crois pas ce qu'il te raconte ! » Eli, infirmière enceinte de sept mois, est perturbée par ces mots figurant dans une lettre anonyme. Font-ils allusion à son mari, Martin, qu'elle sent de plus en plus distant ?

Un deuxième message lui parvient bientôt, plus explicite encore, et plus inquiétant. Puis les menaces se précisent. Tandis que, dans l'ombre, une femme semble l'épier. Une femme qui souhaite à tout prix devenir mère…

Ne la quitte pas du regard alterne plusieurs voix – celles d'Eli, la future maman, et de Louise, qui suit une femme enceinte qu'elle ne juge pas digne d'élever l'enfant qu'elle attend. Un suspense dont la tension va crescendo, jusqu'au dénouement… inattendu !

ISBN 979-1-0392-0155-1 / 8,50 €

JULIE CLARK

Le dernier vol

Claire avait tout planifié pour fuir Rory, politicien charismatique doublé d'un mari tyrannique. Mais, à la dernière minute, la mécanique s'enraye. Son chemin croise alors celui d'Eva à l'aéroport JFK.

Elle aussi a de bonnes raisons de vouloir changer de vie. Et si chacune prenait la place de l'autre ? Les deux jeunes femmes décident d'échanger leurs billets d'avion.

Claire s'envole donc pour Oakland au lieu de Porto Rico, où elle apprend, horrifiée, que le vol qu'elle aurait dû prendre s'est abîmé en mer.

Claire est désormais Eva aux yeux de tous. Mais la nouvelle vie dont elle rêvait pourrait se révéler pire encore que celle qu'elle a laissée derrière elle.

Eva avait des secrets ; Claire en a hérité. Des menaces pèsent à présent sur elle…

Avec Le Dernier Vol, *traduit dans 22 pays et vendu à plus de 500 000 exemplaires,* ***Julie Clark*** *a connu un immense succès. Aux États-Unis et en Allemagne, ce suspense s'est classé n° 1 sur les listes des meilleures ventes. Son nouveau thriller,* Jeux de mensonges, *a paru aux éditions de l'Archipel.*

« Les personnages vous hanteront longtemps ! »
The New York Times

« Palpitant ! »
Kirkus Reviews

ISBN 979-10-392-0354-8 / 8,95 €

MICHELLE FRANCES

La remplaçante

Un congé maternité à haut risque…

Une remplaçante parfaite. Trop ?

Productrice à succès, Carrie a un job on ne peut plus stressant. Et les responsabilités qui vont avec. Elle et son mari Adrian, scénariste en vogue, avaient décidé qu'ils ne voulaient pas d'enfants. Or, à 42 ans, Carrie est enceinte.

Elle est aux anges, mais cela semble contrarier Adrian, accaparé par l'écriture d'une nouvelle série. Et, dans cet univers hautement compétitif qu'est la télévision, Carrie regarde avec inquiétude son congé maternité approcher.

Emma est recrutée pour remplacer Carrie pendant son absence. Vive, talentueuse et… ambitieuse, la jeune femme se rend bien vite indispensable. Surtout aux yeux d'Adrian.

Carrie commence alors à douter. Pourquoi son mari passe-t-il de plus en plus de temps avec elle dans leur maison de campagne ? Emma a-t-elle une idée derrière la tête ? Veut-elle prendre la place de Carrie ? Ou plus encore ?

Productrice et scénariste de séries TV pour la BBC, ***Michelle Frances*** *est l'autrice de* La Petite Amie, *un suspense plébiscité par le public et traduit dans dix pays. Son troisième roman,* Le Scoop, *vient de paraître aux éditions de l'Archipel.*

« Un roman qui déjoue les pronostics
du lecteur à chaque rebondissement. »
CriminalElement.com

ISBN 979-1-0392-0181-0 / 8,95 €

CHRYSTEL DUCHAMP

Délivre-nous du mal

Février 2018. Anaïs sollicite l'aide de son ami Thomas Missot, commandant à la PJ de Lyon. Pour elle, pas de doute, sa sœur Esther a été enlevée. Sinon, pourquoi aurait-elle laissé derrière elle ses clés de voiture, ses papiers et son téléphone portable ?

Les mois passent et, tandis que l'enquête s'enlise, d'autres jeunes femmes se volatilisent. Jusqu'à ce qu'un corps soit retrouvé pendu dans une usine désaffectée, le crâne rasé, la langue sectionnée. Puis un deuxième…

Thomas sait désormais qu'un tueur en série sévit dans la région. Mais il ignore encore que ces cadavres ne sont que la partie immergée du plan machiavélique d'un individu avide de vengeance…

Cofondatrice du collectif les Louves du Polar, ***Chrystel Duchamp*** *est l'autrice de* L'Art du meurtre *et* Le Sang des Belasko, *deux suspenses salués par la critique et le public. Son quatrième roman,* L'Île des souvenirs, *vient de paraître aux éditions de l'Archipel.*

« Un roman sombre et engagé à l'intrigue machiavélique. »
Le Progrès

« Un scénario incroyablement bien conçu. »
20 minutes

ISBN 979-10-392-0316-6 / 8,50 €

Cet ouvrage a été composé
par Atlant'Communication au Bernard (Vendée)

Impression réalisée par
CPI France
en juin 2023
pour le compte des Éditions Archipoche

Imprimé en France
N° d'édition : 788
N° d'impression : 3052720
Dépôt légal : juillet 2023